Die Flucht

Alexander Vaassen

Die Legenden von Espental
# Die Flucht

Engelsdorfer Verlag
2009

Bibliografische Information durch
die Deutsche Nationalbibliothek:
Die Deutsche Nationalbibliothek verzeichnet
diese Publikation in der Deutschen
Nationalbibliografie; detaillierte bibliografische
Daten sind im Internet über
http://dnb.d-nb.de abrufbar.

ISBN 978-3-86901-661-0
Copyright (2009) Engelsdorfer Verlag
Alle Rechte beim Autor.
Titelbild „Goblin" © Andreas Meyer – Fotolia.com
Hergestellt in Leipzig, Germany (EU)
www.engelsdorfer-verlag.de

16,00 Euro (D)

**Vor dem Lesen**

Espentals Vorgeschichte
Das Land Espental, in dem dieser Roman spielt, befindet sich in einer stetig von blutigen Kriegen heimgesuchten Welt. Diese Welt hat eine für jeden Menschen unvorstellbare Größe, vergleichbar mit unserem Universum, weshalb es auch nur einen winzigen bekannten Bereich gibt. Alles Andere, Unerkundete bezeichnen die höchsten Gelehrten der Menschen als das weiße Land. In zahlreichen Tavernen in den Städten an den Grenzen der bekannten Welt kann man verwegene und ebenso spannende Geschichten heruntergekommener Abenteurer hören, welche angeblich das weiße Land erkundet haben. Es gibt keine wirkliche Stelle, an der man sagt, dass dort das unbekannte Reich seinen Anfang hat, da man an jedem Punkt der Welt bis zum Horizont sehen kann.

Diese Welt wird von abertausenden verschiedenen Völkern bewohnt, welche die unterschiedlichsten Bräuche pflegen, zahlreiche Götter anbeten und in für uns vielleicht unvorstellbaren Gesellschaften und Organisationen leben. Und eben diese Völker sind es, die der Welt die vielen Kriege brachten.
In der Geschichte der Menschen gibt es jedoch nur drei Kriege, welche von Chronisten der entsprechenden Zeiten so genau dokumentiert wurden, dass man sie heute einigermaßen realitätsnah nacherzählen kann.
Der erste große Krieg wird als *der Aufstand der unterdrückten Völker* bezeichnet. Dieser Krieg spielte in einer Zeit, in der

die alten Dämonen in einer Tyrannei unvorstellbarer Grausamkeit herrschten und auch untereinander Kriege führten. Die alten Dämonen hielten sich für Götter, unbesiegbare Götter und genossen es, die leichtgläubigen Völker wie Menschen und Zwerge wie Spielzeugfiguren zu behandeln und sie zu ihrem Vergnügen leben und sterben zu lassen. Doch auch in dieser dunklen Zeit gab es ein Volk, dass erbitterten Widerstand gegen die bösartigen Unterdrücker leistete: das Hochvolk. Von dem edelmütigen und freien Verhalten des Hochvolkes inspiriert, beschlossen zahlreiche Unterdrückte zu rebellieren. Mit der Zeit gab es immer mehr Freidenkende und so sahen sich die Dämonen einer unbesiegbaren Armee aus tausenden ehemaligen Dienern gegenüber, angeführt von dem Hochvolk. Der letzte Versuch der Dämonen ihre Herrschaft zu halten, war, die Mitglieder des Hochvolkes in ihre Ursprungsform zurückzusetzen und sie somit ihres enormen magischen Potenzials zu berauben. Zwar gelang dieser gemeine Plan und das Hochvolk wurde in viele Elfenarten zerschmettert, doch dies hinderte die rebellischen Völker nicht daran, weiterzukämpfen und zu siegen. Viele der höheren Dämonen wurden vernichten oder in einen endlosen Winterschlaf versetzt, aber manchen gelang die Flucht in die anderen Ebenen des Seins. Mit der Flucht der Dämonen und dem Beginn der Ordnung begann ein neues Zeitalter, ein Zeitalter des Friedens.

Jahrtausende vergingen, in denen sich die Völker weiterentwickelten und ihre Reiche aufbauten und ihre Macht festigten. Zu dieser Zeit beschlossen die Oberhäupter der Menschen, Elfen und Zwerge einen Bund einzugehen, der die Einheit dieser drei doch sehr ähnlichen Völker bedeuten sollte. Nur zwei Jahre nach der Beschließung dieses Bündnisses, begann das primitive Volk der Goblins einen Aufstand gegen die Zwerge. Die Elfen eilten ihren Verbündeten zu Hilfe und drängten die Goblins in das Menschenreich, denn die Menschen hatten die Hilfe verweigert. Und so begann *der erste große Goblinkrieg*. Zum ersten Mal in ihrer Geschichte waren die Menschen auf sich selbst gestellt und ohne Hoffnung auf Unterstützung von außen. Der Bruch des heiligen Bündnisses hatte die Menschen in eine Situation gebracht, der sie kaum hatten entkommen können. Nur der Umstand, dass das Oberhaupt der Goblins plötzlich verstarb und sich somit die restliche Armee auflöste, rettete sie.

Nur etwa hundert Jahre später, das Menschenreich hatte sich gerade erst wieder gefestigt, hatten die Goblins sich unter der Führung eines heimtückischen Magiers neu formiert und begannen, Dörfer und kleinere Städte zu überfallen. Ihr Handeln ähnelte in gewisser Hinsicht einer primitiven Treibjagd, was dem Magier missgefiel. Schließlich verbündete er sich mit einer Schar Riesen, welche die Armee letzten Endes zum Erfolg führten. Lediglich an den Kernstädten prallten die Feinde ab und da der Magier nicht all seine Männer verlieren wollte, beschloss er kurzer Hand, Verhandlungen mit dem damaligen König aufzunehmen. Tage, ja sogar Wochen gingen ins Land, ehe der König eine Entscheidung getroffen hatte. Einen Tag bevor er sich jedoch mit dem Magier an einen Tisch setzte, wurde er ermordet in seinen Gemächern aufgefunden.

Durch den Tod ihres geliebten Königs befand sich das Volk der Menschen in einer knifflgen Situation, denn der Verstorbene hatte vier Söhne gehabt und jeder dieser Söhne wollte König werden. Fast wäre es zu einem Bürgerkrieg zwischen den Anhängern der einzelnen Prinzen gekommen, doch da beschlossen sie, ihr Reich zu viert zu regieren. Mit vereinten Heeren zerschlugen sie das feindliche Heer und töteten den Magier. Sein Ende fand *der zweite große Goblinkrieg* in der Verbannung aller Goblins in einem gar nicht all zu fernen Land, in welchem zahlreiche verdorbene Kreaturen nach frischer Beute hungerten.

Die Magie
Die Magie ist das größte Wunder in jedem Fantasyroman und auch in Espental spielte sie zu jeder Zeit eine wichtige Rolle. Schon Jahrtausende vor den in diesem Buch beschriebenen Ereignissen gab es Lebewesen, die lernten, die Magie zu kontrollieren. Im Grunde konnte man die Magie mit einer Art Kraftfeld vergleichen, welches mit unglaublicher Stärke ganz Espental umgab. Kein bekanntes Lebewesen konnte das volle Potenzial der Magie kontrollieren, ohne an dem unglaublichen und unbegreiflichen Wissen zu zerbrechen. In der Vergangenheit gab es regelmäßig mächtige Magiekundige, die dank ihres großen Wissens und ihrer besonderen Begabungen die Herrschaft an sich rissen oder zumindest hohe Positionen eingenommen haben. Mit der Zeit entdeckten die ersten hohen Herrscher die Vorzüge magischer Kriegsführung, da ein einziger mächtiger Zauber ganze feindliche Legionen vernichten und auch mächtige Gegner wie Riesen oder Drachen bezwingen konnte.

Leider gingen nicht alle Magiesensitiven sorgsam und vorsichtig mit ihrem mächtigen Verbündeten um und so wurde die Magie an bestimmten Orten zu stark ausgenutzt, was zur Folge hat, dass die Magie dort nur schwach spürbar oder gar nicht vorhanden ist. Andere Gründe für das Fehlen von Magie sind verdeckende Zauber, die es unmöglich machen, die Magie anzuzapfen oder der Tod vieler mächtiger Magiekundiger an einem Ort in kurzer Zeit.

Mittlerweile hatten viele Großmeister der Magie den Rang eines Beraters mächtiger Herrscher eingenommen, leiteten Zauberschulen, zogen auf lange Reisen, um die Magie zu studieren oder gründeten Sekten, in denen sie die verbotenen Zweige der Universalmacht studierten.

Die schwarze Magie wurde verboten, da man sie mit der Magie der Dämonen gleichsetzte und fürchtete. Man nannte diesen Zweig die verbotene Kunst und verfolgte ihre Anhänger ohne Gnade. Doch dies verhinderte nicht, dass sich die verbotene Kunst immer weiter ausbreitete. Der beliebteste Pfad der schwarzen Magie war die Nekromantie, welcher sich mit der Erschaffung wandelnder Toter beschäftigt bzw. das Kontrollieren dieser Kreaturen. Zwar gab es einzelne Gelehrte, denen bewusst war, dass die Nekromantie durchaus gute Seiten hatte, doch leider wurden auch sie verfolgt und getötet.

Ein weiterer verbotener Pfad war das Beschwören von niederen Dämonen und bösen Kreaturen anderer Ebenen. Auch hier war es die Angst vor der Rückkehr der alten Herrscher, die die Herrscher dazu antrieb, Wirker dieser Magie zu töten.

Alles in Allem war die Magie jedoch ein großer Vorteil für die Menschen, die die höchste Kunst erst seid wenigen Generation meisterhaft beherrschte.

Die Religion und das Götterpantheon
In allen bekannten Kulturen spielten Götter der verschiedensten Aufgabengebiete wichtige Rollen. Sie waren Kontaktpersonen für unzufriedene Bürger, Ratgeber in schwierigen Situationen und nicht selten der perfekte Grund einen Krieg oder eine Hetzjagd zu beginnen. Noch wenige hundert Jahre vor Beginn dieser Geschichte wurden in bestimmten Gebieten der bekannten Welt im Namen der Götter Magiekundige gejagt und bei lebendigem Leibe verbrannt. Viele tausende gutmütiger Zauberwirker fanden den auf diese grausame Weise den Tod.
Der populärste Gott war Atros, welcher für Gerechtigkeit und Güte stand. Nach dem Ende des zweiten großen Goblinkrieges offenbarte er sich als Gott der Götter und einte die Menschen unter sich in einer geschlossenen Religion. Der neue Glaube gab den Menschen Festigung und ein Gefühl der Einheit, was den Zusammenhalt stärkte. Die friedfertige Lehre des Eisgottes ließ zum ersten Mal seid Jahrtausenden Streitigkeiten ohne Waffengewalt lösen und bot weise Antworten auf Fragen jedwelcher Natur.
Der Sitz des Gottes Atros befindet sich auf der Spitze des Berges Atros, zu dessen Füßen sich die prächtige Tempelstadt Atros erstreckt. Angeführt von einem Rat, bestehend aus so genannten Tempelmeistern.
Obgleich Atros der populärste Gott in Espental war, gibt es doch noch immer Tempel und Kirchen, in denen andere

Götter verehrt wurden. Das Pantheon erstreckte sich über die verschiedensten Götter, welche die verschiedensten Aufgabengebiete betreuten.

# Prolog

*Manchmal ist es besser blind zu sterben,
als sehend zu leben.*
Atrische Schrift, Kapitel 3

Als sich die Sonne langsam zurückzog und mit ihren letzten roten Strahlen die Welt beschien, als die Abendvögel ihr melancholisches Lied anstimmten, als der Fluss in der tiefen Schlucht rauschend den Abend grüßte und als tausende Mütter ihre Kinder zu Bett brachten, stieg bei zwei dutzend Männern die Anspannung, denn ihr Leben hing an seidenem Faden. Nicht, weil sie auf einer jahrhundertealten Brücke warteten, nicht, weil die Wesen der Nacht ihre Mäuler und Nasen in die Richtung der Männer reckten, sondern weil sie Soldaten waren und einer feindlichen Armee entgegensahen. Wie sie dort kauerten, die Bögen in ihren Händen, die Messer an ihren Gürteln und die Sorge in ihren Gesichtern.

Die Brücke war alt, doch hatte es noch kein Feind geschafft sie einzunehmen. Torhäuser und Wehrtürme an beiden Enden der Brücke hatten dazu beigetragen, aber auch der Umstand, dass stets eine ganze Legion Soldaten auf ihr Wache hielt. Würde sie auch diesen Feind so spielend leicht abwehren, wie sie es in den vielen ruhmreichen Jahren zuvor geschafft hatte?

Die Männer sahen gen Horizont. Noch regte sich dort noch nichts und jeder von ihnen hoffte, dass dies auch so bleiben würde. Sie waren so gut ausgerüstet, wie es in der Eile möglich gewesen war. Kohlenpfannen, die zugedeckt waren um den Feind nicht zu warnen, hielten ihren glimmenden Inhalt bereit, an dem die Soldaten ihre Pfeile anstecken würden, Fässer waren mit Wurfspeeren gefüllt. Doch was nutzte die beste Ausrüstung, wenn man nicht wusste wie groß der Feind war?

Vor etwa drei Monaten hatte es angefangen. Goblinbanden hatten die Städte an der Grenze terrorisiert, Dörfer in Brand gesteckt, Menschen getötet. Erst war dies alles als eine vorübergehende Krise gewertet worden, nun aber war klar, dass alle Menschen in Gefahr schwebten. Was erst wie lose Banden gewirkt hatte, die zufällig angegriffen hatten, hatte sich nun als Armee entpuppt, die viele tausend Köpfe zählen musste. Es war also eine unsinnige Idee, dass zwei dutzend Soldaten eine Brücke gegen Goblins verteidigten, die ganze Burgen und Städte überrannt hatten.

Letzten Endes ging es bei diesem Selbstmordkommando jedoch nicht darum, die Goblins wirklich abzuwehren, sondern der Burg Elbenstein mehr Zeit zu verschaffen. Baron Benigaris und seine Berater hatten alles gut durchdacht. Den Männern war bewusst gewesen, dass sie in den Tod zogen. Aber immerhin konnten sie durch diese Tat ihre Frauen und Kinder schützen, welche in der gewonnenen Zeit flohen, tief ins Landesinnere.

Tillius war einer der Soldaten. Er stand am Rand eines Turmes und blickte in die Dunkelheit. Die Sonne war schnell untergegangen und ebenso schnell hatten die drei Monde ihren Platz eingenommen. Die ersten Sterne glühten bereits am Nachthimmel, bildeten Sternenbilder. Tillius erkannte den Hahn, das Sternzeichen, das man in jeder Nacht sehen konnte, und den Bogen des Zentauren. Es gab in großen Städten Menschen, die behaupteten aus den Sternen die Zukunft ableiten zu können. Der Bogen stand, wenn Tillius richtig lag, für eine nahe Schlacht.

Die dunklen Schwingen der Nacht verhüllten schon die ersten Bäume des nahen Waldes. Wie Monster wirkten sie, die ihre langen, dürren Finger nach den Soldaten ausstreckten.

Obwohl den Soldaten dies klar verboten worden war, hatten sie doch ein paar Fackeln entzündet. Vielleicht würde das die Goblins warnen, doch wen kümmerte das? So oder so war ein Tod der Soldaten unausweichlich. Und die Goblins würden aus diesem Kampf wahrscheinlich kaum Verluste davon tragen. Die Soldaten konnten ein paar dieser Angreifer töten, auf das große Ganze gerechnet würde dies jedoch nichts nützen. Also spendeten die Fackeln wenigstens etwas Licht in diesen düsteren Stunden.

Zwei Soldaten spielten in einer Ecke des Turms ein Würfelspiel. Worum sie spielten wusste Tillius nicht und es war auch unsinnig. Keiner der anwesenden Soldaten würde überleben, da profitierte kein Spieler von einem Sieg. Wahrscheinlich beruhigte es die beiden einfach, sorgte für Ablenkung, lenkte die Gedanken der Männer von der beunruhigenden Aussicht des Todes fort. Auf Elbenstein hatten Soldaten eigentlich nicht viel zu tun. Sicher, ab und zu schlug jemand über die Strenge oder eine Prügelei brach in einer Taverne aus, doch all diese Situationen waren kein Vergleich zu einem Kampf auf Leben und Tod. Keiner der hier anwesenden Soldaten hatte je einen Gegner getötet, dazu hatte es nie Grund gegeben. Es gab zwar Gerüchte darüber, dass ihr oberster Hauptmann, Sunry von Wettgenstein, ein erfahrener Krieger und Soldat war und bereits einigen echten Kämpfen beigewohnt hatte, allerdings wusste jeder, was man von Gerüchten halten konnte. Irgendjemand setzte sie in die Welt, als Scherz oder um jemandem zu schaden. Gerüchte waren nirgendwo im großen Land Espental eine Seltenheit. Alleine die vier Königshäuser könnten ganze Romane über die Gerüchte, die sich um sie rankten, schreiben.

„Deine Wache ist vorüber, Kumpel."

Tillius drehte sich um und nickte. Im Dunkeln konnte er nicht erkennen wer seine Ablösung war, trotz der hell leuchtenden Fackel. Also ging er zu den Würfelspielern und sah ihnen beim Spielen zu.

„Drei Sechsen! Damit hab ich dich!", lachte einer der beiden auf und nahm sich die Münzen, die zwischen den beiden lagen. Beide Spieler würfelten wieder. Das Geräusch der aneinander schlagenden Würfel hatte etwas Beruhigendes, Einschläferndes. Tillius sah den beiden Männern im Halbschlaf zu. Immer wieder schlugen die Würfel auf den hölzernen Boden des Turmes. Dann schlug etwas anderes auf.

Alarmiert griff Tillius seinen Bogen und drehte sich um, wobei er versuchte, seinen Kopf nicht über die Schutzumzäunung ragen zu lassen. Er sah seine Wachablösung daliegen, mit einem Pfeil in der Brust.

„Alarm!", kam der Ruf von einem der andren Türme. „Wir werden angegriffen! Zu den Waffen!"

Tillius stürzte vor, spannte seinen Bogen und schoss ins Schwarze. Neben ihm tauchten nun die beiden Spieler auf, ebenfalls mit gespannten Bögen. „Haltet Euch in der

Deckung", raunte Tillius den beiden zu. Einen Augenblick später surrten weitere Pfeile durch die Luft. Hörner schallten auf. Ihr durchdringender Ton legte sich wie dichter Nebel über das gesamte Gebiet. Erneut Pfeile, dann Schreie aus Menschenkehlen. Tillius spähte kurz über den Schutzzaun. „Ich kann dort unten niemanden sehen", sagte er zu den anderen und ging dann wieder in Deckung.

„Auf den anderen Türmen sind die Fackeln erloschen", bemerkte einer der beiden Spieler.

„Bleibt in Deckung", meinte Tillius. „Wir können sie nicht sehen, aber sie haben und bewiesen, dass sie uns sehen." Er nickte in Richtung des toten Soldaten.

„Vielleicht haben sie sich im Wald verschanzt", vermutete der andere Spieler, als ein weiterer Schwall Pfeile sie eindeckte.

„Unwahrscheinlich. Kein Bogen und keine Armbrust kann so weit schießen", antwortete Tillius. Ein Spieler wies auf einen der Türme. Er stand in Flammen.

„Die werfen mit Fackeln!", brüllte Tillius und Panik ergriff ihn, sodass er aufsprang. Eine Unachtsamkeit, die sofort bestraft wurde. Ein Pfeil bohrte sich in seine Brust und tötete ihn.

**Kapitel I**

*Ein Abschied ist Schmerz und Hoffnung zugleich.*
Quintus Meilenstein, Weisheiten

1.
Frauen lösten sich weinend aus den Umarmungen mit ihren Männern, küssten sie ein letztes Mal, gingen mit ihren Kindern auf die fahrbereiten Wagen. Trauer und Sorge war auf ihre Gesichter geschrieben. Sie saßen mit ihren kleinen Kindern auf ihren Schößen in den Wagen. Die Kinder konnten noch nicht verstehen, dass sie ihre Väter nie wieder sehen würden. Vor ihnen lag eine Fahrt ins Ungewisse, nur das Ziel war den Flüchtlingen bekannt. Die Kernstädte, die Burgen, Schlösser und Städte, die in der Mitte Espentals lagen und sich gegenseitig Schutz garantierten. Aber waren sie dort wirklich sicher? Hatten die Goblins nicht bereits bewiesen, dass sie auch mit als uneinnehmbar geltenden Burgen keine Probleme hatten, hatten sie nicht schon viele Männer getötet?
Sunry von Wettgenstein hatte keine Frau und auch keine Kinder. Trotzdem war er anwesend, sah zu, wie sich Familien trennten. Bisher war Sunry das Glück einer ihn liebenden Frau verwehrt geblieben. In seinem Leben war nie Platz für jemanden an seiner Seite gewesen. Seine Vergangenheit war durchzogen von seinem Leben als Soldat. Schon als kleinen Knaben hatte man ihn zu einem perfekten Krieger ausgebildet. Sein Vater war ein strenger Mann gewesen, ein Mann, der Sunrys Leben in eine Richtung gelenkt hatte, die diesem nicht behagte. Eine dunkle

Vergangenheit lag hinter Sunry, Lügen, Betrug und Mord. Bisher hatte es niemanden gegeben, dem er sich anvertraut hatte, einfach aus dem Grund, weil er ganz gut mit seiner Vergangenheit klar kam.

Als die letzten Wagen die Burg Elbenstein verlassen hatten zog es Sunry zu seinen Männern. Sie befanden sich gerade im Speiseraum und nahmen ihre Rationen ein. Es herrschte Lärm. Ein Soldat stand auf einem der Tische und sang, ein paar andere hatten eine spielerische Schlägerei angefangen. Die meisten jedoch saßen an ihren Plätzen und wirkten nachdenklich. Obgleich er die Namen all dieser Männer kannte, umgab er sich doch besonders gern mit ein paar besonderen Personen. Er setzte sich zu diesen Soldaten an den Tisch. Der Zwerg, ein stämmiger Vertreter seiner Art, leerte gerade einen Bierkrug und wischte sich den weißen Schaum aus seinem dichten Bart, Orlandos, ein Elf und großer Freund der Etikette, sah ihm dabei angewidert zu. Neben den beiden saßen noch Erinn, Jupp und Conan, drei einfache Soldaten, die angeblich allerlei illegale Geschäfte betrieben. Über Jupp erzählte man sich sogar, dass er mit schwarzmagischen Artefakten Handel trieb und der Soldat hatte diese Behauptung nie widerlegt. Scheinbar gefiel ihm die Scheu, die ihm die anderen Soldaten entgegenbrachten.

Ein alter Veteran saß ebenfalls am Tisch. Er war Sunrys Mentor gewesen, als dieser auf Elbenstein gekommen war. Kunibert war ein herzensguter Mann. Hilfsbereit und freundlich und stand jedem mit Rat und Tat zur Seite. Noch vor wenigen Jahren war Kunibert der oberste Hauptmann Elbensteins gewesen. Sunry nahm neben Helena Platz, einer jungen, gut aussehenden Soldatin, die Sunrys Schülerin war.

Viele Männer hatten bereits versucht, Helena in ihr Bett zu holen, aber die mutige Frau war keinesfalls leicht zu gewinnen. In den Reihen der Soldaten genoss sie hohes Ansehen, wurde von den Frauen auf Elbenstein aber gemieden. Sie war nicht wie die anderen Frauen, die still neben ihren Männern her lebten, sie war kein Püppchen, das man aufziehen konnte und in die Küche stellte. Aber insgeheim wurde sie von fast allen anderen Frauen doch bewundert. Helena trat für alles ein, was sich Frauen wünschten, auch wenn es ihnen in großen Teilen des Landes verboten war, diese Gedanken und Wünsche auszusprechen. Espental war im Großen und Ganzen ein sehr fortschrittliches Land. Frauen durften ziemlich häufig ihre Meinungen äußern, jeder Mensch konnte seine Ansichten vertreten und Aussehen oder religiöse Überzeugungen, die von der Norm abwichen, waren toleriert.

„Die Männer scheinen sich mit ihrem Los abgefunden zu haben, Sunry", sagte Kunibert.

„Jedem stand es frei zu gehen", antwortete Sunry. Er war kein großer Freund von Menschen, die erst auf mutige Helden machten, solange das jemanden interessierte, und dann den Schwanz einzogen, wenn es hart auf hart kam. Aus diesem Grund hatte er auch mit Baron Benigaris abgesprochen, jeden Mann fliehen zu lassen, der dies wollte. Das letzte, was Elbenstein jetzt brauchte, waren Verräter, die ihre Verbündeten an die Goblins verkauften, um das eigene Überleben zu sichern.

„Trotzdem find ich die Rationen ziemlich karg. Schließlich sind es unsere letzten Tage!", beschwerte sich der Zwerg.

„Das mag schon sein, aber wir wissen nicht, wie lange wir

hier auf die Goblins warten müssen und ausserdem können wir keine bis oben hin voll gestopften Soldaten gebrauchen", entgegnete Sunry. Auch ihn störte das wollüstige Verhalten des Zwerges, ganz zu schweigen von dessen Faulheit, Alkohol- und Spielsucht.

„Kein Grund so unfreundlich zu werden!", sagte der Zwerg. Kunibert tippte Sunry kurz auf die Schulter und bedeutete ihm, den Speiseraum zu verlassen.

Auf dem Hof der Burg herrschte Ruhe. Sunry war es gewohnt, hier dutzende geschäftige Menschen hin und her eilen zu sehen, aber nun waren all diese Menschen fort. Die Stille behagte Sunry nicht und er fragte sich, ob ihn dieser Umstand verrückt machen würde. Er war, ohne es zu wollen, Teil eines Selbstmordkommandos geworden. Aufgrund seiner hohen Position hier auf Elbenstein war ihm die Option der Flucht verwehrt geblieben. Sicher, er könnte sich noch immer ein Pferd nehmen und die Burg verlassen, doch könnte er dann noch frohen Mutes leben? Andererseits, wer sollte ihn wegen dieses Verrates belangen? Vielleicht war es sogar das Beste für alle, wenn er einfach die Beine in die Hände nahm und Elbenstein lieber gestern als heute hinter sich ließ.

Kunibert riss Sunry aus seinen verräterischen Gedanken. „Sunry, der Baron möchte dich sprechen. Seine Tochter weigert sich beharrlich zu fliehen", sagte er.

„Ach, tut sie das. Ich dachte immer, dass Duana nicht zu den Mutigsten gehört", entgegnete Sunry.

„Das tut sie ja auch nicht. Aber es geht nicht darum, dass sie hier bleiben möchte, um uns Soldaten Loyalität zu erweisen, sondern weil der Baron einfach nicht die Möglichkeit hat, ihr einen entsprechenden Transport zu bieten."

„Das heißt, sie will nicht in einer normalen Kutsche fahren?", fragte Sunry ungläubig. Er kannte die etwas sehr gehobenen Ansprüche der jungen Baroness zwar, aber dass sie soweit gehen würde, hätte er nicht erwartet. In dieser Situation ging es um Leben und Tod. Jede Minute konnte die Goblinarmee am Horizont erscheinen und das würde bedeuten, dass sie in wenigen Stunden angreifen würde. Wie konnte Baroness Duana in dieser lebensbedrohlichen Situation nur an eine gemütlich gepolsterte Kutsche denken?

„Und jetzt soll ich der jungen Herrin diesen jugendlichen und eigensinnigen Gedanken ausreden, ja?", vermutete Sunry entnervt. Es gab weitaus wichtigeres zu tun, als stundenlang mit einer verzogenen Adeligen zu diskutieren. Er musste die Moral der Männer heben, um plötzlich aufkeimende Panik zu verhindern, er musste die Verteidigungsanlagen kontrollieren und den Soldaten ihre Waffen zuweisen.

„Kannst du das nicht übernehmen? Schließlich kennt Duana dich viel länger", bat Sunry, obwohl er wusste, dass es nicht möglich war. Fast jedem auf Elbenstein war bekannt gewesen, dass Baroness Duana gewisse Gefühle für Sunry von Wettgenstein hegte und diese nur wegen ihres Standes unterdrückte. Duana war erst siebzehn und war somit erst seit kurzem eine Erwachsene. Sunry hingegen war bereits dreißig und wäre in wenigen Jahren nicht mehr als Soldat tauglich. Diese Regelung hatte irgendein namenhafter General vor vielen Generationen getroffen, um jene Soldaten zu belohnen, die in dieser kriegdurchzogenen Zeit überlebt hatten.

„Na, dann mach ich es halt", meinte Sunry murrend. Er hatte wirklich Besseres zu tun.

Das Zimmer der Baroness Duana lag im obersten Stock des Palastes, der für eine Burg von Elbensteins Größe ziemlich groß war. Viele lange Korridore schlängelten sich durch das prunkvolle Gebäude und konnten einen Neuankömmling ziemlich schnell verwirren und an einen Ort führen, der weit entfernt des eigentlichen Ziels lag. Duana saß an ihrem Schreibtisch und zeichnete mit ihrer kostbaren Schreibfeder Buchstaben auf ein Blatt Pergament, als Sunry eintrat.

„Guten Tag, Baroness", grüßte Sunry seine Herrin und schloss die Zimmertür hinter sich.

Duana schreckte hoch. Scheinbar hatte sie Sunrys Anklopfen nicht bemerkt. Sie drehte sich um und als sie sah, wer gerade eingetreten war, entspannten sich ihre Züge. „Bitte nehmt Platz Hauptmann", sagte sie und wies auf einen freien Stuhl zu ihrer Linken. Ihr gesamtes Zimmer war kostspielig eingerichtet. Ein Himmelbett mit Samtbezug, eine Wandmalerei, eine Kommode aus Holz, von dem Sunry wusste, dass es von einem sehr seltenen Baum stammte, sowie einige Gemälde, die legendäre Ritter, Magier und Adelige zeigten.

„Was führt Euch in mein Gemach, Hauptmann?", fragte sie mit ernster Miene und setzte einen Blick auf, den sie wohl für verführerisch hielt. Sie rückte ein Stück näher an Sunry heran, wirkte jedoch noch immer wie eine Frau, die einen hohen Rang bekleidete.

„Eine Bitte Eures Vater, Baroness", antwortete Sunry eilig. Eine falsche Antwort oder Bewegung von ihm konnte die Baroness zu einem gefährlichen Irrglauben verleiten. Mit einem Mal wirkte die Baroness erbost. „So, mein Vater also", sagte sie schnippisch und gab Sunry damit zu verstehen, dass er eine von ihr unerwünschte Antwort gegeben hatte. Zweifelsohne hatte sie gewusst, dass Sunry gekommen war, um Duana zu überzeugen, Elbenstein in einer normalen Kutsche zu verlassen und doch schien sie gehofft zu haben, Sunry habe aus einem persönlicheren Grund den Weg in ihr Gemach gefunden.

„Warum schickt er Euch denn?", fragte sie, wobei sie sich große Mühe gab, die Ahnungslose zu spielen.

„Er bittet mich, Euch davon zu überzeugen, Elbenstein so schnell wie möglich zu verlassen", antwortete Sunry sofort. Ihm fehlten die gute Laune und die Zeit, sich auf eine formelle und höfische Unterhaltung mit der Baroness einzulassen. Also kam er direkt auf den Punkt.

„Wenn Ihr nur aus diesem Grund hier seid, werdet Ihr wohl bereits wissen, dass ich nicht gewillt bin, Elbenstein in einer herkömmlichen Kutsche zu verlassen."

„Und Ihr werdet auch wissen, dass es in der momentanen Situation unmöglich ist, ein Transportmittel zu finden, das Eure Wünsche erfüllt." Sunry gab sich große Mühe, nicht aus der Haut zu fahren. Er hatte ja bereits erwartet, dass sich Duana so stur stellen würde.

„Was wollt Ihr schon unternehmen. Entweder ich fahre in einer geeigneten Kutsche oder ich bleibe bis zum Ende hier. Was soll denn bitte passieren?"

Das war der Tropfen, der das Fass zum überlaufen brachte. Diese junge, eingebildete Adelige dachte tatsächlich, dass dies alles hier nur ein Scherz war, nur eine Übervorsicht ihres Vaters. Vielleicht hatte Benigaris seine Tochter in der

Vergangenheit ein wenig zu oft fortgeschickt, vielleicht hatte der Baron in allen kleineren Problemen eine Bedrohung für Duanas Leben gesehen, dieses Mal jedoch war dort draußen wirklich eine große Gefahr. Ein ganzes Heer von Goblins zog nun schon seid einigen Wochen plündernd durch das Land und verbreitete Angst und Schrecken, Tod und Verwüstung, Hunger und Leid, Feuer und Schmerzen. Und genau darauf würde Sunry seine Herrin nun auch hinweisen.

„Nun, wisst Ihr, Baroness, eine ganze Menge. Ich möchte nur ein paar Beispiele nennen. Eine Horde Goblins fällt über Elbestein her, tötet uns alle, bis auf Euch. Sie bringen Euch in das Zelt ihres Anführers, ein ungewaschener, fetter Goblin, der sich nach einem so jungem Körper wie Eurem reckt."

„Hört auf!", schrie Duana plötzlich. „Hört sofort auf mit diesen wahnsinnigen Ideen! Nichts wird mir hier auf Elbenstein widerfahren, rein gar nichts!"

Sunry beschloss weiter zu machen, da sein Plan Früchte trug. „Ja, natürlich wird Euch nichts passieren. Die Goblins werden gegen diese Mauern klatschen wie eine Welle gegen eine Klippe, so wie es auch bei den Grenzburgen war. Stellt Euch nur vor, was passieren wird, wenn sie erst einmal die Mauern überwunden haben. Denkt Ihr wirklich, dass sie uns verschonen? Die Goblins kennen Foltermethoden, die Schlimmer sind als alle, die die menschlichen Folterknechte kennen."

„Nein, ich will nicht gefoltert werden!", schrie Duana panisch.

„Dann flieht, flieht, solange Ihr noch dazu in der Lage seid! Holt die anderen Flüchtlinge ein!", rief Sunry.

Duana sprang auf. „Ja, das werde ich. Gebt mir ein Pferd. Na los, Hauptmann, worauf wartet Ihr noch?"
Sunry überlegte einen Augenblick. Was, wenn Duana die anderen Flüchtlinge nicht einholen würde, wenn sie sich verirrte? „Jemand muss Euch begleiten", meinte er.
Duana sah ihn fragend an. „Wie meint Ihr das?"
„Baroness, wartet noch bis morgen früh. Dann wird Euch einer meiner besten Soldaten begleiten."

2.

Der Zwerg schlug wütend seinen Humpen auf den Tisch vor ihm und ging zu dem Soldaten, der ihn im Übermut beleidigt hatte.
„Sag das noch mal, du Idiot", forderte der Zwerg lauthals. Orlandos sprang auf.
„Jetzt beruhige dich, Zwerg. Setz deine Gesundheit doch nicht wegen so jemandem aufs Spiel!"
Der Zwerg hielt inne und sah Orlandos böse an: „Das ist immer noch meine Sache, Spitzohr, wen ich verdresche und wen nicht, ist das klar! Wenn du willst, kann ich auch direkt bei dir anfangen!"
Kunibert ging zwischen die beiden. „Jetzt ist es aber gut. Du kannst meine Ration haben, wenn du dich beruhigst, Zwerg"
Der Zwerg legte seinen Kopf schief und lächelte. „Das ist doch mal ein Vorschlag."

3.

Wie alles andere in dem Palast war auch der Speisesaal kolossal. Umso kleiner kam sich Sunry vor, als er am Abend zur Rechten des Barons stand und seinen Worten lauschte. Baron Benigaris war ein gut durchtrainierter Mann Mitte vierzig mit schwarzem Haar, silbrigen Strähnen und Vollbart.

„Ich habe von meiner Tochter gehört, dass sie nun doch gehen möchte, Hauptmann, und das kurz nach Eurem Besuch bei Ihr. Allerdings wollte sie mir nicht anvertrauen, wie Ihr ihre Meinung umgeändert habt. Vielleicht wollt Ihr mich einweihen?"

Sunry nickte: „Sagen wir einfach, ich habe der jungen Baroness die Situation vor Augen geführt."

„Sehr gut, sehr gut. Und sie hat mir auch erzählt, dass Ihr angedacht habt, meiner Tochter einen Soldaten als Begleitung abzukommandieren?", erkundigte sich Benigaris.

„Führ wahr, das habe ich", bestätigte Sunry.

„Dann verratet mir doch freundlicher Weise, wen Ihr entbehren könnt, wenn uns die Goblins angreifen?"

„Nun, Baron, ich dachte da an Helena", antwortete Sunry.

Benigaris sah ihn überrascht an. „Wirklich? Ich wusste nicht, dass diese junge Frau für eine solche Aufgabe ausreichend ausgebildet ist."

„Glaubt mir, das ist sie. Ich persönlich habe viel Zeit in ihre Ausbildung gesteckt und bin der Meinung, dass sie in vielen Punkten eine bessere Soldatin ist als ich. Dazu kommt noch der Punkt, dass Helena eine Frau ist. Sie wird Baroness Duana besseren Beistand leisten können als jeder Mann."

„Ich möchte Euch gerne Glauben schenken. Gewiss werdet Ihr jedoch verstehen, dass ich mich um meine Tochter sorge. Sie ist mein einziges Kind und wenn ich schon diesen barbarische Goblins zum Opfer fallen muss, so soll meiner

unschuldigen Tochter dieses grausige Schicksal erspart bleiben."
Sunry nickte erneut. Was hätte er auch anderes tun sollen? Helena musste Elbenstein verlassen und das ging am Besten, wenn sie die Rolle von Duanas Leibwache übernahm. Helena selbst durfte dabei nichts von Sunrys Absichten erfahren. Niemals würde sie es akzeptieren, von Elbenstein fort zugehen, außer wenn es dafür einen ordentlichen Grund gab. Und dieser Grund war die Baroness.
„Helena wird Euch nicht enttäuschen, Herr, das versichere ich Euch."
Benigaris seufzte. „Also gut, aber auf Eure Verantwortung."

4.
„Ich kann nicht glauben, dass der Baron unbedingt mich als Begleitung für sein verzogenes Töchterchen haben will!", erboste sich Helena. Im Aufregen über die junge Baroness war sie auf Elbenstein ungeschlagen.
„Du kannst mir glauben, dass es das Beste für die Baroness ist, mit dir zu gehen. Kein anderer Soldat wäre geeigneter als du", versicherte Sunry.
Diese Aussage beschwichtigte Helena. „Bleibt mir denn eine Wahl?" Sie seufzte. „Dabei wollte ich hier sein, wollte Elbenstein schützen."
„Du wirst viel mehr Menschen schützen, wenn du mit Duana fliehst, Helena", meinte Sunry. „Du bist eine hervorragende Kämpferin. Dein Talent sollen die Goblins erst ganz am Ende erkennen."
Helena lächelte matt. „Aber nur dir zu Liebe."

5.

Es war ein seltsames Gefühl Helena fortgehen zu sehen. Wie sie dort im Sattel saß und neben Duanas stolzem Hengst ritt. Was sie wohl erwarten würde? Vielleicht würden auch sie den Goblins in die Arme fallen. Wer konnte das schon wissen? Sicher war nur, dass die beiden Frauen länger leben würden als Sunry und die anderen Soldaten und wenn es nur ein paar Wochen waren. Sie hatten die Chance, die Kernstädte zu erreichen. Dort würden sie Schutz und Geborgenheit finden, hinter den Mauern einer der uralten Festen Espentals. Dennoch, ein ungutes Gefühl blieb zurück. So viel konnte auf dem Weg auf die beiden Frauen lauern und sie töten. Die Goblins waren nicht das einzige Böse und Verdorbene, dass Espental befallen hatte. Das würden Duana und Helena bald erfahren.

**Kapitel II**

*Was nutzen Männer, die Hunderte töten können,
wenn der Feind Tausende zählt?*
General Endorgan, Das Geheimnis des Krieges

1.
Ein schwarzer Teppich hatte sich am Horizont ausgerollt. Rauch schlängelte sich gen Himmel, Trommeln wurden geschlagen und das Gebrüll und Geschrei der Goblins war bereits bis Elbenstein zu hören. Unruhe machte sich unter den Soldaten breit und nur ein paar wenige schienen die Fassung zu behalten.
Sunry stand mit Orlandos, dem Zwerg, Erinn und einem weiteren Soldaten, den alle den Halb-Goblin nannten, auf dem Haupttorhaus Elbensteins. Der Halb-Goblin war robust gebaut und groß, hatte schwarze Haut und kohlenschwarzes Stoppelhaar. Seine Arme schienen nur aus steinharten Muskeln zu bestehen, ebenso seine Beine und seine Brust. Über die Schultern hatte der Halb-Goblin einen Zweihänder, ein gigantisches und garantiert tödliches Schwert, gebunden. Niemand auf Elbenstein wusste zu berichten, dass der stärkste Soldat der Burg jemals ein einziges Wort gesprochen hatte. Viele böse Zungen tuschelten, der Halb-Goblin sei zu dumm zum Sprechen und nur für den wilden Kampf geeignet. Diese Gene sollten angeblich von seinem Vater stammen, einem Goblinhäuptling, der eine Menschensklavin geschwängert hatte. Da jedoch der Halb-Goblin nie ein Wort verlor, wusste auch keiner, wie die düstere Vergangenheit dieses Soldaten wirklich aussah.

„Sie werden uns bald erreicht haben", stellte Orlandos fest. „In wenigen Stunden. Es würde mich nicht wundern, wenn sie im Dunkeln angriffen."
„Goblins sind für gewöhnlich keine großen Strategen. Doch du könntest Recht haben. Die Dunkelheit der Nacht könnte den Goblins ungemeine Vorteile verschaffen", sagte Erinn.
„Vielleicht sollten wir nun damit anfangen, unsere Verteidigung zu beginnen", schlug Sunry vor.
Und so bezogen alle ihre Positionen. Bis auf ein paar wenige wurden alle Soldaten auf den Wehrmauern und den Türmen positioniert. Nur Sunrys bevorzugte Gruppe blieb bei ihm, sowie eine kleine Gruppe weiterer Soldaten. Jupp und Conan koordinierten die Verteidigung von einem der Türme aus.
Es wurde schneller Abend als es Sunry erwartet hätte. Die Sonne versank am Horizont und der Goblinteppich, der noch vor wenigen Augenblicken still verharrt hatte, setzte sich wieder in Bewegung. Sie bewegten sich langsam, doch schnell genug, um Orlandos Befürchtung eines Nachtangriffes möglich zu machen.
„Dann geht es also los", sagte Benigaris. Vor ihm spähte eine Gruppe mit Bögen bewaffneter Soldaten durch die Zinnen des Haupttorhauses.
„Hoffen wir, dass wir nicht allzu schnell fallen", entgegnete Sunry. „Und nun müsst Ihr das Torhaus verlassen."
Der Baron folgte Sunry und Kunibert die Steintreppen in den Hof hinab. Hier unten herrschte Grabesstille. Keiner der Männer sah, was hinter den massiven Steinmauern vor sich ging. Jeden Moment konnte der Kampf um Elbenstein beginnen, die ersten Leiber mit Pfeilen im Körper von den Schutzwällen stürzen.

„Ganz ruhig", mahnte Sunry die anderen. „Lasst sie nicht wissen, dass hier noch mehr auf sie warten."

2.
„Feuer!"
Die Schlacht begann schlagartig. Eine kleine Gruppe auf Wölfen reitender Goblins hatte sich von dem Hauptkörper der feindlichen Armee gelöst und schoss direkt auf sie zu. Pfeile schossen den Angreifern entgegen, rissen sie von ihren Reittieren und töteten diese manchmal noch dazu. Die noch vor kurzem hochkonzentrierten und angsterfüllten Soldaten auf den Wällen feuerten die tödlichen Geschosse mit Hilfe ihrer Bögen völlig unkoordiniert in die feindlichen Reihen. Schreie gellten auf. Aus den Augenwinkeln sah Sunry, wie einer der Bogenschützen von der Mauer stürzte und sich beim Aufkommen auf dem harten Boden das Genick brach. Dieses grausame Szenario wiederholte sich immer öfter, desto länger die Schlacht andauerte. Dann herrschte Ruhe und kurz darauf brach Freudengeschrei aus.
„Wir haben sie abgewehrt", schrieen die Soldaten, die noch auf den Wällen standen, doch Sunry war schmerzlich bewusst, dass die Schlacht keinesfalls gewonnen war. Was sie dort gerade abgewehrt hatten, war eine kleine Gruppe wahnwitziger Goblins gewesen, die wahrscheinlich ohne Befehl ihres Anführers angegriffen hatten. Und wenn man nun sah, was diese wenigen, unkoordinierten Goblins angerichtet hatten, wirkten Elbensteins Chancen zu überstehen gleich null.
„Wie hoch sind unsere Verluste?", fragte Sunry Erinn, der auf ihn zugeeilt kam.

„Etwa ein dutzend Tote und doppelt so viele Verletzte, Hauptmann. Und die Hauptarmee wird uns erst in wenigen Minuten treffen."

3.

Benigaris stieß die Türen zum Pferdestall auf. Erst scheuten die Tiere wegen des Kampflärms, der draußen herrschte, dann jedoch beruhigten sie sich wieder. Der Baron führte ein bereits gesatteltes Pferd aus dessen Box und überprüfte eilig die Sicherheit des Sattels. Warum dieses Pferd noch gesattelt war, wusste er nicht und es war ihm auch herzlich egal. Mit schier jugendlicher Eleganz schwang sich Benigaris auf sein Reittier, trat ihm in die Seiten und stürzte aus dem Stall heraus.

4.

Sunry sah und hörte, wie die feindlichen Katapulte große Stücke aus den Mauern sprengten, wie gigantische, flügellose Drachen ihre dreieckige Köpfe gegen die Türme stießen, wie die Soldaten in den Tod stürzten, wie die ersten Goblins über die Köpfe der Bodendrachen in die Burg gelangten und die Verteidiger unbekümmert niedermähten. Die Wesen, die bis auf ein paar wenige ein kleines Stückchen kleiner waren als Menschen, sprangen kreischend und mit Knüppeln und Kurzschwertern in den Hof und verwickelten die Soldaten in ungerechte Nahkämpfe. Einer der etwas größeren Goblins hielt aus dem Getümmel heraus auf Sunry zu. Der hob sein Schwert und sprang dem Feind entgegen. Mit einem lauten, Unheil verkündendem Klirren schlugen die Schwertklingen beider Kämpfer gegeneinander. Der

Goblin nutzte eine Taktik, die man nicht wirklich als solche bezeichnen konnte. Er schlug seine Waffe einfach mit roher Gewalt gegen alle möglichen Punkte von Sunrys Körper, ohne dabei einen wirklichen Plan zu verfolgen. Diese Schwäche nutzte Sunry aus, indem er sich elegant um den Goblin wand und ihm dann das Schwert zwischen die Schultern trieb. Der Goblin stürzte leblos zu Boden, kam mit einem dumpfen Klatschen auf dem Boden auf.

Nun lösten sich weitere Goblins aus dem großen Kampfgetümmel. Laut und barbarisch schreiend hielten sie auf Sunry zu, wobei sie mit Knüppeln und Schwertern in der Luft herum wedelten. Doch der Soldat würde nicht alleine gegen sie kämpfen. Kunibert sprang an seine Seite, just in dem Augenblick, in dem die Goblins auf Sunry losgingen. Die beiden Soldaten setzten ihre Angriffe so perfekt auf einander abgestimmt ein, dass schon nach wenigen Augenblicken kein Goblin mehr auf seinen Beinen stand.

„All zu leicht", bemerkte Kunibert.

Hinter sich hörte Sunry plötzlich ein Wiehern und fuhr herum. Er sah, wie jemand aus dem Stall preschte.

„Der Baron flieht!", wies er Kunibert auf seine Entdeckung hin.

„So etwas hatte ich bereits befürchtet. Sunry! Schnapp dir ein paar Soldaten und hol ihn ein. Der Baron darf unter gar keinen Umständen den Goblins in die Hände fallen!", sagte Kunibert.

„Warum?"

„Er weis etwas, was allen Menschen den Tod bringen könnte. Wenn die Goblins von diesem Geheimnis erfahren, dann sind wir alle verloren. Ich kann dir nicht sagen, was es ist, aber du musst verhindern, und das um jeden Preis, dass die Goblins Benigaris gefangen nehmen." Kunibert überlegte noch einen kurzen Augenblick. „Wenn du es nur so verhindern kannst, dann töte ihn."

Weitere Goblins lösten sich aus dem Kampf mit der Mehrheit an Soldaten. „Und nun geh'!" Mit diesen Worten stürzte der alte Soldat den Goblins entgegen.

„Warte!", rief Sunry seinem Mentor noch hinter her, doch diese war bereits im Schlachtgetümmel verschwunden.

Hektisch bahnte sich Sunry einen Weg durch die mit einander ringenden Körper, bis er schließlich die Soldaten fand, die ihn begleiten sollten.

5.

„Hack dem Bastard doch einfach den Schädel ab!", brüllte der Zwerg laut, als Erinn um einen der Goblins herumtänzelte und immer wieder einen Angriff vortäuschte. De Halb-Goblin sah den Zwerg wütend an. Bei dem Wort *Bastard* reagierte er ziemlich schnell eingeschnappt.

Die Gruppe machte ein gleichzeitig ungleiches, aber auch ausgeglichenes Bild. Der Zwerg und der Halb-Goblin gruben ihre Klingen in die Leiber der Goblins, Erinn tänzelte auf fast feminine Weise um seine Gegner und holte ab zu zum Schlag aus und Orlandos` Pfeile trafen genau da, wo die Schwerter der anderen ihr Ziel verfehlten. Auf eine unheimliche und unnatürliche Art und Weise gelang es der ungleichen Soldatengruppe doch immer wieder, jeden Angriff noch so vieler Goblins abzuwehren.

Sunry wusste nicht, wie lange er ihnen dabei zugesehen hatte, wie sie um sich herum einen Wall aus Goblinkörpern errichten. Schließlich jedoch, als sich die Soldaten eine kurze Kampfpause erarbeitet hatten, eilte Sunry zu ihnen.

„Hauptmann, was macht Ihr denn hier?", fragte Erinn, verdutzt über Sunrys Auftauchen. „Ich dachte, Ihr würdet mit Hauptmann Kunibert die Verteidigung überwachen?"

„Das habe ich auch, bis Baron Benigaris beschlossen hat, zu fliehen", antwortete Sunry.

„Die feige Sau ist abgehauen?", knurrte der Zwerg. „Na, dem werd' ich einen husten!"

„Genau darum geht es. Wir müssen ihn zurückholen. Kunibert sprach von einer Katastrophe, die über die Menschen hereinbrechen wird, wenn er den Goblins in die Hände fällt", erklärte Sunry.

„Dann bleibt uns wohl keine andre Wahl, als uns ein paar Pferde zu nehmen und ihm zu folgen", bemerkte Orlandos.

„Hör mal, Spitzohr", sagte der Zwerg. „Du glaubst auch alles, was man dir erzählt, oder?"

6.

Conan stand auf einem der Wehrtürme und sah, wie erst ein einzelner und dann eine Gruppe Reiter Ebenstein verließen. Er wies Jupp darauf hin.

„Da hat wohl jemand beschlossen, uns zu verraten", sagte dieser. „Aber wir haben wirklich andere Probleme." Er deutete auf einen der Bodendrachen, über dessen Kopf die Goblins in die Burg gelangten. Dieses Tier lehnte nun seinen Kopf mit voller Wucht gegen den Turm, auf dem die beiden Soldaten standen. Das gesamte steinerne Gebilde begann zu wackeln und Jupp und Conan hatten große Mühe, nicht das Gleichgewicht zu verlieren und in den Tod zu stürzen. Augenblicke später stürzten die ersten Goblins auf den Turm. Jupp und Conan zogen panisch ihre Kurzschwerter, versuchten, wenigstens ein paar Goblins zu erwischen. Erst starben all die anderen Soldaten, die mit auf dem Turm wahren, dann erwischte ein Goblin Jupp. Der Soldat sah seinen Mörder fassungslos an und brach zusammen. In unkontrollierter Panik und Wut sprang Conan dem Goblin entgegen, der Jupp umgebracht hatte, und hackte wie ein Wahnsinniger mit seinem Schwert auf ihm ein. Er tat dies immer noch, als sein Gegner längst tot war. Ein weiterer Goblin sprang Conan an und verwickelte diesen in einen Schwertkampf. In den Hieben des Soldaten wuchs der Groll. Immer wieder wuchtete er sein Schwert gegen das des Goblins, bis er schließlich auf etwas Weiches traf und der Goblin zu Boden ging. Ein einziges überstandenes Duell, nicht viel bedeutend in einer Schlacht. Mit diesen Worten vor Augen starb auch Conan. Alleine, auf einem Turm, gegen dutzende Goblins.

7.
Kunibert erlebte auf grausame Weise mit, wie all die Männer, die er jeden Tag gesehen hatte, deren Namen ihm bekannt waren, von den Goblins niedergemetzelt wurden. Immer mehr von ihnen starben, immer mehr fielen den wahnsinnigen Gegnern zum Opfer. Ein paar Soldaten ergaben sich, doch auch sie wurden getötet. Schließlich spürte Kunibert einen stechen Schmerz
in Rücken und Brust und als er an sich hinunter sah, bemerkte er, dass ihm ein Goblin ein Schwert durch den Rücken gebohrt hatte.

8.

Von weitem sah man welche Plage über Elbenstein gekommen war. Dichter, schwarzer Qualm zog gen Himmel, Flammen züngelten aus brennenden Dächern und Häusern. Hinter den Mauern konnte man ein paar der gigantischen Bodendrachen erahnen, auf deren Rücken die Goblins Gondeln angebracht hatten. Über der Burg kreiste etwas, eine weitere verdorbene Kreatur.

Es war kein Drache und das Wesen griff auch nicht direkt in das Geschehen ein. Erst wollte Sunry die anderen auf das fliegende Wesen hinweisen, aber als er in ihre Gesichter sah, unterließ er dies. Diese Männer verloren in diesem Augenblick alles, was sie je besessen hatten, an jene Wesen, die man für bezwungen gehalten hatte. Die Goblins waren Verbannte, Aussätzige gewesen. Noch vor einem gutem Jahrhundert hatten nur noch wenige von ihnen existiert und nun waren sie in einer Zahl zurückgekehrt, die nicht möglich sein konnte, nicht möglich sein durfte!

„Wir müssen mindestens einen Tagesritt hinter uns bringen. Erst dann haben wir genug Abstand zu den Goblins", sagte Orlandos. In den Augen des Elfen spiegelten sich Tränen. Er hatte niemandem erzählt, warum er den endlosen Wald, in dem die Elfen lebten, verlassen hatte und Soldat auf Elbenstein geworden war. Aber alles was er geliebt und besessen hatte brannte nun vor seinen Augen, wurde vernichtet, einfach so, ohne Grund.

„Wenn es einen Gott gibt, wenn es Atros, den größten aller gerechten Götter, gibt, warum tut er dann so etwas?", fragte Erinn. Auch seine Stimme klang schwach und gebrochen.

Sunry schüttelte den Kopf. „Wenn ich solche Dinge sehe, weiß ich, dass Atros eine Lüge ist."

**Kapitel III**

> *Und der große Atros schuf Liebe und Zwietracht*
> *und säte sie unter den Menschen.*
> *Doch er tat dies, weil er wusste, dass beide Schwestern sind.*
> Atrische Schrift, Kapitel 1

1.

„Was seit Ihr eigentlich für ein Weichling, Baroness?" Helena spuckte das letzte Wort voller Verachtung aus. Vor ihr hatte sich Baroness Duana in ihre Decke gerollt und ihr blaublütiges Haupt auf einem Rüschenkissen gebettet. Ein unsinniger Luxus, welcher die lange und strapazenreiche Reise gewiss nicht überstehen würde. Ein Rüschenkissen war ein Gegenstand, der an diesem Ort gar nichts verloren hatte. Und doch hatte es Baroness Duana mitgenommen, während Helena all die wichtigen und Nützlichen Dinge bei sich trug.

„Was glaubt Ihr eigentlich, wer Ihr seid, Soldat?", fragte Duana. Sie bemühte sich offenkundig, selbst in dieser unschönen Lage, sich als etwas Besseres darzustellen.

„Ihr braucht nicht so geschwollen zu reden. Hier hört und sieht uns niemand", sagte Helena.

„Seid Ihr Euch da ganz sicher?" Duana deutete in Richtung des nahen Waldes. Sie hatten Ihr Lager hier aufgeschlagen, weil die voluminösen Baumkronen den Rauch ihres Lagerfeuers verdecken würden. Helena hatte keine Angst vor dem dunklen Wald, vor seinen Geräuschen, seinen Bewohnern. Als Soldatin war sie es gewohnt, an solchen, auf den ersten Blick unheimlichen Orten zu nächtigen. Für eine verzogene

Baroness, die nur ihr eigenes Zimmer kannte, musste ein solcher Ort bedrückend und voller tödlicher Gefahr sein.

„Ganz gewiss, Herrin", sagte sie also, obwohl sie Duana lieber etwas von den Ungeheuern erzählt hätte, die Espental bevölkerten. Da gab es die Echsenmenschen, die Wild mit vergifteten Pfeilen jagten und eine bewundernswerte Zähigkeit bei der Verfolgung ihrer Beute bewiesen, die Krenshar, halb Hyäne, halb Dämon und die Kobolde. Diese kleinen Biester waren eine wahre Plage. Sie liebten es, nichts ahnenden Wanderern Fallen zu stellen, ergötzten sich an deren panischem Geschrei. Sogar unter einander spielten sie Streiche und es war weit bekannt, dass es dabei nicht selten zu unglücklichen Unfällen kam. Es hatte zwar einmal eine Zeit gegeben, an denen Menschen und Kobolde Seite an Seite gekämpft hatten, aber diese Zeit war längst vergessen, obgleich die Kobolde nur wegen ihr noch eine Daseinsberechtigung hatten und nicht wie die Goblins verstoßen wurden. Ein paar Kobolde lebten in großen Städten, wo sie als äußerst sadistische Barden, Söldner und sogar manchmal Händler lebten. Nicht jeder Kobold war so verdorben, wie man annahm. Es gab sogar welche, die sich wirklich bemühten, ihren Platz in der Menschenwelt zu finden.

Und dann gab es da noch die Trolle. Diese Wesen waren wirklich noch schlimmer und abstoßender als die Kobolde. Es gab die unterschiedlichsten Unterarten von ihnen, doch am schlimmsten waren die kleinwüchsigen Höhlentrolle und die boshaften Waldtrolle. Beide Unterarten waren gleichermaßen verdorben, hinterlistig und eingebildet. Alle Trolle waren feige Mörder, aber auch gefährliche Gegner in einem echten Kampf. Ohne Tricks und Hinterlistigkeiten von

Seiten des Trolls würde es jedoch nie einen Kampf mit einem solchen geben.
„Na, dann hoffe ich, dass Ihr Recht habt, Soldat", flüsterte Duana und hatte damit auf sehr diskrete Weise mitgeteilt, dass Helena die gesamte Nachtwache übernehmen würde.

2.
Der nächste Morgen weckte Baroness Duana mit seinen warmen Strahlen, die auf ihr Antlitz trafen. Erst versuchte die Baroness diesem zärtlichen Weckversuch auszuweichen, unterlag ihm jedoch schließlich. Sie räkelte sich in ihrer Decke und sah sich suchend um. Sie entdeckte Helena, die gerade am Lagerfeuer hockte und ein kleines Frühstück zubereitete. Die Luft roch nach Tau und irgendwo in der Ferne plätscherte ein Bach. Vögel sangen in den Kronen der hohen Bäume. Dort, wo noch vor wenigen Stunden etwas Böses zu hausen schien, lebte nun nur noch idyllischer Frieden. Der ganze Tag, die ganze Gegend, wirkte auf Duana wie das Paradies und sie bedauerte, dass sie all die Jahre ihres Lebens nur auf Elbenstein verbracht hatte. Nicht einmal ausgeritten war sie mit ihrem Vater, hatte nie die wundervolle Natur gesehen, die sie doch umgab, nicht weit weg von ihrem Zuhause. Ab und zu hatte ihr Weg sie einmal durch die Gärten Elbensteins geführt. An den wundervollen Buschskulpturen von Tieren vorbei, den duftenden Blumen, die die Gärten in alle Farben des Regenbogens erhellt hatten. Elbenstein war das Paradies auf Erden gewesen und das wurde der Baroness erst nun bewusst, da sie dieses Paradies nie wieder betreten würde.
Sie rappelte sich auf und schleppte sich zum Lagerfeuer, wo

sie neben der Soldatin Platz nahm. Ihre Glieder waren müde und gelähmt, von dem langen Ritt des vergangenen Tages und ihr Schlaf war trotz Helenas Versprechung, es würde keine Gefahr bestehen, äußerst unruhig gewesen.

Die Soldatin reichte Duana eine Schale, die mit einem eigenartig riechenden Brei gefüllt war.

„Was ist das genau, Soldat?", fragte die Baroness.

„Haferschleim. Leicht zubereitbar, einigermaßen nährreich und füllt den Magen. Das perfekte Essen für Leute wie uns, die ein langer Ritt erwartet", antwortete sie lächelnd. „Und für Leute, die wie Ihr von Albträumen geplagt wurden." Sie machte ein besorgtes Gesicht und Duana fragte sich, warum sich die Soldatin wirklich Sorgen um sie machte.

Nach dem Frühstück räumte Helena das provisorische Lager wieder ein, befestigte es an den Pferden und half Duana beim Aufsteigen auf ihren kostbaren Zuchthengst. Dass sie dieses Tier hatte mitnehmen wollen war völlig unsinnig. Viele Tagesritte würden sie noch erwarten, zwischen denen nur kurze Pausen liegen würden, wenn sie die sicheren Kernstädte erreichen wollten. Ein Zuchthengst würde so eine lange und beschwerliche Reise nicht ohne Probleme und Leiden überstehen. Dieses Pferd konnte auf Turnieren beste Gänge präsentieren, über Hindernisse springen und ausgezeichnete Fohlen zeugen, doch belastbar war es wirklich nicht.

„Wie lange werden wir heute reiten?", fragte die Baroness. Sie hatte schon am letzten Tag immer wieder diese Frage gestellt.

„Bis wir einen guten Schlafplatz finden", antwortete Helena.

„Und desto schneller wir los reiten erreichen wir unser heutiges Ziel.

3.
Am Abend hatten sie eine kleine Lichtung in Mitten eines Waldes gefunden. Helena wusste, dass sich fast überall in Espental große Wälder finden ließen, ein Überbleibsel der naturverbundenen Herrschaft der Elfen vor vielen tausend Jahren. Wieder errichtete Duana ein Lagerfeuer aus dem Holz, dass sie auf die Schnelle fand. Bald war es bereits dunkel und die Baroness hatte sich in ihre Schlafdecke eingerollt.

„Wollt Ihr noch etwas Fleisch?" Helena deutete auf den Waldhasen der auf einem Spieß über dem Feuer garte. Sie hatte das Tier in der Abenddämmerung gefangen, als es unachtsam an einem moosbedecktem Baumstamm geknabbert hatte. Als Soldatin hatte Helena gelernt, die Geschenke des Waldes zu erkennen und auch zu nutzen. Duana winkte ab, worauf Helena das restliche Fleisch die Glut warf. „Der Geruch des Fleisches könnte wilde Tiere anlocken", erklärte sie kurz und legte sich dann ebenfalls hin. Schon nach wenigen Augenblicken des Wartens fand sie in einen tiefen Schlaf.

4.
Das kleine Dorf Birkenbach wirkte wie eine Erlösung für die beiden Frauen. Eine halbe Woche lang hatten sie jede Nacht im Freien geschlafen, hatten sich der Bedrohung der Natur ausgesetzt. Nun sahen sie seit langem endlich wieder ein Haus, das noch von Menschen bewohnt wurde. In den

Wäldern, die die beiden durchquert hatten, hatte es ab und zu ein paar längst verlassene Holzfällerlager gegeben, die dann den beiden Flüchtlingen als Nachtquartier gedient hatten. Doch auch in diesen Gebäuden war es bitterkalt gewesen. Ein Zustand, über den sich die Baroness jedes Mal beklagt und die Frage angehängt hatte, ob es nicht endlich wieder ein richtiges Bett gäbe. Dieses Bett gab es nun. In einem schäbig wirkenden Gasthaus mieteten sie sich ein Zimmer, das dem kleinen Preis entsprechend eingerichtet war. Zwei Betten mit Strohmatratzen, eine Kommode, ein Schrank. Auch neue Kleidung hatten sie gekauft. Zum einen war ihre alte von den vielen anstrengenden Ritten durchgeschwitzt und roch dementsprechend, zum anderen, weil die Baroness noch immer eine sehr feine Kleidung zur Schau trug und nicht jeder auf den ersten Blick erkennen sollte, dass Duana blauen Blutes war. Des Weiteren hatte Helena ihrer Herrin Nachhilfe im Sprechen gegeben. Duana pflegte eine sehr formelle und aufgetakelte Ausdrucksweise zu nutzen, die ziemlich vielen etwas ärmeren Menschen bitter aufstoßen konnte und schnell zum Grund einer Schlägerei werden konnte.

Die Betten waren weich und als Helena sich auf ihres legte, überkam sie direkt ein warmes Gefühl der Gemütlichkeit. Diese Betten waren aus Stroh, jedoch waren sie weicher, als der harte und kalte Waldboden oder der Boden der Holzfällerhütten. Durch das leicht geöffnete Fenster drang eine kühle Brise frischer Luft in das kleine Zimmer und weckte Fragen in Helena. Was war wohl auf Elbenstein geschehen? Dass die Burg verloren war, hatte die Soldatin von Anfang an gewusst. Vielleicht hatte aber jemand überlebt. Vielleicht hatten die Goblins Gefangene gemacht. Vielleicht lebten Sunry, Kunibert und der Baron noch. Und wenn dem nicht so war, dann hatte vielleicht jemand unbedeutendes überlebt. Was aber war, wenn sie alle tot waren? Für die Baroness würde das kein wirkliches Problem darstellen. Sie hatte nur ihren Vater gekannt, an dem sie zwar hing, aber jedoch immer all seine Warnungen in den Wind geschlagen und nach einem Jüngling gesucht hatte, der ihr wohl gesonnen war. Duana war erst vor anderthalb Jahren volljährig geworden. Bis zu diesem Tag hatte ihr Vater ihr alle Wünsche von den Augen ablesen lassen und versucht, sein einziges Kind und Erinnerungsgut an seine verstorbene Frau zu behüten und zu verwöhnen. Wenn man nun darüber nachdachte, hatten die Goblins die Baroness zu einer Vollweisen gemacht. Vielleicht bekümmerte Duana der Tod ihres Vaters aber gar nicht so stark, wie man es von einer Tochter erwarten konnte, deren Mutter nur wenige Jahre mit ihrer Tochter gelebt hatte. Im Alter von sechzehn Jahren hatte Baroness Duana damit begonnen, nach einem geeigneten Lebenspartner zu suchen, doch obgleich sie schön und gebildet war, war auch ihre Arroganz und Verwöhntheit auf ganz Elbenstein bekannt gewesen. Und so hatte sich kein williger Mann finden lassen, nicht einmal ein gewöhnlicher Bürger. Schließlich hatte Duana verzweifelt versucht, Hauptmann Sunry von Wettgenstein schöne Augen zu machen, welcher jedoch keine Liebe empfinden konnte, wie man munkelte. Ein dunkles Geheimnis hatte den obersten Soldaten des Barons umgeben. Das hatte man gespürt. Sunry war vielen Fremden ziemlich feindselig gesonnen gewesen. Eine unpraktische Eigenschaft, für

jemanden in Sunrys Position. Möglicherweise war jedoch gerade diese Seite des Hauptmanns die, die sowohl Duana als auch Helena so an ihm liebten.
„Darf ich Euch etwas fragen, Soldat?", erkundigte sich Duana.
„Natürlich, Baroness", gab Helena zurück.
„Meint Ihr, ist Vater tot? Die Soldaten, Hauptmann Sunry?"
Helena überlegte einen kurzen Augenblick. „Irgendjemand wird schon überlebt haben."

5.
Kunibert schrie laut und schmerzerfüllt auf, als der Goblinfolterknecht ihm seine Peitsche auf den Rücken schlug. Wie oft hatte ihn dieser Bastard nun schon geschlagen, seid er in ihrer Gefangenschaft war? Hatte er dutzende, hunderte oder sogar tausende Schläge ertragen müssen? War noch einer der anderen Soldaten am Leben, die die Goblins gefangen genommen hatten? Was aus den Überlebenden geworden war, wusste der alte Soldat nicht, wohl aber, was den Leichen der Gefallenen widerfahren war. Mechanische, auf magische Weise belebte Konstrukte hatten die toten Körper auf ihre mit Stacheln bewehrten Rücken gespießt und sie fort getragen. Goblins waren plündernd und schreiend vor Freude durch die Straßen von Espental gerannt, hatten Häuser in Brand gesteckt. Irgendwann hatte einer der Goblins bemerkt, dass Kunibert noch nicht tot war und ihn zu seinem nächsten Vorgesetzten geschleppt, einem hünenhaften Goblin namens Haldor, der sich selber Blutfürst nannte und welcher feststellte, dass Kunibert wohl ranghoch war und hatte diesen erst einmal auspeitschen lassen, um ihn

danach zu befragen, wo der Herr dieser Burg war. Natürlich hatte der erfahrene und zähe Soldat nicht gesagt, was er in der Nacht des Kampfes beobachtet hatte. Und so hatte man immer wieder neue Schläge mit der Peitsche angeordnet. Eine geschlagene Woche ging es nun schon so. Jeden Tag dutzende Peitschenhiebe, die Kunibert fast den Verstand genommen hatten. Manchmal war er mitten in der Nacht in seiner einem Schweinestall ähnelnden Zelle aufgewacht, hatte unkontrolliert gebrüllt, war nass geschwitzt gewesen. Und die Goblinwachen hatten über sein Leiden nur gelacht und Witze in ihrer Sprache gemacht. In den Tagen in der Gefangenschaft bei den Goblins hatte Kunibert festgestellt, dass nur die wenigsten Goblins die Menschensprache gebrauchten, ob sie sie jedoch verstehen konnten, wusste der Soldat nicht. Lediglich die ranghöheren Goblins schienen wenigstens ein paar Worte sprechen zu können.

Ein weiterer Schlag traf Kuniberts wunden Rücken, doch noch hielt er sich. Nach seiner ersten Folter hatte sich Kunibert eigentlich geschworen, dass er niemals etwas sagen würde, nun jedoch stand sein Geist kurz davor, gebrochen zu werden.

Weitere Hiebe, immer stärkere Schmerzen, die den Soldaten irgendwann umbringen würden. Dann wurde es dunkel um ihn.


6.
Am nächsten Morgen erwartete Helena die Baroness bereits fertig angezogen und freundlich lächelnd.
„Gibt es einen Grund zur Freude, Soldat?", erkundigte sich Duana.

Die Soldatin legte den Kopf schief. „In gewisser Weise schon", antwortete sie.

„Aha. Und in welcher?"

„Wir reiten weiter und nähern uns immer mehr der Sicherheit in den Kernstädten."

Duana seufzte. „Wohin reiten wir eigentlich? Natürlich, die Kernstädte, aber welche Route entlang?"

„Unser nächster großer Halt wird Golga sein", erklärte Helena.

„Hinter der Staubwüste?", entgegnete die Baroness überrascht.

„Ja. Ich dachte, Ihr wüsstet, dass wir sie heute betreten", meinte Helena.

„Das meint Ihr nicht ernst!"

„Doch, eigentlich schon."

Wieder seufzte die Baroness.

„Also", sagte Helena. „Schnappt Euch Euer Zeug und es geht los."

7.

Sunry und die kleine Gruppe, die ihn begleitete, sahen voller Staunen auf die imposante Staubwüste, die sich wie eine wilde Gottheit vor ihnen erhob. Es war heiß. Die Wüste trug einen Wind heran, der die Lungen der Reisenden austrocknete. Der wahrscheinlich anstrengendste Teil ihrer Reise lag vor den Flüchtlingen und Sunry war bewusst, dass hier die größte Gefahr bestand, den Baron zu verlieren. Tausende Wege führten in diese endlose Wüste und ebenso viele wieder hinaus. Es würde ein Glücksspiel werden, ob sie den Baron fanden oder nicht.

„Nun, dann los", sagte der Zwerg, ohne zu wissen, was sie eigentlich erwartete.
Und so begann eine Reise durch ein Reich voller Gefahren, tödlichen Wesen und Geheimnissen.

8.
Helenas Plan sah vor, dass es ihr und Duana gelang die Oktan-Oase innerhalb von einem Tagesmarsch zu erreichen. Die Oktan-Oase war die drittgrößte in der Staubwüste, wurde aber eher selten von Riesenskorpionen aufgesucht. Auch gab es dort einen Nomadenstamm, der kostenlos Wasser aus seinem Brunnen abgab. Wie Helena ausgerechnet hatte, würde ihre Reise etwa drei Tage dauern. Danach würden sie sich erst ein paar Tage in einem schönen Hotel aufhalten und ausruhen, bevor sie zum Espenmeer weiterziehen würden. Um es Duana leichter zu machen, hatten sie sich die Dienste eines Lastenjungen erkauft. Isaak war ein Waisenjunge, der für Wasser und Brot alles tat, und für Wurst sogar noch mehr. Er schleppte Dinge, tanzte, lachte über schlechte Witze und machte auch weit weniger legale Dinge, wenn die Bezahlung stimmte. „Ein Gossenjunge wie er im Buche steht", hatte Duana gesagt, aber außer einem bösen Blick von Isaak hatte sie keine Strafe bekommen.
Issak war ein braungebrannter Junge mit schwarzem Stoppelhaar von vielleicht zwölf Jahren. Er hatte wachsame Knopfaugen und trug ein lumpiges rotes Hemd und eine stinkende grüne Hose. Obwohl Isaak Vollwaise und dementsprechend bettelarm war, gehörte ihm doch ein braunes Muli mit niedlichen Schlappohren. Isaak wollte diesen Esel als Reittier nutzen, während Helena und Duana

auf frischen Pferden ritten. Die Staubwüste begann direkt hinter dem Dorf. Schon an ihrem Anfang lastete ein entmutigendes Gefühl auf jedem Reisenden, der hier stand. Auch Helena spürte dieses Gefühl. Und Duana hatte schon lange aufgegeben. „Dann mal los!", lachte Issak, als fieberte er einer solchen Reise schon lange entgegen.

Das Dorf, das nur über ein paar wenige Häuser und Stände verfügte, war wirklich kein schönes Zuhause. Wahrscheinlich drängte Issak nur deshalb so stark zum Aufbruch, weil er Angst hatte, die beiden Frauen könnten die Aktion doch noch abbrechen.

Als die Pferde und das Muli schließlich ihre Hufe in den ersten Sand der Staubwüste gruben, ließ Isaak einen Freudenschrei los. „Ich weis von Vater, dass die Wüste groß ist", lachte er, während sein Muli lostrollte. Woher Isaak seinen Vater kannte, wo er doch Waise, hinterfragte Helena nicht. Wahrscheinlich nur Freudenausrufe eines aufgeregten Jungen.

## 9.

Als Sunry und seine Kameraden aufbrachen, taten sie das mit einem Gefühl der Ungewissheit. Sie hatten keine anständige Karte auftreiben können und gingen daher ohne Wegweiser in die staubige Ebene.

Orlandos hatte sogar zwei Wasserschläuche randvoll gefüllt, da Elfen schneller durstig werden als Menschen. Dem Zwerg hatte dieser Umstand genügend Anlass zum lästern gegeben, aber Orlandos war das egal.

„Ich finde, wir hätten einen Führer mieten sollen", meinte Erinn als sie los ritten.

„Die waren viel zu teuer", sagte Sunry.

„... und ausserdem kenn ich die Staubwüste wie mein rechtes Auge", fügte der Zwerg hinzu.

„Na, das kann ja was werden."

Obwohl der Zwerg sich gut auskannte, hatte Sunry sich ein wenig umgehört. Die empfohlene Reiseroute führte sie geradeaus bis zur immergrünen Oase, von wo sie sich gen Norden halten sollten, bis sie das nördliche Ende der oasenarmen Wüste erreichen würden.

Wenn sie bis zu diesem Zeitpunkt den Baron nicht finden würden, war er tot.

10.

Alles verlief nach Plan. Helena, Issak und Duana erreichten eine der kleineren Oasen am späten Mittag und füllten dort ihre Wasserschläuche auf. Issak hatte erstaunlich wenig getrunken.

Ihr bisheriger Weg hatte sich nicht sonderlich spannend gestaltet. Neben wenigen Kakteen, ein paar Steinen und wenigen Eidechsen, die Isaak als äußerst lecker anpries. Die Oase, welche sie erreichten, glich jeder anderen. Grünes Gras wuchs saftig aus dem Boden, Palmen reckten ihre Häupter gen Himmel. An ihnen wuchsen Datteln und farbenfrohe Früchte, die man Iq nannte. Die Iq war eine süße, handgroße Frucht, deren Innenleben Infektionen und Entzündungen hemmen konnte. Die Palmen und das Gras bildeten einen lebenden Kreis, deren Mittelpunkt ein klarer See war. Einige große Fische schwammen in dem Wasserloch und würden zusammen mit den Iq ein rundes Mal bieten. „Endlich Wasser!", rief Duana freudig aus und wollte

sich in das kühle Nass werfen, doch Helena hielt sie zurück.
Duana sah Helena wütend an: „Was ist?"
Helena deutete auf die Mitte des Wasserlochs: „Geht nicht zu eilig ins Wasser, ansonsten geschieht mit euch dasselbe wie mit ihm."
In dem Wasserloch schwamm die Leiche des Barons.

**Kapitel IV**

*Trotz der weisen Gesetze, die unsere Könige erlassen haben, gibt es doch noch immer Sklaverei, auch bei den Menschen.*
Notgar Tagenkrug, Gesetze Espentals

1.
Im Norden Espentals, wo kahle Olivenbäume und kalte Steinformationen das Panorama bildeten, wo Blitz und Donner ununterbrochen wüteten und doch kein Regen fiel, lebte ein hagerer Mann mit mausgrauem Haar und einem Herzen aus Stein. Narsil der graue Graf verbrachte einen Großteil des Tages damit, sich an den gellenden Schreien seiner Sklaven zu ergötzen, die in dem Steinbruch vor Narsils Wohnort, der von ewiger Dunkelheit umgebenen und von Bosheit durchzogenen grauen Burg, schufteten. Sie arbeiteten dort unter den Augen grausamer Goblinaufseher, die die wehrlosen Menschensklaven grundlos quälten und zum grausamen Zeitvertreib folterten. Ja, die Sklaven lebten das unschönste Leben in ganz Espental.
Der große Audienzraum, in dem sich Narsil bevorzugt aufhielt, verfügte über wenige und fast erloschene Lichtquellen, die den Raum nicht erhellten, sondern ihn in ein grauenhaftes Dämmerlicht tauchten. Narsil liebte diese Atmosphäre. Er genoss die kühle Luft in seinen Lungen, den Geruch der schwach brennenden Kerzen und das Gefühl ein Herrscher zu sein, wenn er auf seinem steinernen Thron saß.
Zu Narsils Rechten stand ein Mann in violetter Robe, muskulösem Oberkörper und magischen Tätowierungen, die

seinen kahlen Schädel zierten. Der Magier wurde er genannt und war ebenso voll der Abscheu gegen die vier Könige, die das Land regierten, wie sein Herr Narsil.

Auf dem Papier und den Landkarten stand zwar, dass Narsils Ländereien den Königen gehörten, aber niemand außer dem grauen Graf wollte diese unfruchtbare Gegend angehangen bekommen. So hatte sich der graue Graf von den vier Königen Espentals abgewendet und seinen eigenen Staat gegründet, in dem er tun und lassen konnte, was ihm gefiel.

Den Namen des Magiers kannte niemand und niemand wollte ihn wissen. Es hieß, der Name sei von dem Magier verflucht worden und jeder der ihn aussprach fiele in einen endlosen Albtraum. Das höhnische Lächeln, das die Lippen des Magiers stets umspielte, schien diese Theorie nur zu bestätigen.

„Die Blutfürsten haben also das gesamte Gebiet vor der Staubwüste erobert, richtig?", wiederholte der graue Graf die Worte der beiden Goblinboten, die vor ihm knieten.

„Ganz richtig Herr, ganz richtig. Und es sind weitere Leichen auf dem Weg hierher. Die Armee hat, was die toten Körper angeht, reichliche Gewinne eingefahren", erklärte der eine Goblin.

Narsil sah seinen Hofmagier lächelnd an. Der nickte.

„Wenn mir die Frage erlaubt ist, Herr, würde ich gerne wissen, wofür diese Leichen gut sind?", fragte der andere Bote.

„Die Frage ist Euch nicht gestattet", entgegnete Narsil kühl.

„Aber Ihr werdet meine Fragen beantworten. Wann erreicht die Armee Saphira?"

„Bald, Herr, bald. Fürst Haldor lässt ausrichten, dass sie sie in wenigen Monaten erreicht haben. Ihr werdet es als Erster erfahren."

„Das ist sehr gut. Dann werde ich sie bald strafen, diese blaublütigen Narren."

Ein Blitz zuckte direkt an einem der Fenster vorbei.

„Mit Verlaub, Herr. Vielleicht solltet Ihr lieber noch länger in den Schatten verweilen. Müsst Ihr Euch denn unbedingt an allen vier Königen gütlich tun?", warf der eine Goblin in die Runde.

„Wer hat Euch erlaubt, eine solche Dreistigkeit an den Tag zu legen. Ich allein entscheide über mein Aktivwerden und nicht Ihr, schäbiger Narr!", empörte sich Narsil. In den letzten Monaten, seit er diesen närrischen Bund mit den Goblins und ihren Blutfürsten eingegangen war, hatten die Goblins eine erstaunliche Selbstüberzeugung gebildet, die Narsil so gar nicht gefiel.

„Vielleicht darf auch ich etwas anmerken, Herr?"

Alle anwesenden Augen richteten sich auf den Magier, der die Blicke ignorierte.

Narsil nickte, worauf der Magier scharf die Luft durch seine Zähne einzog. Ein unheimliches Geräusch. „Die Vorfreude auf etwas lang Ersehntes ist eine große Freude, doch sie kann auch alle Vorsicht vertreiben."

Der Graf sah seinen Berater irritiert an: „Äh, ja, genau." Er schüttelte den Kopf.

„Damit wollte ich sagen, Herr, dass es klug wäre, Euer Leben nicht ohne Plan zu riskieren. Jeder der vier Könige wird bewacht. Lasst die Goblins seine Leibeigenen vernichten und den König zu Euch bringen. Ein Blick in seine angsterfüllten Augen wird die Genugtuung seines Todes noch steigern."

„Also gut, Ich vertraue Euch, Magier. Aber ich warne die Blutfürsten und das, was ich nun sage, könnt Ihr Fürst Haldor genauso ausrichten, Goblins: Meine Klinge verlangt nach dem Blut der Könige. Und ich will jeden von ihnen vernichten. Wenn die Blutfürsten diesen Wunsch nicht respektieren, werde ich auch meinen Teil der Vereinbarung brechen."

2.
Die Armee der Goblins hatte eine Schneise der Zerstörung hinter sich gelassen. Höfe brannten, Menschen waren gestorben, Burgen zerstört. Aber es war dennoch schwer, die Armee bei Laune zu halten, da die Menschen nur wenig zurückgelassen hatten. Da waren keine persönlichen Schätze, keine Frauen und kein Vieh. Und weiterziehen konnte Haldor auch nicht, denn ein zweiter Blutfürst, Wuldocren, hatte beschlossen, schon jetzt auf den Plan zu treten.
So saß Haldor alleine in seinem Zelt, eine ausgerollte Karte der Staubwüste vor sich, dem nächsten großen Hindernis auf dem Feldzug der Goblins. Haldors Plan sah vor, erst die Nomaden der Wüste zu beseitigen, obgleich diese keine reelle Bedrohung für seine Truppen seien würden. Die Nomaden waren keine guten Kämpfer, aber wenn sie den Goblins in den Rücken fielen konnten sie dennoch verheerenden Schaden anrichten. Bei so etwas beugte man lieber vor und ausserdem steigerte eine kleine Jagd die Moral der Soldaten.

3.
Die Kerker der grauen Burg waren dunkel und unwirtlicher als der Rest der Burg. Sie erstreckten sich bis tief in die Erde

und boten zahlreichen Goblins die Chance, sich an wehrlosen Menschen auszutoben. Schreie gelten hier regelmäßig auf und erzeugten so fast eine grausame Parodie einer Hintergrundsmusik. Narsil liebte, wie jede Ecke der grauen Burg, auch den Folterkeller. Hier wurde ihm nie langweilig, denn die Goblinfolterknechte kannten die grausamsten Methoden, einem Menschen Leid zuzufügen und fanden immer wieder neue Möglichkeiten.

Dennoch, in den letzten Tagen hatte es Narsil besonders oft nach hier unten gezogen, denn ein besonderer *Gast* war vor kurzem eingetroffen. Ein Gast, den Narsil noch nicht persönlich gesprochen hatte, da er immer besinnungslos gewesen war, wenn der graue Graf ihn aufgesucht hatte. Manchmal übertreiben die Folterknechte es einfach. Heute jedoch, das hatte man ihm versichert, war der *Gast* in der Lage zu sprechen und Narsil hatte vor, dass er das auch tat.

Als er die kleine Zelle erreichte, in dem der Gast festgehalten und gefoltert wurde, erfüllte ein Gefühl der Vorfreude den Körper Narsils. Ein Gefühl, dass dem grauen Graf gefiel und das ihm immer dann begegnete, wenn er Zeuge einer besonders grausamen Folter werden würde.

Der Gefangene war an eine moosbewachsene Säule gefesselt, sein Kopf hing schlaff herunter und Blut tropfte von seinem Gesicht auf den Boden.

„Seid gegrüßt, General Eorlariel", sagte Narsil spöttisch, als er den Raum betrat.

Der Gefangene hob kraftlos seinen Kopf und offenbarte elfische Züge, welche jedoch auf eigenartige Weise unrein wirkten.

„Ihr schweigt? Nun, ich weis ja, dass Ihr ein großer Freund

der Etikette seid, aber man muss es ja auch nicht übertreiben, nicht wahr? Ich bedaure wirklich, dass ich nicht dabei sein konnte, als Ihr eingetroffen seid. Ich wäre gerne bei Eurer, nun, nennen wir es Begrüßung, dabei gewesen."

Eorlariel spuckte etwas Blut auf den Boden. Dort hatte sich bereits eine rot schimmernde Lache gebildet.

„Wisst Ihr was? Ich mache Euch einen Vorschlag. Ihr sagt mir, was ich wissen will und dafür lasse ich Euch gehen. Einverstanden?", sagte Narsil.

„Eure Versprechungen...gebt sie einem anderen. Ihr beherbergt einen Verräter. Niemals werde ich ihm geben was er will. Wir haben Jahre gebraucht, um es zu beenden. Ich werde nicht der sein, der es wieder in die Welt holt", hauchte Eorlariel.

„Ihr wisst, wozu dieser *Verräter*, wie Ihr ihn nennt, fähig ist. Er ist hier, über uns. Ich kann ihn holen lassen. Ich kann mir vorstellen, dass es für Euch viel zu bereden gibt. Doch glaubt mir wenn ich sage, dass Euch Euer alter Bekannter nicht zuhören wird. In ihm gährt ein tiefer Hass. In seinen Augen seid Ihr der Verräter, Eorlariel. Aber ich kann eine Begegnung verhindern, sagt mir nur, was ich wissen will."

„Niemals. Ich habe einen Eid geleistet. Ich habe geschworen, es nie wieder zu tun."

„Und das müsst Ihr auch nicht. Sagt mir nur, was ich wissen muss. Dann werdet Ihr nichts mitbekommen."

„Lieber sterbe ich."

„Oh, dass kann ich mir gut vorstellen. Aber leider seid Ihr noch zu wertvoll für mich. Noch brauche ich Euch. Ein kleines Gespräch mit mir könnte Euch große Qualen ersparen, das wisst Ihr. Sagt mir nur, was ich wissen will."

„Mein Wissen allein nutzt Euch nichts. Ihr braucht das des Dritten, doch den werdet Ihr nie finden. Er trägt eine Maske, die ihm niemand vom Haupt nehmen kann. Sucht Ihn, doch auch von ihm werdet Ihr nichts erfahren."

„Leider ist er bereits tot. Ich habe das von ein paar Spionen der Goblins erfahren. Er hat sich selbst gerichtet und es wie Dummheit aussehen lassen. Seine Leiche wird bald hier eintreffen, zusammen mit seinem Erbe. Darum kümmern sich meine neuen Freunde. Und dann, Eorlariel, dann werdet Ihr reden."

**Kapitel V**

*Ein Abschied schmerzt, doch ein Verrat ebenso.*
Titus Aldous, Weisheiten eines alten Mannes

1.
Fassungslos sah Duana auf das aufgequollene Gesicht ihres toten Vaters. Helena hatte ihn aus dem Wasser gezogen. Es war ziemlich klar, wie Baron Benigaris von Elbenstein zu Tode gekommen war. Benigaris galt bei seinen Untergebenen nicht als besonders weise. Die Luft war heiß und das Wasser eiskalt. Der Baron musste in einem Hitzekoller überreagiert und sich ins Wasser gestürzt haben. Eine tödliche Herzattacke war die unausweichliche Folge gewesen. Eine Frage hatte Helena jedoch nicht beantworten können: Wie hatte der Baron sie überholen können? „Er trägt seine kostbaren Gewänder", stellte Helena nüchtern fest und versuchte, nicht in das schrecklich entstellte Gesicht des Barons zu schauen.
Duana schien nicht zu verstehen, was Helena meinte. „Es ist ein Wunder, dass er keinen Räubern in die Hände gefallen ist. Und einige der Nomaden gehen auch nicht zögerlich mit einsamen Wanderern um." Helena merkte, dass das nicht die Worte waren, die Duana hätten aufmuntern können und das tat Helena leid. In der kurzen Zeit, in der sie gezwungen gewesen war, Zeit mit Duana zu verbringen und sie somit genauer kennen zu lernen, begann Helena langsam Duana zu verstehen. „Wir müssen ihn begraben, bevor sein Geruch wilde Tiere anzieht", meinte Issak und Helena merkte, dass der Waisenjunge sich scheinbar keine Gedanken über Duanas Gefühle machte.

„Und das Wasser können wir auch vergessen, der Körper hat es vergiftet", fügte Issak hinzu.

2.
Sunry beobachtete die Sterne am Himmel. Eine Nacht und den vorherigen Tag waren sie durch die Wüste gestreift, bis sie die immergrüne Oase erreicht hatten.
„Keine Iq zu finden", berichtete Erinn, der sich die Oase genauer beguckt hatte. „Und Nomaden leben hier auch keine." „Immerhin haben wir Süßwasser", meinte Orlandos. „Früchte?", erkundigte sich Sunry, wendete seinen Blick jedoch nicht von den Sternen ab.
„Datteln, Feigen, das Übliche halt", kam die Antwort und Erinn zog einen prall gefüllten Beutel unter dem Umhang hervor. Er löste die Schnüre, mit der der Beutel zugebunden war und die Früchte rollten auf den grünen Boden.
Die ganze Nacht hindurch versuchte Sunry an den Sternen ihren Standort zu erkennen, doch ein dichter Nebel verdarb ihm die Sicht, die er benötigte. Die Sterne waren schüchtern. Sie würden in spätestens drei Tagen wesentlich weiter sein und möglichst die Wüste hinter sich gelassen haben, ansonsten würden ihnen die Goblins zu nahe sein.

3.
Das Begräbnis des Barons wurde nicht gerade prunkvoll abgehalten. Ein paar Blüten zierten seine durchnässte Robe, aus rotem Fruchtfleisch hatten sie eine Creme angefertigt, welche das Gesicht Benigaris' bedeckte, damit Atros nicht die entstellten Züge des gestorbenen Mannes ansehen musste. Einen Sarg gab es nicht. Es hätte zu viel Zeit in

Anspruch genommen, einen aus den Palmen der Oase anzufertigen, Zeit, die die kleine Gruppe nicht hatte. Damit der leblose Körper schneller auf den Grund sank, hatte Helena dem Baron die Lungen aufgeschnitten und Steine hinein gelegt. Keine sehr angenehme Arbeit.

Während der Leichnam dem Wasser übergeben wurde, sprach Duana das Gebet, welches den großen Gott Atros um ein Leben nach dem Tode für Benigaris bat. Sie erzählte von all den guten Taten ihres Vaters und seinen größten Erfahrungen. Allerdings gab es kaum etwas Ruhmreiches zu berichten. Den Großteil seines Lebens hatte Benigaris mit langweiliger Diplomatie und strenger Etikette beschäftigt. Zuletzt sprach sie noch einmal die Anfangsworte.

Normalerweise wurde solch ein Gebet, eine Grabesrede, von einem Geistlichen gesprochen, besonders weil Benigaris ein Mann hohen Adels war, aber Duana hatte nach einem Gespräch mit Helena eingesehen, dass es inmitten der Staubwüste schwer werden würde, einen Kleriker oder Priester zu finden.

„Warum ist er nur gegangen, Helena?", fragte Duana, mehr zu sich selbst. Helena wollte auf die Naivität des Barons hinweisen, die ihn in das eiskalte Wasser getrieben hatte, doch sie besann sich eines besseren und überhörte die Frage. Erst jetzt, wo die Begräbniszeremonie beendet war, wurde Helena klar, dass etwas nicht stimmte. Der Baron hätte nach Plan von einer Leibgarde begleitet werden sollen, aber außer ihm war niemand hier gewesen, nicht einmal sein geliebtes Pferd. „Wir sollten uns schlafen legen, Herrin", sagte Helena sanft.

„Bitte, nennt mich Duana."

Isaak war losgezogen, als Helena und Duana dieses Begräbnis angefangen hatten. Er hatte nichts mit Atros oder wie er hieß am Hut. Er wusste nur, dass dieser Gott angeblich jeden liebte. Wenn dem so war, dann verstand Isaak nicht, warum ihm dann ein solches Leben gegeben worden war. Issak hatte in der Gosse eines Dorfes gelebt, leben müssen, hatte seine Eltern nie gekannt und sein einziger Freund war ein Muli. Nein, Atros war, wenn er denn existierte, kein Vater der jeden liebte. Schon früh hatte Isaak gelernt, nur in seinen Beutel zu leben. Und wenn jemand besser zahlte, dann wurde dieser auch bevorzugt. Die Späher der Goblinarmee zahlten mit Gold, und davon konnte er sich mehr kaufen, als diese beiden Frauen ihm boten.

Issak traf die drei Goblinspäher am Oasenrand. Sie waren sich alle sehr ähnlich, groß, hager und gefährlich. Als Issak sich durch das Unterholz näherte, tat er das bewusst leise. Die Goblins sollten ruhig erschrecken, aber nicht so heftig, dass sie ihn tot prügelten. Seine Kontaktleute waren sehr ruhig und ließen sich auch von seinem plötzlichen Auftauchen nicht verunsichern oder gar soweit reizen, ihre Waffen zu ziehen.

„Wo?", sagte einer der Goblins kurz angebunden. Scheinbar wollten sie möglichst wenig ihrer selbst offenbaren. Issak zeigte in die Richtung, aus der er gekommen war. „Und die Bezahlung?" Issak bemühte sich nicht leise zu sein. Er hatte soeben jemanden verraten, der ihm vertraut hatte. Die drei Goblins blieben nicht stehen, sondern gingen ohne jede Regung weiter.

„Hey, ihr Bastarde! Ich bekomme noch Gold von euch!", brüllte der Junge jetzt so laut er konnte. Und jetzt blieben die Goblins stehen. Einer drehte sich um, hob eine geladene Armbrust und schoss.

4.

Helena und Duana machten in dieser dunklen Nacht kein Auge zu. Duana schluchzte in ihren Schlafsack, Duana versuchte noch etwas Wasser aus ihrem Wasserschlauch zu pressen. Helena war sehr stolz darauf, vorausschauend zu denken, doch sie hatte heute zu sehr darauf vertraut, dass sie ihren Wasservorrat hier auffüllen könnten. Daraus wurde wohl nun nichts. Baron Benigaris Körper hatte das Wasser vergiftet. Selbst im Tod machte er nur Probleme, dachte Helena säuerlich. Neben ihr schluchzte Duana heftig.
Die drei Goblins schlichen auf das Wasserloch zu. Der Junge hatte nichts davon gesagt, ob der Baron bei den Frauen war, aber aus anderen Quellen wussten sie, dass seine Tochter am Wasserloch schlief. Das Schluchzen und Schniefen war laut genug, um ihre Schritte zu übertönen. Gleich waren sie nah genug dran, würden hervor springen, die Begleiterin der Barontochter töten und diese Duana gefangen nehmen. Warum Fürst Haldor sie unbedingt haben wollte, war ihnen nicht bekannt. Und ein richtiger Kampf würde es auch nicht werden. Zwei Frauen gegen drei perfekt ausgebildete Goblinmeuchelmörder, die bis an die Zähne bewaffnet waren. Wahrscheinlich war sogar der tote Junge ein besserer Kämpfer. Die drei Goblins näherten sich nun ihrem Ziel, das Schluchzen wurde lauter und nun

konnten sie auch ihre Opfer sehen. Sie verständigten sich kurz per Zeichensprache hoben dann ihre Armbrüste und...

5.
Schwerter schlugen gegeneinander als Sunry und Erinn einen Übungskampf bestritten. Der Zwerg war noch immer wütend auf Sunry, weil er nicht auf Elbenstein hatte bleiben dürfen und das, obwohl jeder wusste, dass er nur allzu gerne geflohen war. Mittlerweile war der Zwerg sogar der Meinung, dass die Menschen die Schlacht um Elbenstein gewonnen hätten, wäre er nur dabei gewesen.
„Ein Goblin ist wie ein Hase, hast du seine Ohren, hast du ihn", lachte er, als er einen Becher mit seltsam schmeckenden Kräutern, welche sie in Wasser aufgekocht hatten, leerte. Scheinbar hatten diese Kräuter eine äußerst seltsame Wirkung auf den Zwerg und machten ihn sogar noch verdrehter, als es jedes Bier der Welt hätte schaffen können.
Erinn und Sunry beendeten ihr Duell, verneigten sich vor einander und steckten die Schwerter weg. Niemand schenkte den Worten des Zwerges Beachtung, denn seine Kameraden waren es längst gewohnt, dass er unter dem Einfluss berauschender Mittel Unsinn redete.
„Diese Kräuter sind nicht gut. Sie verderben den Geist", sagte Orlandos ernst. Es war in ganz Elbenstein bekannt gewesen, dass der Elf nicht viel von Rauschmitteln hielt, da jeder Elf ein großer Freund des klaren Verstandes war.
„Wüsste nicht, was da noch verdorben werden könnte", meinte Erinn, der sich nun an das kleine Lagerfeuer setzte, das Orlandos irgendwie entzündet hatte. Der Halb-Goblin brummte zustimmend aus dem Schatten einer Palme. Das

Licht des Lagerfeuers tauchte die Hälfte seines Gesichtes ins Helle, was den Halb-Goblin noch unheimlicher wirken ließ.
Der Zwerg füllte sich einen weiteren Becher mit Kräutern und heißem Wasser auf. Er lächelte breit und trank den Becher aus, wobei ein Großteil des Tees an seinem langen Bart hinab floss.
„Was wäre eigentlich…", sagte er und genoss das Rauschen des letzten Wortes einen Moment lang, bevor er weiter sprach: „…wenn der gute Baron stirbt? Zum Beispiel wenn er in so einem Wasserloch abnippelt?"
„Wenn da vorher noch was drin war…", meinte Erinn trocken und deutete auf den Kopf des Zwerges „…dann ist es jetzt weg."

6.
„Deckung!", schrie Helena und riss Duana zur Seite. Ein grelles Kreischen entrang sich der adeligen Kehle. Die beiden hatten keine Zeit irgendwie anders zu reagieren, denn schon schossen drei Pfeile über sie hinweg.
„Was?" Duana sah überrascht auf.
„Keine Zeit für Erklärungen, gebt mir das Schwert!"
„Was? Nein, das fass ich nicht an!", kreischte die Baroness.
Helenas Waffe lag keinen Meter von Duana entfernt.
„Das Schwert, los!"
Eine zweite Salve Pfeile sauste über die Frauen hinweg in den See, wo die drei Geschosse mit einem Glucken einschlugen.
„Los doch!", brüllte Helena, aber als Duana immer noch nicht handelte, rollte Helena sich über ihre Schutzbefohlene, bekam den Griff des Schwertes zu fassen und sprang auf.

„Zeigt Euch!", forderte Helena die Angreifer auf. Was hatte sie denn noch zu verlieren? Kein Wasser, das würde ihr einen qualvolleren Tod bescheren als ein paar Pfeile in der Brust.

Überraschender Weise reagierten die Angreifer auf Helenas Aufforderung. Sie waren, wie Helena geahnt hatte, muskulöse Gestalten, welche Körper und Gesicht mit braunen Umhängen verhüllt hatten. Armbrüste oder Bögen konnte Helena nicht entdecken. Offenbar hatte sie es hier mit Gegnern zu tun, die sich eines Sieges sicher waren. Synchron ließen die Goblins, wie sich zeigte, ihre Umhänge zu Boden gleiten und offenbarten Lederrüstungen, Krummschwerter und schwarze Masken, die die Gesichter der Goblins komplett bedeckten. Die Goblins zogen ihre Krummschwerter und wirbelten sie durch die Luft. Dann bewegten sie sich einheitlich auf Helena zu. Ihre Füße traten so exakt gleichzeitig auf, dass ein Zuhörer nur eine Person vermutet hätte.

Helena hielt ihr Schwert gerade vor sich und versuchte sich zu entspannen. Wenn diese Goblins genauso gut ihr Schwert führten, wie sie sich präsentierten, würde dieser Kampf schnell vorbei sein.

Die Goblins legten eine tödliche Perfektion an den Tag. Erst umzingelten sie Helena, dann griffen sie nacheinander an. Die ersten Angriffe konnte Helena noch blocken, wobei sie jedoch große Mühe hatte. Helena fuhr herum und konnte gerade noch einem herabschnellenden Krummschwert ausweichen. Aber Sekunden später spürte sie eine zweite Klinge gegen sich schlagen. Sie spürte das warme Blut, das aus der Wunde quoll, wie es die Kleidung tränkte, die Helena am Leib trug. Dann wurden ihre Beine schwach und alles wurde schwarz um sie.

7.
Isaak wagte es erst aufzustehen, als er sah, wie die Goblins davon ritten. Sie waren noch dümmer gewesen, als man sich erzählte. Diese Typen hatten nicht bemerkt, dass Isaak schon zu Boden gegangen war, bevor der eine Goblin überhaupt geschossen hatte. Das Einzige, was Isaak verloren hatte, waren seine Bezahlung und sein Muli, auf dem die Goblins die eine Frau verschleppt hatten. Und natürlich war er nun ganz allein in dieser Wüste, aber dem war schon öfter so gewesen und er hatte es bisher immer überstanden.

**Kapitel VI**

*Magie wirken zu können ist eine wahrlich seltene Begabung, aber manche können die Magie sogar in das Gewöhnlichste bannen.*
Celebratus Estus, Das Wunder der Magie

1.
„Endlich wieder normale Luft in den Lungen!", lachte Erinn, als sie das kleine Dörfchen Mondsilbe erreicht hatten.
„Und endlich wieder Tavernen!", fügte der Zwerg überglücklich hinzu.
Einen ganzen Monat waren sie durch die schier endlose Staubwüste geirrt, hatten jede Oase genutzt, um eine kleine Pause zu machen, zu entspannen und die gequälten Muskeln wenigstens ein paar Sekunden zu schonen. Und zu all der Schinderei kam noch hinzu, dass eine ganze Oase nicht da war, wo sie hätte sein sollen. Und dieser Monat des Kampfes um Leben auf Tod gegen einen Feind, der die Natur selbst war, hatte der kleinen Gruppe immensen Abstand zu der Armee des Feindes gekostet.

2.
Bei einem guten Becher Met für jeden, bis auf Orlandos, der Erdbeerlikör vorzog, besprachen die Soldaten, wie es nun weitergehen sollte.
„Auf jeden Fall müssen wir Mondsilbe schnell verlassen", sagte der Zwerg und jeder war überrascht, dass er nach so viel Met überhaupt noch denken konnte und so etwas

Sinnvolles dabei herum kam. Er leerte den Becher und winkte der bulligen Wirtin, um sich einen weiteren Becher Met zu ordern.

Die Taverne *Zum Metbauern* war nicht sehr groß. Ein paar einfache Holztische und -stühle und eine kleine Theke. An den Wänden hingen Fackeln, von denen jedoch die wenigsten angezündet waren.

„Ich würde viel drum geben, mal in dem Keller hier zu schlafen", meinte der Zwerg, in dessen Augen ein hoffnungsvolles Licht entzündet worden war. Es war nur logisch, dass in dem Keller des *Metbauern* Unmengen an Met darauf warteten von zahlenden Gästen getrunken zu werden.

„Wenn du da drin schläfst, hast du bloß wenig von dem ganzen Met", spottete Erinn. Orlandos nickte geistesabwesend, sagte dann jedoch: „Wir sollten jetzt wieder zu unserem eigentlichen Gesprächsthema zurückkehren."

„Zurück können wir nicht. Die Goblins dürften sich längst darauf vorbereitet haben, die Staubwüste zu durchqueren, wenn sie damit nicht schon begonnen haben", überlegte Erinn. „Ich finde, wir sollten versuchen einen der Könige zu erreichen."

Orlandos nahm einen kleinen Schluck Erdbeerlikör, den er einen Moment im Mund behielt bevor er ihn hinunterschluckte. „Eine gute Idee. Ich denke, dass wir, wenn wir diesen Plan verfolgen, König Wellem aufsuchen sollten."

„Launisch wie das Meer, voller Tücken, wie die See, stark wie ein Wal, welch eine Qual", lachte der Zwerg und klopfte sich zum Lob für den gelungenen Reim auf die eigene Schulter.

„Wir haben wichtige Kenntnisse um die Goblinarmee. Und wir dürften zu den wenigen gehören, die sowohl Goblins als auch die Staubwüste überlebt haben", fuhr der Elf unbeirrt fort.

„Dennoch, es ist ein weiter und gefährlicher Weg", warnte Sunry. „Wir wissen ja nicht einmal, ob die Goblins noch Truppen haben. Sie waren schon wenige, als sie Elbenstein angegriffen haben. Und es ist fraglich, ob sie einen Marsch durch die Staubwüste überstehen können."

„Wir sollten dennoch Wellem kontaktieren. Und wenn dieser Krieg schon beendet ist, dann soll es uns nicht betrüben. Übernachten wir dennoch erst einmal hier", schlug Orlandos vor.

„Dann können wir morgen aufbrechen."

3.

„Fünf Goldespen für eine Nacht! Jetzt haben wir gar kein Geld mehr", beschwerte sich der Zwerg lauthals.

„Du musstest doch gar nichts bezahlen. Du hattest gar kein Geld mehr", erinnerte Erinn und spielte auf die häufigen Trinkorgien des Zwergs an.

„Keine Zeit zum Streiten", mahnte Orlandos. „Wir müssen unsere Pferde holen und dann wieder aufbrechen."

Sie hatten ihre Reittiere bei einem alten Mann namens Goldick unterstellen lassen. Die Boxen hatten sich als groß und sauber präsentiert und würden den Pferden eine ruhige Nacht beschert haben. Orlandos hatte sich erst geweigert, sein Pferd in einen Kerker, wie er die Boxen nannte, zu stecken, war dann jedoch einsichtig geworden, als er erfuhr,

dass eine Koppel oder eine Weide in dieser Gegend unbezahlbar war.
Goldicks Scheunen lagen direkt am Ortsausgang. Dem alten Mann gehörten drei Stück, doch wegen der Gerüchte um eine Goblinarmee hinter der Staubwüste hatten sich seine Kunden stark reduziert. Viele waren bereits Hals über Kopf geflohen.
Orlandos' Augen füllten sich mit Tränen, als er sein Pferd wieder sah und er tätschelte ihm sanft die Schulter.
„Wie unmännlich", meinte der Zwerg und steckte Goldick in einem unbeobachteten Moment eine Münze zu, damit dieser sein Pferd sattelte.

4.

Ein greller, roter Energiestrahl erhellte die Kerker der grauen Burg. Eorlariels schlaffer, sterbender Körper hing kläglich und ohne letzte Kraft an der Säule, an die der Halb-Elf gekettet war.
„Wir können das hier alles beschleunigen", sagte Graf Narsil lächelnd. „Sagt mir einfach, was ich wissen will."
Eorlariel hob langsam seinen entstellten Kopf. Tiefe, blutige Furchen durchzogen die einst edlen Züge.
„Ich…bleibe stark", hauchte er.
Narsil schüttelte den Kopf. „Heil ihn."
Narsils Hofmagier trat vor, legte seine rechte Hand auf Eorlariels Brust und flüsterte ein paar Worte, worauf sich alle gefährlichen Wunden auf magische Weise verschlossen.
„Also noch einmal von vorne", sagte Narsil kühl.
Der Magier entfernte sich von Eorlariel und feuerte einen weiteren Strahl auf den Halb-Elf ab.

5.

In einem ruhigen Schritt ritten Sunry und seine Begleiter über die Ebenen von Golgar. Die Temperatur hatte sich weiter abgekühlt und war nun wieder aushaltbar. Benannt nach dem großen König Golgar, der hier den Erzählungen und Kindergeschichten nach einen ganzen Tempel voller Nekromanten, wahnsinniger und verdorbener Magier, ausgehoben hatte, waren die Ebenen ein großes Gebiet, dass sich jedoch keines Falls mit der Staubwüste messen konnte. Wenn man den direkten Weg durch die Ebenen wählte, würde man sie binnen eines Tagesrittes überwinden. Doch obwohl die Ebenen von Golgar verhältnismäßig klein wirkten, bargen sie doch reichliche Gefahren. Es gab Gerüchte über Drachen und Wyvern, Verwandte der mächtigen Drachen, welche tief in den eigentlichen Ebenen ihr langweiliges Dasein fristeten. Für gewöhnlich blieben diese Riesenechsen bei ihrem Hort und griffen nicht die sonst gut bereiste Hauptstraße an, über die die kleine Gruppe gerade ritt. Doch von den vielen fahrenden Händlern, Söldnern, Reisenden und Barden, die die Hauptstraße nutzten, fehlte jede Spur. Der Krieg, welcher hinter der mächtigen Staubwüste begonnen und bereits zahlreiche Opfer gefordert hatte, hatte seinen unheilvollen Ruf bereits so gestärkt, dass es selbst die mächtigsten Reisenden nicht gen Osten zog, wo der Qualm des Goblinfeuers den Himmel verdeckte.

Am Ende der Ebenen wartete eine Stadt auf die Flüchtlinge, die ebenfalls Golgar hieß und den König vor vielen Jahrzehnten häufig beherbergt hatte. Heute war Golgar jedoch eine große und reiche Handelsstadt mitten im Nirgendwo mit dem gemeinen Volk als gern gesehenen Gast.

„Immerhin kenne ich in Golgar eine gute Taverne. Dattelbier, ich sage es euch, wenn ihr das Zeug einmal getrunken habt könnt ihr nicht mehr an was anderes denken", schwärmte der Zwerg laut, da ihn das Wasser, dass die einzige Flüssigkeit in der Staubwüste gewesen war, angewidert hatte. Der Zwerg war schon auf Elbenstein ein guter Trinker gewesen und jeder hatte von seinen Vorlieben für exotisches Bier gewusst.

Sunry schüttelte den Kopf. „Vergiss nicht, dass wir nur dort anhalten, um Informationen zu erhalten."

6.

Die Straßen von Golgar waren verwinkelt wie ein Labyrinth. Angeblich lebte tief unter der Erde sogar ein Minotaurus und fungierte als Stoff für Schauergeschichten. Und diese Kreatur, halb Mensch halb Stier, sollte der Legende nach in einer geheimen Höhle lauern und Kinder fressen.

Sunrys Ziel war jedoch wesentlich bekannter als diese Höhle und, zur Freude des Zwerges, eine Taverne, die zufällig auch Dattelbier anbot.

In ihrem Innern war sie nicht anders eingerichtet als die vielen anderen Tavernen, die Sunry in seinem abenteuerlichen Leben besucht hatte. Nur ein paar Wandteppiche schmückten die Wände und Duftkerzen mit dem unangenehmen Geruch von Kümmel und Lavendel erhellten den recht großen Schankraum. An der Theke saßen ein paar Gnome in der farbenfrohen und zerschlissenen Kleidung der Barden und tranken eine grüne Flüssigkeit. Fast alle

Tische waren besetzt. Alte Herren mit schmierigen und jüngere mit unfreundlichen, aber auch reiche Männer mit arroganten Gesichtern hatten an ihnen Platz gefunden, speisten von Tontellern die örtlichen Spezialitäten und wurden von viel zu jungen Mädchen bedient.

„Zugegeben, dies hier ist kein besonders geschmackvolles Gasthaus", sagte Sunry.

„Ich finde es gut", meinte der Zwerg und sah sich freudig um. Als er eines der Mädchen entdeckte lächelte er diesem wie er glaubte verführerisch zu, worauf es sich jedoch abwendete. Sunry machte sich nur eine kurze Notiz von seiner Umgebung, entdeckte dann in einer Ecke der Taverne die Person, die er suchte und steuerte, vorbei an einer schief spielenden Kapelle, auf diese zu.

„Vergnügt euch Jungs. Ich habe etwas mit diesem Herrn zu besprechen", sagte er, worauf sich der Zwerg augenblicklich von der Gruppe löste.

„Ich bleibe bei dir Sunry. Mir gefallen diese Gestalten nicht", sagte Orlandos.

„Wenn du meinst. Aber du kannst mir ruhig glauben, dass mein Gesprächspartner dir überhaupt nicht gefallen wird. Er ist ein, nennen wir es, illegaler Bekannter."

Sunry sah aus seinen Augenwinkeln, wie der Zwerg sich erst ein Dattelbier bestellte und dann mit ein paar vermummten Gestalten ein Kartenspiel begann, setzte sich jedoch unbekümmert zu der Gestalt in den Schatten. Sie hatte eine braune Kapuze tief in ihr Gesicht gezogen und lange, dürre Finger, die sich wie Tiere auf dem Tisch vor ihr räkelten. Vor dem Wesen stand ein Bierkrug in einer Pfütze.

Orlandos bedachte die Gestalt mit einem abschätzenden Blick.

„Sunry." Die Stimme der Gestalt klang unmenschlich und entsprang wohl einem Mund, der normalerweise so wenig sprach wie möglich.

„Kubus", erwiderte Sunry die wenig herzliche Begrüßung.

Kubus wendete sich Orlandos zu.

„Und ich bin Orlandos, Sohn des…"

„Danke, Elf, die Kurzform reicht", unterbrach Kubus ihn.

Orlandos nickte und schwieg.

„Wir haben lange nicht gesprochen, Sunry."

„Seit du deinen Sitz geändert hast war das auch schwierig."

„Dann bist du nicht freiwillig hier?"

„Ich hätte zweifellos auch ohne deinen Rat weiterreisen können."

„Und doch holst du ihn ein."

Kubus machte eine fordernde Geste mit seinen Händen. Mit einer langsamen Bewegung löste Sunry einen Lederbeutel von seinem Gürtel, öffnete ihn und legte ein paar Goldespen auf den Tisch.

„Etwas großes also", bemerkte Kubus lächelnd.

„Was weist du über die Goblinarmee?"

„Oh, nur das, was alle wissen."

„Du weist immer mehr als die anderen."

„Wie richtig du liegst. Sie brechen auf, sind bereits in der Wüste. Einer ihrer Fürsten hat sie bereits überwunden."

„Wo ist er?"

„Im Olivenwald."

„Derrus?"

„Wir reden nur über die Goblins, mein lieber Sunry."

„Wie viele?"

„Ich weiß nicht genau."

„Ich habe dir bereits genug Gold gegeben, Kubus."

„Zehntausend, vielleicht mehr. Bodendrachen und kleinere Biester. Eine ganze Legion Wolfreiter. Und viele Magier."

„Wie viele?"

„Niemand weis das, Sunry. Die Blutfürsten gehen überraschend weise vor."

„Blutfürsten?", wiederholte Orlandos fragend.

„Ja, so nennen sie sich, wie es die Prophezeiung verlangt, die ihre Religion ist", erklärte Kubus. „Die Prophezeiung der Goblins, eine grausame Vorhersagung, die die alten Götter der Goblins vertrieb."

„Wir brauchen keinen Geschichtsunterricht", unterbrach ihn Sunry.

„Ich habe ja auch nicht gefragt", konterte Kubus.

„Zurück zum Thema. Du hast Biester erwähnt."

„Ja, Bodendrachen, vielleicht ein paar Gorgonen und wenn ich richtig informiert bin, mindestens ein dutzend Manticore."

Sunry war nicht verwundert, als er das hörte. Als die Goblins am Ende des zweiten großen Goblinkrieges verbannt wurden, fanden sie Zuflucht oder, wie es Chronisten der damaligen Zeit nannten, ein Exil in einem kleinen Abschnitt von Espenland, das von unzähligen Bestien bewohnt wurde, auch den Manticoren. Manticore waren geflügelte, leopardenartige Kreaturen, deren lange Schwänze mit tödlichen Stacheln bewährt waren. Diese Wesen galten als äußerst intelligent und gierig. Ihr gesamtes Handeln wurde von einer schier krankhaften Goldgier vorangetrie-

ben. Auch Gorgonen waren Sunry nicht unbekannt. Steinerne Stiere, deren grün leuchtenden Augen angeblich Menschen versteinern konnten. Jedoch galten sie als unbezähmbar.
„Und jetzt kommt das wohl Interessanteste", sagte Kubus.
Sunry legte eine weitere goldene Münze auf den Tisch.
„Einer der Fürsten reitet auf einem uralten, roten Drachen."
„Wir sahen einen der Goblins auf einem gepanzerten Nashorn reiten", berichtete Orlandos.
„So wie man hört hat jeder Fürst ein eigenes kleines Monster", erklärte Kubus.
„Was für ein Drache?", wollte Sunry wissen.
„Ein sehr mächtiger. Angeblich wurde er als Nestling von seiner Mutter verstoßen und ist seitdem ziemlich verbittert." Kubus fügte etwas auf elfisch hinzu. Fragend sah Sunry Orlandos an, welcher jedoch den Kopf schüttelte.
„Sonst habe ich nichts Wissenswertes für euch." Er sah zu dem Zwerg hinüber. „Obwohl, sagt eurem Freund, dass man nicht fünf Könige auf der Hand halten kann."

7.

„Er ist zäh und hat einen unbrechbaren Willen." Narsils Magier wirkte ruhig und doch war da der gut versteckte Zorn zu spüren. „Ganz so, wie ich ihn in Erinnerung habe."
Der Zorn des Magiers war nur verständlich. Noch nie zuvor hatte ein Gefangener die grausame Folter so lange ausgehalten.
„Aber eine Schwachstelle muss er haben", sagte Narsil.
Das letzte, was er jetzt gebrauchen konnte, war ein Hofmagier, der den Glauben an sich verlor. Es war von höchster

Wichtigkeit, dass der Magier Narsil voll zur Verfügung stand. Er hatte Eorlariels Folter als ein Geschenk an seinen Berater gedacht, aber niemals wäre ihm in den Sinn gekommen, dass der Halb-Elf diesen mächtigen, dunklen Zaubern widerstehen könnte. Bisher hatte die magische Folter ihre Opfer entweder zum Reden gebracht, in den Wahnsinn getrieben oder getötet. Und doch hielt der Gefangene stand. Doch Narsil wollte etwas wissen und wenn er dafür sogar den Magier opfern müsste, er würde es erfahren.

Und außer der magischen Foltermethode schien keine andere stark genug, Eorlariels Willen zu brechen. Sogar die Möglichkeit vor Eorlariels Augen Verwandte oder Freund zu quälen schied aus, da der Halb-Elf niemanden mehr hatte.

„Ich könnte ein paar seiner Körperteile verschwinden lassen", schlug der Magier vor.

„Wenn er dann noch sprechen kann, bitte", antwortete Narsil. Der Magier verneigte sich und ging. Natürlich würde Verstümmelung keinen Erfolg erzielen, das wusste der graue Graf, aber vielleicht war es wenigstens ein Anfang. Was hatte Narsil noch nicht in Betracht gezogen, was hatte er übersehn?

8.

Der Halb-Goblin und Erinn schlenderten durch die Gassen Golgars. Praktisch an jeder Ecke fand man entweder ein Bordell oder eine Taverne, doch die beiden Männer hatten für so etwas keine Zeit. Sunry plante, Golgar möglichst schnell wieder zu verlassen. Eine, wie Erinn fand, kluge Idee. Aber bevor die kleine Gruppe wieder aufbrechen konnte, mussten noch einige Erledigungen besorgt werden. Und so hatte Sunry Erinn und den Halb-Goblin tief in diese Stadt geschickt um einen alten Bekannten ihres Anführers zu treffen. Auch dem Zwerg und Orlandos hatte Sunry Aufgaben zugewiesen. Sie sollten sich um Pferde und Rationen für die nächsten Tage kümmern. Sunry hatte Erinn für diese Aufgabe einen Beutel voller alter Goldmünzen gegeben, die höchstens bei einem Sammler noch etwas wert waren. Dennoch war Sunry der Meinung gewesen, dass nur diese Münzen von seinem alten Bekannten angenommen werden würden.

Sie fanden das Geschäft in einem der wohl dunkelsten Viertel der Stadt. Hier lauerten an Kohlenpfannen zahlreiche, vierschrötige Gestalten, denen Erinn lieber nicht im Dunkeln begegnet wäre. Erinn war heilfroh, dass der Halb-Goblin ihn begleitete. Auf irgendeine seltsame Weise schienen die Schläger den Halb-Goblin fast schon bewundernd anzusehen.

Auch vor dem Geschäft standen zwei dieser unsympathisch wirkenden Gesellen und beobachteten die dunkle Straße. Als sie den Halb-Goblin bemerkten legten sie reflexartig ihre Hände auf die Totschläger an ihren Gürteln und spannten alle Muskeln an. Erinn sah sich um. Wenn diese beiden Gestalten eine Schlägerei anfangen würden, würden auch die anderen Typen eingreifen und wie Wahnsinnige aufeinander eindreschen. Aber vielleicht arbeiteten die beiden Männer vor dem Geschäft ja auch für Sunrys alten Bekannten, waren sozusagen Türsteher? Es konnte gut sein, dass ein alter Mann, wie es der alte Bekannte war, sich in dieser unwirtlichen Gegend nur dann durchschlagen konnte, wenn er stets von zwei muskelbepackten Leibwächtern begleitet wurde. Oder aber die beiden waren ganz gewöhnliche Schläger die nur nach einem Grund für Krawall suchten. Einen Moment lang dachte Erinn daran, einfach umzukehren und zurück zu Sunry zu gehen, dem er dann berichten würde, sein alter Bekannter sei fortgezogen. Andererseits würde er sich dann die hämischen Bemerkungen des Zwergs und seines Gewissens anhören müssen. Wollte er seinen Anführer wirklich dermaßen enttäuschen?

„Seid gegrüßt", sagte Erinn völlig unkontrolliert und die beiden Schläger legten fragend ihre Köpfe schief. Erinn ärgerte sich über die hochgestochenen Worte, welche er für die Begrüßung gewählt hatte. Diese Männer sahen ganz und gar nicht nach Freunden der Etikette aus.

Einer der beiden Männer lächelte schief und genoss den Moment. Es schien sogar so, als ob er das Unbehagen in Erinn spüren könnte. Der Schläger ließ seine Hand noch einen unglaublich langen Moment auf dem Totschläger ruhen, bevor er die Tür hinter sich öffnete und mit überraschend hoher Stimme in das Haus rief: „Kundschaft, Herr!"
Eine zittrige aber selbstbewusste Stimme antwortete aus dem Innern: „Darf eintreten."

Und so machten die beiden Leibwächter Platz und Erinn und der Halb-Goblin traten ein. Erst verwunderte es Erinn, dass die beiden Wachen sie nicht nach Waffen durchsucht hatte, doch als er die Ausstattung des Raumes sah, den er betrat, wurde ihm klar, dass der Bewohner dieses Hauses keinen Grund zur Sorge vor Fremden haben musste.

Dampfende Kessel standen in der Mitte des großen Raumes, die Wände waren mit staubigen Bücherregalen und

Vitrinen zugestellt, auf Tischen standen Gefäße aus Glas, die mit Flüssigkeiten in allen Farben oder mit Körperteilen wie Augäpfeln oder Fingern gefüllt waren, Wandteppiche hingen zusammen mit dicken Spinnweben von der Decke und Kerzen in menschlichen Schädeln erhellten den Raum. Auch normale, aber dafür schwarze Kerzen, waren scheinbar wahllos auf Boden, Tische und Vitrinen gestellt und angezündet worden. Die Luft war schwer von dem Rauch der Kessel, in denen verschiedene Substanzen und Flüssigkeiten über blauen Flammen kochten und es roch nach Estragon und Blut und Salbei sowie ein paar Gewürzen, die Erinn nicht kannte und auch gar nicht kennen lernen wollte. Erinn zuckte zusammen, als eine getigerte Katze an seinen Füßen vorbeihuschte und in dem Schatten eines Bücherregals verschwand.

„Seid herzlich willkommen in meiner kleinen Giftmischerei." Ein kleiner, buckeliger Mann mit kahlem Kopf trat hinter den qualmenden Kesseln hervor und entblößte beim Lächeln einen fast zahnlosen Mund. Eine braune Magierrobe kleidete den alten Mann und wirkte ein paar Nummern zu groß für ihren Träger.

„Besonders, da ihr Freunde von Sunry seid." Die Katze sprang aus den Schatten auf die Schultern des Alten und verwandelte sich erst in eine silbrige Wolke und dann in einen Raben, dessen grellgelber Schnabel an dem Ohr seines Herrn zu knabbern begann. „Mein kleiner Freund hier hat mir das verraten", sagte er und streichelte dem Raben zärtlich über den gefiederten Rücken. „Ich habe ihn selbst herbei gezaubert. Ich kann euch sagen, dass war gar nicht so einfach. Dreimal ist was schief gelaufen und einmal hat es zwar funktioniert, aber die Wolke wollte einfach kein Tier werden. Aber jetzt ist es mir gelungen, also vor fast einem Monat, oder doch schon ein paar Jahren, na ja, also es ist gelungen und nun seht ihn euch an. Wie verspielt er ist. Wechselt permanent seine Gestalt."

„Dann seid Ihr Ignasil?", schlussfolgerte Erinn.

Der Alte nickte. „Ja, aber steht das nicht auch draußen auf dem Schild über der Tür? Aber ja, ich bin Ignasil, ein großer Magier, sogar der größte in dieser unwirtlichen Gegend. Zugegeben, auch der einzige. Ist ja auch egal. Ihr seid sicher hier, um Sunrys Bestellung abzuholen, nicht wahr? Ich habe mir schon gedacht, dass Sunry mich in diesen unschönen Tagen aufsuchen würde und ich lag richtig."

Erinn nickte. Ihn verwunderte dieser Alte sehr. In Erinns Phantasie waren Magier stets groß gebaute, junge und dynamische Männer oder alte Männer mit langen weißen Bärten gewesen und nicht so kauzig wie es dieser Ignasil war.

Ignasil ging zu einer der Vitrinen, der er drei gerade Stöcke entnahm. Stolz präsentierte er sie auf der flachen Hand. „Ich habe schon lange fertig, was der gute Sunry bei mir bestellt hat und ich muss sagen, es ist mir alles gut gelungen. Wisst Ihr, was das sein könnte?", fragte er in belehrendem Ton.

Erinn schüttelte den Kopf.

„Nun, das ist denke ich auch egal. Hauptsache Sunry weiß was er da bekommt." Ignasil lachte kurz auf, bevor er die Stöcke in einem Lederbeutel verschwinden ließ. Dann griff er noch ein halbes dutzend mit einer grünlichen Flüssigkeit befüllte Fläschchen und ließ sie behutsam in einen zweiten Beutel hineingleiten.

„Das Gold." Er reichte mit der Rechten seine Waren und

nahm mit der Linken Erinns Geld an. Der alte Magier lächelte breit und reichte dem magischen Raben den Beutel mit dem Geld, welcher in die Schatten flog und dort verschwand.

„Ich denke, dass Sunry Bescheid wissen sollte, doch erinnert ihn dennoch daran", sagte Ignasil in einem plötzlich völlig ernsten Ton. „Magie ist selbst in einem gefesselten Zustand eine große Gefahr. Wehe dem, der dies unterschätzt."

Nun lächelte der Alte wieder und nickte zweimal kurz. „Richtet Sunry von mir beste Grüße aus. Und sagt ihm auch, dass ich gerne an die alte Zeit zurückdenke."

9.

Erinn war heilfroh, als sie die zwielichtige Gegend hinter sich gelassen hatten, in der der alte Ignasil lebte. Er war wütend, hatte Sunry ihn doch wissentlich in die Arme einiger zwielichtigen Gestalten laufen lassen. Die Männer an den Kohlenpfannen hatten bei Erinn den Anschein erweckt, dass sie nicht davor zurückschrecken würden, jemanden zu Tode zu prügeln.

Sie trafen Sunry, den Zwerg und Orlandos bei der Stallung des Gasthauses, in das sich die kleine Gruppe Flüchtlinge eingemietet hatte. Der Elf war gerade damit beschäftigt, Schlafzubehör und Vorräte an den Sätteln ihrer Pferde zu verschnüren, während der Zwerg nach einer Aufstiegshilfe suchte.

„Wie ich sehe, hat sich der alte Ignasil an meine Bestellung erinnert", bemerkte Sunry, als er den Lederbeutel an Erinns Gürtel sah.

„Ja, das hat er. Einen sehr sympathischen Bekannten hast du da. Und diese seriöse Gegend. Hätte mich der Halb-Goblin nicht begleitet, läge ich jetzt tot im Straßengraben", fuhr Erinn

Sunry wütend an. Er fragte sich, woher Sunry diesen alten Kauz kannte. Andererseits wollte er das gar nicht wissen.

„Deshalb hat der dich ja auch begleitet", entgegnete Sunry trocken und wandte sich wieder seinen Aufgaben zu.

„Und auch unsere Aufgabe war nicht einfacher, Sunry", meinte der Zwerg, der die kurze Unterredung der beiden anderen Männer zufällig mit angehört hatte.

„War die Türschwelle eines Geschäftes zu hoch?", fragte Erinn mit vorgespieltem interessiertem Unterton.

„Nein, aber wir wurden von einem Besoffenen angepöbelt", entgegnete der Zwerg säuerlich.

„Der hat mir ans Bein gepackt und irgendwas Unverständliches gelallt."

„Das war ein armer Bettler, der uns um etwas Geld gebeten hat", mischte sich Orlandos ein.

„Trotzdem war der besoffen", brummte der Zwerg.

Lachend gingen nun wieder alle ihren vorherigen Beschäftigungen nach, nur Erinn nicht. Seine Begegnung mit dem alten Ignasil hatte einige Fragen aufgeworfen, die er von Sunry beantwortet haben wollte.

„Was sind das für Dinge, die mir dieser Alte gegeben hat?", fragte er seinen alten Hauptmann, der gerade damit beschäftigt war, sein Pferd zu satteln.

„Wichtige Dinge, mehr brauchst du nicht zu wissen, noch nicht", kam die Antwort.

Erinn wurde wütend. Er ließ sich gar nicht gerne als Laufbursche missbrauchen, erst recht nicht, wenn man ihm dann noch wichtiges Wissen vorenthielt.

„Ich möchte es aber jetzt wissen, Sunry. Die Gegend dort war nicht gerade die, in der ich alte Bekannte von dir gesucht hätte. Und ich frage mich, warum sich jemand freiwillig dort aufhält. Ich will wissen, was ich dir da geholt habe", hakte Erinn nach.

„Es ist eine lange Geschichte, was diese Gegenstände betrifft. Eine uralte magische Kunst steht mit ihnen in Verbindung. Eine Kunst, die nur wenige Menschen, die der Magie kundig sind, beherrschen", erläuterte Sunry.

„Was ist das für eine Kunst?"

„Jener, der sie nutzt, ist im Stande, die Magie in geringer Menge in gewöhnliche Gegenstände zu bannen. Ein äußerst anstrengender Prozess, der ein starkes Nervenkostüm des wirkenden Magiers erfordert. Ich habe Ignasil vor fast zehn Jahren getroffen und in dieser Zeit gelernt, wie hilfreich seine Waren sind. Die Fläschchen, die er die gegeben hat, beinhalten Heiltränke und Extrakte verschiedener Pflanzen. Leicht zu verstehen und nachzubrauen, wenn man die nötigen Bestandteile eines solchen Trankes hat. Man braucht gewisse Kontakte, wenn du verstehst, um an diese Bestandteile zu gelangen."

„Und die Stäbe?"

„Ignasil hat sie mit aggressiver Magie aufgeladen. Da unsere kleine Gruppe keinen Magier vorweisen kann, wir aber gewiss nicht ohne die Hilfe der Magie auskommen werden, sind diese Stäbe äußerst hilfreich."

„Aber wieso hast du all das vor so vielen Jahren bei diesem Ignasil bestellt. Du konntest doch wohl unmöglich ahnen, dass du Zeuge dieses Krieges werden würdest, oder etwa doch?"

„Ich habe schon damals, vor fast acht Jahren, geahnt, dass etwas Ähnliches geschehen würde. Es gab gewisse Anzeichen für einen erneuten Kampf mit den Goblins."
„Aber, Sunry, wenn du doch geahnt hast, was passieren würde, warum hast du dann nicht die Könige gewarnt?"
„Weil sie nicht zugehört hätten. Ich war jung und unglaubwürdig. Und die Kreise, denen ich beiwohnte, genossen wenig Ansehen. Noch dazu kam, dass es keine Beweise für meine Theorie gab. Für die Könige hätte es keinen Grund gegeben, mir zu glauben."
„Du hast Kreise erwähnt, in denen du dich bewegt hast."
„Darüber möchte ich lieber nicht reden. Ich lebe heute und nicht gestern. Meine Vergangenheit interessiert nur mich."
Er sah Erinn ernst an. „Und vielleicht Ignasil. Aber auch er wird dir nichts sagen, Erinn. Und nun lass mich dieses Pferd fertig satteln. Wir müssen noch heute wieder aufbrechen."

10.
„Eorlariel ist tot, Herr."
Narsil sah seinen Hofmagier überrascht an. „Wolltet Ihr ihm nicht nur ein paar Körperteile entfernen? Ich hoffe, er ist nicht an Eurer Folter verstorben."
Ein kurzes, höhnisches Lächeln spielte um die Lippen des Magiers. „Nein, Herr, daran nicht. Es hat es ihm nur schwerer gemacht."
„Ich kann Euren Zorn auf ihn verstehen. Euer Wunsch, Euer Verlangen nach Rache. Aber Eorlariel war kein Spielzeug. Er wusste etwas und er sollte Euch dieses Wissen verraten. Ihr versteht bestimmt, dass ich etwas ungehalten über seinen Tod bin."

„Ich werde bald alles erfahren haben, Herr", versicherte der Magier kühl, unberührt. Er wusste, dass er noch ein Ass im Ärmel hatte und er schien den Moment der Enthüllung noch etwas herauszögern zu wollen.

„Und wie wollt Ihr das anstellen? Er ist tot und selbst Eure dunkle Magie wird ihn nicht wieder lebendig machen. Nicht nachdem Ihr ihn mit derselben Magie getötet habt."

„Ich dachte auch nur daran, noch ein kleines Gespräch mit ihm zu führen. Eine Leiche ist williger als ein Lebender."

11.
Haldor schlenderte durch das endlose Lager der Goblinarmee. Rauch stieg vor den blutroten oder braunen Zelten der Soldaten von den kleinen Lagerfeuern auf, die Männer waren zufrieden, tanzten ausgelassen und frei. In der öden Welt, in der die Goblins die letzten Jahrhunderte verbracht hatten, waren Feste nach Siegen nicht möglich gewesen. Ständig war da die Bedrohung durch die Bestien gewesen. Kreaturen, die aus einem Albtraum der Menschen hätten stammen können. Und dennoch verspürte Haldor etwas, was die Menschen wohl Heimweh nennen würden. Ein Gefühl, das Schwäche und einen kläglichen Willen verriet. Und Haldor brüstete sich stets mit seinem starken Willen. Er hatte keine Familie gehabt oder wie man den Zusammenschluss von Mann, Frau und deren Kindern nennen mochte. Echte Familien kannten die Goblins nicht, denn für sie galt der Stamm, in dem sie lebten, als solche. Nur der Häuptling durfte sich mit den Frauen paaren oder starke Männer für die Erhaltung der Rasse auswählen und jede Frau gehörte dem Häuptling. So war es nicht verwunderlich,

dass die Goblinfrauen meist sehr unglücklich über ihr Los waren. Sie lebten zusammengepfercht mit anderen Frauen und den vielen Kindern eines Stammes wie Tiere in kleinen Räumen, während die Männer in Einzelzimmern schliefen.
Haldor zuckte mit den Achseln. Es war eben so und er wäre der Letzte, der sich gegen dieses uralte System aussprechen würde.
Und so lenkte er seine Gedanken weg von seiner Herkunft und zurück zu der Armee, die ihm unterstand. Wuldocrens Einheiten waren vor kurzem eingetroffen, doch ohne ihren Anführer. Der hohe Blutfürst hielt sich noch immer bedeckt. Er genoss es, dass die Männer über ihn munkelten und ihn fürchteten. Sogar die meisten der grauenhaften Gerüchte über sich hatte er selbst in die Welt gesetzt, um seinen Ruf zu verbessern. Und da war da noch die Tatsache, dass es plante, eine Armee aus Dämonen und Teufeln heraufzubeschwören. Diese Armee würde den Goblins dann zum endgültigen Sieg verhelfen.
Haldor schüttelte den Kopf. In seinen Augen war ein ganz normaler Kampf zwischen tausenden von Männern und Kriegsmaschinerien der beste und einzige richtige Weg zur Entscheidung eines Krieges. Er hielt nicht viel von der phantastischen Kriegsführung, von der Wuldocren so schwärmte. Drachen und Manticore waren für Haldor Bestien, die man jagen und töten sollte, anstatt sich mit ihnen zu verbrüdern. Und auch die alchemistische Kriegsführung lehnte er ab. Gift in eine belagerte Stadt zu schleudern konnte zwar eine Schlacht entscheiden, doch verhinderte es auch, dass man die Stadt später plündern konnte. Noch dazu kam, dass viele Goblins noch immer eine

unsinnige Ehrfurcht vor Feuer hatten und Feuer war nun einmal ein elementarer Bestandteil der Alchemie.

Eine leichte Windböe durchzog das Lager. Haldor sah gen Himmel. Es war eine Nacht, in der dicke Wolken den dunkelblauen Himmel besiedelten und so den Wesen unter sich einen Blick auf die strahlenden Sterne verwehrten. Immer wieder sah Haldor die Manticore über das Lager gleiten. Diese Wesen waren einst verbitterte Feinde der Goblins gewesen, tödliche noch dazu. Haldor konnte und wollte nicht verstehen, wie man diesen Kreaturen nur vertrauen konnte.

Aber der Blutfürst verspürte nicht den Drang sich über die vielen Undinge in der Armee aufzuregen. Dafür hatte er wirklich keinen Grund. Einer kompletten Legion Goblins war es gelungen, die Staubwüste zu durchqueren und ein kleines Lager im Olivenwald aufzuschlagen. Ja, das war wirklich ein Grund zur Freude.

**Kapitel VII**

*Manchmal ist ein Wiedersehen mit einem alten Freund
ein unschöner Rückblick in die eigene Vergangenheit.
Und doch geben wir vor, uns zu freuen.*
Karl Oland, Gefühle und Empfindungen

1.
Vor Sunry und seinen Begleitern erhob sich der Olivenwald. Baumkronen bildeten ein schier undurchdringliches Dach über diesem breiten Areal. Die dicken Stämme der titanischen Bäume reckten sich gen Himmel und schienen auf den ersten Blick keine freie Stelle zu dulden. Schon von weitem hörte man das ohrenbetäubende, aber auch schöne Singen der zahlreichen Vögel, die den Olivenwald bevölkerten. Ein kühler Wind zog durch das Gehölz und ließ die grünen Blätter der Baumkronen geheimnisvoll rascheln.
Sunry war noch immer davon fasziniert, wie schnell sich das raue und heiße Klima der Staubwüste gemäßigt hatte.
Er war schon einmal hier gewesen und er verband keine besonders schönen Erinnerungen mit diesem Ort. In diesem Wald lebte jemand, den Sunry eigentlich nie wieder hatte sehen oder sprechen wollen. Viel zu sehr glich er dieser Person, teilte mit ihr seine dunkle Vergangenheit. Nur einen gravierenden Unterschied gab es: Sunrys alter Bekannter wünschte sich die alten Zeiten zurück.
„Warum so unruhig?", erkundigte sich Orlandos besorgt, der neben Sunry ritt. Schon immer war es dem Soldaten wie ein Wunder vorgekommen, dass Menschen für Elfen scheinbar offene Bücher waren. Schon auf Elbenstein hatte

Orlandos extreme Freude und heftiges Unbehagen seitens Sunry schnell bemerkt. Eine Fähigkeit der Elfen, die Sunry bewunderte, ja sogar neidete.

„Nichts, nichts", log Sunry, doch dem Elfen konnte er nichts vormachen. Zwar nickte Orlandos, aber nur aus reiner Höflichkeit.

In den Tiefen des Olivenwaldes lauerte weit mehr als nur eine Gefahr. Ganze Rudel scheußlicher Bärwölfe warteten auf unaufmerksame Beute, Kobolde hatten im Unterholz Fallen gestellt und warteten auf ein unachtsames Opfer für ihre makabren Streiche, ein Stamm Zentauren durchstreifte den Wald und konnte ohne Vorwarnung angreifen und dann war da noch Sunrys alter Bekannter.

Eigentlich wusste Sunry kaum etwas über ihn. Sicher, er war Mitglied der Organisation gewesen, der auch Sunry die ersten zwanzig Jahre seines Lebens gewidmet hatte, aber mehr war da nicht. Sunry hatte ihn bei ein paar Treffen gesehen, sogar die ein oder andere Mission mit ihm ausgeführt und ihn doch nie irgendetwas gefragt. Schlicht und ergreifend, weil es ihn einfach nicht interessiert hatte. Nun wünschte Sunry, er hätte gefragt. Jedes Stückchen Wissen über einen möglichen Feind konnte hilfreich sein, das wusste Sunry.

Er erinnerte sich daran, wie er voller Enthusiasmus den Regeln der Bruderschaft gefolgt war, ihren Codex gelebt hatte. Und wie die Organisation letzten Endes zerfallen war, weil immer mehr Mitglieder gegangen waren, die Gruppe verraten hatten. Sunry war einer von ihnen gewesen. Das Gehen vieler anderer hatte auch ihm die Augen geöffnet und ihn dazu bewogen, der Gruppe den Rücken zuzuwenden. Es war ein Wendepunkt in Sunrys Leben gewesen. Die Ketten, die ihm die Gruppe angelegt hatten, waren zerbrochen und Sunry hatte die Welt gesehen, wie sie war. Eine Welt, die ihm gefiel, in der er leben wollte. Erst Jahre später hatte er erfahren, dass die Bruderschaft nicht ganz zerfallen war. Ein paar besonders fanatische Anhänger hatten wieder Kontakt zu Sunry aufgenommen, weil sie dabei waren, die Gruppe wieder zu beleben. Sie hatten Sunry zu einem Treffen eingeladen, in den Olivenwald.

Sie ritten den ganzen Tag durch, wobei Sunry die Umgebung aufmerksam im Auge behielt. Der Wald war für den Feind, der hier lebte, ein klarer Vorteil. Es gab Möglichkeiten für manche Menschen, mit der Natur zu verschmelzen. Und Sunry befürchtete, dass seine Gegner ebensolche Menschen waren.

Die Erde des Waldes war feucht und rutschig, sodass die Pferde vorsichtig auftreten mussten um nicht zu straucheln. Immer wieder hielten sie an, damit der Elf lauschen konnte. Seine Ohren hörten alles. Das Knacken eines Astes, wenn ein Reh darauf trat, ein fallendes Blatt, das leise Säuseln des Windes. Nichts entging dem geschärften Ohr.

„Was soll das werden? Glaubt hier wirklich jemand, dass das Spitzohr was hört?", spottete der Zwerg auf der Suche nach Aufmerksamkeit. Er mochte es gar nicht, wenn der Elf im Mittelpunkt stand.

Keiner schenkte ihm Beachtung, denn niemandem stand der Sinn nach dem einseitigen zwergischen Humor, den nur die Zwerge selbst verstanden und liebten.

Mit jeder Minute, die sie ritten, wurde es dunkler. Die Nacht drang tief in den Wald, bahnte sich durch alles einen Weg und färbte die Welt schwarz. Die Vögel in den Baumkronen beendeten allmählich ihr wunderschönes Konzert.

„Meine Beine sind schon ganz taub, Sunry. Wann erreichen wir denn endlich deine Lichtung?", wollte Erinn wissen, der sich die Beine rieb.

„Bald Erinn, du brauchst nur ein wenig Geduld zu haben", beschwichtigte ihn Sunry.

2.

Seanan hielt seinen gespannten Bogen fest umschlossen und spähte hinab auf den unbefestigten Waldweg. Seine Hände formten stille Worte, Worte, die seinen Begleitern befahlen, still zu halten. Dort unten ritt tatsächlich Sunry von Wettgenstein und das Letzte, was Seanan wollte, war, dass er sich wehren konnte. Alles musste schnell gehen, präzise ausgeführt werden. Sie waren nur wenige und Sunry führte einen der Bastarde bei sich, von denen sein Herr Seanan erzählt hatte. War dieser dort ein Sklave Sunrys? Oder einer, der getötet werden würde?

Immer wenn sein Herr von den alten Tagen berichtet hatte, hatte Seanan ihm aufmerksam zugehört. Den Berichten von der geheimen Organisation, der Bruderschaft, wie sie sein Herr auch nannte. Dem Verrat so vieler, dem Fall, dem Versuch seines Herrn, sie wieder auferstehen zu lassen. Sunry von Wettgenstein war ein wichtiger Teil dieses Versuches gewesen, aber er war nicht erschienen. Damals hatte sein Herr geglaubt, Sunry sei tot oder abgeschottet, im Exil, aber nun ritt er dort. Er war einer der Verräter, das war Seanan sofort klar geworden. Und er musste gefangen genommen werden.

Er würde eine Beute in das Lager bringen, die größer war als jedes Wild, das den Olivenwald durchwanderte. Und es würde seinen Herrn erfreuen.
Lächelnd hob Seanan die Hand, um sie dann wieder herabsinken zu lassen.

3.
Fürst Haldor saß in seinem Zelt und las einen der Berichte seiner Untergebenen. Ihm missfiel, dass die Aristokratie Einzug bei den Goblins erhalten hatte. Natürlich lief alles viel geordneter, viel disziplinierter als in den beiden Kriegen gegen die Menschen zuvor. Und doch nahm diese Ordnung den Goblins einen Teil ihres Selbst. Goblins waren Krieger, wild und unkontrolliert, nur orientiert an ihrem Führer, einem starken Führer, der den Weg kannte. Aber Haldor kannte den Weg nicht. Immer wieder bekam er neue Befehle von Blutfürst Wuldocren, unsinnige Befehle. Wie er diesen aufgeblasenen Narren verachtete. Diese Arroganz wegen seiner Fähigkeiten, diese Selbstverliebtheit. Ja, Wuldocren war ein Bastard. Und dennoch stand er in der Hierarchie der Armee inoffiziell über Haldor. Inoffiziell.
Haldor legte den Bericht beiseite. Sein Kopf brummte. Obwohl er das Lesen gelernt hatte, war es doch jedes Mal aufs Neue eine große Herausforderung für Haldor, die Buchstaben zu erkennen und ihren Sinn zu deuten. Das Lesen war etwas, was ein Goblin eigentlich nicht brauchte. Trotzdem musste Haldor es jeden Tag anwenden. Wuldocren wünschte es so.
Haldor stellte erbost fest, dass seine Gedanken immer wieder zu dem verhassten anderen Blutfürsten führten und

so suchte er Ablenkung in seinen eigenen Plänen, von denen der andere Fürst nichts wusste. Es waren Pläne, die von der Prophezeiung der Goblins abwichen. Und daher durfte der Glaubensfanatiker Wuldocren auch nichts von ihnen erfahren.

Wütend schlug Haldor seine rechte Faust auf den Tisch vor ihm. Immer und immer wieder schaffte es der andere Fürst sich in Haldors Gedanken zu drängen. Vielleicht sollte Haldor aufhören, ihn so zu verachten, schließlich hatte Wuldocren Haldor erst in seine momentane Position gebracht.

Mit einer heftigen Bewegung stieß Haldor die Pergamentrollen mit den Berichten von seinem Tisch und rollte eine Karte Espentals auf, auf die er sich einige kurze Notizen gekritzelt hatte. Es gab viele Gefahren in diesem Land. Viele von ihnen wollte Haldor umgehen und manche, die etwas kleineren, ließ er von unbedeutenden Schergen aus dem Weg räumen. Und einer dieser Schergen war gerade im Olivenwald.

4.

Alles ging so schnell. Von einem Augenblick auf den anderen erhoben sich vermummte Männer hinter den Gewächsen am Wegrand, richteten gespannte Bögen auf Sunry und seine Begleiter. Ihre Roben reichten von dunkelstem Braun in hellstes Grün. Sunry erkannte die Farben und verfluchte sich. Wie hatte er nur so naiv sein können, er könne diesen vermaledeiten Wald unbehelligt durchqueren.

Einer der feindlichen Männer senkte seinen Bogen und trat vor. Er zog seine Kapuze zurück und offenbarte schulterlanges kastanienbraunes Haar und ein gut gepflegtes Gesicht, das jünger wirkte, als es war.

Natürlich erkannte Sunry dieses Gesicht. Er hatte es oft genug gesehen, an Orten, die nicht mit diesem in Verbindung standen, aber die Sunry doch bittere Erinnerungen brachten. Es gehörte Seanan, einem der Anhänger, die Sunrys alter Bekannter um sich geschart hatte, nachdem die Bruderschaft zerfallen war.

„Meister Derrus von Silberbaum wird sich gewiss sehr darüber freuen, dass Ihr ihn besuchen kommt. Ihr werdet natürlich so freundlich sein, uns zu begleiten." Er machte eine ausladende Geste in Richtung seiner Männer, die die kleine Gruppe umstellt hatten. „Eure Begleiter sind natürlich herzlich eingeladen. Jeder von ihnen." Er bedachte den Halb-Goblin mit einem angewiderten Blick. „Meine Männer werden Euch nun Eure Waffen abnehmen. Ihr versteht, es ist so unhöflich von einem Gast, welche am Leibe zu tragen." Er schnipste betont ruhig, worauf sich ein paar Männer aus der Gruppe des Feindes lösten und Sunrys kleinem Trupp sämtliche Waffen abnahmen.

„Und nun begleitet uns bitte in unser kleines Lager", bat Seanan freundlich.

Sunry spürte, wie ihm einer der Männer einen Dolch in den Rück drückte.

Ja, sie würden Seanan begleiten, wenn sie diese Nacht überleben wollten.

5.

Die vermummten Männer führten ihre Gefangenen nicht auf dem Hauptweg sondern über einen Trampelpfad im Unterholz.

„Wie lange werden wir gehen müssen?", fragte Sunry Seanan, der sich Orlandos` Pferd genommen hatte.

„Nicht sehr lange", antwortete dieser kurz angebunden.

Sie wurden dennoch ziemlich lange durch den Wald geführt. Sunrys Glieder waren müde und er hatte den Eindruck, dass Seanan einen besonders beschwerlichen und langen Weg ausgesucht hatte, um Sunry so ein wenig zu quälen.

Nach vielen, vielen Schritten erreichten sie schließlich eine Flussbiegung, wo Seanan seine Hand hob und der Trupp augenblicklich stoppte.

„Was ist los? Warum halten wir an?", fragte Sunry.

Seanan schüttelte zur Antwort den Kopf. „Haltet Eure Bögen bereit, Männer."

Alle gehorchten.

„Vielleicht solltet Ihr auch uns unsere Waffen geben. Ganz gleich wieso", schlug der Zwerg scheinheilig vor und schob seine rechte Hand nachdrücklich vor.

„Sicher werden wir keinem Bastard eine Waffe geben, Törichter", entgegnete Seanan gelassen.

„Ich will hoffen, dass du nicht mich mit Bastard gemeint hast."

„Sonst was? Willst du mich etwa mit deinem strengen Geruch nach Alkohol umbringen?"

„Ich werde dir gleich mal zeigen, was ich machen kann, du Sohn einer räudigen Hündin!", fluchte der Zwerg.

Sunry legte seinem tobenden Begleiter beschwichtigend die

Hand auf die Schulter. „Er meinte nicht dich und jetzt rege dich ab."

Der Zwerg brummte säuerlich, schwieg dann trotzdem.

Seanan wies auf zwei seiner Männer. „Ihr geht vor und sichert den Übergang."

Zögernden Schrittes gingen die Auserwählten los, in Richtung einer Stelle des Flusses, an der man Steine zu einem wackeligen Übergang zusammengelegt hatte. Sie besahen sich den Fluss vorsichtig, schienen auf jede Kleinigkeit, die zu einer Gefahr werden konnte, zu achten.

„Und?", rief Seanan nach einigen Minuten des Wartens zu. „Wie sieht es aus?"

„Scheint keine Gefahr zu bestehen, Herr", antwortete einer der beiden.

Mit einer knappen Geste bedeutete Seanan darauf seinem kleinen Trupp weiterzugehen.

Die Steine waren glitschig und Sunrys Stiefel fanden kaum Halt auf den von grünen Algen bewachsenen Steinen, sodass er beide Arme ausbreiten musste, um sein Gleichgewicht auszugleichen. Dazu kam noch die Müdigkeit, die jede Minute des Wachseins Sunrys Augenlider schwerer werden ließ.

Sunry war heilfroh, als sie endlich das Ende des Überwegs erreicht hatten, ohne dass jemand in den Fluss gestürzt war. Er hatte nicht mehr die Kraft sich bei Seanan zu erkundigen, warum sie so vorsichtig gewesen waren.

Auch hatte er keine Augen für den faszinierenden Ort, den sie erreichten, sondern nur für das harte, ungemütliche Bett, das ihm von Seanan zugewiesen wurde. Kaum hatte er sich hingelegt, fiel er auch schon in einen tiefen Schlaf.

6.

Der nächste Morgen wirkte schwach, fast kränklich. Da waren keine Sonnenstrahlen, die zart Sunrys Haut streichelten, nicht die Geräusche, die arbeitende Handwerker nun einmal erzeugten. Sunry musste immer wieder an Elbenstein denken. Jeder Morgen war gleich gewesen und nur im kalten Monat des Jahres war es vorkommen, dass Regentropfen statt Sonnenstrahlen Sunry weckten.

Aber der Morgen dieses Tages war anders. Der Gesang der Vögel klang fremd, wie die Musik, die manche Halblingbarden auf ihren Paradiesflöten erzeugten. Fremd und weit entfernt.

Sunrys Kopf schmerzte und pochte. Seine Beine fühlten sich weich an und der gesamte Körper wehrte sich gegen das Aufstehen. Dennoch schob er seine Beine über die Bettkante und fand wackeligen Halt auf seinen blasenbedeckten Füßen.

Erst jetzt wurde ihm klar, dass er gar nicht wusste, wo er war. Ein wenig Panik stieg in ihm auf, die er jedoch erstickte. Dieser Raum wirkte nicht wie ein Gefängnis, in das man ihn gesperrt hatte, nein. Da waren ein Tonkrug mit Wasser, eine Robe, wie sie Seanan und seine Begleiter getragen hatten, ein Stuhl und ein Tisch, auf dem ein Obstkorb stand. Sunry betrachtete die Früchte. Äpfel, Birnen, Trauben und eine Frucht mit pickeliger, grüner Schale.

Er nahm die Frucht in seine Hände und roch an ihr, als sich die Tür hinter ihm öffnete und zwei der vermummten Männer eintraten.

„Meister Seanan schickt uns und lässt fragen, ob Ihr bereits gewaschen seid Herr", sagte der größere der beiden.

„Nein, bin ich noch nicht. Und ich fände es gut, wenn Ihr das nächste Mal anklopft, bevor Ihr eintretet", antwortete Sunry unfreundlich. „Und gefrühstückt habe ich auch noch nicht."

„Für Frühstück ist gesorgt, Herr. Bitte beeilt Euch mit Eurer morgendlichen Körperreinigung und kommt dann vor das Haus."

„Ich bin in einem Haus?"

„Bedauerlicherweise, ja, Herr. Meister Derrus zog es vor, Euch an einem angenehmen Ort unterzubringen", erklärte der Vermummte.

„Und wo sind meine Begleiter?"

„Sie teilen sich ein großes Haus, Herr. Sicher versteht Ihr, dass Meister Derrus gerade Euch Annehmlichkeiten bereiten wollte."

„Und der Halb-Goblin?", wollte Sunry besorgt wissen.

„Ist er nicht auch einer Eurer Begleiter, Herr? Meister Derrus hat angeordnet, *alle* Eure Begleiter gleich zu behandeln, auch wenn ich persönlich anders entschieden hätte als er. Wenn Ihr nun so freundlich wärt, Euch zu waschen. Meister Derrus sieht viel Gesprächsbedarf mit Euch."

„Werden meine Begleiter auch dort sein?"

Der Vermummte schüttelte seinen Kopf. „Nein, Meister Derrus wollte nur mit *Euch* sprechen. Aber seid unbesorgt, Herr, alle Eure Begleiter sind versorgt." Mit diesen Worten drehte er sich um und verließ mit dem anderen Vermummten das Haus.

7.

Das Lager, durch das Sunry geführt wurde, glich eher einem Dorf. Runde Häuser mit Strohdächern säumten die Straßen, auf denen Kinder in grünen Hemden spielten und Frauen in braunen Kleidern zu den Geschäften eilten, von denen es in diesem Dorf einige gab. Sunry entdeckte einen Metzger, einen Bäcker und ein paar Handwerker. Auch Männer in den grün-braunen Roben eilten über die Straße und Sunry fragte sich, ob es auch Männer gab, die andere Kleidung trugen.

Sein Führer brachte Sunry in die Mitte des Dorfes, wo ein besonders großes Haus stand. Rauch stieg aus einem Schornstein aus makellosem Marmor, zwei Wachen standen vor der Tür.

„Ich bringe den Gast für Meister Derrus", sagte der Vermummte zu den Wachen, die sie einließen.

Im Innern wirkte das Haus protzig eingerichtet gegen das, in dem Sunry untergebracht war. Möbel standen an Wänden, die einzelne Bereiche des Hauses von einander abtrennten, sodass man nicht alles sehen konnte. In der Mitte des Hauptraumes stand ein großer Tisch aus Birkenholz, in den ein paar Muster geritzt waren. Am Ende dieser Tafel saß Sunrys alter Bekannter und lächelte den Eintretenden freundlich entgegen.

8.

Der Zwerg schlug seine Fäuste mehrmals voller Kraft gegen die massive Holztür und hörte erst damit auf, als er seine Fingerkuppen blutig geschlagen hatte.

„Hör auf, Zwerg. Du erreichst gar nichts", versuchte Erinn ihn zu besänftigen.

„Ach, ist das so? Aber weist du, das ist mir völlig egal. Ich will hier raus!"

„Meinst du etwa, dass wir hier drin bleiben wollen?", fragte Orlandos, der am anderen Ende des kleinen Hauses saß und von einem Tonteller einen Brei einer gelben Frucht löffelte.

„Pass auf, Spitzohr. Ich lasse mich doch nicht von irgendwelchen völlig verdrehten Waldmenschen festhalten! Ich komme hier raus, koste es was es wolle. Und danach werde ich diesen Bastarden ihre verfluchten Kehlen aufschlitzen", wütete der Zwerg und gab sich wieder der knackenden Holztür hin.

„Jetzt komm aber mal wieder runter. Das bringt nichts. Lass uns ein einziges Mal logisch denken, auch wenn das schwer für dich sein mag", meinte Orlandos in väterlichem Ton.

„Hast du mich gerade beleidigt, Spitzohr?", brüllte der Zwerg auf.

„Nein, er hat dir ein Kompliment gemacht", mischte sich Erinn in sarkastischem Unterton ein.

„Na dann ist ja gut. Niemand soll hier sagen, ich sei dumm. Und wo dieses unsinnige Problem nun geklärt ist, können wir ja mal hören, was das Spitzohr zu sagen hat", meinte der Zwerg und ließ von der Holztür wieder ab.

„Wir warten, bis sie den Halb-Goblin wiederbringen und dann erledigen wir sie, übermannen die Wächter und schnappen uns ihre Waffen", schlug Orlandos vor.

„Eine gute Idee. Und ich schneide ihnen dann ihre verfluchten Kehlen auf", schwadronierte der Zwerg.

„Dann sollten wir uns gut vorbereiten. Diese Kerle sehen nicht wie leichte Gegner aus", betonte Erinn.

9.

Derrus von Silberbaum hatte sich stark verändert. Falten durchzogen sein früher jugendliches Gesicht, sein strohblondes Haar fiel ihm nun bis auf die Schultern und war verfilzt. Auch hatte sich einen Vollbart wachsen lassen, was sein Aussehen wie ein Waldmensch noch verstärkte.

„Du siehst aus, wie ich dich in Erinnerung habe, Sunry von Wettgenstein. Offenkundig waren die Jahre gnädiger als zu mir. Wenn man uns so sieht würde niemand meinen, dass ich jünger bin als du." Er lachte kurz und kehlig auf und wies dann auf den einzigen Stuhl am Tisch. „Aber wir sind nicht hier, um über unsere Wehwehchen zu plaudern. Bitte, nimm Platz."

Ein vermummter Diener zog den Stuhl für Sunry zurück und dieser setzte sich.

„Nun, du wirst sicher hungrig sein, nach all dem, was du durchgemacht hast. Ich habe viel gehört. Dein Marsch durch die Staubwüste, Elbenstein. Ein hartes Schicksal. Hat dich Elbensteins Ende ebenso verletzt wie das der Bruderschaft?"

Sunry schluckte. Derrus hatte ihm soeben eine gemeine Falle gestellt.

„Es war ebenso schlimm", antwortete er also und fügte in Gedanken *sogar viel schlimmer* an.

Derrus nickte verständnisvoll, bevor er in die Hände klatschte, worauf zwei der vermummten Männer einen

Brotkorb, eine Schale mit Obst und Wurst und Käse herantrugen und auf den Tisch stellten.

„Greif zu, alter Freund", sagte Derrus als alles an seinem Platz war und füllte sich seinen eigenen Teller gut.

Sunry griff zaghaft nach einer Scheibe Brot und einem Stück Käse.

„Und nun können wir uns unterhalten" Derrus faltete seine Hände und setzte ein freundliches Grinsen auf. „Ich hörte von einigen Dingen, die dir widerfahren sind. Was hast du so getrieben, seit die Bruderschaft untergegangen ist?"

Sunry überlegte einen Moment lang, was er antworten sollte. Jedes Mitglied der Bruderschaft konnte mit Worten Fallen stellen und Derrus besonders.

„Ich bin Soldat geworden, habe versucht, mit meiner Vergangenheit abzuschließen", antwortete er dann.

„Für uns alle war es hart. Unser gesamter Lebensinhalt ist zerstört worden." Derrus nickte. „Ja, es war hart. Doch nun sind wir wieder beisammen, Sunry. Wir können wieder hoffen und das, obwohl es so viele dunkle Momente für uns gab."

„Dunkle Momente?", wiederholte Sunry und biss ein Stück von seinem Brot ab.

„Ja, viele verloren den Glauben an uns, andere haben jene gejagt, die sie einst ihre Brüder nannten. Ich dachte, du bist ihnen zum Opfer gefallen." Er lächelte Sunry freundlich an, wartete auf einen Fehler Sunrys.

„Wieso das?"

„Du bist nicht gekommen, als wir uns vor wenigen Jahren trafen. Ich habe dir eine Nachricht über das alte Netzwerk zukommen lassen. Doch du hast nicht geantwortet."

Sunrys Herz schlug schneller. Er erinnerte sich an den Boten, er war ihm ein bekanntes Gesicht gewesen. Wie er gelächelt hatte, als er Sunry gefunden hatte, und wie er geschrieen hatte, als er starb. Sunry hatte ihn töten lassen, weil sein Überleben eine Gefahr gewesen wäre. Noch immer erinnerte sich Sunry voller Abscheu gegen sich selbst an jenen Abend, an dem seine Vergangenheit ihn eingeholt hatte.

„Ich habe niemals eine Nachricht erhalten", log Sunry, wie er meinte ziemlich überzeugend.

„Das hatte ich befürchtet. Keines der alten Mitglieder hinter der Staubwüste ist gekommen. Und da der Bote den Weg zurück nicht fand, gingen wir davon aus, er sei in der Staubwüste gestorben. Die Hitze dort ist…durchbohrend", erklärte Derrus. „Aber dich nun lebend zu sehen erfreut mein Herz aufs Wärmste."

„Habt ihr euch denn getroffen, Derrus? Wer war noch da, wer ist noch am Leben?", spielte Sunry falsches Interesse vor.

„Nicht viele. Nur wenige haben geantwortet, obwohl die Boten das Leben dutzender Anderer bestätigt hatten. Und noch viel weniger sind gekommen."

„Was ist passiert? Warum hat sich die Bruderschaft nicht wieder erhoben?"

„Wir wurden verraten, von unseren eigenen Brüdern. Es kam zu einem Kampf und viele starben. Schließlich schlugen wir die Verräter in die Flucht und erkannten, dass die Bruderschaft zerbrochen war. Wir hätten Führung gebraucht, jemanden, der seinen Weg entschlossen ging, aber es gab niemanden, dem wir diese Aufgabe hätten übertragen können und so trennten sich unsere Wege wieder." Derrus seufzte. „Aber nun lass uns bitte über Erfreulicheres sprechen. Du lebst! Wir hätten dich zu unserem Anführer gewählt, wenn dich dein Weg zu uns geführt hätte."

Sunry schluckte den letzten Rest seines Brotes hinunter. Es hatte andere gegeben, die geplant hatten, die Bruderschaft zu vernichten, die gekommen waren. Hätte Sunry das gewusst, wäre er gekommen, hätte an der Seite jener gekämpft, die die Lügen der Bruderschaft erkannt hatten und versucht hatten, sie an einem erneuten Aufstieg zu hindern. Obwohl sie gefallen waren, hatte ihr Plan doch funktioniert.

„Unsere Motive sind nun gerechtfertigt. Die Goblins sind zurück, mächtiger als jemals zuvor", riss Derrus Sunry aus seinen Gedanken.

„Aber wir sind nicht stark genug, uns gegen sie zu behaupten. Sie sind viel zu viele. Ich habe sie gesehen", warnte Sunry.

„Ja, davon habe ich bereits gehört."

„Ja? Ich dachte, meine Begleiter wären direkt zu Bett gegangen."

Derrus schluckte. „Ja, das sind sie auch. Aber sie waren noch kurz bereit zu sprechen." Er nickte heftig. „Ja, das waren sie."

10.
Der Halb-Goblin schrie auf, als die Peitsche des vermummten Mannes seinen blutverschmierten Rücken traf. Immer und immer wieder traf die Folterwaffe, riss tiefe, brennende Furchen in den Rücken des wehrlosen Mannes.

„Hat er noch etwas gesagt?"

Der Halb-Goblin erkannte die Stimme. Sie gehörte dem Mann, welcher Sunrys kleinem Trupp im Wald aufgelauert war und den Halb-Goblin zu dem Folterknecht des Lagers gebracht hatte, als sie dieses erreicht hatten.

„Nein, Herr. Aber vielleicht weis er auch gar nichts mehr."

„Er ist ein Bastard. Ergreife nicht die Initiative für ihn. Natürlich schweigt er, niemals würde er das verdorbene Blut in seinen unwürdigen Adern verraten", sagte Seanan ungerührt.

„Er ist schwer verletzt, Herr. Wenn wir ihn weiter foltern gehen wir das Risiko ein, ihn zu töten. Diese Wunden verletzen nicht nur den Körper, sondern auch die Seele", meinte die zweite Stimme.

Einen Augenblick später knallte die Peitsche erneut, aber nicht auf dem Rücken des Halb-Goblins. Die zweite Stimme wimmerte.

„Lerne daraus, Junge. Diese Bestien haben keine Seele und verdienen kein Mitleid", meinte Seanan mit ruhiger, aber fester Stimme. „Und nun bringt ihn zurück zu den anderen Gefangenen. Tot nützt er uns nichts."

11.

Die beiden Vermummten, welche den Halb-Goblin zurückbrachten, wussten nicht, wie ihnen geschah. Kaum hatten sie die Holztür des kleinen Hauses geöffnet, in dem die anderen Gefangenen festgehalten worden, sprang eine kleine, bullige Gestalt hervor und schlug dem vorderen der beiden Vermummten die Faust ins Gesicht. Stöhnend torkelte der Getroffene zurück, während der Zwerg auf den

zweiten losging und ihn niederschlug. Dann zog er den Dolch aus dem Gürtel seines Opfers und stürzte auf den anderen zu. Nun mischte sich auch der Halb-Goblin ein, packte den noch stehenden Vermummten und verdrehte dessen Arme. Augenblicke später rammte der Zwerg ihm den Dolch in die Kehle. Der Vermummte stöhnte auf, Blut floss aus seinem Mund.
„Eine erstaunliche Vorführung." Der Zwerg fuhr herum. Vor ihm stand einer der Vermummten, welcher jedoch weibliche Merkmale aufwies und auch die Stimme klang weiblich und wirkte auf den Zwerg auf eigenartige Weise vertraut.
Aus allen Seitengassen traten nun weitere Vermummte und bildeten einen Kreis um die beiden Männer.
„In diesem Dorf ist Gewalt verboten, Zwerg." Sie wandte sich an die Vermummten. „Führt die beiden ab."

12.
Sunry war überrascht, Seanan in seinem Haus anzutreffen. Er saß auf dem Stuhl und spähte durch das Fenster in die Dunkelheit der Nacht. Es war schnell Abend geworden, die Luft hatte sich abgekühlt und die Frauen und Kinder der Vermummten Waldmenschen hatten sich in ihre Häuser zurückgezogen.
Sunry schloss die Tür hinter sich. „Kann ich Euch helfen?"
Für einen kurzen Augenblick schwieg Seanan, dann drehte er sich um, füllte aus einem Krug Weinbrand in zwei kleine Becher und deutete auf das Bett. Kaum hatte Sunry Platz genommen, reichte ihm Seanan einen der beiden Becher.
„Bitte trinkt."

Vorsichtig nippte Sunry daraufhin an dem alkoholischen Getränk.

„Etwas eher Unerfreuliches führt mich hier her, Sunry von Wettgenstein. Meister Derrus bedauert aufs tiefste, dass dies bereits am ersten Abend Eures Aufenthaltes passieren musste."

Sunry zog die Augenbrauen hoch: „Was passieren musste?"

„Das böse Blut des Bastards hat sich bewiesen", antwortete Seanan, dessen Mundwickel sich zu einem höhnischen Grinsen verzogen hatten.

„Was ist passiert?", wollte Sunry nun wissen, der nun langsam Angst bekam.

„Einer meiner Brüder ist vor wenigen Stunden von dem Bastard überwältigt worden und der Zwerg, der Euch begleitet hat, hat den Todesstoss durchgeführt. Wir gehen davon aus, dass das schlechte Karma des Bastards den Zwerg beeinflusst hat und er deshalb diese abstoßende Tat begangen hat." Seanan sah Sunry mitfühlend an.

„Wo ist der Halb-Goblin jetzt?", fuhr Sunry Seanan an. Er wusste, was Derrus zweifellos tun würde, wenn er von dem erfahren würde. Wahrscheinlich wusste er bereits Bescheid.

„Noch im Dorf, Herr, aber Meister Derrus will noch heute Abend die Strafe vollstrecken."

„Was ist die Strafe Seanan, rede!"

„In diesem Dorf verabscheuen wir Gewalt, Sunry von Wettgenstein, deshalb hat Meister Derrus beschlossen, den Bastard und seinen Helfer der Natur zu überlassen."

„Das wäre ihr sicherer Tod, Seanan. Warum hat Derrus mich nicht holen lassen?"

„Ihr wart ja nicht in Eurem Haus, Herr. Aber dennoch ist Euer Wort in Meister Derrus' Ohren wichtig. Er will Euch hören und dann entscheiden, ob der Zwerg von allen Vorwürfen freigesprochen wird."

Das war klar. Vielleicht würde Derrus dem Zwerg vergeben, aber niemals dem Halb-Goblin.

„Ich komme mit, aber ich werde für beide sprechen."

13.

„Sunry." Derrus eilte Sunry entgegen und reichte ihm die Hand. „Du bist also hier, um den Zwerg zu entlasten?"

Der gesamte Empfangsraum, in dem Sunry noch am Morgen gespeist hatte, war nun von Kerzen erhellt und wirkte bedrohlich auf Sunry.

„Was ist passiert, Derrus?", wollte Sunry sofort wissen, ohne Derrus' Begrüßung zu erwidern.

„Bitte, setz dich doch", schlug Derrus freundlich vor.

„Aber ich möchte mich nicht setzen, sondern hören, was meine beiden Begleiter verbrochen haben."

Derrus seufzte. „Heute Mittag ist einer meiner Männer von dem Bastard und dem Zwerg ermordet worden, der andere brutal zusammengeschlagen. Ich habe daraufhin beschlossen, die beiden Mörder zu bestrafen. Sie werden beide nach unserem Gespräch dem Wald übergeben"

„Damit begehst du einen großen Fehler, Derrus."

„Ich glaube nicht. Seit dieses Monster dieses Dorf betreten hat war mir klar, dass sein verdorbenes Blut ihn irgendwann zum Mörder machen würde und deshalb habe ich ihn beobachten lassen. Und meine Sorge war berechtigt, Sunry."

„Ich würde gerne wissen, warum er das getan hat."

„Er ist ein Tier, Goblinblut fließt in seinen Adern. Deshalb hat er getötet."

„Kann ich ihn sehen?"

„Nein!", sagte Derrus erstaunlich fest. „Wir wollen dich nicht in Gefahr bringen."

„Er würde mir niemals etwas antun."

„Ich sehe schon, dass du beeinflusst bist. Du bist nicht mehr der alte Sunry, an den ich mich so gerne erinnert habe. Ich bitte dich, wieder zu Bett zugehen." Und mit diesen Worten trat Seanan an Sunrys Seite und führte ihn aus dem Zelt.

14.

Duana öffnete ihre Augen. Sie war an einen Baum gefesselt worden, ihre Handgelenke schmerzten und um sie herum herrschte völlige Dunkelheit. Es musste Nacht sein oder die Bäume verhinderten, dass Sonnenlicht den Waldboden berührte. Wo war sie?

Sie konnte sich daran erinnern, in den letzten Tagen immer wieder zu Bewusstsein gekommen zu sein, an die Goblins, zu denen ihre Entführer sie gebracht hatten. Und doch war da so viel Unklarheit.

„Die Baroness ist wach. Welch wunderbarer Tag." Sie erinnerte sich auch an diese Stimme. Sie gehörte zu dem Anführer dieser Goblins, der von seinen Untergebenen Blutfürst genannt wurde. Immer wieder hatte er sie in den kurzen Phasen ihres Bewusstseins ausgefragt und doch auf keine seiner Fragen Antworten erhalten.

„Dann können wir unser kleines Frage-Antwort-Spiel ja fortführen." Er kniete sich vor die kraftlose Duana. Sein Gesicht war wie das jedes normalen Goblins und wies außer Hochmut nichts Besonderes auf.

„Dia alten Regeln, Baroness. Wenn Ihr schweigt oder ich glaube, Ihr lügt bekommt Ihr einen Peitschenhieb auf Euren wertvollen Rücken. Also fangen wir an. Euer Vater ist tot, aber Ihr wisst, was wichtig ist, nicht wahr? Er hat es Euch erzählt."
„Ich weis nicht wovon Ihr sprecht."
„Das zum Beispiel war eine Lüge, Baroness."
Duana zuckte zusammen und riss sich zusammen um nicht zu schreien, als die Peitsche ihren Rücken traf.
„Erinnert Ihr Euch vielleicht nun wieder?"
„Vater hat mir viel erzählt."
„Oh, das kann ich mir vorstellen. Doch ich denke, er hat Euch ganz genau gesagt, worum es geht."
„Ich weis nicht, was ich wissen könnte."
„Lüge", sagte der Blutfürst grinsend.

15.
Wütend trat der Zwerg gegen einen Baum, worauf ihm eine Schauer Eicheln auf den Kopf fiel.
„Das bringt uns auch nicht weiter." Die Stimme des Halb-Goblins war dunkel und klang bedrohlich, aber sie hatte auch etwas Beruhigendes an sich.
„Weist du, du hast mir stumm irgendwie besser gefallen. Da hast du wenigstens nicht diese pseudoweisen Sprüche losgelassen."
„Ich habe noch einen, wenn sie dir so gut gefallen. Der Weg ist das Ziel", lachte der Halb-Goblin.
Fast eine Woche lang irrten die beiden nun schon durch den Olivenwald. Von den ach so gefürchteten Kreaturen, welche diesen Wald bevölkern sollten, hatten sie noch keine zu

Gesicht bekommen. Vielleicht waren die Bärwölfe und Kobolde auch nur Schauergeschichten der Erwachsenen im Dorf, die ihren Kindern Angst einjagen wollten oder ihnen mit den Kreaturen im Wald drohten, wenn sie unartig gewesen waren.

Seit die Männer in diesem verfluchten Kaff sie verbannt hatten, waren der Zwerg und der Halb-Goblin durch das Unterholz gewandert, auf der Suche nach Nahrung und einem Unterschlupf. Letzteres war ihnen noch nicht vergönnt gewesen. Und auch die Jagd erwies sich ohne Waffen als äußerst schwierig.

„Hast du das auch gerade gehört", fragte der Zwerg und blieb ruckartig stehen.

Der Halb-Goblin sah sich verwundert um. „Was?"

„Dieses Knacken."

„So eins wie gestern? Da war es ein ziemlicher niedlicher Vogel, nicht wahr?", höhnte der Halb-Goblin.

„Nein, dieses Mal nicht. Das klang nach was Schwerem."

„Ein Wildschwein wäre gut. Willst du nicht mal nachsehen gehen?"

„Kannst du mal aufhören? Ich meine es ernst. Da war was. Da schon wieder!" Der Zwerg deutete nach Norden.

„Oh ja, ein Busch. Soll ich ihn für dich verhauen? Entspann dich. Da ist nichts."

„Ein dummer Irrtum, Bruder."

Die beiden Verbannten zuckten zusammen. Augenblicke später erhoben sich etwa ein halbes dutzend Goblins mit Kurzbögen in den Händen hinter dem Busch.

Reflexartig packte der Halb-Goblin seinen Begleiter am Hals und drückte fest zu.

„Was soll das, du Idiot. Das sind die Bösen", fluchte der Zwerg und versuchte sich aus dem Würgegriff zu befreien.
„Es tut mir Leid. Aber wenn sie böse sind, dann bin ich einer der Bösen."

16.
„Blutfürst Utkohm. Dieses Halbblut haben wir im Wald gefunden, in Begleitung eines Zwerges."
Der Halb-Goblin betrachtete den wesentlich kleineren Goblinanführer mit einer Mischung aus Abscheu und Interesse und er wurde auf genau dieselbe Weise begutachtet.
„Sehr interessant. Ich frage mich, was Euch hier her verschlagen hat."
„Ich kam als Sklave einiger Menschen, Herr", antwortete der Halb-Goblin und verneigte sich vor Utkohm, der sein fettiges, schwarzes Haar zu einem Zopf gebunden hatte.
Utkohms Gesicht wurde purpurrot. Er hatte davon gehört, dass sich Menschen Halbblute als Sklaven hielten und er empfand für diese Menschen nichts anderes als tiefste Abscheu.
„Bitte, nehmt doch Platz, mein Freund." Er wies auf einen freien Stuhl und wandte sich dann an den Goblin im Zelteingang. „Lass uns alleine."
Der Goblin verließ wortlos das Zelt und Utkohm lehnte sich entspannt in seinem Sessel zurück. „Ihr seid also ein Sklave der Menschen gewesen und seid Ihnen entkommen?"
„Nein, Herr. Sie haben mich verbannt. Und den Zwerg mit mir."
„Dann sind also Menschen hier?"

Der Halb-Goblin nickte.

„Wollt Ihr etwas Wein, mein Freund?" Utkohm erhob sich und holte einen Tonkrug und zwei ungleiche Becher, welche er scheinbar durch Plünderungen erhalten hatte. Beide waren äußerst kunstvoll gestaltet, mit vielen Farben und Mustern. Sie mussten einem hohen Adeligen gehört haben.

„Und wisst Ihr auch, wo sich Ihr Lager befindet?"

„Ja, Herr. Ich kann Euch führen, wenn Ihr wollt."

Freude stieg in Utkohm auf. Wie wundervoll konnte doch das Leben sein! Wenn er den anderen Fürsten davon berichten würde, wie er ganz alleine den Olivenwald gesichert hatte würde er nicht mehr der sein, den alle herumschubsten. Dieser Triumph würde ihn hochkatapultieren und dieser aufgeblasene Haldor würde endlich sehen, wer Utkohm war.

17.

Sunry saß an dem Fenster seines Hauses und sah hinaus in die Dunkelheit. In den letzten sieben Tagen hatte er viel Zeit zum Nachdenken gehabt. Zum Nachdenken über all jene, die in den letzten Monaten gestorben waren, wie alles begonnen hatte. Aus dem Versuch, Baron Benigaris wieder einzufangen, war ein Kampf um Leben und Tod geworden. Und Sunrys Vergangenheit hatte ihn eingeholt. Die Dunkelheit der Bruderschaft verlangte Sunry zurück.

An diesem Abend dachte Sunry nicht nach. Sein Geist war müde von all dem Warten, Hoffen, Beten. Ja, er hatte gebetet. Gebetet, dass der Halb-Goblin und der Zwerg irgendwie überleben mochten.

Er zuckte zusammen, als es an der Tür klopfte, die die

Vermummten besser verriegelt hatten, als alle Türen, die Sunry jemals zuvor gesehen hatte.

Er hörte, wie die Riegel zurückgeschoben wurden und dann, wie jemand die Tür öffnete.

Mit Seanan betrat auch der leichte Wind der Nacht Sunrys Gefängnis. Seanan trug wie immer seine grün-braune Robe und hatte seine Kapuze so tief ins Gesicht gezogen, dass ein tiefer Schatten fiel.

„Was wollt Ihr hier?", fragte Sunry und trat ein paar Schritte zurück.

„Reue bekünden, Sunry von Wettgenstein."

Sunry legte seinen Kopf schief. „Bitte was?"

„Ich bitte um Vergebung", flüsterte Seanan. „Das was ich getan habe, diese unschöne Angelegenheit mit dem Bastard. Ich sehe nun meine Fehler."

„Ach, ist dem so? Na, das kommt aber reichlich spät." Sunry konnte nicht verhindern, dass seine Worte einen verächtlichen Unterton erhielten.

„Ich habe erkannt, dass ich der Auslöser für das animalische, primitive Verhalten Eures Begleiters war."

Sunry sah Seanan fragend an.

„Ich habe ihn auspeitschen lassen, habe ihn bespottet, gedemütigt."

„Und doch habt Ihr ihn umbringen lassen? Ich dachte, dass man in diesem Dorf Gewalt verabscheut."

„Meister Derrus hat mir ja auch nicht befohlen, den Bastard auszupeitschen. Ich habe es angeordnet, weil ich nicht all das verraten wollte, was Meister Derrus uns seit all den Jahren gelehrt hat."

Sunry ließ sich auf sein Bett fallen. Dann stieg Wut in ihm

auf, Wut, die seine Bemühungen ruhig zu bleiben mühelos untergrub. „Ihr seid Schuld an seinem Tod. Ihr habt einen Unschuldigen töten lassen!"

„Er hat nicht zum ersten Mal gemordet, Sunry, das wisst Ihr!"

„Wie meint Ihr das?", fragte Sunry verdutzt.

„Der Bote, den Meister Derrus vor Jahren zu Euch geschickt hat, wurde von Eurem Begleiter umgebracht. Ihr mögt es nicht gewusst haben, aber die Bruderschaft hat noch immer treue Augen, die die Bastarde bewachen. Bis sie tot sind." Mit diesen Worten ging Seanan wieder zur Tür. „Meister Derrus möchte morgen früh mit Euch zu Morgen speisen. Es gibt einige Probleme."

Sunry sah noch lange in die Dunkelheit, nachdem der Vermummte gegangen war. Und dachte nach.

18.

„Ein wirkliches Meisterwerk der Baukunst, findet Ihr nicht auch, mein neuer Freund?" Blutfürst Utkohm begutachte erstaunt die verfallenen Ruinen einer alten Feste inmitten des Olivenwaldes. Neben ihm stand der Halb-Goblin und folgte dem Blick seines neuen Herrn.

„Ich denke, dass es genau meinen Anforderungen entspricht. Die perfekte Basis für unsere Aufgaben an diesem Ort." Utkohm nickte sehr zufrieden und besah sich die von Klee bewachsenen Mauern der Ruine. Große Mauerstücke waren heraus gebrochen, zwei der drei Wehrtürme waren fast völlig zerfallen und nur die steinernen Häuser hinter den alten Steinmauern standen noch einigermaßen gut erhalten da. Die Natur hatte nur wenige Jahre gebraucht, sich dieses Gebiet wieder einzuverleiben und nun glich die einst stolze Feste einer märchenhaften Burgruine.

„Aber sie ist viel zu klein, um all Eure Männer darin zu beherbergen. Sie zählen hunderte", wandte der Halb-Goblin ein.

„Das ist mir auch schon eingefallen, aber ich hatte auch nicht vor, alle hier wohnen zu lassen. Nur die Oger und der Kriegstroll Sax und die besten Wolfreiter mit ihren Tieren. Und der Rest wird kleinere Lager überall im Wald errichten und alle Gefahren bekämpfen."

Der Blutfürst klang überzeugt von seinem Plan, an dem er seit dem Beginn des Krieges saß. Der Olivenwald war ihm stets reizvoll vorgekommen und war sein großes Ziel gewesen. Nichts und niemand, erst recht nicht diese widerwärtigen Menschen, würden das verhindern können. Zwar war Ihr Lager, welches ihm der Halb-Goblin gezeigt hatte, gut befestigt gewesen, doch seine Männer würden es niederbrennen.

„Und wenn uns die Menschen angreifen, Herr? Wir können uns nicht gegen sie wehren, solange wir diese Feste aufbauen", gab der Halb-Goblin zu bedenken.

„Sie werden uns nicht angreifen, weil sie nichts von uns wissen. Jedes dieser Menschlein, das uns begegnet, wird sterben."

19.
Die Straßen des kleinen Dorfes waren leer und verlassen. Ein kühler Wind wehte, schlug dem müden Sunry frech ins Gesicht. Er hatte die vergangene Nacht kein Auge zugetan. Dafür hatte er viel zu viel denken müssen. Er hatte sich Fragen

gestellt und sie nicht beantworten können, die Decke des Hauses oder die Dunkelheit hinter dem Fenster beobachtet. Dann war der Morgen gekommen und hatte Sunry an sein Treffen mit seinem alten Bekannten erinnert.

Nun führte Seanan Sunry zu dem Haus in der Mitte des Dorfes, in dem er schon einmal mit Derrus gefrühstückt hatte. Aber in diesem Morgen fühlte er sich nicht wie auf dem Weg zu einem alten Freund, sondern auf dem Weg zur Schlachtbank. Die Blicke der Kinder, die aus den Fenstern ihrer Häuser spähten, bohrten sich in Sunrys Rücken wie Dolche. In diesem Dorf verachtete man ihn, betrachtete ihn als Feind und Verräter. Dabei trug an allem, was in den vergangenen Tagen passiert war, alleine Derrus Schuld. Er hatte Seanan von der Bruderschaft erzählt, hatte sogar ein ganzes Dorf gegründet, welches Derrus' Überzeugungen teilte. Sunry war in einem Dorf voller Menschen, die in einer von einem Wahnsinnigen geschaffenen Welt lebten. Derrus war schon in der Blütezeit der Bruderschaft gefährlich gewesen und war es nun, da ihm dutzende Krieger den Rücken stärkten, umso mehr.

Der Tisch war nicht so gut bestückt wie bei dem Frühstück vor einer Woche. Nur etwas Käse, Schinken und Brot bedeckten den hölzernen Tisch.

Derrus saß nicht an der Tafel, sondern erwartete seinen Gast schon an der Tür. An seiner Seite stand einer der Vermummten, welcher jedoch überraschender Weise eine Frau zu sein schien.

„Ich freue mich, dass du gekommen bist", begrüßte Derrus Sunry. „Bitte, setzt dich doch." Er ging voran zu dem Tisch und setzte sich.

„Ich denke, Seanan hat dir bereits ein paar Dinge angedeutet hat", begann Derrus zu erzählen, als sie alle vier Platz genommen hatten. „Wir haben ein paar große Probleme, Sunry."

Der legte den Kopf schief. „Was für Probleme?"

„Die Goblins sind schon hier. Nicht alle, aber es sind einige. Sie jagen meine Männer im Wald. Ich habe bereits ein paar beauftragt, das Lager dieser Biester zu finden. Aber sie haben sich noch nicht wieder gemeldet. Der Krieg hat uns erreicht, Sunry. Das, was wir seit Jahren vorhergesehen haben, ist eingetreten."

„Und was sollen wir tun?", fragte Sunry.

„Du hast sie gesehen, hast sie bekämpft. Du musst ihre Schwachstellen doch gesehen haben, nicht wahr?"

„Ich bin geflohen." Auf diese Worte Sunrys schien die Frau überrascht zu reagieren und sah Sunry verwundert an. Sunry konnte ihren eindringlichen Blick auf seiner Haut spüren, aber er sah ihr Gesicht unter der moosgrünen Kapuze nicht.

„Vielleicht sollten wir zu allererst ihr Lager finden, einen Angriff planen und sie auslöschen. Die Goblins sind darauf eingestellt anzugreifen und nicht selber angegriffen zu werden. Sie würden uns nichts entgegensetzen können. Wenn wir uns beeilen, könnten wir sie vernichten ehe sie zu einer wirklichen Gefahr werden", schlug Seanan vor. „Wir könnten kleine Einheiten bilden, die von den besten Kriegern angeführt werden und mit Sunry von Wettgensteins taktischem Genie können wir eine Taktik erarbeiten, die die Goblins niemals durchschauen können."

„Wir werden jeden Mann brauchen, der uns zur Verfügung steht. Auch deine, Sunry", meinte Derrus.

„Ein Bündnis beruht auf Vertrauen und ich habe kein

Vertrauen mehr zu dir", flüsterte Sunry.

„Das verstehe ich. Aber vielleicht wirst du mir wieder welches schenken, wenn du siehst, wer mir sein Leben in die Hände legt." Er nickte in Richtung der Frau, welche ihre Kapuze zurückzog.

Sunry konnte nicht glauben, wen er da sah. „Helena", hauchte er.

**Kapitel VIII**

*Es gibt viele Orte, an denen eine Schlacht
geschlagen werden kann.*
Han Terren, Regeln des Krieges

1.
Atemlos kehrte einer der Späher zurück, die von Derrus vor zwei Tagen ausgeschickt worden waren. Seine Robe war dunkel von dem Schweiß ihres Trägers.
„Sie setzen sich in Bewegung, Herr. Und sie werden von diesem Kriegstroll angeführt, den wir in den letzten Tagen immer wieder gesehen haben", berichtete er keuchend und stützte seine Arme auf seinen Oberschenkeln ab.
„Seanan und seine Männer sind bereits auf dem Weg. Sie wissen nicht, dass sie in eine Falle laufen, aus der es keinen Ausweg gibt." Derrus klang selbstzufrieden, doch die Verteidigung des Dorfes allein würde nicht ausreichen. Die Späher hatten zwei Gefangene in einem der Lager der Goblins entdeckt, welche der Beschreibung nach der Zwerg und Baroness Duana sein mussten.
In den vergangenen drei Tagen hatten Sunry, Derrus, Seanan und Helena endlos viele mögliche Szenarien des unausweichlichen Kampfes mit den Goblins durchgespielt und nach vielen Tagen und Nächten des Grübelns einen narrensicheren Plan entwickelt. Alles musste schnell gehen. Der Plan sah vor, dass die Vermummten das Dorf gegen die Goblins verteidigen und dann in einem Konterangriff die Ruine stürmen konnten.
„Beten wir, dass es dieses Mal besser läuft", lachte Erinn,

welcher ein großer Freund des Galgenhumors geworden war.

„Ich glaube nicht, dass irgendein Gott etwas ausrichten könnte", meinte Derrus trocken. „Wir sind viel zu wenige, um die Aufmerksamkeit eures Gottes zu wecken."

Wie schon vor vielen Wochen auf Elbenstein herrschte eine grauenhafte Anspannung in dem Dorf. Sunry behielt die Vermummten wachsam im Auge. Er traute ihnen nicht über den Weg, denn er war ein Fremder und niemals würden diese engstirnigen Männer ihr Leben für ihn lassen. Vertrauen war etwas wichtiges, in jeder Schlacht, aber keine der beiden Seiten traute der anderen.

„Wovor hast du am meisten Angst, Sunry?", fragte Orlandos ihn. Es tat gut die Stimme des Elfen wieder zu hören, ihren gleichmäßigen, stets ruhigen Klang.

„Vor Verrat", antwortete der ehemalige Hauptmann.

2.

„Der Olivenwald. Es ist bedauerlich, dass ich diesen wunderbaren Ort noch nie zuvor besuchen konnte." Graf Torsten von Sternsang war ein kräftig gebauter Mann, ebenso seine fast einhundert Männer, die mit ihm in den Kampf ziehen würden. Was genau sie erwarten würde, wusste keiner von ihnen, nur, dass es sich um Goblins handelte.

Es hatte Gerüchte über diese Wesen gegeben, darüber, dass sie den alten Wohnsitz des Grafen als Stützpunkt nutzten. Eine Frechheit, welche in Torsten große Empörung hervorgerufen hatte. Niemand wagte es, seinen Besitz zu missbrauchen. Solche Banausen gehörten bestraft und bei einem so dreisten Verstoß gegen die Regeln und Grundsätze dieser Grafschaft griff stets der Adelige persönlich ein.

„Es ist soweit, Männer. Zeit, diesen Unholden zu zeigen, wer dieses Land regiert", rief der Graf. Alle mir nach, ihr zuerst!"

3.

Die Baphitauren hielten als Kanonenfutter her. Ihre Körper, halb Mensch, halb Stier, waren zäh und wurden erst nach dem zehnten Pfeil zu Boden gerissen, ihre Äxte schlugen gegen die Holzpalisaden des Dorfes. Holz splitterte und die vermummten Verteidiger feuerten dutzende Pfeile auf die Angreifer ab. Die Spitzen der tödlichen Geschosse bohrten sich tief in das Fleisch der Baphitauren, gruben sich in ihre Brustkörbe, drangen durch die schwarzen, großen Augäpfel bis zu den animalischen Gehirnen vor.

Dann gelang es dem ersten Stiermenschen die Palisade zu zerschlagen. Eine Welle aus grün gekleideten Leibern schlug ihm entgegen und erdrückte ihn unter sich. Bestiefelte Füße trampelten den Körper des Baphitauren zu Tode. Als nur Augenblicke später auch die Goblins in das Kampfgeschehen eingriffen, tobte heilloses Chaos. Jeder drosch auf jeden in völligem Blutrausch ein, metzelte Freund und Feind gleichermaßen nieder. Manche Sterbenden brüllten noch irgendwelche Parolen heraus, die den Verbündeten Mut machen sollten.

Sunry führte seinen kleinen Veteranentrupp aus Elbenstein an, lieferte sich Gefechte mit kleineren Grüppchen der Goblins, mied jedoch die muskulösen Baphitauren. Ihnen fehlte die Schlagkraft des Halb-Goblins und des Zwergs.

Die Luft wurde von lautem Klirren und Scheppern der Waffen,

dumpfen Aufschlägen und Schmerzensschreien erfüllt.

Sunrys kleiner Trupp kämpfte voller wilder Entschlossenheit, wohl wissend, dass sie nur lebend die Baroness befreien konnten. Immer und immer wieder wandten sie dieselbe Taktik an und schlugen zahlreiche Feinde. Erinn tänzelte um seine Gegner herum, zögerte lange, bis er zustach und trieb dann seine Klinge zwischen die Schulterblätter seiner Feinde; Orlandos riss mit seinen Pfeilen zahlreiche Gegner von den Beinen und die Wolfreiter von ihren wilden Reittieren; Helena kämpfte elegant und kraftvoll und überraschte die Goblins durch äußerst präzise Hiebe; Sunry übernahm den defensiven Part und versuchte, seinen Gefährten den Rücken freizuhalten. Schließlich geschah das Unausweichliche. Einer der Baphitauren steuerte direkt auf die Gruppe zu, wobei er mit seiner rotierenden Axt eine tiefe Furche erzeugte. Er mähte sich einen Weg durch die mit einander ringenden Leiber aus Vermummten und Goblins, bis er Sunrys Trupp erreicht hatte. Den ersten Axthieben des Baphitauren konnte Sunry noch ausweichen, musste jedoch bald mit seinem Schwert blocken und wurde durch einen besonders heftigen Hieb des Gegners entwaffnet.

In diesem Duell hatte keiner ein Auge für die Schlacht um sich herum, nur das eigene Überleben zählte. Als Erinn versuchte, den mächtigen Baphitauren von hinten zu erstechen, schlug dieser ihm seinen Ellebogen so stark ins Gesicht, dass Erinn zusammenklappte. Auch Helenas eleganter Versuch, ihm die Achillessehne zu durchstoßen, scheiterte, da der Stiermensch sie zu Boden warf und ihr mit seinem Huf in die Magengrube trat. Endlich erkannte Sunry einen Makel in der Verteidigung seines Gegners und sofort nutzte er diesen Vorteil. Er rollte sich über den Boden zwischen die Beine des Baphitauren und stieß augenblicklich sein Schwert in den Unterleib des Monstrums. Ein markerschütternder Aufschrei ließ Sunry zusammen zucken, doch er rollte sich schnell zur Seite, um nicht unter dem stürzenden Stiermenschen begraben zu werden. Er richtete sich wieder auf und holte mit seinem Schwert aus. Er sah in die großen Kulleraugen dieser Killermaschine und ein Gefühl der Schwäche fuhr in Sunrys Glieder. Fast tat es ihm Leid, dass er den Baphitauren enthauptete.

Doch es gab nicht viel Zeit sich zu erholen. Nur Sekunden nach dem Tod des Baphitauren stürzte eine riesige, grünhäutige Gestalt in einem schweren Panzer auf Sunry zu, stieß Orlandos aus dem Weg und hob einen kolossalen Zweihänder, welchen der Kriegstroll auf seinen neu auserwählten Gegner hinabschnellen ließ. Nur mit viel Glück entging Sunry dem Tod durch diese übergroße Waffe, da er sich aus dem Weg rollte. Ein paar wenige Fuß neben Sunry schlug der Zweihänder in den Boden und schoss Erdklumpen in alle Richtungen. Da erkannte der Kriegstroll, dass seine Beute hilflos auf dem Rücken lag und nutzte die Gelegenheit. Ein wahnsinniges Grinsen breitete sich auf seinem verzerrten Gesicht aus, welches mit jeder verstreichenden Sekunde eines bald endenden Lebens breiter wurde. Sunry schloss die Augen und hoffte, es würde ein schmerzloser Tod werden. Er wartete und hoffte, immer länger, aber nichts geschah. Nach vielen Minuten des Wartens wagte er es wieder, seine Augen zu öffnen und sah vor sich den Kriegstroll, das Schwert hoch über den Kopf gehoben und mehr als zwei dutzend Pfeile in der Brust und im Hals. Grünes Blut floss aus dem riesigen Maul des Monsters, dann glitt ihm das Schwert aus der Hand und teilte den großen Kopf in der Mitte durch.

Sunry ertrank fast in der Welle an Hirnflüssigkeit, welche ihm aus dem aufgeschnittenen Kopf des Kriegstrolls ins Gesicht schlug.

Viele Sekunden verstrichen, in denen Sunry langsam begriff, dass er einem qualvollen Tod entkommen war. Um ihn herum tobte noch immer der Kampf und verwunderte es ihn, dass sich ein Vermummter über ihn beugte.

„Ich glaube, ich habe Euch soeben das Leben gerettet, Sunry von Wettgenstein", sagte Seanan freundlich und reichte Sunry seine rechte Hand.

4.

Die Ruine war nicht mehr die, welche Derrus noch vor wenigen Monaten hatte leer räumen lassen. Dort, wo Klee und Moos den alten Stein bewachsen hatten, hatte jemand neue Steine befestigt, die früher morschen Stützbalken der Türme waren durch stabile Baumstämme ersetzt worden und in den zerfallenen Backsteinhäusern brannte das wärmende Licht mehrerer Kerzen.

Die Goblins gaben sich wahrlich keine allzu große Mühe, ihren Aufenthaltsort zu verbergen. Nur ein paar wenige Wachen befanden sich auf den nun wieder nützlichen Wehrtürmen und hatten gelangweilt ihre Speere gegen die Schutzpallisaden der Turmdächer gelehnt. Sie auszuschalten würde keine Schwierigkeit darstellen, dafür waren sie viel zu unaufmerksam.

Die Reihen der Vermummten hatten stark gelitten und noch

immer tobte vor dem Dorf eine blutige Schlacht, nur Sunry und einem kleinen Trupp aus Vermummten war es gelungen, dem tobenden Gefecht zu entfliehen. Auch Erinn, Orlandos und Helena kämpften dort noch immer, obgleich Sunry gesehen hatte, wie der Baphitaure Erinn zu Boden geschlagen hatte.

„Meine Männer sind in Position, Herr."

Sunry sah den Vermummten an, der der offizielle Anführer des Trupps war. Es hatte kaum Zeit gegeben, sich einen fähig wirkenden Trupp auszuwählen und so war die Wahl auf diesen Mann und seine Männer gefallen.

„Alles muss schnell gehen, Rocco. Wenn sie einander warnen können, haben wir schon verloren. Sie rechnen nicht mit einem Angriff, erst recht nicht in einer solchen Situation. Und wir wissen nicht, wie viele sie sind. Kein offener Kampf, das könnte unser Tod sein", mahnte Sunry ihn noch einmal ausdrücklich.

„Keine Sorge, Herr. Wir sind für so etwas ausgebildet worden. Aber kommt uns nicht in die Schussbahn." Mit diesen Worten trat Rocco vor, spannte seinen Bogen und gab seinen Männern, welche sich rund um die alte Ruine positioniert hatten, das vereinbarte Zeichen.

5.

Wie aus dem Nichts brachen plötzlich gepanzerte und schwer bewaffnete Soldaten aus dem Unterholz, welche einander wilde Befehle zuriefen. Binnen Sekunden war es ihnen gelungen, einen Großteil der Goblins zurückzudrängen und dabei einige von ihnen umzubringen. Lediglich die Baphitauren leisteten wilden Widerstand. Mit ihren Äxten versuchten sie, die überraschend erschienenen Feinde von ihren Reittieren zu reißen, um sie zu vernichten.

Seanan erkannte, dass er eingreifen musste, wenn er nicht wollte, dass seine Männer nach den Goblins angegriffen worden. Und so stürzten sich auch die Vermummten wieder in die Schlacht.

In dem wilden Gefecht zwischen drei Parteien kämpfte nun jeder gegen jeden. Seanans Bogenschützen war es unmöglich einzugreifen, da sie Gefahr liefen, ihre Verbündeten zu treffen.

Immer und immer wieder schien eine der drei Gruppen die Oberhand zu gewinnen und wurde dann doch zurückgeschlagen.

Hinter den Holzpalisaden des Dorfes, wo der blutige Kampf nicht tobte und dennoch der Lärm und die Schreie der Sterbenden zu hören waren, versorgten die Frauen und älteren Kinder jene Vermummten, welche sie in das sichere Dorf hatten ziehen können. Sie versorgten ihre meist schrecklichen Wunden so gut es ging oder sprachen den Männern Mut zu, die noch nicht das Bewusstsein verloren hatten.

In den Ecken vieler Häuser im Zentrum des Dorfes kauerten die kleinsten Kinder mit von Tränen glänzenden Gesichtern.

Für viele schien die Situation schier ausweglos. Die Kampfgeräusche und Schmerzensschreie, das Brüllen der tobenden Baphitauren und das Wiehern von Pferden wurde nicht weniger, sondern überzog das gesamte Dorf wie ein grauenvoller Schleier der Angst und Ungewissheit.

6.

Die Wachen auf den Wehrtürmen der alten Ruine wussten nicht, wie ihnen geschah. Jeder Pfeil der Vermummten traf genau und so stand schon nach dem ersten Angriff kein Goblin mehr auf den Beinen. Viele Sekunden verstrichen, in denen die Vermummten angespannt und aufmerksam warteten und beobachteten. Niemand betrat die Mauern, niemand stürzte durch das zerfallene Torhaus hinaus, um sich in einen wilden Kampf zu stürzen. Waren die Wachen auf den Türmen wirklich die Einzigen gewesen, die noch in den Ruinen verharrt hatte?

„Da stimmt doch irgendetwas nicht", raunte Rocco Sunry ins Ohr, während er seinen gespannten Bogen umklammerte.

„Wir können nicht riskieren, da rein zu gehen. Vielleicht haben sie uns eine Falle gestellt und erwarten, dass wir unachtsam sind", vermutete Sunry.

„Oder die Goblins sind schon da, Mensch."

Sunry konnte sich gerade noch zur Seite rollen, da schlug auch schon ein Krummschwert genau da auf, wo Sunry noch eben gekniet hatte. Rocco hatte nicht so gut reagiert. Sein Kopf rollte von seinen Schultern und fiel in den schlammigen Waldboden.

„Und dein Kopf ist der nächste", lachte der kleine, ziemlich selbstbewusst wirkende Goblin vor Sunry.

Pfeile schossen durch die Luft und rissen den Goblin von den Beinen. Sunry musste feststellen, dass die Vermummten ihm nun schon zum zweiten Mal in kurzer Zeit sein Leben gerettet hatten.

Auch die restlichen Goblins, welche sich aus dem Wald an die Vermummten angeschlichen hatten, fielen den präzisen

Schüssen der Waldmenschen zum Opfer. Und dabei waren sie nur eine Ablenkung.

7.

Blutfürst Utkohm trat seinem Wolf mit voller Kraft in die Seite, worauf das wilde Tier los preschte. Gefolgt von etwa zwanzig weiteren Wolfreitern stürzte er aus der alten Ruine, den Menschen in den grünen Roben entgegen. Dutzende Gedanken schossen ihm durch den Kopf. Sollten seine Männer schon nach so kurzer Zeit den Kampf verloren haben?

Die erste Reihe der Goblins traf die völlig unvorbereiteten Menschen. Blut spritzte den Goblins ins Gesicht, stachelte sie weiter an.

Der Blutfürst entschied sich dazu, den offenkundigen Anführer der Menschen auszuschalten. Er trat seinem Reittier erneut in die vibrierenden Seiten und hob sein Krummschwert. Der Menschenanführer konnte Utkohm nicht sehen und so würde er das perfekte Opfer sein.

8.

Sunry wusste nicht, warum er herumfuhr. Es war eine Art Instinkt, ein Reflex, ein brennender Gedanke, der ihm durch den Kopf schoss und ihn zum Handeln zwang. Er spürte, dass sein Schwert die Luft zerschnitt, die ihn umgab, seine Lungen nährte und dann auf einen Widerstand traf. Doch der Widerstand war kein Hindernis. Schnell war er gebrochen und doch nahm er Sunry mit sich. Etwas Hartes, Kühles schlug gegen das Gesicht des Soldaten und rief eine Dunkelheit hervor. Das Letzte was er spürte, war, dass Duana in Sicherheit war.

**Kapitel IX**

> *Die Nekromantie ist der dunkelste Zweig der Magie.*
> *In ihr lebt das Böse, wird durch ihre Kraft auf diese*
> *Welt gerufen, ergreift Besitz von den Schwachen,*
> *bindet unseren Geist.*
> *Niemals darf ein Nekromant verschont werden,*
> *sei sein Bestreben noch so ehrenhaft.*
> *Sein Geist ist von dem Bösen zerbrochen,*
> *das er ruft.*
> *Nicht der gutherzigste Priester kann dem Bösen widerstehen,*
> *das die Nekromantie nun einmal ist.*
> Celebratus Estus, Das Wunder der Magie

1.
Der Magier stand lächelnd vor dem metallenen Sarkophag, in dem ein alter Bekannter schlief. Ein alter Freund, dessen Züge dem Hexenmeister noch immer bekannt waren, trotz der vielen Jahre, die er sie nicht gesehen hatte. Er erinnerte sich daran, wie man ihn und seinen Liebling von einander getrennt hatte, wie er Rache geschworen hatte. Rache an den beiden Männern, die ihn verraten hatten, ohne Grund. Sie waren seine Freunde gewesen, er hatte ihnen sein Leben anvertraut und sie hatten ihn missbraucht. Seit jenem Tag, an dem sich ihre Wege trennten, hatte der Magier seinen Namen aus seinem Kopf verbannt. Er erinnerte ihn nur an die Demütigung, die er hatte erfahren müssen, und an die tiefe Trauer in seinem Herzen.
Nun waren die beiden Männer, die sein Leben zerstört hatten, tot. Und der eine war sogar durch die Hand des

Magiers gestorben. Doch auch der Tod dieses Heuchlers hatte nur einen kleinen Teil der verdorbenen Seele des Magiers befriedigt. Er war noch nicht erfüllt. Nur die Rückkehr seines Lieblings, seines Schatzes, seiner einzigen wahren Liebe, seines Kindes, konnte wieder den Tag erhellen.

Fast quollen Tränen aus den blutunterlaufenen Magieraugen, als seine Worte das Wesen im Innern des Sarkophages zurück ins Leben riefen. Sie klangen fremd und doch vertraut. In ihnen lebte eine Macht, die nur wenige Menschen jemals spüren konnten. Es waren verbotene Wörter, die Leid mit sich brachten. Und die ein altes Böses zurück auf die Welt holen konnten.

Der graue Graf beobachtete interessiert, wie der Magier das schwarzmagische Ritual abhielt, bewunderte die Bedrohlichkeit der Worte, schmeckte pure Energie auf seiner Zunge.

Die Hände des Magiers bewegten sich wie eigenständige Lebewesen, völlig losgelöst von dem Körper ihres Besitzers und zeichneten Symbole in die Luft, welche kurz violett aufglühten und dann verschwanden. Die Luft war schwer und trocken. Jeder Tropfen Wasser in diesem sonst feuchten Verlies war verdampft. Ein intensiver Geruch von Schwefel, Weihrauch und Lavendel füllte Narsils Lungen und ließ Übelkeit in ihm aufsteigen. Seine Augen füllten sich von den beißenden Dämpfen mit Tränen und erschwerten ihm die Sicht. Mit jeder Sekunde wurde es schwerer zu atmen, Narsils Hirn bebte, sein Herz schlug heftiger denn je. Mit einem lauten Knall drang Dampf aus dem Sarkophag und breitete sich gierig überall im Verlies aus. Minuten verstrichen, in denen der graue Graf versuchte, etwas in der weißen Nebelwand zu erkennen, doch er musste einen Großteil der Zeit die Augen geschlossen halten. Der Nebel war noch aggressiver als die Mixturen, mit welchen der Magier vor Beginn des Rituals den silbernen Sarkophag beträufelt hatte. Alles hatte dieser tätowierte Fanatiker exakt abgemessen, nicht einen Tropfen mehr als nötig hatte er genommen.

Als es der graue Graf wieder wagte, seine Augen zu öffnen, erkannte er vor sich die Umrisse des Magiers.

„Und?", fragte Narsil. Seine Stimme war heiser und höher als sonst. Jede Silbe schmerzte in seinem Hals.

„Nichts, Herr", antwortete der Magier wie immer kühl. Eine Eigenschaft an dem Hofmagier, die Narsil stets irritierte. Wie konnte er so ruhig bleiben? Soeben war ihm ein bedeutendes Ritual misslungen, er hatte versagt. Wenigstens etwas Demut wäre angebracht, schließlich hätte Narsil ihn für diesen dummen Fehler exekutieren lassen können. „Es ist unmöglich, ihn schon heute zu erwecken. Ich brauche mehr Blut, viel mehr Blut. Da ist etwas, dass ihn stört. Eine dunkle Energiequelle, die zwar verborgen und gefesselt, aber doch präsent ist. Ist hier irgendwann einmal ein mächtiger dunkler Zauber gewirkt worden, Herr?"

Narsil schüttelte den Kopf. „Nicht, dass ich wüsste."

„Mein Vorgänger. Hat er experimentiert?", wollte der Magier wissen.

Natürlich hatte er das, sogar auf Narsils Befehl hin. Aber noch konnte der graue Graf dem Magier nicht voll und ganz vertrauen. Er war undurchsichtig, schwer zu durchschauen, ganz anders als sein naiver Vorgänger. Die Zeit würde zeigen, ob der Magier von Nutzen war. Und die Experimente waren eine gute Möglichkeit, den Magier besser einschätzen zu können. „Nein, soweit ich weiß nicht. Aber vielleicht gibt es in den unteren, verbotenen Bereichen der Burg etwas. Schließlich birgt dieses alte Gemäuer mehr Geheimnisse, als Ihr denken mögt." Das war nicht mal eine Lüge. Gerade in dieser Sekunde gewann eines dieser dunklen Geheimnisse tief unter der Erde immer und immer mehr an Macht. Und anders als bei dem Spielzeug des Hofmagiers wusste Narsil, wozu es fähig war.

2.

Haldor lehnte sich entspannt in dem Sessel zurück, in dem er so gerne saß. Das Schwanken der Gondel auf dem Rücken eines Bodendrachens, in der der Blutfürst saß, hatte etwas Einschläferndes an sich. Vor Haldor lagen auf einem kleinen Holztisch Pergamentrollen mit Berichten und Karten. Er nahm den Becher mit gutem Wein, welcher auf dem Boden stand, und leerte ihn. Ein edles Getränk, aber nicht annähernd so stark wie das Bier, das Goblins so gerne tranken.
Und doch trank Haldor Wein, weil es einfach nichts Besseres gab. Er trank dieses süße Zeug, weil es Grund zum Feiern gab. Die Staubwüste war überwunden und das ohne nennenswerte Verluste. Sicher, ein paar Goblins waren auf der Strecke geblieben, doch wen interessierte das schon? Das Fußvolk war nun Nebensache, die Blutfürsten waren wirklich wichtig. Ihr Wohlbefinden stand über allem anderen und diese Regelung genoss Haldor in vollen Zügen. Er nahm sich einen Großteil des Goldes, das seine Männer erbeuteten, trank nach einer gelungenen Schlacht Wein und Bier, frönte der Völlerei und vertrieb sich die Zeit mit

Studien an der menschlichen Rasse. Es war immer gut, wenn man etwas über die Bräuche und Regelungen und die Geschichte des Feindes wusste. Bei den Menschen standen Religion und Fortpflanzung an erster Stelle, wobei man über das Zweite nicht offen sprach. Und Haldor wusste bereits genug über diesen Teil der menschlichen Geschichte und auch, dass viele Menschen die Fortpflanzung als Fortführung eines unnötigen Gefühls, welches sie Liebe nannten, ansahen. Der Mann versuchte bei dieser Liebe der Frau zu gefallen und wurde nicht selten verschmäht, denn witziger Weise schien Ansehen und materieller Besitz sowie Aussehen eines Anwerbers ausschlaggebend für eine Liebe zu sein. Wie mochte sich dieses Gefühl wohl anfühlen? Manche weise Menschen hatten von >Schmetterlingen im Bauch< gesprochen und Haldor fragte sich, warum jemand Raupen essen sollte. Und was hatten diese kitschigen und mit viel zu vielen Farben gesegneten Tiere überhaupt mit der Liebe zu tun? Und da war da noch eine der wichtigsten Fragen: Gab es die Liebe? Für die Goblins war sie fremd und doch konnte mancher von ihnen sie spüren, oder zumindest eine Art Liebe. Warum auch sonst mochte man ein Weibchen lieber als das andere?

Als sein Kopf anfing zu schmerzen, beendete Haldor seine Überlegungen über dieses fremde und doch verlockende Gefühl, das viele Menschen auch die schlimmste Waffe von allen nannten.

Er setzte den Weinkrug an seine rauen Lippen und stellte fest, dass er leer war. Er füllte ihn wieder und leerte ihn erneut, worauf ihm augenblicklich warm im gesamten Körper wurde. In hohen Mengen war dieser Wein gar nicht schlecht.

Da war so viel Gutes, vieles Gelungenes und dennoch brannte in dem Blutfürsten eine wilde Wut. Er wusste nicht, ob diese von dem vielen Wein hervorgerufen worden war und das war ihm auch egal. Die Wut war einer von Haldors besten Freunden gewesen und würde es immer bleiben, auch in diesen köstlichen Tagen des Triumphes. Auslöser war dieser eingebildete Blutfürst Utkohm, der sich dem Plan nach im Olivenwald aufhielt. Haldor hatte diesen dummen Truthahn schon immer verachtet und nun schien er auch noch beschlossen zu haben, sich von den anderen Blutfürsten abzuwenden. Seit fast einer Woche hatte er nun schon keine Boten mehr in das Lager geschickt, eine Frechheit. Alle Teile der Armee waren auf einander angewiesen und mussten mit einander in ständiger Verbindung stehen. Dem waren sich alle anderen Blutfürsten bewusst, nur der kleine, unbedeutende Utkohm tanzte wieder einmal aus der Reihe.

Ruckartig stoppte der Bodendrache und für einen kurzen Augenblick rutschte das Mobiliar in der Gondel hin und her. Nur Augenblicke später wurde der Vorhang der Gondel bei Seite geschoben und ein Goblin in voller Rüstung trat ein. Offenkundig war er einer der Drachenlenker. Haldor funkelte ihn wütend an. Er mochte es gar nicht, wenn man ihn bei seinen Gedankengängen störte. Währe ein Drachenlenker nicht so schwer auszubilden gewesen und hätte die Armee nicht zu wenige von ihnen gehabt, hätte Haldor einfach seine Armbrust genommen und diesen Kerl für seine Respektlosigkeit umgelegt.

„Verzeiht, Herr, aber wir haben einen Gefangenen gemacht", berichtete der Gepanzerte.

Haldor verdrehte die Augen. „Ach, habt ihr das, ja? Ich

möchte dir einen Tipp geben, Soldat. Geh' an das Ende unseres Trupps und schau dir die Menschen an, die dort sind. Und dann rate mal, was sie sind. Warte, ich sage es dir gleich, damit du dich nicht bewegen musst: Es sind Gefangene, du Idiot. Dutzende, hunderte", brüllte er und hämmerte seine Fäuste auf den Tisch.

„Ich weiß, Blutfürst."

„Und warum denkst du dann, dass mich ein einzelner Gefangener interessieren könnte?"

„Er wurde von Fürst Utkohm zu uns geschickt. Er hat auch eine Botschaft mitgebracht."

Haldor vergas fast zu atmen, als er dies hörte. „Was hat Utkohm?"

„Er hat einen Boten geschickt, der unsere Reihen stärken soll", wiederholte der Gepanzerte.

„Das habe ich schon verstanden, du Laffe. Warum schickt er uns einen Menschen? Wenn das nur ein Scherz oder eine Schleimerei sein soll, tötet dieses Geschenk."

„Nun, genau genommen ist es gar kein richtiger Mensch, Herr", korrigierte der Goblin zaghaft.

„Nicht?"

„Nein, eigentlich nur ein halber. Und er trägt unser Blut in sich."

Haldor lachte laut auf. Ein Halb-Goblin! Als ob die Armee nicht schon genug von dieser Sorte zu versorgen hatte und das nur, weil sich einige Soldaten nicht hatten beherrschen können, als sie die Menschenfrauen bewacht hatten. „Und was sollen wir mit so etwas anfangen?"

„Er hat Kenntnis über die Menschen."

Na, bravo. Auch Haldor hatte Wissen um die Menschen, da

brauchte er nicht noch ein Halbblut, welches die Arroganz der Menschen mit sich bringen würde.
„Also gut, bringt ihn her", meinte Haldor gelangweilt.

3.

Isaak kauerte in einer zerfallenen Hütte irgendwo in der Staubwüste, welche wohl einst von den Nomaden bewohnt worden war. Seit vielen Wochen zog er nun schon völlig orientierungslos durch die Staubwüste, füllte seine rissigen und undichten Wasserschläuche an Oasen auf und ernährte sich Tag für Tag von Feigen und Datteln.
Es kam selten vor, dass er einen sicheren Unterschlupf fand, in dem er übernachten konnte. Einen Großteil der vergangenen Nächte hatte er in großen Büschen verbracht, die wenigstens einigermaßen das schlechte Wetter der Wüste abhielten.
Mit jedem Tag, ja, fast jeder Stunde wuchs in Isaak eine große Müdigkeit, gegen die der Junge so gut es ging ankämpfte. Es war nicht die Müdigkeit, die man durch Schlaf verjagen konnte, sondern die Müdigkeit, die forderte, dass Isaak sein Leben beenden sollte.
Er rappelte sich auf, kramte die wenigen Dinge zusammen, die er noch besaß und verließ das Haus.
Der Ausblick war einschüchternd. Nichts anderes als tonnenweise Sand konnte Isaak in allen Himmelsrichtungen erkennen und der sich am Horizont spiegelnde Himmel. Irgendwo am Horizont glaubte Isaak eine Oase erahnen zu können, doch sie konnte eben so gut eine Luftspiegelung sein.
Die Hitze hämmerte auf den Kopf des jungen Mannes, der

diesen mit Leinentüchern verbunden hatte, um keinen Hitzschlag zu bekommen. Sein gesamter noch vor kurzem braun gebrannter Körper war nun rot von zahlreichen Sonnenbränden und Schürfwunden. Immer wieder war Isaak zusammengebrochen, weil er die Hitze und die Anstrengungen nicht mehr ausgehalten hatte. Dann hatte er stundenlang im heißen Sand gelegen und viel Zeit gebraucht, sich zusammenzureißen und aufzustehen. Er hatte seinen geschundenen, kraftlosen Körper vorangetrieben, nur mit dem Ziel, die Wüste endlich verlassen zu können. Und nun war er wahrscheinlich tiefer in der Staubwüste als jemals zuvor. Ein Tod in dieser elenden Einöde war nun sehr wahrscheinlich, war grausige Realität geworden und in Isaaks Kopf hatten schon ein paar Mal Gedanken Platz gefunden, die von Selbstmord handelten. Nur womit sollte er sich das Leben nehmen. Er hatte ja nichts mehr außer dem knappen Proviant aus Früchten und warmen Wasser.

Immer und immer weiter ging er in die Wüste hinein, sah einer fremden aber doch auch gewissen Zukunft entgegen. Einer Zukunft, die sein Leben kosten würde. Sie würde einen Tribut fordern, den Isaak nur ungern zahlen würde.

**Kapitel X**

*Eine Reise endet nicht nur weil man das Ziel erreicht hat.*
Robert Langzahn, Reise in die Zufriedenheit

1.
Als Sunry seine Augen wieder öffnen konnte ohne gleich wieder das Bewusstsein zu verlieren fand er sich in einem geschmackvoll eingerichteten Raum wieder. Weiße Gardinen hingen vor dem leicht geöffneten Fenster und kostbare Holzmöbel standen überall im Raum.
Das Bett, in welchem Sunry lag, war weich und Sunrys Körper versank förmlich in der warmen Matratze. Jemand hatte eine Felldecke über Sunrys Füße gelegt, deren langes Haar angenehm an den müden Beinen des Soldaten spielte.
Erst jetzt, da er sich ein wenig gefasst hatte, bemerkte er, dass er nicht alleine war. Neben ihm saß Helena und hielt seine rechte Hand. Überrascht sah Sunry sie an. Dann kam die Erinnerung an den Olivenwald zurück, an all die anderen Erlebnisse davor. Die antwortlosen Fragen und seltsamen Träume, die ihn in den vielen Tagen der Erinnerungslosigkeit gequält hatten.
„Wo bin ich?", flüsterte er und bemerkte seine gebrochene Stimme. Sie war zittrig, ohne die Härte, die sie einst besessen hatte.
„Im Hoheitspalast in Turmfurt, Sunry. In Sicherheit", antwortete Helena lächelnd und strich Sunry durchs Haar. Ihm missfiel diese Zärtlichkeit. In seinem Leben war schon seit langem kein Platz mehr für solche Gefühle gewesen und noch weniger für die Liebe.

„Turmfurt? Das bedeutet, dass wir mehr als dreißig Tagesritte vom Olivenwald entfernt sind", hauchte Sunry. „Dann haben wir gewonnen? Derrus hat gewonnen?"

Helena schüttelte nur den Kopf und ihr langes, braunes Haar flog elegant durch die Luft. „Nein, zumindest nicht direkt. Du hast das nicht gesehen, aber eine dritte Gruppe hat sich eingemischt. Irgendein Adeliger und seine Waffenknechte. Es wurde viele Tage lang überall im Wald gekämpft und letzten Endes haben sich alle drei Parteien irgendwo verschanzt. Als wir dich fanden, dachten wir erst, du seiest tot."

„Aber ich habe überlebt", stellte Sunry fest und sah an seinem Körper herunter. Es war ein wahres Wunder, dass er noch am Leben war. Erst der Baphitaure, dann der Kriegstroll und schließlich dieser hinterhältige Goblin. Dreimal war er starken Gegnern begegnet und jedes Mal war er nur durch viel Glück entkommen, dem Tod durch die dürren Finger geglitten.

„Ja, das hast du. Und es hat uns alle mit tiefer Freude erfüllt", beteuerte Helena.

„Und meine Begleiter?", erkundigte sich der Soldat.

Helena schüttelte den Kopf betrübt. „Nicht einer."

Ein bohrender Schmerz grub sich in Sunrys Brust. Er hatte Derrus in den Tagen im Wald als einen anderen Menschen kennen gelernt. Ihm war klar geworden, dass sein alter Bekannter seine Mentalität und seine Überzeugungen umgeändert hatte. Derrus hatte sein Leben geändert und gelernt, dass man die Fehler der Vergangenheit wieder gutmachen konnte. Und jetzt könnte er bereits tot sein. Sunry hatte die Goblins nun schon zum zweiten Mal gesehen und wieder festgestellt, wie primitiv und gewaltbereit sie waren. Im Olivenwald wurde gekämpft und Sunry war nicht bei den Männern, die ihm Vertrauen geschenkt hatten. Wie war er entkommen? Da war die Erinnerung an Schmerzen und die grotesk verzerrte Fratze eines Goblins.

„Wir fanden ihre Leichen bei den Ruinen, nachdem du zu dem Dorf zurückgekehrt warst", berichtete Helena weiter.

„Ich bin zu dem Dorf zurück? Aber ich habe das Bewusstsein verloren, als mich einer der Goblins angefallen hat", erinnerte sich Sunry. Dann fiel ihm auf, dass da eine dunkle Lücke war. Eine Ungewissheit.

„Du hast vor dem Eingang des Dorfes gelegen. Es war reiner Zufall, dass dich die Vermummten gefunden haben. Du bist dann immer wieder zu Bewusstsein gekommen und hast uns gesagt, dass du in einen Hinterhalt bei der alten Burgruine geraten bist. Derrus hat dann augenblicklich ein paar Männer auf die Suche geschickt."

„Wieso sind wir geflohen, Helena?", erkundigte sich Sunry nun, da er einen Moment lang nachgedacht hatte. Er hatte in diesem doch sehr kurzen Gespräch viele Dinge erfahren.

„Die Hauptarmee kam immer näher. Derrus hat eingesehen, dass du ihm nichts mehr genutzt hast. Sie haben das Dorf verlassen, als wir gingen. Und sie haben uns den Rücken freigehalten, dass uns die Waffenknechte und die Goblins nicht ins Kreuz fallen konnten."

Sunry nickte und versuchte, das alles zu verstehen. „Ich habe Hunger", stellte er dann fest.

Helena lächelte liebevoll. „Die Köchin hat etwas Käse und Brot bringen lassen." Sie griff hinter sich und holte ein hölzernes Tablett hervor. „Hier. Der ist wirklich gut."

„Helena?", flüsterte Sunry und schob sich hungrig ein Stück von dem butterweichen Käse in seinen trockenen Mund.
Sie drehte sich lächelnd um. „Ja?"
„Wie bist du zu Derrus gekommen?"
Sie setzte sich wieder. „Eine lange Geschichte, doch ich denke, irgendwann müsste ich sie dir sowieso erzählen." Ein paar Mal atmete die Soldatin tief ein und aus. „Baroness Duana und ich waren auf dem Weg durch die Staubwüste. Wir hatten einen Jungen eingestellt, der uns führen sollte. Als wir in einer Nacht in einer Oase eine Pause machten, wurden wir von Goblins angegriffen. Sie schlugen mich nieder und nahmen die Baroness mit sich. Als ich wieder erwachte befand ich mich bereits in dem Lager. Seanan erzählte mir, er und ein paar von Derrus' Männern hätten mich in der Oase gefunden, als sie von einem Botengang zu irgendwem zurückkehrten. Er sagte mir, sie hätten mich mitgenommen und mich im Dorf gesund gepflegt." Sie streichelte Sunry über sein Gesicht. „Das ist alles. Nicht mehr und nicht weniger. Und nun ruhe dich aus." Sie wollte sich wieder erheben, doch Sunry ergriff fast instinktiv ihren Arm.
„Bitte bleib hier. Ich möchte dich bei mir haben."

2.
Die Tage vergingen wie im Flug. Erst lernte Sunry zu kontrollieren, wann er einschlief, dann begann er langsam wieder zu gehen. Die Verletzungen, welche ihm der Goblin zugefügt hatte, waren wieder fast verheilt und endlich konnte er auch wieder durch die Nase atmen, ohne schreckliche Schmerzen erleiden zu müssen.

Auch dem Rest der kleinen Truppe ging es, wie Sunry bald feststellte, gut und sie gingen wieder ihren Lieblingsbeschäftigungen nach. Der Zwerg genoss das einheimische Bier in großen Mengen und torkelte an manchen Abenden an Sunrys Zimmertür vorbei, wobei er entweder laut lachte, schrie oder das gesamte Mobiliar des Ganges mit sich riss.

Am achten Tag, den Sunry bewusst in Turmfurt erlebte, begann Sunry, die prächtige Stadt zu bereisen. Ihr Baustiel war ziemlich rustikal. Steinerne Gebäude, auf bemalten Marmorsäulen erbaut und mit Statuen grimmig drein schauender Kreaturen auf ihren Dachsimsen, deren bohrende, unheilvolle Blicke die Passanten aufmerksam beobachteten. Bei mancher Statue hatte Sunry sogar das Gefühl, sie würde ihre Augen bewegen.

An fast jeder Ecke Turmfurts konnte man Käse in allen erdenkliche Geschmacksrichtungen kaufen. Blauschimmel und Gartenkräuter waren die häufigsten Füllungen, doch auch exotische Kombinationen waren zu finden. Sunrys Gaumen erfreute sich besonders an der gewagten Kombination Honig Drachenfrucht. Diese Frucht hatte eine lange Tradition in Turmfurt, wie er erfuhr. Sie symbolisierte die Befreiung der Stadt in dem zweiten großen Goblinkrieg durch die Himmelspaladine, auf Drachen reitende Ritter, welche sich der Legende nach nur von diesen Früchten ernährt hatten.

Im Norden der Stadt befand sich die gigantische Tempelanlage. Dort wurde fast das gesamte Götterpantheon angebetet, anders als in vielen anderen Städten, wo Atros als der einzige Gott galt.

Sunry erlebte die Priester in diesem Stadtteil als äußerst

entgegenkommend und freundlich. Sie unterhielten sich mit den Passanten, warfen den Bettlern Goldmünzen aus dem Spendenbeutel zu und grüßten selbst die Nichtmenschen. In vielen anderen Städten hatte Sunry Priester und Kleriker, egal welcher Religion, als eingebildet empfunden und keinerlei Sympathien für sie gehegt. Er hatte in diesen unfreundlichen Zeitgenossen stets einen starken Kontrast zu der wahren Lehre des großen Gottes Atros gesehen und deshalb niemals der Kirche die Treue geschworen.

Die Tage verstrichen und mit jeder Minute wurde Sunry gesünder. Helenas liebevolle Pflege und das gesunde Essen in der Stadt halfen dabei, aber auch der Umstand, dass mit dem Zurücklassen von Derrus und dessen sehr wahrscheinlichem Tod die Entschlossenheit gestiegen war, die Kernstädte um jeden Preis zu erreichen.

3.

Prinzessin Maja stand an einem der Fenster in ihrem großzügig eingerichteten Raum und sah hinab auf die vollen Straßen.

„Ihr wirkt besorgt, Herrin. Wenn ich Euch helfen kann, müsst Ihr mich nur ansprechen."

Maja schüttelte ihr Haar und ihr honigblondes Haar flog durch die Luft. „Nein danke, Sofelis. Ich habe nur Angst, um diese armen Menschen."

Der kahlköpfige Hofmagier nickte mitfühlend. „Sie hätten alle fliehen können, aber sie haben diesen Weg außer Acht gelassen."

„Sie sind verloren, weil Vater die Soldaten eingezogen hat."

„Es war notwendig. Der Schutz der Kernstädte steht über

allem. Wir brauchen jeden Mann. Und ausserdem sind da noch die Wächter dieser Stadt."

„Dieses Mal wird es keine Drachen geben, die die Menschen hier retten werden und diese Goblins sind anders als die des letzten Krieges. Sie wollen keine Gefangenen, sie töten restlos jeden, der nicht in die perfiden Pläne ihrer Anführer passt."

„Ihr vergesst die kleine Überraschung, für die ich gesorgt habe und meine Studien an den Türmen", erinnerte Sofelis.

„Glaubt Ihr wirklich, Ihr könntet sie in so kurzer Zeit beenden? Schon seit Jahrtausenden sind Magier damit beschäftigt, das Geheimnis dieser Bauwerke zu lüften und sie hatten nicht diesen Zeitdruck. Und was Eure Überraschung angeht, selbst ich weis ja nicht einmal was genau sie ist, wie sollte sie dann dem einfachen Volk Mut machen, das von Euren Lehren am wenigsten versteht?"

„Sie sehen sie jeden Tag, sind durch sie umgeben. Und natürlich müssen sie sie nicht verstehen. Es geht einzig darum, dass sie geschützt sind, Herrin", meinte Sofelis. „Ich vertraue unseren Helfern aufs Tiefste. Sie werden uns nicht enttäuschen. Aber Ihr dürft nicht hier bleiben, wenn wir angegriffen werden, Ihr dürft nicht sterben."

„Ich freue mich über Eure Sorge, Meister Sofelis. Doch ich muss Euch auch sagen, dass sie völlig überflüssig ist. Ich kann auf mich aufpassen und brauche Eure schützende Hand nicht mehr über meinem Kopf wissen."

„Ich weiß, Prinzessin, und bitte um Verzeihung", sagte der Magier und verneigte sich knapp, bevor er mit den Worten „Die Zeit drängt und es gibt da noch so viel Unbekanntes." verließ.

4.

Die fünf Türme Turmfurts säumten den mächtigen Fluss Turm, welcher die Stadt in zwei Hälften teilte. Das Wasser rauschte angenehm, Möwen kreisten über ihm und am Ufer saßen ein paar urig wirkende Fischer und flickten ihre Netze. In der Vergangenheit war der Fluss der Grund gewesen, warum die Menschen beschlossen hatten, an diesem Ort eine Stadt zu gründen. In ihm lebte der beste, feinste Fisch in allen Größen und fand auf dem offiziellen Markt der hiesigen Handelsgilden, welche Produkte aus ganz Espental zwischen vielen Städten transportierten, großen Anklang. Um den Fluss herum wuchsen saftige Weiden, auf welchen die gut genährten Kühe grasten, die den Bürgern den fantastischen Käse spendeten. Im Süden wuchsen auf Hügeln über viele Traditionen gepflegte Weinreben. Doch obwohl die Stadt so viele Blickfänger besaß, waren es doch die fünf Türme, die mit ihrer geheimnisumwitterten Aura die Aufmerksamkeit aller Reisenden auf sich zogen.

Vor den Türmen hatten die Einheimischen Stände errichtet, an denen man Miniaturen aus Ton von den einzelnen Türmen kaufen oder sich einer Führung durch das Flussgebiet anschließen konnte.

Über die Turm fuhr nur eine einzige Fähre namens *Mauerveilchen*. Das Schiff wirkte auf den ersten Blick nicht mehr sehr stabil, aber da die nächste Werft viele dutzend Tagesritte von Turmfurt entfernt war, hatte sich die Regierung der Stadt entschieden gegen die Anschaffung einer neueren Fähre gewehrt.

Besucher strömten auf das Gefährt, um die andere Seite des Flusses zu erreichen, wo die beiden anderen Türme standen.

Die Geräusche der freudigen Menge ließen nicht darauf schließen, dass in wenigen Monaten, vielleicht sogar schon Wochen, eine gigantische Streitmacht diese Idylle vernichten könnte. Alles ging seinen gewöhnlichen Gang. Die Besucher der Stadt waren laut und zufrieden, lauschten den Worten ihrer Stadtführer und bestaunten die Steinstatuen überall in der Stadt, zu denen es zahlreiche Geschichten und Legenden gab. Und Sunry gefiel das. Er hatte in den letzten Wochen so viel Angst erfahren, war so angespannt gewesen, dass ihm diese offene gute Laune große Freude bereitete. Und so schloss er sich vergnügt einer der kostenlosen Führungen an.

5.

Der Zwerg erwachte zwischen den Beinen eines Holzstuhls. Seine Augenlieder waren schwer von dem vielen Alkohol, welchen er am Vorabend zu sich genommen hatte, und sein gesamter Schädel schmerzte wie verrückt. Alles drehte sich. Die Tische und Stühle, die Wand mit der heruntergekommenen Tapete und der verstaubte Tresen. Und auch der bullige Wirt, welcher sich mit grimmiger Miene über den narkotisierten Zwerg beugte.

„Eine Übernachtung macht zehn Bronzeespen", sagte er fies grinsend und reichte dem Zwerg seine rechte Hand. „Und jetzt komm auf die Beine, damit du deine Schulden begleichen kannst."

„Was? Aber ich habe doch mein ganzes Geld für Euer Bier ausgegeben", erinnerte sich der Zwerg, als er wieder auf den Beinen stand und sich verwirrt in dem Schankraum umsah.

„Nun, das ist nicht mein Problem. Entweder du bezahlst deine Schulden oder du hilfst mir die Kneipe bis heute

Abend auf Hochglanz zu polieren." Der Wirt drückte dem Zwerg mit einer vielsagenden Geste einen feuchten Lappen in die Hände und wies dann auf die verstaubten Fenster. „Am besten, du fängst gleich an."

6.
Die Kräuter in der hölzernen Theke vor Orlandos sprachen dem Elfen mehr als nur zu. Ganze Bündel voller duftender Gewächse, Gläser mit getrockneten Pilzen und Ampullen mit Extrakten seltener Blumen standen dort aufgereiht und pingelig genau beschildert. An einem Ständer an der Wand hingen geräucherte Fische, die man mit einer violetten Paste bestrichen hatte, und ein paar der orange-gelben Iq, der Frucht, die alle Verletzungen heilen konnte und nach der die kleine Gruppe schon in der Staubwüste vergeblich gesucht hatte.
Hinter der Theke stand eine Frau mittleren Alters, in einem Kleid aus Laub und Baumrinde und mit langem, braunem Haar, welches von einem verknoteten Ast zusammengehalten wurde. Spitze Ohren wurden von diesen weichen Haaren fast vollständig verdeckt, nur hatte es sich Orlandos angewöhnt, bei einem Gegenüber immer zuerst auf die Ohren zu schauen, um Mitelfen zu erkennen. Diese Frau vor ihm war jedoch keine Elfe, zumindest keine echte. Ihren Gesichtszügen fehlte die Reinheit und Eleganz eines reinen Elfen und auch ihr Haar war nicht so seiden und wellig fallend. In ihren Augen brannte nicht jene Leidenschaft, die Orlandos so sehr vermisste.
„Wie kann ich Euch helfen, Herr", fragte sie mit ungewöhnlich hoher Stimme und roten Wangen, als sie ihren Kunden und dessen spitze Ohren bemerkt hatte.

„Diese Früchte dort, wie viel kosten sie, junge Maid." Orlandos versuchte gezielt Süßholz zu raspeln, in der Hoffnung, den Preis für die Iq direkt zu senken. Frauen, egal ob Menschen, Elfen oder Halb-Elfen, mochten es, wenn ein Mann charmant war und Elfenmänner waren immer charmant.

„Zehn Goldespen, Herr. Ihr wisst sicher, welche Kräfte ihnen zugeschrieben werden?", antwortete die Halb-Elfin verlegen lächelnd.

„Oh ja, aber dennoch finde ich zehn Goldespen ein wenig zu viel. Sagen wir fünf?", schlug Orlandos vor und sah ihr in ihre grau-blauen Augen. Grau-Blau. Eine Augenfarbe der Menschen, welche dem Elfen schon immer sehr gefallen hatte.

„Es tut mir Leid, Herr. Ich habe viele Wochen in der Staubwüste verbracht, um nach diesen Früchten zu suchen. Unter acht Goldespen kann ich sie Euch einfach nicht verkaufen."

„Sagt mir, mein Kind, wie ist Euer Name?", änderte Orlandos geschickt das Thema und vermied nun ihr Gesicht.

„Amaryllis, Herr. Und Ihr?", antwortete sie schüchtern.

„Andarian, meine Hübsche." Er trat ein paar Schritte näher an Amaryllis heran. „Wie viel wolltet Ihr noch gleich?"

„Acht Goldespen, Herr."

Orlandos strich ihr durch ihr Haar. Es war weich und angenehm auf den rauen Fingern des Soldaten. Dann stoppte er seine Hand, als sie den Hinterkopf der jungen Frau erreicht hatte.

„Es tut mir wirklich leid, Herr. Aber ich kann Euch nicht mehr Rabatt gewähren." Orlandos Kopf näherte sich dem Amaryllis'.

In diesem Augenblick öffnete sich die Ladentür und ein

junger, schwarzhaariger Mann trat ein. Orlandos löste sich von der Halb-Elfin und wandte sich zu gehen. „Dann leider nicht, Amaryllis."
Und mit diesen Worten verließ er das Geschäft.

7.
„Das war nicht meine Methode, Erinn. Das arme Mädchen. Es war moralisch völlig inkorrekt."
Erinn verdrehte seine Augen entnervt. „Jetzt hör mal auf mich mit diesem Moralgelaber zuzutexten, bitte. Wer hat ihr denn die Iq gestohlen? Ich oder du."
Orlandos senkte verlegen seinen Kopf.
„Na also", entgegnete Erinn. „Und genau deshalb solltest du gar nicht so viel darüber nachdenken. Aber sag mal, ich wusste gar nicht, dass du so flinke Finger hast. Ich dachte immer, ihr Elfen wärt keine großen Freunde des Stehlens."
Orlandos lachte trocken auf. „Nein, das sind wir wirklich nicht. Aber bevor ich nach Elbenstein gekommen bin hatte ich einige harte Jahre zu bestehen. Auf legalem Wege gab es für einen Elfen wenig zu tun. Ich hatte ja keine Ausbildung, die ich einem Arbeitsgeber hätte vorlegen können, und für einen Wachmann war ich einfach zu schmächtig", erklärte sich der Elf.
„Also hast du angefangen zu stehlen. Ich finde, dass dich das irgendwie sympathisch macht", schlussfolgerte Erinn.
„Ich habe mir nur das Nötigste genommen und immer nur von denen, die es verkraften konnten. Ich wollte einfach nur leben und nicht wie jeder andere Bettler oder Obdachlose verhungern und tot in einer Seitengasse gefunden werden."
Erinn lächelte. „Jaja. Der Zweck heiligt die Mittel, die alte

Entschuldigung eines jeden Verbrechers. Aber keine Sorge, Elf. Bei mir ist dieses kleine schmutzige Detail über deine Vergangenheit in guten Händen." Er grinste Orlandos an. „Und nun zurück zum Palast. Ich habe gehört, dass es heute Abend Hummer aus dem Fluss gibt. Das wäre mal was Anderes als immer nur Käse und Käse und Käse."

8.

Sofelis hatte sich in eine der jahrhundertealten Schriftrollen vertieft, die sich mit dem Geheimnis der Türme beschäftigten. Immer wieder wurden Wächter und die Mächte der Natur erwähnt, aber ansonsten war da kein Zusammenhang zu finden. Die Buchstaben auf den alten Schriften entsprangen einer alten Hochsprache und ähnelten nur gering der drakonischen Sprache, die Sofelis perfekt beherrschte. Die Sprache der Magie war eine der komplexesten der Welt und der Magier hatte viele Jahre der Studien dem Erringen dieses Wissens geopfert. Und ausgerechnet nun, da er die Sprache das erste Mal wirklich brauchte, konnte er aus ihr keinen Nutzen ziehen. Ein paar Ähnlichkeiten waren da zwar, aber hauptsächlich hätte Sofelis raten müssen, um den Sinn der Worte zu entziffern. Dabei drängte die Zeit. Es waren nicht mehr viele Wochen, in denen es genug Zeit gab, die Geheimnisse zu erkunden. Maja hatte Recht gehabt. Die Zeit war der mächtigste Feind.

9.

Isaak schleppte sich durch die immer gleiche Staubwüste. Sein Wasserschlauch war am letzten Abend gerissen und alle Oasen, die der Waisenjunge in den vergangenen Tagen gefunden hatte, waren von Goblineinheiten besetzt gewesen. Noch vor wenigen Tagen hatte er an die geringe Chance gedacht, er könne diesem grausigen Schicksal entgehen, nun war diese Hoffnung jedoch gestorben. Der große Gott Atros schien über ihn hinweg zu sehen, ihn zu ignorieren. Jeden Abend hatte Isaak um Hilfe gebeten, hatte Atros seine uneingeschränkte Treue geschworen und doch war er nicht errettet worden. Isaak verfluchte die lügnerischen Priester, die die Geschichten über den großen Atros verbreiteten, die großen Tempelmeister in der Tempelstadt Atros, welche von dem frommen Glauben der Menschen in Espental profitierten, und die Menschen selbst, da sie so dumm waren, an diese Lügen zu glauben, um nur verraten zu werden. Er hasste die Priester, er hasste Atros!

Mit einem Mal verdunkelte sich der Himmel über dem Jungen. Was war da? Irritiert sah Isaak hinauf und erschrak fürchterlich. Über ihm flog eine riesige Echse, mit titanischen Flügeln und einem mehrere Mann langen Schwanz. Ein Drache, der begann, zu landen.

„Was willst du?", brüllte Isaak, vor dessen Augen alles verschwamm. Er spürte, wie er die Kontrolle über seinen Körper verlor und seine Knie in den Sand fielen. Die feinen Körner scheuerten an seinen nackten, von der beißenden Sonne gereizten Beinen. Dann begann noch sein Kopf zu dröhnen und er hörte eine Stimme, tief in seinem Schädel, die kühlend war und auf den verwirrten Isaak beruhigend wirkte.

*Beruhige dich, Isaak. Ich bin hier um dir zu helfen.*

„Aber ich habe doch nicht um Hilfe gebeten", wimmerte Isaak verzweifelt. Er konnte nichts mehr sehen, obwohl seine Augen weit geöffnet waren.

*Ach nein? Ich habe dich jeden Abend flehen gehört. Und nun wurde ich geschickt, von dem Gott, den du um Hilfe gebeten hast.*
„Atros hat mich gehört? Aber warum erst so spät?"
*Die Zeit ist nicht real für einen Gott. Und dennoch wurdest du erhört. Steig auf meinen Rücken, ich werde dich in Sicherheit bringen.*
„Woher soll ich wissen, dass ich Euch trauen kann. Schließlich seid Ihr ein Drache."
*Und dieser Umstand gibt dir das Recht zu urteilen, Isaak? Ich weiß viel mehr über deine Vergangenheit, als du vielleicht denken magst. Ich weiß um den Schmerz, den du bei dem Tod deiner Mutter gespürt hast. Du warst noch ein Neugeborenes. Es war unglaublich hart für dich.*
„Warum hast du sie nicht verschont? Warum hat Atros sie nicht verschont?"
*Wenn du mit mir kommst, wirst du feststellen, dass vieles anders ist, als die Menschen denken.*
„Was, wenn Ihr mich verratet und in einer Höhle fresst?"
*Ich verstehe dein Misstrauen, aber ich bitte dich auch, deine Sinne nicht vernebeln zu lassen. Du hast keine andere Wahl, als mir zu vertrauen. Folge mir und du wirst sehen, was die Welt wirklich ist.*
Isaak schluchzte. Eine Welle von Empfindungen spülte über ihn hinweg. Und dann bestieg er den Rücken des Drachen. Sein Schicksal hatte begonnen.

10.

„Keine Überlebenden zu finden, Fürst Haldor. Meine Männer haben alles durchsucht. Wir haben jeden Stein umgedreht, jedes verschüttete Haus Stein für Stein abgetragen. Das ist auch der Grund, warum wir so lange nicht bei der Armee waren."
Haldor sah ungerührt und ohne Interesse auf den unbedeu-

tenden Goblin vor sich. Er trug eine zerschlissene, billige Lederrüstung und seine Waffen waren rostig und kaum in einer wirklichen Schlacht nützlich. Natürlich hätte Haldor die Mittel und Wege gehabt, diesen Zustand zu ändern, doch er sah einfach keinen Grund, einem einfachen Hauptmann bessere Ausrüstung auszuteilen.
„Und da war wirklich niemand? Nicht ein einziger Mensch hat überlebt?"
„Nein Herr, nicht einer."
Der Blutfürst nickte zufrieden. „Sehr gut Hauptmann. Ihr dürft gehen."
„Vielen Dank, Fürst Haldor."
Haldor war äußerst zufrieden. Eine weitere große Hoffnung war mit der zentralen Handelsstadt Golgar untergegangen. Und mit ihr viele tausend Menschen.

11.
Das Fleisch des Hummers war rosa und schmeckte vorzüglich. Es war nicht zu roh, aber auch nicht zu fest. Der Koch verstand sein Handwerk wahrlich herausragend. Sunry sah in die Runde. Es tat gut, alle Mitglieder seines Trupps gesund und munter wieder zu sehen. Sie wirkten zwar etwas müde wegen der vielen Strapazen, aber in ihren Augen brannte doch noch immer das Feuer der Entschlossenheit.
Der Abend verlief wunderbar. Es wurde sich unterhalten, gesungen und gelacht, geschmaust und getrunken.
Als dann, nach vielen freudigen Stunden, in welchen die Bedrohung durch die Goblins und die schweren Verluste und die zahlreichen bestandenen Kämpfe in den Hintergrund der Gedanken gerückt waren, sich der Abend zur

Nacht wandelte, sank die Freude und das enthusiastische Feiern. Die letzten Weinkrüge wurden genüsslich geleert und alle setzten sich an das prasselnde Feuer im Kamin, um sich die Hände zu wärmen. Sunry hielt in seiner rechten Hand einen Becher mit Weinbrand, während er den Erzählungen des Feuers lauschte. Die tausend, brennenden Zungen berichteten von Freude und Leid, Trauer und Hoffnung, Elend und Gottvertrauen, von den längst geschlagenen Kriegen und den ruhmreichen Geschichten längst vergessener Abenteurer und Helden, die loszogen, das Böse in der Welt zu bekämpfen, von den alten Dämonen, die in der raum- und zeitlosen Ebene der tausend Höllen darauf warteten, wieder die Regentschaft über diese Dimension zu erlangen. Das Feuer sprach in einer fremden Sprache, die kein Mensch verstehen konnte, doch sein Zauber erlaubte dem geneigten Zuhörer kurze Einblicke in die Vergangenheit dieses Elements.

„Woher kanntest du Derrus, Sunry." Erinns raue Stimme wirkte wie ein Fremdkörper in dem gleichmäßigen Säuseln der verträumten Flammen.

„Wir haben eine gemeinsame Vergangenheit geteilt."

„Was für eine?", hakte Erinn nach, dessen Kopf von dem starken Wein rot war.

„Das möchte ich niemandem erzählen."

„Ach komm schon", forderte der Zwerg und stieß Sunry kameradschaftlich in die Seite. „Was soll daran schon so schlimm sein?"

Sunry wurde wütend. In seinem Kopf brodelte es, er spürte die Lust, den Zwerg wegen seiner unangebrachten Neugier umzubringen, spürte, wie Brandwein und Schnäpse seine Aggressivität noch förderten.

„Es geht euch nichts an! Niemanden geht es etwas an, ist das klar?" Er schleuderte seinen Weinbrandbecher in den Kamin und verließ das Zimmer.

**Kapitel XI**

*Die Präsenz eines großen Bösen lässt viele kleine Übel entstehen.*
Atrische Schrift, Kapitel 9

1.
Der Magier sah angewidert die kleine Gruppe stinkender Goblins an, welche sich hinter ihm versammelt hatte. Sie trugen angeschimmelte Lederrüstungen und klammerten sich an Holzschilden und rostigen Kurzschwertern fest, als ob von diesen ihr Leben abhing. Der Magier hatte nie gut geheißen, dass der graue Graf sich diese primitiven Kreaturen als Haustiere hielt. Viel sinnvoller wäre eine Armee von Menschensklaven aus dem Steinbruch gewesen. Der Magier hatte Öle und Kräuter, welche schreckliche Krankheiten hervorriefen und letzten Endes den menschlichen Körper gänzlich veränderten, ihm mutieren ließen.
„Ihr wisst noch nicht, was euch da unten erwartet und nur die wenigsten von euch werden die Möglichkeit bekommen, es weiter zu erzählen oder von euren ach so großen Heldentaten zu prahlen. Wir werden dort unten gemeinsam sein und so sind wir dummer Weise gezwungen, zusammen zu arbeiten. Ich dulde keine Feigheit unter euch. Dort unten muss jeder dem anderen vertrauen können, ansonsten werden wir alle unser Leben lassen, habt ihr das verstanden, Männer?" Der Magier spuckte das letzte Wort förmlich aus. „Wenn wir erst dort unten sind, gibt es kein Zurück mehr, bis wir unsere Aufgabe erledigt haben und damit wir uns gleich verstehen, ich entscheide, wann unsere Mission

beendet ist." Er sah jeden einzelnen der elf Goblins eindringlich an und erkannte in jedem Augenpaar Furcht und Sorge. „Wer ist euer Anführer?", fragte er, worauf ein kahlköpfiger Goblin vortrat und sich knapp verneigte. Das trockene, alte Leder seiner schlecht gearbeiteten Rüstung ächzte unter dem Druck, der bei dieser Bewegung entstand.
„Ich, Herr", sagte der Goblin so leise, dass der Magier sich anstrengen musste, die Worte zu verstehen.
„Verstehe", hauchte er grinsend und warf dem Goblinanführer einen warnenden Blick zu. „Keine Alleingänge oder Befehlverweigerungen, egal welcher Natur, verstanden?"
Der Goblin nickte und senkte verlegen sein Haupt.
„Also los. Bleibt dicht beisammen."
Zwei kleine, buckelige Goblins schoben die großen Flügeltüren auf, vor denen die kleine Gruppe stand. Ein fauliger Geruch nach Urin und Exkrementen, Leichen und Erbrochenem stieg jedem Anwesenden in die Nase.
„In Bewegung setzen, Männer."


2.

Mit jedem Schritt tiefer in die unterirdische Kanalisation der grauen Burg nahm der Ekel erregende Geruch stark zu. Die Goblins konnten deutlich länger ohne Probleme atmen als der Magier, welcher schon nach wenigen Schritten seinen Geruchssinn mit einem Zauber außer Kraft gesetzt hatte. Bei all diesen Gerüchen und Noten würde es ohnehin schwer fallen, eine nahende Gefahr zu riechen.
„Herr, wonach suchen wir eigentlich?", fragte der Goblinanführer.
„Das wollt ihr alle gar nicht wissen, glaubt mir."

„Werden wir kämpfen müssen?", löcherte der Goblin weiter.
„Auch das wollt ihr nicht wissen."
„Warum begleiten wie Euch dann?"
„Damit ich jemanden umbringen kann, wenn mir langweilig ist", antwortete der Magier kühl und funkelte den Goblin unheilvoll an. „Oder wenn ich gereizt werde."

3.

Bald erreichten sie eine Art unterirdischen Knotenpunkt. Ein großer, kreisrunder Raum, in dessen Mitte ein Becken angebracht war, in dem etwas unangenehm aussehendes und auf jeden Fall auch ebenso schlimm riechendes schwamm. Über diesem Loch hatte man eine metallene Plattform angebracht, welche von mehreren Balken gestützt wurde.
„Besuch in diesem Dreckloch? Hätte ich nicht gedacht. Obwohl, hier unten wird es schließlich nie langweilig." Ein, bis auf eine Hose, nackter Goblin kam in einem seltsam schaukelnden Gang auf die kleine Gruppe zu. Sein Oberkörper war von Blasen und Auswüchsen übersäht, sein Mund zeigte nur noch wenige Zähne und sein rechtes Auge wurde von einer braunen Augenklappe bedeckt.
„Lath?", erkundigte sich der Magier und sah dabei angewidert das Güllebecken an.
Der Goblin nickte kurz. „Ja, so nannten mich meine Eltern." Er setzte ein gleichgültiges Grinsen auf. „Aber für die meisten meiner *Geschwister* bin ich der Krüppel mit der Gülle." Er machte eine knappe Geste zu seinem linken Arm, aus dem der Oberarmknochen herausragte. Als er dieses Ekel erregende Bild sah, stieg Übelkeit in dem Magier auf und er winkte ab.
„Bitte keine detaillierten Berichte."

„Natürlich nicht, mein Freund. Stellt Euch nur kurz vor, wie es ist, wenn ein zehn Mann großer Felsbrocken Euch unter sich begräbt und Ihr dann langsam wieder hervorgezogen werdet." Er lachte kurz diabolisch auf.

„Ich bin nicht hier, um mir deine albernen Märchen anzuhören. Öffne uns das Tor in die tieferen Bereiche", forderte der Magier entnervt.

„Wenn Ihr meint, Herr. Leider darf ich nur denen die Tür öffnen, die dazu vom Graf berechtigt worden ist."

„Öffne die Tür."

Der Goblin sah den Magier fragend an. Dann erkannte er, dass es sein Gegenüber wohl ernst meinte und spurtete zu einem kleinen Lager aus Decken und Steinen, zwischen denen er wohl schlief. Er kam mit einem rostigen Schlüsselbund zurück und führte dann den Magier und seine Begleiter zu der einzigen anderen Tür im Raum.

Das Schloss knarrte und quietschte als Lath den richtigen Schlüssel in das alte Schlüsselloch steckte.

„Bitte einzutreten und viel Spaß. Und noch ein kleiner Tipp von mir. Macht besser keine Fackel an, sonst" Er machte grinsend eine kurze Pause „bumm!"

4.

Der kleine Lichtkegel, der der geöffneten Handfläche des Magiers entsprang, erhellte nur sehr gering den schmalen Gang vor dem Trupp. Sie waren wegen der Enge gezwungen hintereinander zu gehen und da die Goblins mehr Augen für Decke und Wände als für ihren Vordermann hatten, kam es mehrmals dazu, dass der gesamte Trupp ineinander lief.

Bald erreichten sie einen etwas großzügiger ausgebauten Bereich. Mehrere dicke Röhren verliefen über den Köpfen der Passanten und aus ihnen tropfte eine gelbliche Substanz. Eine Röhre endete in dem Raum, schien jedoch leer zu sein. Ihr Eingang war groß genug, dass ein normaler Mann darin aufrecht stehen könnte.

Der Magier deutete auf einen der Goblins. „Du gehst nachsehen."

„Jawohl", hauchte der unglückliche Erwählte und machte sich auf den Weg.

Viele Minuten des Wartens verstrichen. Die Goblins umklammerten ihre Keulen und sogar der Magier ließ seine linke Hand auf dem Griff seines magischen Schwertes ruhen.

Plötzlich hörten sie einen panischen Aufschrei und es herrschte Ruhe.

Alles ging so schnell. Albtraumhafte Kreaturen brachen aus dem offenen Rohr hervor und stürzten sich auf die der Panik verfallenen Goblins. Der Magier riss sein Schwert hervor und schlug zu. Funken stoben davon als die Silberklinge das verfaulte Fleisch des untoten Gegners zerschnitt und große Stücke herausriss.

„Was sind das für Viecher?", kreischte der Goblinanführer.

„Ghule! Haltet sie auf Distanz und lasst euch auf keinen Fall beißen!", brüllte der Magier zur Antwort, während seine magische Waffe zwei weitere Untote zerschnitt. Rote Augen glühten ihn aus früher einmal menschlichen Schädeln entgegen, welche mit bleicher Haut straff bespannt waren. Immer und immer wieder schlug der Magier zu und seine Klinge schlug Furchen in die gegnerischen Reihen.

„Das werden nicht weniger, Herr!", kreischte der Goblinanführer laut und wuchtete seine Keule auf den Schädel eines Ghuls. Er wurde mühelos eingedellt und sein dazugehöriger Körper brach leblos zusammen.

„Gleich nicht mehr", rief der Magier und beseitigte dabei die Ghule, die ihn umzingelten. Nachdem er sich sämtliche Gegner vom Leib gehalten hatte, riss er seine Hand hoch und manifestierte in ihr eine Flammenkugel. „Gute Nacht, ihr Viecher." Die Flammenkugel schoss in die Röhre und nur wenige Augenblicke später gab es einen ohrenbetäubenden Knall und eine Stichflamme schlug aus dem Rohr. Ein Gestank nach Eiter und verbranntem Fleisch erfüllte die Luft. „Das dürfte sie kaputt gemacht haben."

5.

Derrus und Seanan kauerten hinter einem Busch. Ihre Augen waren aufmerksam auf die kleine Gruppe Goblins vor ihnen gerichtet. Es waren fast zwei dutzend Gegner, welche mit rostigen Kurzschwertern und geladenen Armbrüsten bewaffnet waren.

„Wenn unsere Verbündeten uns im Stich lassen sind wir geliefert. Die machen uns fertig", flüsterte Seanan Derrus zu.

„Dann solltest du still sein, wenn du nicht willst, dass sie uns bemerken", antwortete Derrus leise. Wir greifen diese Biester erst an, wenn wir uns mit *ihnen* verständigt haben."

Minuten verstrichen, in denen nichts geschah. Die Goblins schienen auf etwas zu warten, auf etwas, das bald kommen musste.

Plötzlich begann das Unterholz zu beben und man konnte

Männerstimmen vernehmen, die sich laut etwas zuriefen. Nur Augenblicke später brachen mehr als zwanzig Kreaturen aus dem Unterholz und bildeten einen Kreis um die verdutzten Goblins. Angeführt wurden die Angreifer von zwei besonders auffällig gefärbten Vertretern ihrer Rasse. Neben ihren beiden Anführern verfügten alle Zentauren über braune Pferdeleiber und muskulöse, männliche Menschenoberkörper. Die beiden jedoch, welche den wilden Angriff der Pferdemenschen koordinierten, präsentierten einen weißen Unterleib und ausgebleichte menschliche Haut.

Die Zentauren hielten perfekt gearbeitete Bögen in ihren Händen und gaben treffsichere Schüsse ab. Der überraschend begonnene Kampf fand bereits nach wenigen Minuten sein Ende. Keiner der Goblins hatte den fast doppelt so großen Zentauren lange standhalten können und nun war keiner mehr von ihnen am Leben.

Die beiden Zentaurenanführer berieten sich kurz so leise, dass wohl nur sie selbst sich verstehen könnten. Dann sagte einer der beiden: „Mein Name ist Koreak und dies ist mein Bruder Fulviu. Wir wissen, dass Ihr da seid Menschen. Ihr hattet um ein Gespräch mit Euch an diesem Ort gebeten und nun stellen wir fest, dass wir hier von einer Gruppe des Feindes erwartet werden. Ihr habt unser Vertrauen schon nach so wenigen Augenblicken gebrochen. Verteidigt Euch!"

Derrus erhob sich hinter dem Busch, nachdem er die Worte des Zentauren gehört hatte. „Wir wussten nicht darum, dass sich hier einer unserer gemeinsamen Feinde aufhält, Freund. Wir sind hier her gekommen, um die Möglichkeit zu erhalten, mit Eurem Häuptling reden zu können. Eine große Plage ist über diesen Wald und das ganze Land gekommen. Und nur gemeinsam können wir sie bekämpfen."

Die beiden Albinos schienen einen Augenblick zu überlegen. „Also gut. Wir werden Euch zu unserem Dorf führen, doch müsst Ihr uns Eure Waffen abgeben", sagte schließlich Koreak.

Derrus verneigte sich höflich und gab Seanan ein Zeichen, sich ebenfalls auf diese Weise zu bedanken. „Wir folgen Euch, Freunde."

6.

Die Goblins kauerten in der zerfallenen Burgruine tief im Olivenwald. Es waren nicht mehr viele von ihnen übrig. Viele waren in dem Kampf bei dem Dorf der Menschen ums Leben kommen, der Schlacht, in der auch sämtliche Baphitauren und Sax der Kriegstroll gefallen waren.

In dem hinteren Turm brannte in der Spitze ein leichtes Licht. Dort hatte sich der neue selbsterklärte Anführer der Goblins untergebracht und beobachtete das langweilige Geschehen im Hof. Die Goblins waren gezwungen gewesen, ihre Wölfe frei zu lassen, da diese immer aggressiver geworden waren, nachdem man sie in die engen Ställe der Ruinen gesperrt hatte.

Wachen warteten auf den Türmen und spähten in den Wald. Sie hatten sich an diesem verfluchten Ort gleich zwei mächtige Feinde gemacht. Zum einen die Menschen und zum zweiten die Waffenknechte irgendeines reichen und namenhaften Adeligen, der in seinem Lager mit einer vergifteten Pfeilspitze in seiner Brust im Koma lag.

Die Goblins schreckten von den knisternden Lagerfeuern hoch, als sie dröhnende Schritte in der Nähe hörten. Eilig luden sie ihre Armbrüste oder griffen nach ihren morschen Keulen und rostigen Kurzschwertern. Fackeln wurden in dem Lagerfeuer entzündet und zwei der Goblins spurteten zu dem Turm ihres Anführers, um Meldung zu machen.
„Nehmt die Waffen runter, Männer. Das ist ein Befehl!" Aus den Schatten am anderen Ende des Innenhofes, dort, wo das Torhaus stand, trat eine hünenhafte Gestalt mit muskelbepakten Oberarmen und kurzem, büschelhaftem Haar. Seine schwarzen Augen musterten die kampflustigen Goblins am Lagerfeuer aufmerksam. In der rechten Hand hielt er einen riesigen Streitflegel. Jeder der Goblins am Lagerfeuer erkannte ihn als Grottenschrat, als eine Art große und starke Version der einfachen Goblins.
„Wer befiehlt uns das?", lachte einer der etwas mutigeren Goblins, welcher sich Mut angetrunken hatte.
„Blutfürst Wandor, Utkohms Nachfolger", antwortete der Grottenschrat kühl.


7.

Der Goblin schrie schmerzerfüllt auf, als einer seiner Begleiter ihm eine Fackel in die rechte Hand hielt. Dort, wo noch vor wenigen Minuten nur die Bissspur eines Ghuls zu sehen gewesen war, zeigten sich nun grünliche Auswüchse und Entzündungen, welche einen grünlichen Schleim von sich gaben.
„Hör auf zu schreien. Glaub mir, diese Schmerzen sind nichts gegen die Qualen, die man als Ghul ertragen muss", sagte der Magier gelangweilt. In den Minuten nach dem

plötzlichen Angriff der wandelnden Toten hatte er erst mit dem Gedanken gespielt alle Verwundeten und somit auch mit den gefährlichen und tödlichen Krankheitserregern des Ghulfiebers Infizierten einfach umbringen zu lassen. Dann war ihm jedoch aufgefallen, wie wenige diese tückische Begegnung eigentlich überstanden hatten.

Von der großen Zahl Goblins waren nur noch vier übrig, unter ihnen auch ihr Anführer, der es auf wundersame Weise geschafft hatte, keinen einzigen Kratzer abzubekommen.

„Und jetzt, Herr?", flüsterte der Goblin so leise wie irgend möglich, gerade so, als habe er Angst, dass die Goblins ihn hörten.

„Jetzt gehen wir weiter. Obwohl wir Verluste zu verbuchen haben, haben wir doch noch immer einen Auftrag und den werden wir auch zu Ende bringen", antwortete der Magier laut und mit fester Stimme.

„Was ist, wenn noch mehr von diesen Dingern kommen, Herr?", fragte ein anderer Goblin.

„Dann wären wir besser vorbereitet als dieses Mal. Und ausserdem denke ich nicht, dass die Ghule uns noch einmal angreifen werden. Sie sind zwar unterentwickelt, aber auch sie leben nicht um zu sterben. Wir haben an diesen Ghulen gerade eben ein Exempel statuiert, das die restlichen Ghule kaum übersehen können."

„Wie Ihr meint, Herr", sagte der Anführer. „Aber vielleicht solltet Ihr uns nun endlich sagen, was wir hier unten wollen. Warum wimmelt es hier auf einmal nur so von diesen Toten. Meine Männer und ich wollen endlich wissen, wofür wir unser Leben riskieren."

„Ihr braucht nicht mehr zu wissen, als dass diese Mission äußerst wichtig für unser aller Überleben ist. Graf Narsil will Antworten und ich wurde entsendet, sie aufzutreiben. Jetzt schweigt und folgt mir."

„Nein, das werden wir nicht tun, ehe wir keine Antworten erhalten haben", fuhr der Anführer überraschend fort.

„Bitte was?" Narsil sah den Goblin überrascht an.

„Wir werden unser Leben nicht für etwas opfern, das wir nicht kennen. Wir mögen zwar unter Euch stehen, aber hier unten, zwischen den Ghulen, seid Ihr auf uns angewiesen."

Den Magier faszinierte dieser Mut. Er hätte nie gedacht, dass ein Goblin sich ihm entgegenstellen würde, um seine eigene Meinung zu vertreten. Andererseits war dies eine Dreistigkeit, die sich der Magier nicht bieten lassen konnte, obgleich der Goblin natürlich Recht hatte.

„Ich habe über diese Unverschämtheit hinweg gehört, Goblin. Aber ich warne dich. Solltest du noch einmal respektlos werden, war es das letzte Mal, dass du etwas gesagt hast. Und das gilt für alle hier. Und nun kommt weiter!"

Und die Goblins stapften ihm missmutig hinterher.

8.

„Dann sind wir uns also einig." Haldor grinste den Halb-Goblin freundlich an. Er stellte seinen Bierkrug vor sich ab und bedeutete einer menschlichen Sklavin nachzuschenken.

„Ich würde mir die Männer gerne ansehen, die Ihr mir geben wollt", sagte der Halb-Goblin und kratzte sich am Nacken.

„Nun, ich werde wohl erst noch entscheiden müssen, wen ich Euch geben werde, Freund. Einige Soldaten fallen in die engere Wahl. Sie haben sich in diesem Krieg auf gewisse Weise aus der Menge ab gehoben." Wieder grinste Haldor. Sein Plan war nicht nur clever, sondern auch äußerst lohnend. Die Soldaten, welche er dem Halb-Goblin unterstellen würde, waren Tollpatsche, Trunkenbolde und Idioten und ihr Fehlen würde den anderen Soldaten in Haldors Reihen nur gut tun. „Ich werde mich gleich morgen darum kümmern."

„Das ist sehr freundlich, Fürst Haldor. Ich danke Euch", sagte der Halb-Goblin.

9.
„Da wären wir. Haltet Eure Waffen bereit, hier dürfte es nur so von Ghulen wimmeln." Der Magier stand vor einer gigantischen Stahltür, welche bis in die Decke ragte. Zahllose goldene Röhren schlängelten sich über ihre Vorderseite und orange leuchtende Runen erhellten den kleinen Bereich der unterirdischen Kanalisation. Der Magier konnte die hier präsente Magie förmlich riechen und schmecken, spüren, wie ihre pure Energie auf seiner Zunge pulsierte. Es war ein erhebendes Gefühl an einem solchen Ort zu sein, besonders für einen Magier.

„Und wie kriegen wir die auf, Herr?", fragte einer der Goblins, der eine krächzende Stimme hatte. Seine von Pickeln übersäten Hände ruhten an der Armbrust, die er geladen hatte, seit sie von den Ghulen überfallen worden waren.

„Das da sind Mechanismen. Wir müssen sie einfach in Gang setzen", antwortete der Magier ruhig. Er wollte absolute Selbstbeherrschung beweisen. Von dem Ort hinter der Tür ging jene schwarzmagische Energie aus, die die Ghule zu dem gemacht hatte, was sie nun waren.

10.
„Und wie geht das, Herr?"
Der Magier trat wortlos vor und suchte kurz die Tür ab. Dann entdeckte er eine Art Hebel, welchen er umlegte. Augenblicklich begann die Luft unter einem ohrenbetäubenden Dröhnen zu zittern und die Tür öffnete sich. Alte, abgestandene Luft schlug dem Magier und seinen Goblinbegleitern entgegen. Und mit dieser Luft kam noch etwas. Wie eine Welle schlug die schwarzmagische Energie dem Magier entgegen und ließ diesen kurz die Kontrolle über seinen Körper verlieren. Er konnte spüren, wie sich die stark pulsierende Kraft in seinem Körper einnistete und ihn stärker machte, spürte, wie sein Geist sich für mehr öffnete und wie alle schlechten Eigenschaften in seinem Innern zusammengepfercht und gebündelt wurden, spürte, wie er seine Arme ausbreitete und hörte seine Stimme Lachen.
Minuten verstrichen, die der Magier nicht als solche wahrnahm. Da war nur das Rauschen und Dröhnen in seinem Kopf, das von der Magie hervorgerufen wurde. Dann erlangte er wieder die Kontrolle über sich und seinen Körper.
„Alles in Ordnung mir Euch, Herr?", fragte der Anführer der Goblins.

„Alles bestens", antwortete der Magier höhnisch grinsend und sah sich kurz um. „Worauf wartet ihr noch. Vorwärts oder denkt Ihr, ich würde vorgehen?"

11.
Der Raum hinter der Tür wurde von magischen Fackeln erhellt, welche in metallenen Halterungen an den vergoldeten Wänden hingen. Rote und smaragdgrüne Runen und Symbole leuchten in dem Boden, den Wänden und der Decke und verströmten eine kräftige Aura. In der Mitte des Raumes stand ein ziemlich großer Altar, auf welchem eine dicke Kerze angebracht war. Löcher prangten unangenehm in den ansonsten makellosen Wänden.
„Wonach genau suchen wir, Herr?", erkundigte sich einer der Goblins besorgt. Seine braunen Augen wanderten nervös durch den gesamten Raum und seine gesamte Körperhaltung verriet absolute Aufmerksamkeit.
„Nach genau so etwas." Der Magier streckte seinen rechten Arm aus und wies auf den Altar.
„Ein Steintisch?"
„Nein, etwas, von dem ihr nichts erzählen dürft." Und mit diesen Worten drehte er sich gefährlich langsam und schleuderte mehrere Blitze in die Reihen der Goblins. „Niemand darf davon erfahren."

**Kapitel XII**

> *Es gibt viele wichtige Regeln, welche man*
> *einhalten muss, wenn man einem hochrangigen*
> *Adeligen gegenübersteht:*
> *Zum Ersten darf man erst dann anfangen zu*
> *speisen, wenn der Adelige den ersten Bissen*
> *genommen hat;*
> *zum Zweiten sind keine anzüglichen Bemerkungen*
> *zu machen, selbst dann nicht, wenn der*
> *oder die Adelige noch so geeignet dafür erscheint;*
> *zum Dritten fällt man dem Adeligen nicht ins Wort,*
> *denn seine Zunge ist gebildeter als die eigene;*
> *zum Vierten wird das Essen keinem Tier gegeben,*
> *auch nicht dann, wenn es das persönliche*
> *Haustier des Adeligen ist.*
> *Beachtet man all dies, so wird man als*
> *gutezogener und freundlicher Gast empfunden werden.*
> Julius Decem, der Adel

1.
Prinzessin Maja war eine atemberaubend schöne Frau. Ihr schwarzes Haar hatte sie hochgesteckt und ihre Wangen waren in einer zartrosanen Farbe gehalten. Ihr Gesicht war zwar etwas eckig, aber dennoch weiblich. An diesem ersten Abend, an dem Sunry von Wettgenstein und seine Begleiter die Prinzessin zum ersten Mal sahen, trug sie ein wunderhübsches Kleid in mehr als zwei dutzend Blautönen und eingenähten Kristallen. Ihre schwarzen Augen musterten die Gäste mit fast schon ungezogenem Interesse.

Nachdem die Diener den Soldaten ihre Plätze zugewiesen hatten, begann Prinzessin Maja damit, alle Anwesenden nacheinander vorzustellen: „Darf ich Euch mit meinem Hofmagier und persönlichen Berater Sofelis bekannt machen? Er ist ein wahrer Meister seiner Kunst und noch dazu ist er ein ausgezeichneter Stratege."
Der Magier nickte kurz. Er trug eine braun-schwarze Robe und an jedem Finger mehrere offenkundig kostbare Ringe.
„Und er ist ein treuer Berater in gewissen Fragen." Die Prinzessin genoss es, dass sie mit dieser Aussage ihre Gäste kurz verwirrt hatte, bevor sie die selbigen dann bat, sich ebenfalls vorzustellen.
„Und dies hier sind meine beiden Hunde." Maja deutete auf zwei bildhübsche Langhaardackel, welche gerade treuherzig in den Raum hereingeschlurft kamen.
Kaum war das Vorstellen beendet, wurden auch schon die erlesenen Speisen herangetragen. Gegrillter und gekochter Fisch, Spanferkel, ein Wels, gedünstetes Gemüse, dutzende verschiedene Soßen, fast zehn Braten, Würstchen, herzhafter Speckkuchen, Nudeln in einer grünlichen Soße, mit einer Hänchenfleischpaste gefüllte Teigtaschen, mit Kaviar gefüllte Hühnereier, grüner und weißer Spargel, gekochte Blutwurst, Spinat mit Speck und Zitronenmelisse, Blätterteigtaschen mit Champingnonrahmsauce, frittierte und gebratene Kartoffeln.
„Na, dann ran an den Speck!" Lachte der Zwerg und stürzte sich auf das Spanferkel. Während Sofelis von diesem Verhalten eher weniger angetan war, schien sich Maja köstlich zu amüsieren.

Nun, da der Zwerg sich von allem etwas auf seinen Teller genommen hatte, wagten auch alle anderen Gäste, ihre Teller zu befüllen.

Zu den Speisen wurden kostbare und Jahrzehnte alte Weine aller Anbaugebiete und Arten gereicht.

Auch wurde mit jedem Glas dieses Getränks offener gesprochen und die großen Mengen Speisen verschwanden zu großen Anteilen in dem Magen des Zwerges.

„Darf ich einmal Eure Möpse streicheln, meine Dame", flüsterte Erinn Maja ins Ohr, nachdem er alleine fast zwei Flaschen Rotwein konsumiert hatte.

„Ich muss Euch wohl leider korrigieren, aber diese beiden sind Dackel", lachte Maja auf.

„Verzeiht, Herrin, aber ich meinte nicht Eure Hunde." Er grinste sie schelmisch an, sah dann jedoch weg, als er den drohen Blick Sofelis' bemerkte.

Helena sah unter den Tisch, als die beiden Dackel um ihre Beine herumwuselten. Die beiden Tiere sah sie flehend mit ihren großen schwarzen Knopfaugen an und so konnte die Soldatin nicht anders, als ihnen ein paar Würste unbeobachtet unter den Tisch zu werfen. Zufrieden fiepend machten sich die beiden Hunde über ihr noch warmes Abendessen her.

Auch Baroness Duana hatte ein paar Gläser Wein zuviel getrunken. Mit puterroten Wangen lachte sie viel zu laut auf und bat Maja, welche sich gerade angeregt mit Erinn unterhielt, darum, ihr noch einmal Braten und Soße nachzulegen.

Und ebenso verlief der gesamte Abend. Die Stunden vergingen wie im Fluge, der Wein floss fassweise und es wurde vergnügt gelacht und geplaudert. Hätte man nur die Geräusche gehört, hätte man nie gedacht, dass die, die sie verursachten, in einem Schloss und nicht in einer billigen Taverne saßen.

2.
Am nächsten Morgen wachte Sunry völlig verkatert auf. Erst waren da nur noch wenige Details des vergangenen Abends. Aber er konnte seinen dröhnenden Kopf fühlen und begab sich zu dem kleinen Wasserkrug in seinem Zimmer, um sich eine Handvoll Wasser in sein Gesicht zu spritzen. Das kühle Nass prickelte auf seiner warmen Haut und linderte die Kopfschmerzen wenigstens ein wenig.
Sunry war überrascht, Prinzessin Maja bei dem Frühstück anzutreffen. Ihre Haare waren völlig zerzaust und insgesamt wirkte sie, als habe die Nacht ihr eher Erschöpfung denn Erholung gebracht.
„Guten Morgen, Soldat", sagte Maja und lächelte höflich. Wie Sunry nun feststellte, war auch ihre Schminke verwischt.
Außer Maja und Sunry war noch niemand da und das, obwohl Sunry sogar etwas zu spät kam. Wahrscheinlich mussten die Anderen noch ihren Rausch ausschlafen. Auch auf dem Tisch standen überraschender Weise keine Speisen, was Sunry jedoch nicht störte. Er hatte am Abend so herrlich geschmaust, dass er nicht den geringsten Wunsch verspürte, erneut den Duft exquisiter Speisen ertragen zu müssen.
„Guten Morgen, Prinzessin", antwortete Sunry höflich und nahm Platz. Auch keine Diener.

„Gibt es einen Grund für unser Alleinsein?", erkundigte sich Sunry, nachdem ihn die Königstochter einige Augenblicke lang mit seltsamen Blicken bedacht hatte.

„Oh ja, Soldat, den gibt es. Ich hoffte, Antworten von Euch zu erhalten", antwortete Maja.

„Antworten?", wiederholte Sunry verblüfft.

„Auf wessen Seite steht Ihr und warum?", fuhr die Prinzessin fort.

„Auf der Euren natürlich. Warum denkt Ihr anders?"

„Ich habe mehr Informationen über Euch einholen lassen, Sunry von Wettgenstein. Und ich habe dadurch Interessantes zu Tage befördert."

„So, habt Ihr das. Und was genau, wenn ich fragen darf?"

„Informationen über Eure schmutzige Vergangenheit, Soldat. Und die Verbrechen, besonders Morde, die wohl Eure Arbeit sind."

Sunry musste schlucken. Woher wusste Maja davon. Er hatte, bevor er nach Elbenstein gegangen war, dafür gesorgt, dass es keinen mehr gab, der um seine abscheulichen Taten wusste. Doch wenn es eines gab, was er in der Bruderschaft gelernt hatte, dann das Lügen.

„Ich weis nicht, wovon Ihr sprecht, edle Dame", entgegnete er also kühl.

„Lügt nicht, Sunry. Meine Quellen sind absolut ehrlich zu mir. Sie haben keinen Grund, mich anzulügen oder mir etwas zu verheimlichen. Also, was sagt Ihr zu den Mordvorwürfen?"

„Ich kann mich nur noch einmal wiederholen, meine Herrin. Ich habe keine Verbrechen begangen, erst recht keine Morde. Aus welchem Grund auch? Mir war niemand ein Feind, zumindest kein solcher, dass ich ihn hätte töten wollen", sagte Sunry und klang so ehrlich, dass kaum jemand gemerkt hätte, dass er log.

„Mit jeder Lüge macht Ihr es nur noch schlimmer, Sunry."

Der Soldat überlegte einen Augenblick, bevor er erneut etwas sagte: „Was wäre, wenn ich wirklich ein Mörder wäre, so, wie Ihr behauptet?"

„Dann würde ich wissen wollen, was Euch, einen so friedfertig und freundlich wirkenden Mann, zu solchen Taten bringen konnte."

„Ich stand unter Druck, so genanntem Zugzwang."

Maja lächelte zufrieden. „Es ist sehr gut, dass Ihr zugebt. Zugzwang in welcher Form?"

„Eine Art Glaubensgemeinschaft, eine Sekte."

„Eine Gruppierung, welche für sich morden lässt? Wie ist ihr Name?", wollte Maja wissen.

„Er ist nicht von Bedeutung, meine Herrin. Die Bruderschaft existiert nicht mehr. Sie wurde von Innen heraus aufgelöst. Viele ihrer wichtigsten Mitglieder wandten sich gegen ihre Köpfe", erklärte Sunry.

„Dann sagt mir, ob Ihr einer der Verräter wart", forderte Maja ihn auf.

Sunry nickte. „Ja, ich habe gegen unsere Anführer rebelliert und sogar Anschläge auf sie vorbereitet."

Maja nickte fast nebensächlich und schien angestrengt zu überlegen, bevor sie sagte: „Aus welchen Motiven heraus handelte diese Bruderschaft, wie Ihr sie nennt?"

„Sie wollten Espental reinigen und bewahren", antwortete Sunry, wobei er versuchte, seinen Worten Abscheu zu verleihen.

„Durch Morde?", schlussfolgerte die Prinzessin.
„Ja. Wir sollten ganz besondere Wesen jagen. Verunreinigte und Schänder, wie sie genant worden." Sunry wusste nicht, wieso er all dies erzählte. Es war gerade so, als verspräche sich seine gepeinigte und bedauernde Seele von einem solch alles umfassenden Geständnis Heilung.
„Was für Kreaturen?"
„Größtenteils Halb-Goblins, aber auch Menschen, mit schwarzer Haut. Alle, denen man angeblich ihre goblinischen Gene ansehen konnte."

3.
Mit hocherhobenem Zauberstab stand der Magier vor Narsil. „Ihr habt mich betrogen, Herr", sagte er ruhig. In seinen Zügen hätte man niemals den Zorn entdeckt, der in seinem Innern tobte. Und eben diese Ruhe war beunruhigend und Furcht einflößend.
„Betrogen. Das ist so ein unschönes Wort", sagte Narsil ungerührt. Seine Augen waren auf die des Magiers gerichtet.
„Ihr habt mich wissentlich in den sicheren Tod geschickt!", fuhr der Magier fort.
Narsil runzelte die Stirn und legte seinen Kopf schief, bevor er sagte: „Seltsam, Ihr seht mir ganz lebendig aus."
„Wie konntet Ihr mich nur auf eine solch grausame Weise verraten."
„Ich weis noch immer nicht, wovon Ihr sprecht, alter Freund", behauptete Narsil gelassen.
„Ihr leugnet also, mich in die Arme eines Dämons geschickt zu haben."

„Ihr habt ihn gefunden?", fragte Narsil und seine Züge füllten sich mit Freude.

„Ja, er ist dort unten und so, wie es scheint, hat er bereits damit angefangen, sich eine neue Armee aufzubauen", erklärte der Magier. „Er hat sich die Ghule erschaffen, die Leichen jener Sklaven verändert, die ihr in die Kanalisation geworfen habt. Und er ist fast wach. Sein Körper ist noch geschwächt, aber sein Geist ist präsent."

„Ihr meint, er wird zurückkehren?"

Der Magier überlegte einen Augenblick. „Das ist unwahrscheinlich. Warum ausgerechnet jetzt? In eine Welt einzuziehen, in der Krieg geführt wird, ist keine weise Entscheidung. Er wird wohl warten, bis dieser Konflikt beendet ist. Aber ich kann Abhilfe schaffen. Der Seelenpirscher, ich stehe kurz davor, ihn zu erwecken."

Narsils Gesicht wurde rot. „Was kümmert mich diese Witzfigur eines Dämons? Er wurde von Menschen geschaffen, aber das, was dort unten auf uns wartet, ist einer der mächtigsten Dämonen aller Zeiten", brüllte er und fuchtelte dabei wahnsinnig mit seinen Armen in der Luft herum.

„Oh ja, er ist einer der mächtigsten seiner Art. Aber eben dieser Umstand ist bedeutend. Der Seelenpirscher ist von uns Menschen erschaffen worden, er lebt nur, um uns zu dienen. Die wahren Dämonen jedoch sind Kreaturen des Chaos und haben ihre eigenen Pläne. Denkt Ihr wirklich, Herr, dass sich eine Kreatur, die vor ein paar tausend Jahren diese Welt regiert hat, sich Euch einfach so untertan macht?", sagte der Magier.

„Ihr mögt Recht haben, aber ich brauche dieses Wesen. Wenn ich seine Macht kontrollieren kann, bin ich nicht mehr auf diese närrischen Goblins angewiesen. Ich werde alleine dieses Land und vielleicht sogar die ganze Welt beherrschen."

„Euer Machthunger macht Euch blind. Ihr dürft Euren Blick nicht so weit in die Ferne schweifen lassen. Ansonsten werdet Ihr schon sehr bald blind für Eure Umgebung sein und dem Tod in die Arme laufen."

„Ich bin es leid, immer nur das zu tun, was mir diese vermaledeiten Blutfürsten auftragen! Ich stehe als Mensch über den Goblins, aber diese angeborene Stellung wird mir von diesen Bastarden strittig gemacht", fluchte Narsil laut.

„Ihr vergesst, dass Ihr etwas in Händen haltet, auf das die Goblins alles aufgebaut haben. Sie haben zu viele Männer verloren und ihre Zahl ist zu klein, als das sie ganz Espental erobern könnten. Ohne unsere Skelettarmee sind sie verloren und sie wissen das auch. Wenn wir die Skelette kontrollieren, werden wir einen Großteil der Schlachten für uns entscheiden können. Wir werden die Goblins benutzen, um uns diese lästigen Könige vom Hals zu schaffen und dann werden unsere Skelette sie vernichten", sagte der Magier ruhig. „Wartet nur noch ab und Ihr werdet bald gemeinsam mit mir dieses Land regieren."

Narsil dachte einige Zeit über die Pläne des Magiers nach. „Und wie weit ist die Skelettarmee, alter Freund?"

Zum ersten Mal seid vielen Jahren grinste der Magier, wenn auch nur ganz zart. „Sie ist einsatzbereit."

4.

„Es ist an der Zeit Abschied zu nehmen, Sunry von Wettgenstein", sagte Maja leise. Sie sah Sunry fest in die Augen.

„Es war mir eine Ehre, Euch persönlich kennen lernen zu dürfen, Eure Hoheit", antwortete Sunry, während der Zwerg genervt die Augen verdrehte.
„Habt ihr es jetzt bald?", erkundigte er sich lauter als nötig.
„Warum kommt Ihr nicht mit uns, Majestät?", fragte Erinn.
„Ich habe hier noch etwas zu erledigen und meine Rückreise wird ohne Probleme über die Bühne gehen." Sie lächelte Erinn höflich an.
Dann stieg die kleine Gruppe auf ihre Pferde und wandte der kleinen, paradiesischen Stadt Turmfurt den Rücken zu.
Sie ritten den gesamten Tag durch. Ritten über befestigte Wege, lose Waldwege und schier undurchdringliches Unterholz. Die letzten Tage hatten jedem von ihnen Erholung geschenkt und ihnen wieder Kraft gegeben.
Und genau diese Kraft würden sie brauchen, wenn sie die Gefahren bestehen wollten, die sie noch erwarteten.

**Kapitel XIII**

*Ein guter Plan ist der Schlüssel zum Erfolg.*
Quintus Meilenstein, Weisheiten

1.
Azurstadt war schon von außen betrachtet eine prächtige Stadt. Wehrmauern und Türme aus makellosem Marmor, Häuser mit Dächern aus Stroh, das Gold glich. Vor der Stadt befanden sich saftige grüne Weiden und wundervolle Gärten waren hier angelegt. Und trotz all dieser Wirtlichkeit lag eine Art Kälte in der Luft. Man konnte sie nicht berühren, sie nicht schmecken oder riechen und eigentlich auch nicht wirklich spüren und doch war sie da, ganz nah.
„Irgendetwas stimmt hier nicht", sagte Orlandos. Seine Gesichtszüge waren angespannt. „Alles wirkt so leer."
Der Zwerg zuckte mit den Schultern. „Also ich finde, das sieht hier alles ganz normal aus."
„Du bist ja auch ein Zwerg", bemerkte Orlandos, wobei er fast abwertend klang.
Auch das Torhaus war verlassen, sogar die großen Flügeltore standen sperrangelweit offen und das Fallgitter war hochgezogen. Das kleine Zimmer, in dem wohl normalerweise immer ein Waffenknecht der Stadtwache Wache hielt, war verwaist. Auf dem hölzernen Zolltisch lagen noch ein paar Pergamente mit Namen, von jenen, welche bezahlt hatten, und solchen, welche die Stadt nicht betreten durften, sowie eine Art Plakat, auf dem die Zollpreise aufgeschrieben waren. Sunry bemerkte, dass es für fast jede Art von Durchreisenden einen eigenen Tarif gab.

„Sieht so aus, als sei der Wachmann beim Schreiben gestört worden", merkte Duana an und wies auf den Schreibtisch. Dort lag, zwischen den Pergamentrollen, ein umgefallener Federhalter, aus welchem ein Rinnsal Tinte floss.

„Die Tinte ist noch nicht trocken", stellte Orlandos fest und lies seinen Zeigefinger durch die blaue Flüssigkeit gleiten, welche sich ihren Weg zur Tischkante bahnte.

„Und das ist weshalb schlecht?", fragte der Zwerg verwirrt. Seine Augen hatten die prächtig geschmückte Hellebarde und das Langschwert in einer Lederscheide entdeckt, welche an der Wand neben der alten, nicht mehr sehr stabilen Holztür angelehnt waren.

„Weil der oder das, was den Wachmann gestört hat, noch nicht weit weg sein kann", erklärte Sunry besorgt. Seine Stirn wurde von tiefen Sorgenfalten durchzogen.

„Jedenfalls muss der Grund für sein Verschwinden von außen gekommen sein. Die Tür war bereits geöffnet, als wir eintrafen, und ansonsten sind hier keinerlei Spuren zu finden", sagte Erinn.

„Und dennoch kann es keine Gefahr von außen gewesen sein", korrigierte Sunry Erinn und deutete auf die Waffen an der Wand. „Jeder Wachmann, welcher von einer Bedrohung ausgeht, die ihn seine Arbeit so abrupt beenden lässt, dass er sogar sein Tintenbehältnis umschmeißt, würde seine Waffen mitnehmen."

Einen Augenblick herrschte Schweigen, dann sagte Orlandos: „Hier werden wir nicht mehr herausfinden. Schauen wir uns lieber einmal in der Stadt um."

„Oh ja, ich bin für eine Taverne", schlug der Zwerg vor, wobei er sich den Hals rieb. „Meine Kehle ist schon ganz trocken."

Erinn sah ihn zweifelnd an: „Und du bist sicher, das mit dir noch alles gesund ist?"

„Wie meinst du das denn jetzt bitte, Menschlein?", fragte der Zwerg laut und sein Gesicht färbte sich puterrot.

„Jetzt ist es gut. Beide!", ging Orlandos zwischen die beiden Streithähne. „Wir haben andere Probleme."

Der Zwerg schlug trotzig die Arme um sich. „Er hat aber angefangen."

2.

Die kleine Gruppe bahnte sich angespannt einen Weg durch die Stadt. Alles wirkte gerade so, als habe die Zeit sich hier plötzlich entschlossen, stillzustehen. Sie entdeckten weit geöffnete Fensterläden, aufgebaute Obst- und Brotstände. Ein leises Säuseln wurde von Winden herangetragen und verbreitete Wehmut.

„Nicht mal in den Tavernen ist noch was los", stellte der Zwerg ernüchtert fest, während er aus einer der zahlreichen Wirtshäuser Azurstadts kam. „Die Tische sind umgestürzt und die Bierkrüge umgekippt. Sieht da drinnen genauso aus wie in dem Zollhaus. Gerade so, als wären alle ganz plötzlich aufgebrochen."

„Und in dem Stall im Hinterhof stehen noch ein paar Kutschen von fahrenden Händlern, aber von Pferden fehlt jede Spur", wusste Erinn zu berichten.

„Meinst du, dass die Goblins schon hier waren, Sunry?", wollte Duana besorgt wissen. Sie hatte die gesamte Zeit, die sie in der Stadt verbracht hatten, im Windschatten Helenas verbracht.

„Wohl eher nicht. Sie sind wild und blutrünstig und würden wohl kaum so sauber arbeiten. Hier sind nirgendwo Spuren eines Kampfes zu sehen, rein gar nichts, dass auf Gewalt schließen lässt", antwortete der Gefragte.

„Nicht einmal Tauben oder andere Stadtvögel sind noch hier. Wo sollten denn die Tiere hingegangen sein?", fragte Erinn.

Keiner wusste eine Antwort und so gingen sie weiter. Fast eine Stunde verstrich, bis sie den prächtigen Hafen erreichten. Hier roch die Luft nach Meersalz und rohem Fisch und nach einer eigenartigen Reinheit. Von Menschen war jedoch auch hier nichts zu sehen.

„Eigenartig, sehr eigenartig", flüsterte Orlandos in seinen nicht vorhandenen Bart.

„Wieso das jetzt schon wieder?", seufzte der Zwerg entnervt auf.

„In den Hafenbecken sind keine Fische, nicht einer, aber die schon gefangenen in den Holzkisten und auf den Fischerbooten sind noch da. Dabei würde doch jeder Jäger eher bereits tote Beute wählen, anstatt mühsam die Tiere im Wasser zu fangen", meinte Helena.

3.

Unterkunft fand die kleine Gruppe in einem verlassenen Wirtshaus, mit einem großen Schankraum und großzügig eingerichteten Zimmern. Nachdem sie das gesamte Haus durchsucht, aber weder einen Menschen noch irgendein anderes Lebewesen gefunden hatten, breiteten sie ihre

Schlafutensilien in dem Schankraum aus. Der Zwerg legte sich hinter die hölzerne Theke und begann augenblicklich, sich literweise Bier zuzuführen.

„Irgendwann wird ihn diese elendige Sauferei noch umbringen", bemerkte Helena.

„Wer würde den denn vermissen?", wollte Erinn zynisch wissen.

Bald hatten sie alles für ihre Nachtruhe fertig. Sie hatten die kleinen Öllampen an der Decke entzündet und so war der Schankraum nun einigermaßen erleuchtet und man konnte auch hier die Spuren einer plötzlichen Flucht und zum ersten Mal auch eines Kampfes erkennen. Die Holztische waren umgestürzt, vor ihnen hatten sich Bierlachen ausgebreitet und zerbrochene Tonkrüge lagen überall verstreut auf dem aus Holzpritschen zusammengeschreinerten Boden.

„Die Tonbecher hinter der Theke sind alle zerbrochen und in dem Boden kann man hier und da Kratzspuren, wie die eines Tigers erkennen", entdeckte Orlandos die kleinen Details, die einem menschlichen Auge entgangen wären.

„Wieso bitte sollte ein Tiger oder ähnliches Getier in eine Großstadt der Menschen spazieren, alle verjagen und ausgerechnet in einer Taverne verräterische Spuren hinterlassen?", zerstörte der Zwerg übellaunig den Ansatz einer Erklärung.

„Vielleicht war es auch kein Tiger, zumindest kein normaler", mutmaßte Helena.

„Na wunderbar. Was denn bitte dann? Menschenweib, du bist wirklich dumm wie Stroh. Kein normaler Tiger, als ob es so was geben würde. Das wäre ja wirklich neuer Stoff für verdrehte Bardengeschichten", höhnte der Zwerg laut und spukte in das Spülbecken in der Theke aus.

„Vielleicht hat sie aber Recht", sagte Orlandos, worauf sich alle Augen auf ihn richteten.

„Ich höre, Spitzohr. Dann leg mal los. Vielleicht war es ja auch ein Einhorn, eines eurer Freunde, nicht wahr Spitzohr?", spottete der Zwerg weiter und begann laut loszuprusten und schenkte sich erneut Bier in seinen eigenen Becher, welchen er stets bei sich trug, ein. Orlandos jedoch überhörte diese nicht sehr hilfreiche Bemerkung mit einem wirkungsvollen und erniedrigenden Lächeln und fuhr unbeirrt fort: „In den Kapellen der Naturgötter und in alten Schriften spricht oder schreibt man über eine uralte Krankheit, die die Menschen angeblich schon vor Jahren besiegt haben. Der Lynkanthropie. Der Krankheit, die aus noch so guten Menschen wilde und mordende Tiere ohne Verstand und Gefühle macht."

„Ein Werwolf in Azurstadt?", flüsterte Duana verunsichert.

„Vielleicht auch ein Wermeerschweinchen oder Werhamster oder was haltet ihr von einer Wertaube? Kuru, kuru, kuru", grölte der Zwerg los.

Sunry entsann sich in seine Kindheit in der Bruderschaft zurück. Auch dort hatten die Eltern den kleinen Kindern Gruselmärchen erzählt. Märchen, die von grausamen Ungeheuern handelten, welche kleine Kinder entführten und sie tief in einem dunklen Wald in einer noch dunkleren Höhle fraßen oder sich als eine Art Haustier hielten. Es hatte Märchen über Hexen gegeben, die die kleinen Kinder lebendig zerschnitten und dann ihre Einzelteile wie Augen und Ohren in Preiselbeersaft einlegten und sie zu Hirschbraten verspeisten. Ja, die Erwachsenen hatten sich absurde Geschichten ausgedacht. Und sie alle hatten Wesen, deren Natur und Fähigkeiten nur schwer zu verstehen waren, als kranke und wahnsinnige Monster dargestellt. Von der schrecklichen Krankheit der Lynkanthropie hatte Sunry jedoch schon öfter gehört. Auch in geschichtlichen Quellen, die Sunry in der Schule der Bruderschaft bearbeitet hatte, war sie einige Male erwähnt worden. Es hatte noch vor ein paar Jahrhunderten einen richtigen Bürgerkrieg gegeben. Ganze Banden aus Lynkanthropen hatten Dörfer überfallen und tausende Menschen mit dem gefährlichen Virus infiziert.

„Für einen Lynkanthropen sieht das hier aber immer noch zu sauber aus. Diese Wesen sind Tiere, die keinen Stein auf dem anderen stehen lassen", meinte Sunry. „Aber jetzt lasst uns schlafen. Erinn und ich übernehmen die erste Wache bis Mitternacht, dann sind Helena und der Zwerg dran."

„Wenn der bis dahin wieder nüchtern ist", murmelte Erinn.

4.

Ignasil kauerte in dem unterirdischen Labyrinth unter der großen Stadt Golgar. Er war zusammen mit seinen beiden Türstehern und seinem neuen Partner, einem Furcht einflößenden Minotaurus hier hinunter geflohen, um den Goblins nicht begegnen zu müssen. Er war alt und seine Knochen müde, seine Verbindung zur Magie war längst nicht mehr so stark, wie sie in seiner Jugend gewesen war. Damals hatte er mächtige Zauber wirken können und hatte ihre Energie in Waffen und Gegenstände gebannt, er hatte heilende und vernichtende Tränke gebraut und sie für viel

Geld verkauft und er hatte gewusst wie man ein Schwert führen muss. Er war ein großartiger Schwertkämpfer gewesen und jeder hatte ihn wegen seiner Fähigkeiten im Umgang mit Schwert und Magie beneidet und gefürchtet. Viele Schüler hatten ihn aufgesucht und ihn um eine Ausbildung gebeten und er hatte viele große Magier herangebildet. Aber diese Zeiten waren nun vorbei und Ignasil wusste um diesen bedauerlichen Umstand. Wie gerne hätte er gegen diese kleinen Goblinbiester gekämpft. Doch er hatte es gelassen, denn er wollte niemals zu jenen Magiern gehören, welche nicht einsehen wollte, dass ihre Blütezeit vorbei war. Und nun saß er mit einem magischen Ungeheuer und zwei dummen Kerlen in einem unterirdischen Versteck und wartete darauf, dass die Bedrohung über ihn hinweg zog. Da waren ein paar Fässer Wasser und Bier, ein paar Truhen mit Ignasils wertvollsten Werken und Schätzen, einige Säcke mit Obst und Gemüse und hunderte Leiber Brot. Auch Ignasils kleiner Freund, ein kleiner Dämon, welcher seine Gestalt ändern konnte, war hier unten und schmiegte sich in Form eines geflügelten Marders an Ignasils Hals. Das weiche Fell liebkoste seine alte, faltenübersäte Haut und der Magier genoss die Wärme, welche von dem kleinen Wesen ausging. Bald würde es hoffentlich vorbei sein und dann würde er seinen Lebensabend so verbringen, wie er es sich immer gewünscht hatte.

5.
Zart aber bestimmt kitzelten die morgendlichen, warmen Sonnenstrahlen auf Sunrys rauer Haut. Er hatte kaum geschlafen. Erst die Nachtwache, dann das ständige Gefühl,

dass da etwas war, das ihn beobachtete. Eine dunkle Vorahnung hatte ihn die gesamte Nacht hindurch geplagt und ihn zum Nachdenken getrieben. Er hatte versucht, sich daran zu erinnern, wie man gegen unheilige Kreaturen wirkungsvoll vorgehen konnte, denn eines war ihm mittlerweile klar: Was auch immer Azurstadt angegriffen hatte, musste in direkter Verbindung zur schwarzen Magie stehen. Wieder einmal wünschte sich Sunry einen magiekundigen Begleiter an seiner Seite. Jemanden, der überprüfen konnte, ob etwas Böses hier gewesen war.

Der Zwerg hatte es sich schon während der letzten Nacht auf der Theke gemütlich gemacht und sein Kopfkissen so platziert, dass er nur einen nahen Hebel betätigen musste, damit ihm das Bier aus dem Fass in den Mund tropfte. Scheinbar war er eingeschlafen, während er den Hebel umgelegt hatte, denn sein Kopf lag in einer Pfütze aus dunklem Bier.

Müde rappelte sich Sunry auf. Sein gesamter Körper verlangte mehr Schlaf und Ruhe, sein Geist jedoch forderte die weitere Erkundung der Stadt. Da war noch viel mehr, als die paar Ungereimtheiten, welche die kleine Gruppe am Vortag entdeckt hatte und Sunry hatte das unbestimmte Gefühl, die meisten dieser Fragen bald beantworten zu können.

An der Ostwand des Wirtraumes, direkt neben dem prasselnden Feuer im Kamin, lag Baroness Duana in ihre Decken eingerollt und ihr Rüschenkissen unter ihrem Haupt. Sunry erinnerte sich daran, dass Helena ihm berichtet hatte, wie sie die Leiche des Barons in dem Wasserloch in irgendeiner Oase entdeckt und ihn dann beerdigt hatten.

Und als er sich daran erinnerte, was ihm Helena berichtet hatte, wurde ihm schmerzlich bewusst, was um sie herum wirklich geschah. Sie waren nur ein einziges Mal wirklich direkt den Folgen des Krieges begegnet und sie waren entkommen, weil sie es nur mit der Spitze der Goblins zu tun bekommen hatten, aber das wahre Gesicht dieses grausigen Ereignisses hatte sich für Sunry und seine Begleiter noch nicht offenbart. Sicher hatten sie die Berichte von Barden auf Marktplätzen gehört, welche davon berichteten, wie Familien getrennt und Männer getötet worden. Es hatte Geschichten über die epischen Schlachten an den Grenzburgen gegeben, jene Schlachten, welche den Krieg erst eingeläutet hatten.

Im Schlaf schien Baroness Duana irgendetwas Unverständliches zu murmeln. Worte, welche ohne Zusammenhang und Logik waren und nur vereinzelt ihren Weg zwischen Duanas Lippen fanden.

„Also, liebe Leute, ich weis ja wirklich nicht, wie es euch heute geht, aber ich fühle mich blendend. Gut, mein Schädel brummt gerade so, als sei eine Horde Bisons darüber gerannt, diese Hochlandkühe aus dem großen Zwergenreich, übrigens haben die viel festeres Fleisch als eure verweichlichten Schweine. Das Bier hier ist gar nicht mal so schlecht, wenn man es sich erstmal schön getrunken hat natürlich. Also Menschlein, was machen wir jetzt in diesem herrlichen Ort, hm?", lachte der Zwerg und schwang sich wenig elegant von der Theke, wobei er sich an dem Zapfhahn des Bierfasses den Kopf stieß, wackelig auf seinen bestiefelten Beinen landete und sich den Schlaf aus den Augen rieb. „Hui! Was wackelt es denn hier heute so? Sind wir auf hoher See oder stürmt es draußen so heftig? Das ganze Haus wackelt ja hin und her, hin und her."

„Das einzige was hier wackelt ist dein Erbsenhirn in deinem großen Dickschädel", stellte Erinn entnervt fest. Er kam gerade von draußen und hielt einen Haufen Feuerholz in seinen Armen. Er trug nicht sein Kettenhemd, aber sein Schwert hing sehr wohl an seinem Gürtel.

„Zum Glück scheint der Wirt hier schon für den Winter vorgesorgt zu haben. Hinter dem Haus ist ein Schuppen voll mit gutem Feuerholz. Erfrieren werden wir also nicht. Und verhungern auch nicht. In den Bäckerläden und Metzgereien sind die Theken randvoll." Er ließ das Holz in den dafür vorgesehenen Metallbehälter neben dem Feuer sinken, worauf Duana aus dem Schlaf schreckte. Ihr Gesicht war bleich und von tiefen Augenringen gezeichnet. Sie wirkte schwach und verletzlich und ihr honigblondes Haar fiel ihr struppig über das Gesicht und die Schultern.

„Wohin geht es denn heute? Irgendwas muss es hier doch noch schönes geben. Ich habe gehört, die Kirche sei ganz ansehnlich", fragte Erinn, nachdem er sich seine Hände an der Hose gereinigt hatte.

Sunry sah auf. Das war die Lösung! Wieso war er nicht direkt darauf gekommen? Die Kirche stand unter dem persönlichen Schutz des großen Gottes Atros und jede unheilige oder dämonische Kreatur würde einen weiten Bogen um sie machen. „Zur Kirche, alle. Los, los!", rief er freudig aus.

6.

„Alle sind tot?", fragte Narsils Magier grinsend. Vor ihm kauerte eine der wohl am meisten anwidernden Kreaturen, welche je einen Fuß auf diese Ebene des Seins gesetzt hatte. Im Grunde wirkte der Seelenpirscher wie eine große und muskulösere Ausgabe eines Ghuls, nur dass zusätzlich noch lange Krallen aus seinen Händen wuchsen. Der Seelenpirscher nickte zustimmend und gab eine Art freudiges Winseln von sich und wedelte mit seinem Hinterteil.

Der Magier fluchte. Es war wohl keine so gute Idee gewesen, Hundeblut für die Erweckung dieses Halbdämons zu nutzen. Zwar hatte es Zeit gespart, doch das verspielte Verhalten des Seelenpirschers war einfach unglaublich nervig.

„Du hast alle absorbiert?", fragte der Magier weiter. Dieses Wesen war seine Schöpfung und er hatte sie wieder ins Leben gerufen. Mit der Zeit und einigen weiteren Überfällen würde der Seelenpirscher vielleicht sogar mächtiger als der Schlangendämon werden und dann würde Narsil für seinen Hohn und das fehlende Vertrauen zu dem Magier bezahlen.

Wieder nickte der Seelenpirscher heftig und fiepte zufrieden und stolz.

„Und wie kommt es dann, dass ich in der Stadt noch Leben spüre?", brüllte der Magier los. Es war das erste Mal seit Jahren, dass er sich nicht kontrollieren konnte und einfach los schrie. Seine Stimme war mächtig und Furcht einflößend. Winselnd rollte sich der Seelenpirscher zusammen.

„Du wirst sofort wieder nach Azurstadt gehen und beenden, was ich dir aufgetragen habe!"

7.
Die Kirche war auf einen kleinen Hügel gebaut. Schon von Weitem konnte man ihre im Sonnenlicht silbern glänzenden Türme sehen. Als dann die kleine Gruppe vor den großen Flügeltüren aus purem Platin stand, wurde jeder von ihnen von einem eigenartigen Gefühl ergriffen. Sie fühlten sich auf einmal geborgen und von einer vertrauten und zugleich fremden Wärme umgeben, welche jeden von ihnen durchdrang.

„Nettes Haus, aber unsere Untertagetempel sind noch wesentlich größer und erfurchtswürdiger als das Ding da." Der Zwerg machte eine große Bewegung mit seinen Armen und begann dann laut loszulachen.

„Kannst du nicht ein einziges Mal deinen Mund halten, du Knallkopf?", knurrte Erinn ihn grimmig an.

„Was willst du damit sagen, Menschlein?", brüllte der Zwerg erregt und schlug sich zweimal mit der Faust auf die gepanzerte Brust.

„Dass du schneller redest, als du denkst. Oh, entschuldige. Ich vergaß, dass ihr Zwerge ja gar nicht denken könnt", höhnte Erinn weiter.

„Treib es nicht auf die Spitze, Menschlein", knurrte der Zwerg darauf wütend und ließ seine rechte Hand zu dem Schwert auf seinem Rücken schnellen. „Diese Klinge will sich deine Brust von innen ansehen und irgendwie habe ich gerade Lust, ihr diesen Wunsch zu erfüllen, du räudiger Abklatsch eines Mannes!"

Helena sprang nun zwischen die beiden. „Jetzt ist aber gut, ihr beiden. Ihr wollt euch doch nicht vor dem großen Atros streiten und schlagen?", rief sie und trieb die beiden mit diesen Worten auseinander.

„Ich schere mich nicht um euren verweichlichten Menschengott, Weib", rief der Zwerg aus.

Helena funkelte ihn bedrohlich an. „Noch ein Wort und alle hier erfahren, was du im Schlaf so treibst", drohte sie gerade so laut, dass nur der Zwerg sie hören konnte. Dieser ließ unwillkürlich seinen Daumen hinter dem Rücken verschwinden.

„Dann sind wir uns ja einig", zischte Helena und wandte sich dann an Sunry: „Wir können dann rein."

8.

Von Innen war die Kirche noch erstaunlicher anzusehen, als von Außen. Wunderschöne Malereien zierten die steinernen Wände, Wandteppiche fielen von der Decke, ein riesiges, dampfendes Weihrauchgefäß stand in der Mitte des Raumes. Die Scheiben bestanden aus dutzenden kleinen, bunten Gläsern, durch welche die Sonnenstrahlen fielen und die Kirche in allen Farben des Regenbogens erleuchten ließ. Zwei Bankblöcke verliefen zwischen Eingangsbereich mit Weihwasserbecken und dem großen Marmoraltar. An jedem Ende dieser Bänke stand eine silberne Vase mit einem farbenfrohen Blumenstrauß in sich.

„Keine Diener an dem Altar. Das kann nichts Gutes bedeuten", sagte Erinn mit gedämpfter Stimme. Man mochte es ihm kaum glauben, aber von allen von ihnen war Erinn der frommste. An diesem Umstand konnte man erkennen, wie wenig Wert auf Religion ein normaler Soldat legte.

„Sonst sind sie immer da, wenn gerade kein Gottesdienst abgehalten wird. Sie sorgen dafür, dass die Kirche nicht von Unruhestiftern oder Betrunkenen beschmutzt und entweiht wird", erklärte Erinn also und sah sich suchend um.

„Vielleicht mussten die ja auch mal dringend für kleine Wachmänner", mutmaßte der Zwerg und sah seine Begleiter dabei applausheischend an, doch keiner schenkte ihm Beachtung. Alle sahen sich genauer um, suchten nach möglichen Orten, an denen sich die Wachen befinden könnten. Doch keiner konnte auch noch nach Minuten des Suchens etwas entdecken.

„Meint ihr, dass der Priester noch da sein könnte? Oder einer der Berater?", hinterfragte Orlandos.

„Nicht hier. Der Priester schläft im höchsten Turm des Kirchengeländes und das ist hier der Glockenturm. Ausserdem, wenn die Wachen in der Kirche selbst fort sind, wird wohl auch der Priester nicht mehr vor Ort sein", antwortete Erinn.

Plötzlich verschwand alle Wärme in der Kirche und Angst und Trauer breiteten sich in der kleinen Gruppe aus. Dann sprang auf einmal eine mannshohe, bleiche Kreatur aus dem Nichts auf den Zwerg zu und riss ihn zu Boden. Lange Krallen gruben sich in seine Brust und der Zwerg stieß einen markerschütternden Schrei aus. Dann fuhr der Angreifer herum und trieb seine tödlichen Fänge in Orlandos Hals, worauf dieser zusammenbrach.

„Weg hier!", brüllte Sunry und preschte durch die Bankreihen davon, während er hektisch in seinem Hosenbeutel kramte. Erinn wich währenddessen einem weiteren Angriff des Untiers aus und spurtete hinter den Altar. Dort angekommen entdeckte er einen goldenen Teller, den er griff und dem tobenden Monster an den Kopf schleuderte. Es gab ein hohles Knallen und das Wesen schüttelte wie ein Hund winselnd seinen Kopf. Duana sprang kreischend auf Helena und riss diese zu Boden. Nur Augenblicke später bäumte sich der riesige Gegner über den beiden Frauen auf und fletschte böse knurrend die Zähne. Schaum sprudelte zwischen den gelben Zähnen hervor und spritzte in alle Richtungen davon.

„Runter von mir!", brüllte Helena ihre Herrin erbost an und versuchte eilig, an ihr Schwert zu gelangen.

„Aber dieses Wesen", kreischte die junge Baroness.

„Runter!"

Der Zwerg hielt sich seine Brust, dort, wo die Krallen des Wesens ihn erwischt hatten. Sein Geist war schwach und es würde nicht mehr lange dauern, bis er wieder zusammenbrach. Es schien gerade so, als habe eine Art Gift an den Krallen des Untiers geklebt. Während die Umgebung um ihm herum wild zu wackeln begann schleppte sich der Zwerg Schritt für Schritt auf das große Weihrauchbehältnis in der Mitte des Raumes zu.

In diesem Augenblick setzte der Angreifer zum Sprung an und stürzte sich auf die beiden Frauen, welchen es im letzten Augenblick gelang, sich von einander zu lösen. Helena stieß blind ihr Schwert vor und traf den in der Luft befindlichen Gegner. Das Wesen brüllte wütend auf und stürzte, das Schwert im bleichen Körper steckend, über die beiden liegenden Frauen hinweg. Ein unangenehmes Knacken war zu vernehmen, als die Kreatur auf den harten Boden aufschlug. Wie ein Hund winselnd rappelte sie sich wieder auf und besah sich ihre Wunden. Dann drehte sie sich, die Nasenflügel heftig bebend, um und erblickte ein großes Gefäß vor seinen Augen, welches von einer mächtigen heiligen Aura umgeben wurde.

„Friss heiligen Dampf, du Schlickkröte!", brüllte der Zwerg und sprang hinter dem Behälter hervor. Er betätigte einen Hebel, worauf sich der Deckel aus dem Behälter löste und Rauch heraus quoll. Der Weihrauch umhüllte den keuchenden und brüllenden Gegner, welcher wild mit seinen Armen in die Richtung fuchtelte, in der er den Zwerg vermutete. Dann traf eine der Krallen den Oberkörper des Zwerges und riss ihn zu Boden. Dieses Mal verlor der Zwerg komplett den Kontakt zu seinem Körper und seine gepeinigte Seele stürzte in ein schwarzes Nichts.

Erinn eilte die Stufen in der Kirche, welche in die zweite Etage führten, hinauf. Er erreichte keuchend ein Labyrinth aus Bücherregalen und Schreibtischen. Mit beiden Händen umklammerte er den Bogen, den er dem wohl toten Orlandos abgenommen hatte. Während er durch die schmalen Wege zwischen den Regalen eilte, spannte er den Bogen und hielt ihn zielend vor sich. Er kam an Regalen vorbei, in denen ungebundene Blätterstapel und alte, teilweise angekokelte Schriftrollen lagerten. In anderen Regalen konnte man dicht an dicht stehende Bücher mit Rücken in allen Farben bewundern. Bald erreichte Erinn einen Ort, den man in diesem Wald aus gigantischen Regalen wohl als Lichtung bezeichnen konnte. Hier standen ein paar mit eisblauem Samt überzogene Sessel in einem Kreis um einen gläsernen Kasten. In diesem Kasten lagerte ein Buch mit silbernem Einband, auf dessen Front eines der heiligen Symbole der atrischen Schrift prangte.

„Die heilige, atrische Schrift", flüsterte Erinn ehrfürchtig und senkte den Bogen. Ein eigenartiges Bedürfnis ergriff ihn und er streckte seine rechte Hand nach dem Buch aus. Er wollte dieses Werk nicht nur sehr sehen, er wollte, nein, er musste es lesen. Viele Jahre lang hatte er sich mit den Worten der hohen Priester in den kleinen Dorfkapellen oder in der einen oder anderen Kirche begnügt, nun aber hatte er die Möglichkeit, all seine Fragen selber zu beantworten. Er musste einfach diese Vitrine öffnen und das Buch heraus nehmen, von dem es nur eine wahrlich geringe Zahl gab. Zwar wusste er, dass es nur Priestern erlaubt war, die hochheilige Schrift zu berühren, geschweige denn aufzuschlagen und in ihr zu lesen, und dass eine Zuwiderhandlung schreckliche Qualen nach dem Tode bedeutete, aber was bedeutete das schon? Unten in der Kirche tobte eine wilde Kreatur, welche wahrscheinlich schon alle anderen getötet hatte. Und ausserdem wusste jeder, dass, wenn man von einer unheiligen Kreatur getötet wurde, man in der Hölle landete. Also war es egal, ob er das Buch las oder nicht. Er lies langsam den Bogen aus seiner Hand gleiten und öffnete behutsam aber bestimmt die Vitrine mit dem Buch. Kaum hatten seine Hände den silbernen Einband berührt, hörte Erinn hinter sich Schritte. Eilig ließ er von seinem Unterfangen ab, schloss schnell die Vitrine und hob den Bogen wieder auf. Nervös zielte er in den Gang, aus dem er die Schritte vermutete.

„Tu das Ding runter, bevor sich noch einer weh tut, Erinn."

Hektisch fuhr herum und musste feststellen, dass hinter ihm jemand stand. Er hatte sich also völlig verhört.

„Bitte erschrecke mich nie wieder so, Sunry", beschwerte sich Erinn bei seinem Hauptmann und senkte den Bogen wieder, während er sich zu dem anderen Soldaten umdrehte.

„Versprochen. Aber jetzt nehme die Waffe wieder hoch. Wir müssen dieses Wesen unten in der Kirche erledigen, ehe es auch noch die beiden Frauen erwischt", sagte Sunry und zog mit diesen Worten sein Schwert.

„Ich weiß ja nicht, was du jetzt machen willst, aber ich gehe nicht mehr darunter. Soll das blöde Vieh doch hier hochkommen", weigerte sich Erinn.

„Wir müssen auch nicht runter", versicherte darauf Sunry und deutete auf einen der vielen Gänge, die von der Lichtung zwischen den Regalen wegführte. „Am anderen Ende dieses Ganges ist eine Art Balkon. Wenn wir da oben sind jagst du dem Monster einfach einen Pfeil durch den Kopf und wir können uns um die beiden Verwundeten kümmern."

„Du scheinst zu vergessen, dass ich kein so guter Schütze bin wie der Elf", erinnerte Erinn.

„Nur, dass Orlandos außer Gefecht ist. Also wirst du dieses Ding erledigen oder wir beide gehen auch noch drauf. Ein Pfeil, nicht einer mehr. Was auch immer das da unten für ein Wesen ist, es reagiert unglaublich schnell und muss schon nach dem ersten Angriff tot sein, klar?"

9.

Der Seelenpirscher wanderte knurrend durch die Bankreihen im unteren Teil der Kirche. Sein Körper bebte und schmerzte, seine Augen tränten von dem verfluchten Weihrauch, den er abbekommen hatte. Er hatte den Zwerg, den Elf und die beiden Frauen erwischt, aber da waren noch zwei Auren, die er spürte. Sie waren nah und doch für seine Krallen unerreichbar. Er durfte nicht versagen, sonst würde sein Herrchen sehr, sehr böse werden. Also reckte der Seelenpirscher seine Nase, oder das, was man als solche bezeichnen mochte, in die Luft und versuchte, die Witterung der beiden Flüchtenden aufzunehmen. Und da hatte er sie auch schon. Die Fährte, die die beiden Menschenmänner hinterlassen hatten, war stark, aber auch völlig eckig und schwer nachzuvollziehen. Die Bewegungen, die die beiden Männer gemacht haben mussten, entbehrten jeder Logik. Am ehesten erinnerten sie an die Haken, die ein Hase schlug, doch sie waren dafür zu gerade. Es schien gerade so, als wäre seine Beute durch lange Gänge geeilt, hätte an Kreuzungen oder Weggabelungen gewartet und wäre dann, ohne jede Taktik, einem nächsten Gang gefolgt. Der Seelenpirscher witterte weiter, als er plötzlich ein stechendes Gefühl in seinem Nacken wahrnahm, welches die Menschen Schmerz nannten. Als er sich umdrehte, um nach der Quelle seines Leidens zu suchen, entdeckte er eine der beiden Frauen. Es war nicht die, die ihm das Schwert durch den Leib gestoßen hatte, sondern eine andere. Sie wirkte seltsamer weise bekannt auf ihn. Ihr Geruch, nicht der, den Menschen wahrnahmen, sondern der der Seele, war schon einmal von ihm gerochen worden. Es war ein Geruch, den der Seelenpirscher zuletzt vor fast fünfzig Jahren der menschlichen Zeitrechnung gerochen hatte und er gehörte zu einer der Kreaturen, die ihm verboten waren zu verletzen. Als er dieses Wesen angegriffen hatte, hatte der Geruch der vielen anderen Beute ihren eigenen Geruch überschattet, nun jedoch wurde dem Seelenpirscher schmerzlich bewusst, was er da verletzt hatte. Nun musste er abwägen, welchen Befehl er befolgen sollte. Den, des Magiers, der ihn wieder erweckt hatte, oder den der beiden anderen Erschaffer, deren Auren mittlerweile beide erloschen waren, die die Schuld an seinem Jahrzehnte andauernden Schlaf trugen. Hin und her gerissen zwischen dem aktuellen Befehl und dem alten Willen der Erschaffer verlor der Seelenpirscher einen kurzen Augenblick lang das Bewusstsein. Und als er eine Entscheidung getroffen hatte, spürte er in seinem Schädel einen länglichen Fremdkörper. Der Seelenpirscher suchte in seinem Gedächtnis nach etwas Vergleichbarem und fand heraus, dass der Fremdkörper ein Pfeil war, ein Gegenstand zum Töten. Was den Seelenpirscher jedoch verwirrte, war, dass zwei Auren an dem Pfeil klebten. Eine starke eines Elfen und eine frische eines Menschen. Einen kurzen Augenblick lang verglich der Seelenpirscher die menschliche Aura an dem Pfeil mit einer anderen und erkannte seinen Angreifer.

10.
Erinn hielt zitternd den Bogen in seinen Händen, welcher noch immer auf die Kreatur unten in der Kirche gerichtet war.
„Ist es tot?", erkundigte er sich leise bei Sunry, welcher neben ihm stand.
„Sieht nicht so aus. Es bewegt sich immer noch", antwortete dieser besorgt.

„Und was jetzt?"

„Sieht ganz so aus, als wäre es verwirrt", meinte Sunry und begann wieder in dem kleinen Beutel an seinem Gürtel nach etwas zu suchen.

In diesem Augenblick wandte sich das Wesen dem Balkon zu, auf dem Sunry und Erinn standen, und bewegte sich auf diesen zu.

„Äh, Sunry?"

„Ist gerade ungünstig. Einen kleinen Moment bitte."

„Ich glaube, den haben wir nicht", schrie Erinn, als das Monster auf den Balkon sprang. Mit beiden Händen packte es Sunry und stieß ihn von dem Balkon hinab in die Kirche. Nachdem es den dumpfen Aufschlag von unten hörte, wendete es sich Erinn zu und stellte sich auf alle vier Arme und Beine. Ein fast animalisches Lächeln spielte um die blutigen Lippen des Wesens, während dieses sich bedrohlich langsam, Schritt für Schritt, Erinn näherte und dabei die krallenbewährten Klauen hob.

Geistesgegenwärtig zog Erinn sein Schwert und stach dahin, wo bei einem Menschen der Kehlkopf sitzen würde. Das Wesen brüllte auf und torkelte zurück. Erinn sprang augenblicklich nach vorn und zog Helenas Schwert aus dem Leib des Untiers. Angeberisch und vom Sieg überzeugt fuchtelte Erinn mit beiden Klingen herum und näherte sich dabei dem Wesen. Dieses begann elendig zu winseln und kauerte sich auf den Boden. Mit großen Augen sah es Erinn flehend an.

„Geh dahin zurück, wo du herkommst!", brüllte er und stürzte sich, beide Schwerter hoch erhoben, auf das winselnde Untier. Kaum hatten sich beide Klingen in das verfaulte, weiße Fleisch gegraben, packte dessen Besitzer Erinn und stürzte ihn ebenfalls vom Balkon, bevor es sich wütend knurrend die beiden Klingen aus dem Leib zog und sie dem Soldaten hinterher schleuderte.

Als Erinn auf den harten Kirchenboden aufschlug, war Sunry gerade damit beschäftigt, mit einem hölzernen Stab auf den Balkon über ihnen zu zielen. Der letzte Gedanke, den Erinn dachte, bevor ihm schwarz wurde, war, ob Sunry verrückt geworden war.

11.

Duana beobachtete fassungslos, wie Erinn von dem riesigen Unhold von dem Balkon hinab gestürzt wurde und fiel auf die Knie. Der Schmerz in ihren Kniescheiben kümmerte sie nicht, denn ihr war klar geworden, was das für eine Kreatur war. Wie sie sich verfluchte, dass sie ihrem Vater geglaubt hatte, es sei vernichtet.

Dann zerriss plötzlich ein greller Lichtstrahl die Luft. Duana erkannte Sunry, welcher mit einem Holzstock in der Hand den Blitz auf den Seelenpirscher schleuderte. Augenblicke später erstarrte die Luft zu Eis und Unmut und Trauer machten sich in der jungen Baroness breit. Die Wut über ihren verlogenen Vater wich der Trauer über seinen Tod, dessen genaue Umstände Duana nun klar wurden.

Nur ein einziger Lichtpunkt erhellte diese dunkelsten Sekunden in Duanas Leben. Sie richtete ihre Augen auf das helle Licht des Blitzes, welcher unermüdlich weiter den Seelenpirscher verstümmelte. Dann war er fort und mit ihm alle Angst und Sorge, Trauer und jeder Kummer. Da war nur die Wärme. Und eine selten gespürte Zufriedenheit.

**Kapitel XIV**

> *Der Tod ist ein eigenartiges Individuum.*
> *Mal scheint es, als wäre er gierig nach dem Leben*
> *von Männern und Frauen und Kindern,*
> *und dann scheint er für Jahre gesättigt.*
> *Manchmal ist er der größte Fluch, manchmal*
> *auch ein barmherziger Retter und Erlöser.*
> *Mal hält er lange an uns fest, manchmal sogar*
> *zu lange und manchmal lässt er uns ohne Wut*
> *durch die Finger schlüpfen.*
> *Man kann zu Recht sagen, dass der Tod das*
> *Unbegreiflichste auf unserer schönen Welt ist.*
> Janoch Lampenstein, Leben und Tod

1.

Es glich einem Wunder, wie schnell die tiefen Wunden des Zwerges verheilten. Der goldene Saft der Iq tropfte auf die Stellen, wo die tödlichen Krallen des Untiers in der Kirche ihr Ziel gefunden hatten. Dort, wo bei einer normalen Verletzung eine tiefe, blutige Wunde gewesen wäre, waren bei dem Zwerg jedoch Haut und Fleisch verschwunden. Nun verstand Sunry auch warum niemand mehr in der Stadt gewesen war.

Helena kniete sich neben Sunry und beobachtete den schnellen Heilungsprozess ebenso fasziniert wie Sunry. Auch sie war von den heilenden Kräften der seltenen Frucht geheilt worden und hatte nicht glauben wollen, dass nur ein paar Tropfen des goldenen Saftes sie und zuvor Orlandos aus den gierigen Klauen des Todes gerettet hatte.

„Es ist wie ein Wunder", hauchte sie ehrfurchtsvoll und lies ihre Finger über die nun unversehrte Haut des Zwerges gleiten. „Als wäre niemals eine Wunde da gewesen."
„Leider heilt sie jedoch nur körperliche Verletzungen. Die Erinnerung an die Schmerzen wird bleiben und die entstandene Pein ebenso. Gerade der Zwerg wird noch einige Zeit brauchen, seine Niederlage zu verarbeiten", meinte Sunry.
„Was werden wir jetzt machen, Sunry? Hier bleiben werden wir wohl kaum. Was ist, wenn dieses Wesen zurückkehrt?", erkundigte sich Duana besorgt. Sie war in den vergangenen drei Tagen ruhig gewesen, hatte kaum ein Wort gesprochen und viel nachgedacht.
„Wir werden weiterreisen müssen. Unser Ziel sind zwar noch immer die Kernstädte, aber der Weg über das Meer bleibt uns versperrt. Keines der Schiffe im Hafen lässt sich mit weniger als zwanzig Mann steuern. Aber wir können den Wagen der fahrenden Händler hinten im Hof benutzen."
„Aber wir haben doch keine Pferde", erinnerte Helena. „Und ohne die Pferde wird die Kutsche nicht fahren."
Sunry nickte und begann in seinem Beutel zu kramen. Einige Augenblicke verstrichen, in denen der Soldat nach etwas suchte. Schließlich holte er jedoch ein kleines, verkorktes Fläschchen hervor und sah sich kurz die nebelartige Flüssigkeit in ihrem Innern an. „Das hier ist wesentlich schneller."

2.

Wind wirbelte auf, als die mächtige Flugechse zur Landung ansetzte. Die handverlesene Zahl an Soldaten, welche in

dem kleinen Burghof standen, mussten ihre Helme festhalten, damit diese nicht davonflogen. Der Drache hatte bronzene Schuppen, einen für Drachen typischen, dreieckigen Kopf und titanische Flügel, zwischen denen sich ein Sattel aus Wildleder befand. Mit klugen Augen bedachte der Drache jeden der Soldaten, die beiden anwesenden Magier und den ängstlichen Diener. Alle sahen sie ihn mit einer Mischung aus Furcht und Bewunderung und Interesse an. Bis auf die Magier hatte keiner der anwesenden jemals zuvor einen echten Drachen gesehen. Sicher, es hatte Gerüchte über dieses riesige Tier gegeben und zahlreiche Gemälde in der Burg zeigten seine Verwandten in allen Farben, wie sie in der Luft gegeneinander kämpften und Feuer und Galle spieen. In vielen Sagen, Fabeln und Märchen war die Rede von ihnen, entweder als böse Räuber von wehrlosen Prinzessinnen oder als Quell endloser Weisheit. Dieser Drache vor der kleinen Menschenmenge war jedoch keines dieser beiden Extreme. Weder war er so alt, über große Weisheit zu verfügen, noch war er verdorben und böse.
„Vielleicht sollte einer die Leiter herantragen?", schlug der Drache mit dröhnender, ehrfurchtgebietender Stimme vor. Augenblicklich sprintete die Hälfte der Soldaten in alle Richtungen des Hofes davon und die andere Hälfte tat nur nicht dasselbe, weil sie Angst hatten, der Drache könne ihre eilige Bewegung falsch verstehen. Schließlich hatte einer der Soldaten das gewünschte Objekt gefunden und trug es eilig heran. Zaghaft lehnte er sie an die Seite der Flugechse, darauf bedacht, bloß nicht zu grob zu handeln.
„Prinzessin Maja. Es erfreut mich aufs Höchste, Euch wohlbehalten vor mir zu sehen." Der ältere der beiden

Magier machte eine elegante Verbeugung, wobei die strahlende Sonne seine Glatze glänzen ließ. „Doch sagt, wo ist Meister Sofelis? Wir hatten gehofft, er würde unsere Entscheidungen mit seiner Weisheit verbessern."

„Es tut mir wirklich sehr leid, Meister Ismael, aber Meister Sofelis hat beschlossen, die Verteidigung von Turmfurt zu leiten", erklärte die Prinzessin und lächelte schwach. Der lange Ritt auf dem Drachen musste unbequem und ermüdend für sie gewesen sein.

Ismael nickte verständnisvoll. „Ja, er hatte schon immer eine Schwäche für diese Stadt und die alten Legenden, die von ihr berichten." Er seufzte. „Und doch wird er uns fehlen." Er verneigte sich knapp. „Ich habe nun gesehen, dass ihr gesund und wohl auf seid, Prinzessin. Ich werde mich nun zurückziehen, um meine Pläne noch einmal alleine zu überarbeiten. Komm, Marcellus." Auch der junge Magier machte nun eine kunstvolle Verbeugung und folgte seinem Lehrmeister.

Nun, da die beiden Magier gegangen waren, meldete sich der vorsichtige Diener zu Wort. „Herrin, Euer Vater möchte Euch gerne sprechen. Er hofft, dass Ihr etwas über den Feind herausfinden konntet."

„Das nicht wirklich, Areus. Aber ich glaube, ich habe einen mächtigen Streiter für unsere Sache gefunden."

3.

Mit offenem Mund beobachtete die kleine Gruppe um Sunry, wie sich aus den Scherben der am Boden zerbrochen Phiole langsam eine Kreatur erhob. Auf den ersten Blick ähnelte das Wesen einer Mischung aus Wildkatze und Löwe, bestand jedoch komplett aus weißem Rauch.

„Ein Bezekira, eine Höllenkatze, wie sie der einfache Bürger bezeichnen würde. Ein Dämon, dessen Nützlichkeit der Mensch vor Jahrtausenden erkannte. Die Bezekira gehören zu den wenigen Dämonen, die nicht nach der absoluten Herrschaft streben", erklärte Sunry ruhig. „Sie ist ein perfekter Läufer und dreimal so schnell wie jedes Pferd."

Die Höllenkatze bewegte langsam ihren Kopf in Richtung der staunenden Zuschauer, bevor sie fast selbstverständlich in würdevollem Tempo vor die Kutsche ging und sich dort hinlegte.

„Damit werden wir unser nächstes Ziel bald erreichen."

4.

Kühler Fahrtwind drang durch das geöffnete Kutschenfenster herein. In ihrem Innern war gerade genug Platz für vier Leute, sodass die anderen beiden auf dem Kutschbock Platz nehmen mussten.

„Mir gefällt es nicht, dass wir uns jetzt schon von Dämonen helfen lassen müssen", grummelte der Zwerg in seinen Bart. „Diesen Biestern ist nicht zu trauen. Hört auf meine Worte, wenn sich diese Mieze gegen uns wendet."

„Du übertreibst mal wieder maßlos, Zwerg", beschwerte sich Helena.

„Ich muss dich wohl nicht daran erinnern, dass diese verfluchten Biester unserer schönen Welt mehrere tausend Jahre des Krieges gebracht haben, oder?", mahnte der Zwerg.

„Und muss ich dich daran erinnern, dass nur die mächtigsten aller Dämonen daran Schuld trugen. Der Schlangendämon, der Kettendämon. Das sind jene Wesen, die uns einst tyrannisierten, nicht die einfachen, wie dieser Bezekira dort draußen."

„Aber eben solche Dämonen waren es doch, die die Armee bildeten. Sie sind es, an deren Krallen das Blut zahlloser Unschuldiger klebt."

„Und ihr Zwerge seid so anders? Die Eisenerzkriege wurden von eurem König begonnen und auch sie dauerten fast vier Menschengenerationen an."

„Du willst doch nicht einen unserer Könige mit einem Dämon gleichsetzen, Menschenweib?"

„Ich sagte nur, dass es schon viel Krieg gab und dass fast jedes Volk einmal an einem Schuld trug."

Das Streitgespräch ging noch viele Stunden weiter. Der Zwerg gab zu bedenken, dass die Zwerge die Menschen fast gänzlich ausgelöscht hatten und das ihre unterirdischen Kolonien kein einziges Mal von den großen, verdorbenen Heerscharen der Dämonen überfallen worden waren, während Helena daran erinnerte, dass sich die Zwerge wie Feiglinge hinter den dicken Mauern ihrer Festen versteckt hatten. Die flinken Wortwechsel dauerten bis in die späten Abendstunden an und bald verdunkelte sich die Welt. Am Firmament erstrahlten die Sterne und die drei Monde warfen ihre fahlen Schatten hinab. Käuzchen riefen im Dunkeln und wilde Tiere begannen, auf die Jagd nach schlafendem Wild zu gehen. Auch der Weg, auf dem die Kutsche fuhr, war stockdunkel und jede von Pferden gezogene hätte anhalten und die Nacht abwarten müssen.

Der Bezekira jedoch spendete ein helles, weißes Licht, welches als eine Art Glocke von ihm ausging. Es war ein kaltes Licht und so mussten sich Sunry und Erinn, die vorne auf dem Kutschbock saßen und in das Dunkel der Nacht spähten, tief in ihren warmen Wolldecken vergraben.
Sie fuhren die ganze Nacht durch. Immer wieder versank Sunry in einem leichten Schlaf, welcher ihm zusammenhangslose Bilder, Geräusche und Empfindungen gemischt mit dem leichten Säuseln des vorbeirauschenden Windes und dem Schnurren des Bezekira zeigte. Als er dann am nächsten Morgen wieder die Augen öffnete, fand er sich an einem gemächlich dahinplätschernden Bach wieder. Die Luft roch frisch, wie nach einem Sommerregen, und das leise Zirpen von Grillen, welche schüchtern im Unterholz hockten, erfüllte die Luft. Er saß noch immer auf dem Kutschbock und die Sonne schien ihm ins Gesicht. Er roch Rauch eines Lagerfeuers und Brei und Wurst und Speck. Mühsam schwang er sich hinunter und kam wackelig auf beiden Beinen zum Stehen. Der Boden war feucht und von zartgrünem Moos bedeckt. Ein Marienkäfer bahnte sich zwischen Sunrys Stiefeln seinen Weg, zu einem Ziel, dass nur er selbst kannte. Rechts neben der Kutsche entdeckte Sunry das bereits gerochene Lagerfeuer. Dort saß Helena und rührte in einer großen Pfanne, welche in der glimmenden Glut lag und Rührei und Brei beherbergte. Auch Speckschwarten waren da und ein Weißbrot buk in der Glut.
„Wo sind die anderen?", fragte Sunry und setzte sich neben Helena. Ihr Haar duftete angenehm, so, wie nur das Haar einer hübschen Frau riechen konnte.

„Erinn und Orlandos sammeln Feuerholz und der Zwerg hat sich in den Kopf gesetzt, mit der Höllenkatze spazieren zu gehen. Und die Baroness schläft noch." Sie lächelte Sunry freundlich an. Sie war wirklich wunderschön. Ihr braunes Haar war zwar zottelig und fiel ihr ungestüm ins Gesicht, aber ihre weiche Haut und ihre wunderschönen Augen hatten etwas Magisches an sich. Aus irgendeinem Grund konnte Sunry nicht aufhören, sie anzusehen. Dann näherte sich ihr Gesicht und ihre Augen sahen ihn auf eine fremde, unbekannte Weise an. Sunry spürte Unbehagen in sich aufsteigen. So etwas wollte er nicht, er konnte es nicht gebrauchen. Es herrschte Krieg und gerade in einer solchen Situation sollte sich ein Soldat niemals an eine Frau binden. Der Tod war schnell und kam stets überraschend. Er konnte hinter jeder Ecke in Gestalt eines betrunkenen Messerstechers lauern, oder als Riese über ein Schlachtfeld wandern. Eine Frau bedeutete nicht nur Vergnügen und eine Person, mit der man über alles reden konnte, nein, sie bedeutete auch Verantwortung.

„Wir sollten das wirklich nicht tun, Helena", sagte er also und erhob sich. Sie sah ihn überrascht an. „Es tut mir Leid."

5.
Sunry hatte das Frühstück nicht wirklich genießen können. Er hatte sich schlecht gefühlt und es nicht gewagt, dass von Helena so liebevoll zubereitete Essen zu sich zu nehmen. Anders als der Zwerg. In seinen rotbraunen Barthaaren hingen noch immer Reste von Ei und Speck, während er auf einem Stein nahe des Bachs saß und eine Pfeife rauchte, die er in den Waren des früheren Besitzers des Wagens gefun-

den hatte. Auch die Baroness war aufgestanden, hatte es jedoch vorgezogen, ihr Frühstück in dem Wagen einzunehmen. Sie war noch immer so ruhig und zurückhaltend und vermied Blickkontakt, als fürchte sie, man könne in ihren Augen etwas lesen, dass niemand wissen sollte. Hatte ihr seltsames Verhalten etwas mit der Begegnung mit dem Wesen in der Kirche zu tun? Oder war ihr erst jetzt klar geworden, dass ihr über alles geliebter Vater tot war?
„Dämonen, pff, unzuverlässiges Volk", grummelte der Zwerg vor sich hin, während er genüsslich seine Pfeife rauchte.
Nachdem sie die Tonteller, von denen sie gegessen hatten, und die stählerne Pfanne in dem Fluss reinigten, gesellte sich Sunry zu der schnurrenden Bezekira. Es war erstaunlich, dass diese Kreatur existierte. Eine magische Aura umgab das Tier und ebenso ein gleichmäßiges Rauschen. Die Höllenkatze wendete ihren Kopf Sunry zu und schien ihn interessiert anzusehen. Dieser Dämon hatte seit Jahrzehnten kein Tageslicht mehr gesehen, da Ignasil ihren nebelartigen Körper in die kleine Elixierphiole gebannt hatte.
„Was du wohl ohne Augen siehst", meinte Sunry nachdenklich und setzte sich auf den kühlen Moosboden.

6.
Sie verbrachten fast den gesamten Tag an dem kleinen Bach und der ihn umgebenden Lichtung. Orlandos hatte sich auf die Suche nach Beeren und Fallobst gemacht, nach Kastanien und Kräutern, welche am Boden wuchsen. Der Zwerg rauchte nun schon die dritte Pfeife auf demselben Stein und murmelte Unverständliches in der groben Sprache der

Zwerge. Erinn saß an den glimmenden Überresten ihres Lagerfeuers, wobei er versuchte, es wieder zu entfachen.

„Die Welt ist ein eigenartiger Ort", hörte Sunry Helena sagen. Sie hatte sich neben ihn gesetzt, so leise, dass wohl nur die Bezekira ihr Eintreffen bemerkt hatte.

„Doch der Krieg ist das Eigenartigste auf ihr", entgegnete Sunry ruhig.

„Kannst du nur an ihn denken, den Krieg meine ich", wollte Helena wissen.

„Ich bin Soldat. Und der Krieg ist im Augenblick so präsent, wie niemals zuvor. Ich frage mich, ob außer uns noch jemand überlebt hat. Vielleicht sind noch andere von Elbenstein geflohen."

„Solche Überlegungen sind nicht von Nutzen. Für uns ist nur wichtig, dass wir weiterhin den Abstand zu der Goblinarmee wahren und so bald wie möglich die Kernstädte erreichen", meinte die Soldatin.

Sunry zuckte mit den Schultern. „Was bedeutet das schon? Wenn wir den Krieg gewinnen, stehen so viele ohne ein Dach über dem Kopf da und wenn wir verlieren, werden für Espental düstere Jahre anbrechen."

„Diese Überlegungen bringen uns an einen unschönen Ort, Sunry. Wir müssen lernen, positiv in die Zukunft zu sehen."

7.

Die Nacht fuhren sie hindurch und wieder war die von Innen leuchtende Höllenkatze die einzige Lichtquelle. Dicke Wolken hatten sich vor die drei Monde geschoben und jene wenige Sterne, welche ihr Antlitz nicht hinter einem Mantel verstecken wollten, leuchteten zu zaghaft.

Die Höllenkatze rannte mit unvorstellbarer Geschwindigkeit. Bäume, Steine und Ruinen verlassener Holzfällerhütten oder alter Farmen rauschten an ihnen vorbei, waren nur an ihren Umrissen als das zu erkennen, was sie waren. Der Kontrast zwischen der Dunkelheit der Nacht und dem unnatürlichen Leuchten der Bezekira, das Schnarrchen aus dem Wagen, das Surren des Windes und die abgehakten Rufe der Nachtvögel, ließen Sunry bald in einen tieferen Schlaf fallen.

**Kapitel XV**

*Viele kleine Erfolge führen zum Sieg.*
Quintus Meilenstein, Weisheiten

1.

Viele Tage verstrichen, Nächte voller Dunkelheit. Die kleine Gruppe lagerte an vielen Orten und reiste stets an der Küste entlang. Die blauen Wellen schlugen dort schäumend gegen die Felsen und teilten sich, als wären sie nicht auf all die anderen angewiesen, mit denen sie die Welle gebildet hatten. Nach fast sechs Wochen, in denen die kleine Gruppe immer wieder an verlassenen Gehöften und Dörfern vorbeigekommen war, wurde am Horizont etwas sichtbar, dass auf eine große Stadt hoffen ließ. Nicht eine von den vielen, welche Sunry und seine Weggefährten verlassen vorgefunden hatten, sondern wahrlich eine Metropole.
Sunry sprach aus, was alle hofften: „Saphira."

2.

Die Luft in der Stadt roch nach Fisch und Meeresfrüchten und nach Salz, was aber daran liegen mochte, dass sie sich im Hafen befanden. Saphira, die Stadt auf dem Hügel, wurde von mehreren mächtigen Wällen umgeben und so würde jeder wagemutige Angreifer viele verteidigende Reihen zu durchbrechen haben. Die Stadt war um einen Hügel gebaut, welchen man eigentlich auch als Berg hätte bezeichnen können, und in mehrere Etagen aufgeteilt. Ganz unten, an einem Ort, welchen man nur über Tunnel erreichen konnte und welcher niemals von Tageslicht

verändert wurde, lagen die Slums. In ärmlichen Behausungen fristeten dort die Allerärmsten ihr erbärmliches Dasein, fernab der Welt voller Gold und Völlerei, in welcher die Menschen der Oberschicht lebten.
Direkt über den erniedrigenden Slums lagen die Häuser der Bauern, Fischer und Brotbäcker. Im Norden befand sich der große Fischerhafen, in welchem jeden Tag hunderte Fischer für wenig Geld und ein undichtes Dach über dem Kopf schufteten.
Ein unbefestigter Weg führte in die zweite Etage, jene, in der die etwas wohlhabenderen Bürger lebten. Reiche Stoffhändler, Metzger, kleine Ärzte, ohne richtige Ausbildung und nur dem nötigsten Wissen, einen Säugling zur Welt zu bringen, ohne dass die Mutter starb.
Die vorletzte Etage befand sich fast an der Spitze des großen Hügels und unterstand nur noch dem selbst von unten titanischen Palast. Hier lebte der Adel und der Klerus, Ritter im Ruhestand und die wenigen Händler, welchen es gelungen war, ihrem schrecklichen Leben zu entkommen und sich ein wunderschönes Haus mit Vorgarten zu kaufen.
Der Hafen ähnelte dem in Azurstadt. Stände mit Fisch belagerten die Straßenränder und Marktschreier priesen ihre Ware mit kehligen Stimmen an. Kreischende Möwen flogen über die Köpfe zahlreicher Passanten hinweg, während kleinwüchsige Barden versuchten, sie mit ihrer Stimme zu übertönen. Man hörte Kinder weinen, weil sie keine gebrannten Mandeln erhalten hatten und betrunkene Seemänner mit ihren angeblich so großen Taten prahlen.
Auch Tavernen waren hier keine Seltenheit. Dort, wo keine Händler die Straßen bevölkerten und keine Barden ihre

kleinen Tische mit wundersamen Heilmixturen aufgestellt hatten, konnte man zwischen tausenden, auf den Fensterbänken hockenden Möwen die großen Schilder der Tavernen erahnen. Die meisten von ihnen bestanden aus Holz und nicht selten waren Meerestiere wie Hummer, Krabben und Hechte auf ihnen verzerrt dargestellt. Neben diesen Tierzeichnungen standen dann die Namen der Tavernen, in verwitterten Buchstaben.

„Das ist doch das perfekte Plätzchen Erde", erfreute sich der Zwerg und spähte durch jedes Tavernenfenster, das er erreichen konnte, ohne die Gruppe aus den Augen zu verlieren.

Die Taverne *Zum rostigen Zangenkrebs* diente den Flüchtigen als Quartier. Sie verfügte über einen kleinen Schankraum und staubige Zimmer, in welchen die Gäste mit Spinnen und Flöhen zusammenlebten.

Sunry schlief in dieser Nacht zum ersten Mal seit langem wieder richtig tief, obwohl es sich eine Ratte auf ihm gemütlich machte.

3.

„Nun, wenn diese Geschichte wahr ist, habt Ihr wirklich Hartes durch gestanden." Das Gesicht des Botschafters wurde von dem flackernden Kerzenlicht schwach erleuchtet. Er legte die Schreibfeder zur Seite und rollte die mit Sunrys Bericht voll geschriebene Pergamentrolle zusammen. Seine klaren blauen Augen wanderten über Sunrys und Orlandos' Gesicht. Nur die beiden Männer waren gekommen und all die anderen, von denen ihm berichtet worden war, schienen irgendwo in Saphira eigenen Beschäftigungen nachzugehen.

„Ich denke, ich werde Euch helfen können. Ihr habt Glück, dass Ihr so früh hier eingetroffen seid. Ihr müsst wissen, dass wir mit einer reinen Flut an Flüchtigen rechnen. König Wellem hat ganze Viertel freistellen lassen, in denen die Flüchtlinge leben sollen. Allerdings sind diese Anlagen noch nicht ganz fertig. Der König hat viel mehr Wert darauf gelegt, die Verteidigungsanlagen noch weiter zu stärken. Aus diesem Grund werde ich Euch wohl in der Botschaft Zimmer geben. Es sei denn, Ihr hättet bereits eine andere Unterkunft." Er lehnte sich nach vorne und sah die beiden Männer fragend an.
Die Erinnerung an die Ratten und Schaben schob sich vor Sunrys geistiges Auge und so schüttelte er heftig den Kopf. „Nein, nein, haben wir nicht."
Der Botschafter nickte zufrieden. „Dann wird meine reizende Tochter so schnell es geht Eure Zimmer herrichten. Ihr seid gewiss müde. Tara?"
Augenblicke später trat ein hübsches, gerade fünfzehn Jahre altes Mädchen ein. Sie hatte honigblondes Haar und wunderschöne Augen, mit denen sie ihren Vater fragend ansah. „Ja, Herr Vater?"
„Tara, sei doch bitte so gut, und richte die Gästezimmer her", bat der Botschafter seine bildhübsche Tochter.
„Alle?"
„Alle, Tara. Und nun beeile dich."

4.
Laute Musik aus Fanfaren, Geigen, Flöten und Lauten, begleitet von dem rhythmischen Knallen einer Trommel, weckte Sunry am folgenden Morgen. Er hatte die Fensterlä-

den mit dem rostigen Haken verschlossen, damit nicht ein heftiger Windstoß den Schlaf des Soldaten störte. Nun ärgerte er sich jedoch über diesen Einfall. Als es ihm endlich gelungen war, die hölzernen Fensterläden zu öffnen, entdeckte er unter sich, auf der Hauptstraße, welche den gesamten unteren Bereich bediente, farbenfroh gekleidete Menschenmaßen. Kleine Kinder bahnten sich einen Weg durch die Reihen der schaulustigen Erwachsenen, Männer verschränkten ihre Arme vor der Brust und beäugten das Geschehen vor ihnen und um sie herum mit wenig gutem Willen oder starrten mit sichtbarem Neid und offener Bewunderung die Menschen auf der Straße an. Eben diese Menschen waren es, die die Schuld an dem Zusammenkommen von fast allen Menschen des unteren Gebietes trugen. Bis zum Horizont erstreckte sich eine Welle aus Zuschauern, welche entweder, wie auch Sunry, von der lauten Musik geweckt worden waren oder ihre Arbeit unterbrochen hatten, um dem Spektakel beiwohnen zu können. Ein Großteil der Karawane aus Waffenknechten, Dienern, Mägden, Köchen und natürlich dem Adeligen und seiner Familie war bereits an der Botschaft vorbeigezogen. Sunry sah nun nur noch, wie ein fast fünfzig Mann großer Trupp an mit Speeren bewaffneter Waffenknechte das Schlusslicht der Karawane bildeten, gefolgt von einer kleinen, letzten Marschkappelle, bestehend aus Trommeln, Flöten und Fanfaren, und der jubelnden Menschenmenge.

5.
„Deserteure, Vortrupps, Abtrünnige. Viel zu viele Probleme stehen uns noch im Weg, wenn es uns gelingen will, Saphira

effektiv zu verteidigen. Alleine sind all diese kleineren Faktoren nur lästige Ärgernisse, welche jedoch, wenn alles zusammenkommt und sie die Gelegenheit bekommen, sich der Armee des Feindes anzuschließen, zu eincr Bedrohung mutieren können. Euer aller Aufgabe wird es sein, diese Störenfriede zu finden und auszulöschen. König Wellem wird Euch persönlich reich entlohnen, wenn es Euch gelingt, einige dieser unschönen Probleme aus der Welt zu schaffen!"

Viele dutzend Männer und Frauen in zerschlissenen Gewändern und mit den exotischsten Waffen hatten sich in der Aula der Botschaft versammelt und sahen erwartungsvoll den glatzköpfigen Magier an, welcher auf einer Art Bühne stand und von einem Manuskript ablas.

„Von was für einer Belohnung sprechen wir?", rief ein drahtiger Mann mit kurzem schwarzem Haar in einer gut gepflegten Rüstung und mit einem Breitschwert auf dem Rücken. Er war offenkundig der Redner seines Trupps, welcher sich um ihn herum versammelt hatte.

„Gold. Der genaue Wert wird errechnet, sobald uns Eure Resultate vorliegen. Hat sonst noch jemand Fragen?", erkundigte sich der Magier, welcher sich ihnen als Ismael vorgestellt hatte. Da niemand antwortete, fuhr er fort: „Dann werde ich Euch nun die Probleme mitteilen, um welche sich gekümmert werden soll. Insgesamt sind es vier Stück und die Belohnung wird erst bezahlt, sobald alle, ich wiederhole, alle Probleme beseitigt wurden. Als aller erstes ist da eine Bande Trolle, welche schon seit Wochen die Fluchtwege belagern. Sollte also Saphira fallen, werden die flüchtenden Frauen und Kinder diesen Unholden in die

Arme laufen. Da die Trolle äußerst brachiale Menschenfresser sind, sollte sich um sie eine große Zahl von Euch, meine Herren und Damen, Damen und Herren, um sie kümmern. Zum Zweiten haben wir eine Bande Deserteure, welche sich scheinbar einen Spaß daraus macht, die östlichen Straßen zu überfallen und alle Passanten zu erschlagen. Wir vermuten, dass sie einen klugen Kopf als Anführer haben, welcher sich wahrscheinlich für einen der Blutfürsten hält. Das dritte Problem sind jene Zwerge, welche die unterirdischen Katakomben längst vergangener Tage bewohnen. Sie nennen sich die Duergar und sind seid jeher eher unfreundliche Gesellen. Wir befürchten, dass sie den Goblins die Möglichkeit gewähren werden, die unterirdischen Tunnel, welche in unsere Stadt führen, für ihre Zwecke zu nutzen. Das letzte Problem ist, dass eine kleine Gruppe Hobgoblins und Oger eine Straßensperre auf den südlichen Straßen errichtet hat und Wegzoll in Form von Sklaven verlangt. Das Problem hierbei ist, dass uns Verstärkung aus dem Süden zugesagt wurde und wir uns somit darum kümmern müssen, dass die Straßensperren verschwinden, wenn unsere Verbündeten keine Verluste erfahren sollen." Ismael sah ermahnend in die Runde. „Es mag so aussehen, als seien die Nichtigkeiten, aber sie können dennoch zu unangenehmen Störungen während der Schlacht werden. Hier vorne liegen Listen. Meine vier Protokollanten werden alle mutigen Recken auf Listen für die einzelnen Missionen eintragen. Viel Erfolg."

Es war erstaunlich, dass sich an allen vier Tischen die gleiche Menge an Abenteurern anstellte. Sunry und seine Gefährten hatten sich einstimmig, bis auf den murrenden

Zwerg, dafür entschieden, sich um die Wegsperre zu kümmern. Vor ihnen stand nur ein anderer Trupp, bestehend aus dem drahtigen Mann, der sich schon nach der Belohnung erkundigt hatte, zwei muskelbepackte Kolosse mit unfreundlichen Gesichtern sowie einem Gnom in Kleidung aller Farben und Arten. Ein listiges Grinsen umspielte seine Lippen und Sunry fragte sich, ob diese Gesellen so sauber waren, wie sie vorgaben.

6.
Die Wegsperre war recht schnell erreicht. Umso mehr verwunderte es Sunry, dass dieser Ismael nicht einfach normale Soldaten entsandt hatte, sondern extra Söldner anheuerte. Auf dem Weg zu der ersten Mission für die beiden Trupps, welche nun wohl zusammenarbeiten mussten, hörte der Zwerg nicht auf herumzumurren. Er beschwerte sich, dass seine Fähigkeiten wohl kaum dazu gut wären, die für Geld zu verkaufen.
Im Grunde war die Wegsperre aus einem alten Zollhaus erbaut worden, das vor etlichen Jahren gebaut, aber niemals genutzt worden war, nur, dass die neuen Bewohner aus Baumstämmen eine mehrere Meter dicke Wehrmauer sowie zwei hohe Türme erbaut hatten. Die Stämme liefen zum oberen Ende hin spitz zu und beherbergten zwischen sich einen Wehrgang, auf dem sich die Wegelagerer verschanzten. Erst hatte sich Sunry noch darüber gewundert, dass die hier entlangkommenden Passanten nicht einfach irgendeinen anderen Weg wählten, nun jedoch wunderte er sich nicht mehr. In einem Umkreis von mehreren hundert Meilen erstreckte sich hier ein gierig blubberndes Moor, der

jene Narren verschlang, welche von dem befestigten Weg abkamen. Die Luft roch nach Moder und einem anderen Geruch, dessen Ursprung Sunry gar nicht wissen wollte. Einmal schien kurz etwas an die Oberfläche getrieben zu sein, war dann jedoch direkt wieder fort. War das nur Einbildung gewesen oder hatte sich da wirklich etwas, was auf perverse Art und Weise einer Leiche glich, der Wasseroberfläche genähert?

„Von hier aus könnte man die Kerle da oben einfach abschießen", sagte der Drahtige, welcher sich Sunry und seiner Gruppe als Lennart vorgestellt hatte. „Nur wissen wir nicht, was sich in dem Zollhaus aufhält und wie viele *in* der Mauer hocken. Dazu kommt noch, dass jeder Schuss perfekt sein muss, damit sie nicht Deckung finden und sich verteidigen."

„Wieso in der Mauer?", fragte der Zwerg irritiert.

„Diese Mauer ist zu dick, um aus den Bäumen gearbeitet worden zu sein, die hier noch vor kurzem wuchsen. Ich sehe zu wenige Baumstümpfe. Also muss sich unter dem Wehrgang, auf dem diese verfluchten Goblins lauern, ein Hohlraum befinden", antwortete Lennart ruhig.

„Wir sollten abwarten, um herauszufinden, wie viele Gegner uns erwarten. Ich möchte in keine unangenehme Überraschung herein geraten. Vielleicht haben die Wachablösung oder so etwas Ähnliches."

„Und wie lange, du Genie", sagte der Zwerg vorlaut, bereute seine Wortwahl jedoch augenblicklich, da ihn die beiden Kolosse unfreundlich ansahen.

„Einen halben Tag."

„Dann ist es dunkel! Weist du denn nicht, was nachts alles im Moor herumgeht", empörte sich der Zwerg so laut wie es ging, ohne Gefahr zu laufen, bemerkt zu werden.

„Du solltest aufhören, dir Gedanken über die Ungeheuer aus alten Geschichten zu machen, Zwerg. Es gibt nirgendwo etwas, was man nicht mit einem gut geschmiedeten Schwert erledigen kann", entgegnete Lennart kühl.

Und so warteten sie. Die Stunden verstrichen langsam, zäh fließend als bestünden sie aus Schlick, zähem und klebrigem Schlick. Die handvoll Goblins auf der Straßensperre machten keine Anstalten, ihre Position zu verlassen, sondern kauerten völlig regungslos hinter den Spitzen der Schutz spendenden Baumstämme.

Auch nach vielen Stunden des ruhigen Wartens tat sich nichts, sodass der Zwerg die Geduld verlor.

„Ich gehe da jetzt rein und werde mal gründlich aufräumen", verkündete er und erhob sich.

„Das wird uns alle verraten und umbringen, Zwerg", flüsterte Lennart aufgebracht

„Besser im Kampf sterben, als hinter einem morschen Baumstamm im Moor zu vermodern. Und mit diesen Worten zog er sein Schwert und schlich sich, von Baum zu Baum, näher an die Straßensperre heran.

7.

„Ah, wunderbar." Der grässliche Dämon verfiel in ein krankes Lachen und seine orangenen Augen leuchteten grell auf. Sein von roten Schuppen bedeckter Körper bebte und seine schlangenartige Zunge spielte an seinen blutigen Lippen herum, während er eine Reihe messergroße Zähne entblößte. „Auch wenn ich den Geschmack von getöteten Männern, geschändeten Frauen und aufgeschnittenen Streitrössern langsam leid bin. Ich will neue Geschmäcker schmecken, exotischere."

„Du wirst mehr bekommen, wenn du deinen Teil der Abmachung einhältst, Asaght."

Der Dämon legte seinen Kopf schief und sah den buckeligen Goblin vor sich prüfend an. Er trug wie immer eine glänzende Rüstung über dem ganzen Körper, doch der Geruch von den Menschen gestohlenen Duftwässern und des Schmieröls in der Rüstung konnte nicht den modrigen Geruch der verseuchten Goblinhaut unter den makellos aneinander gereihten Schienen übertünchen. Die Nase des Dämons zuckte. Er konnte diese Kombination von Parfüm und Verfall nicht sonderlich gut leiden.

„Ich habe dich auf diese Ebene geholt, um mit dir einen Pakt abzuschließen, vergiss das nicht. Ohne mich würdest du noch immer in einer der Höhlen schmoren", erinnerte Blutfürst Wuldocren seinen Verbündeten, den er jedoch gerne wie einen Diener behandelte.

„Die Höllen waren angenehm gegen diese kalte Welt", meinte der Dämon, drehte sich um und grub seine langen, gelblichen Krallen tief in das Fleisch eines toten Menschenkörpers, welcher vor ihm aufgebart war. „Diese Körper sind schon zu lange tot, die Spuren ihrer Seele sind zu schwach, um mich zu sättigen."

„Die Zeit rückt näher, in der du selbst in die Schlacht ziehen wirst. Deine Anwesenheit wird den Menschen das Fürchten lehren", meinte ein anderer Anwesender. Auch er war einer der Anführer der Goblins, ein Blutfürst, wie er sich nannte.

Sein Körper war auf dem ersten Blick der eines Hobgoblins, eines besonders kräftig gebauten Goblins, doch wenn Licht seine Haut benetzte, konnte man schwarze Schuppen und knochige Auswüchse an den verschiedensten Stellen entdecken. Zwei Hörner wuchsen aus den Wangen des Halb-Drachen. Sein gesamtes Erscheinungsbild glich dem, eines Dämons. Vielleicht war er sogar einer.

„Doch wann wird es sein? Was nutze ich Euch, wenn ich völlig ausgehungert bin, von all dem schlechten Futter, das ihr mit gebt?", beschwerte sich Asaght.

„Du wirst schon nicht zu Staub zerfallen, Dämon", meinte der Halb-Drache. Asaght wollte sein Name einfach nicht einfallen.

„Draußen warten hunderte von Toten auf dich, mein Freund", versuchte Wuldocren den Dämon zu ermuntern. „Du wirst satt werden, auch wenn es nicht das Beste ist, was es gibt."

„Wann wird die Schlacht sein?", erkundigte sich Asaght.

„In deinem Zeitempfinden bald", antwortete der Halb-Drache. „Für uns in wenigen Monaten."

8.

Die Wachen entdeckten den Zwerg erst, als dieser sich bereits gegen die Holzpalisaden der Straßensperre drückte und somit nicht von den Armbrustschützen über sich getroffen werden konnte. Dafür eröffneten die wütenden Goblins und Hobgoblins ihr Feuer auf den Baumstamm, hinter dem sich die restlichen Angreifer versteckt hielten. Zum Glück waren die Geschosse schlecht gearbeitet, sodass sie ihr Ziel entweder verfehlten, es gar nicht erreichten, oder sich in den umgestürzten Stamm bohrten. Kaum hatten sie die erste Ladung auf ihre Gegner abgelassen, kauerten sich die Schützen hinter den Stammspitzen nieder und luden ihre Waffen nach.

„Teilt euch auf und sucht irgendwo Deckung, ehe sie wieder zum Schießen kommen", raunte Lennart allen anderen zu. Und sie nutzten seinen Ratschlag. Sunry war regelrecht verwundert, wie viel Deckung doch das umliegende Moor bot. Mannshohe Steine, noch stehende und wohl vom starken Wind umgestoßene Baumstämme oder einfach der Boden, auf den man sich pressen konnte.

Nur Augenblicke nachdem alle Schutz vor weiteren Armbrustbolzen gefunden hatten feuerten die Goblins erneut und verschanzten sich danach wieder um nachzuladen.

Unzählige Male wiederholte sich dieses Szenario und schließlich gelangte Orlandos in Schussweite.

„Was zum Teufel? Verdammt, der soll sich ducken, sonst legen die ihn um!", brüllte Lennart, als er sah, wie der Elf seinen Bogen spannte. Doch es war zu spät. In diesem Augenblick erhoben sich die Goblins und entdeckten das leichte Ziel vor sich. Und dann geschah das, was keiner erwartet hätte. Orlandos schoss und traf. Der verdutzte Goblin ließ seine Armbrust fallen und zog sich den Pfeil aus der Brust. Fassungslos sah er jenes Geschoss an, dass ihm das Leben nahm. Völlig unerwartet. Auch all die anderen Goblins und Hobgoblins schienen auf einmal zu vergessen, dass sie eigentlich schießen wollten und starrten nur ungläubig den blutigen Pfeil an. Dann stürzte der getroffene Goblin vorne über hinab von der Straßensperre. Orlandos schoss noch dreimal, ehe er sich hinter einem nahen Stein in

Deckung brachte. Und jedes Mal fanden seine Geschosse ihr Ziel. Währenddessen begriff der Zwerg, dass vor ihm eine geladene Armbrust lag, nämlich die, welche Orlandos' erstes Opfer hatte fallen lassen. Augenblicklich fingen die Augen des Zwerges Feuer und er rollte sich wenig elegant nach vorne und bekam die Armbrust zu fassen. Geistesgegenwärtig hob er sie, wobei er auf die verbleibenden Goblins auf dem Holzdamm zielte. Kniend lauerte er darauf, dass die verbleibenden Goblins erneut zwecks eines Schusses ihre Deckung verließen und schlug wie ein hungriger, wenn auch etwas pummeliger Tiger zu, als das von ihm Ersehnte eintrat. Erst fiel es dem Zwerg schwer, mit seinen für die Goblinwaffe zu dicken Fingern den Auslöser zu betätigen, schaffte es dann jedoch im letzten Augenblick. Der Bolzen schoss heraus und traf so sicher sein Ziel, als hasse er die Goblins für die Zeit, die er bei ihnen verbracht hatte. Nun völlig verwirrt darüber, dass sie von allen Richtungen aus angegriffen wurden, verfielen die Goblins in Panik, schrieen durcheinander um Hilfe und vergaßen, in Deckung zu gehen. Immer wieder zog sich der Zwerg an die Mauer zurück, um mit den Bolzen aus den Leichen der hinabgestürzten Goblins nachzuladen, und sprang dann wieder hervor. Geschützt von den beiden treffsicheren Schützen begannen nun auch die restlichen Königstreuen den Angriff. Mit hoch erhobenen Schwertern erstürmten sie die Straßensperre völlig ungehindert, da die Goblins oben keine Anstalten mehr machten, zu kämpfen, sondern nur noch versuchten, irgendwie von der verfluchten Wehrmauer herab zukommen.

Plötzlich wurden die großen Holztore der Wegsperre aufgestoßen und drei Monstrositäten traten wütend brüllend ins Freie.

„Oger!", schrie der pickelgesichtige Gnom und spurtete zurück zu dem umgestürzten Baumstamm.

Tatsächlich handelte es sich bei den drei neu in Erscheinung getretenen Kreaturen um die stets übellaunigen Fieslinge mit ledriger, brauner Haut und fauligem Atem. Alle drei waren doppelt so groß wie der Zwerg und mehrere Köpfe größer als die Menschen und der Elf.

Orlandos' erster Schuss traf genau zwischen die Augen eines der Riesen und fällte diesen. Jetzt stuften die beiden Verbleibenden den Elfen jedoch als potenzielle Gefahr ein und stürmten auf ihn zu.

„Renn weg, Spitzohr!", brüllte der Zwerg besorgt und als er bemerkte, dass er sich gerade für einen Elfen ausgesprochen hatte, fügte er hinzu: „Die beiden gehören nämlich mir!" Und da er nun dummerweise seinen Worten Taten folgen lassen musste, hob er sein Schwert und verfolgte ein wenig unbeholfen die beiden Oger.

Sunry kam dem fliehenden Orlandos ebenfalls zu Hilfe und nahm einen der beiden Riesen mit Helena gemeinsam in die Zange. Als der Umzingelte seine unglückliche Lage bemerkte, brüllte er laut und wütend auf und fuchtelte wie ein Besessener mit seiner riesigen Keule herum. Zwar gelang es ihm, seine beiden Menschengegner für kurze Zeit auf Distanz zu halten, doch dann traf Helena mit ihrem Schwert seine Kniekehle und brachte den Oger so zu Fall. Es gab einen dumpfen Aufschlag, als der riesige Körper zu Boden ging und ein schmatzendes Geräusch, da Sunry dem Koloss seine Klinge in den Hinterkopf trieb.

Mit einem lauten Knall traf die Keule des letzten Ogers den Stein, hinter dem Orlandos kauerte. Holzsplitter flogen in alle Richtungen davon, doch die ungemeine Kraft des Riesen bewirkte einige ernstzunehmende Risse in dem Felsbrocken.

Plötzlich sprang der Gnom von irgendwoher hervor und landete elegant auf den Schultern seines Gegners. Erst versuchte der Oger noch, ihn abzuschütteln, was jedoch misslang. Der Gnom zog einen Dolch hervor und stach damit mehrere Male in den Hinterkopf des wehrlosen Riesen. Die metallene Klinge bahnte sich einen Weg durch die robuste Haut und die steinharten Knochen und schließlich durchbohrte sie das weiche Gehirn.

Doch der Kampf war noch lange nicht vorbei. In dem Moment, in dem der letzte Oger gefallen war, stürmte eine kleine Bande gepanzerter Hobgoblins aus der Straßensperre. Bösartig lachend hoben sie bereits geladene Armbrüste und feuerten.


9.

König Wellem war im besten Mannesalter. Er hatte mausgraues Haar, trug wie er es gerne hatte eine blaue Robe mit goldenen Schutzsymbolen, welche man in den blauen Samt der Robe genäht hatte. Er saß auf seinem Thron und sah die handvoll Männer an, welche vor ihm knieten. Sie alle waren Grafen und hatten Saphira offiziell die Treue bis in den Tod oder zum Sieg geschworen, doch was bedeutete das schon? Wenn Saphira fiel würde niemand weitererzählen können, dass der Adelige, welcher überlebt hatte, seinen Schwur feige gebrochen hatte, in welcher Form auch immer.

„Mein König, im Moment sind es nur wir wenige, doch schon bald werden Euch alle umliegenden Grafschaften, Herzogtümer und Baronate so gut es geht unterstützen", meinte einer der Grafen.

„Was bedeutet, dass viele tausend Männer koordiniert werden müssen, sobald die Schlacht beginnt. Auch die Kämpfe zuvor, all die Vorbereitungen, die vor jeder Schlacht anfallen", erklärte ein zweiter.

„Was wir sagen wollen ist, dass Ihr weitere Generäle ernennen müsst, um die gesamte Armee optimal nutzen zu können", ergänzte darauf der erste.

„Das wird nicht so einfach umsetzbar sein. Die Ernennung eines Kommandanten zu einem General ist kein unbedeutender Vorgang. Der Generalsrang ist das Ziel eines jeden Soldaten und es bringt große Verantwortung und viele Verpflichtungen mit sich, zu einem General zu werden", wendete der kahlköpfige Hofmagier Ismael ein, welcher neben seinem König stand. „Des Weiteren wird traditionell jeder neue General in den Grundzügen der Magie unterrichtet, um die Schlacht auch auf fantastische Art und Weise schlagen zu können."

„Falls Ihr das noch nicht bemerkt haben solltet, es herrscht Krieg. Für unsinnige Zeremonien und Bräuche haben wir keine Zeit. Wir wollen fähige Anführer, auch ohne Magie", spottete der erste Adelige.

„Unsere Traditionen stehen über allem."; giftete Ismael zurück.

„Dies ist eine Ausnahmesituation, Herr Magier. Wir können nicht an allen Traditionen festhalten, die uns nur Zeit kosten."

Wellem seufzte resignierend und schüttelte den Kopf. Es begann bereits. Jeder war der Ansicht, dass nur seine Meinung der Weg zum Erfolg war und jeder beharrte so sehr darauf, dass es wahrscheinlich war, dass ein innerer Krieg die Menschen brechen würde. „Der wichtigste Grund, an den alten Bräuchen festzuhalten, ist denke ich der Umstand, dass jeder in den Rang eines Generals erhoben werden will", sagte er also und kaum hatten die zerstrittenen Ohren seine dominierende Stimme und den vorwurfsvollen Unterton in ihr wahrgenommen, herrschte peinlich berührtes Schweigen. „Die Lehre der Magie ist ein umfangreicher Weg und nur die Geduldigsten erreichen sein Ende. Jahrtausende lang wurde diese Methode genutzt, um fähige Soldaten zu Generälen zu ernennen und unfähige mit einer sinnvollen Erklärung abzulehnen. Nur wenigen ist ein straffes Band mit der Magie geschenkt und diese wenigen Männer und Frauen zu erkennen und einer gerechten Position anzuvertrauen ist Sinn und Zweck dessen, worauf Meister Ismael so verbissen beharrt." Der König sah jeden einzelnen Anwesenden noch einmal durchdringend an. „Verzichten wir also auf eine Musterung aller möglichen Talentierungen und Begabungen, gehen wir unweigerlich das Risiko ein, Inkompetenz Macht in die Hände zu legen. Ich hoffe also, dass die Herren Grafen nun einsehen, dass eine voreilige Ernennung unangenehme Folgen haben könnte und ich andere Wege gewählt habe wenige, doch fähige Generäle zu finden."

Die Entrüstung, die noch vor wenigen Augenblicken in den Augen der Grafen gebrannt hatte, verschwand nun mit einem Mal und wich einem verdutzten Ausdruck.

„Ihr habt bereits neue Generäle ernannt?", sprach der erste Graf seine Verwunderung aus, wobei er versuchte, nicht allzu naiv zu klingen. Und doch stand ihm die Pein über sein unsittliches Verhalten vor den richtenden Augen des Königs tiefrot ins Gesicht geschrieben.

„Nicht direkt", erklärte Wellem in einem unheimlich väterlichen Ton und lächelte mitfühlend. „Sagen wir, ich befinde mich auf im Moment auf einer scheinbar sinnvollen Suche."

10.

Es war offenkundig, dass hinter den dicken Holzpalisaden der Straßensperre große Mengen von Alkohol geflossen sein mussten. Keiner der von den gepanzerten Hobgoblins abgefeuerten Armbrustbolzen traf ihr Ziel und es war fraglich, ob die Schützen überhaupt gezielt hatten. Die Geschosse flogen in alle vier Himmelrichtungen davon, als würden sie unsichtbare Gegner töten wollen. Einen Augenblick lang sahen sich die Gepanzerten um und schienen nach den geschossenen Bolzen Ausschau zu halten, bevor sie sich hinknieten und unbeholfen versuchten ihre Armbrüste nachzuladen, was jedoch misslang. Es schien bereits eine unvorstellbare Schwierigkeit zu sein, die Bolzen überhaupt dorthin zu legen, wo sie liegen sollten, geschweige denn, die Waffen fest zuspannen.

„Und was machen wir jetzt?", wandte sich Lennart fragend an Sunry.

Der Gefragte dachte einen Moment lang nach. „Wir nehmen sie gefangen."

Lennart schien kurz zu lächeln, sein Gesicht verfiel aber dann wieder in die bereits bekannte, regungslose Position. „Aber es sind ein paar mehr Gegner, als wir kontrollieren können", gab er zu bedenken.

„Doch sie sind betrunken. Wenn es uns gelingen würde, sie zu entwaffnen und zu fesseln, könnten wir sie ohne Probleme nach Saphira führen", plante Sunry laut.

Und so taten sie es dann auch. Die Hobgoblins waren leichte Beute für die flinken Söldner und Soldaten und waren so sturzbesoffen, dass sie gar nicht mit bekamen, wie ihre Kumpane entwaffnet, niedergeschlagen, gefesselt und fortgeschleift wurden. Lediglich der letzte Hobgoblin war wehrhaft. In einem wahnsinnigen Anfall begann er wie ein Verrückter um sich zu schlagen und erschwerte somit das Vorhaben ihn zu erwischen. Immer, wenn es für einen Moment so aussah, als ob es Lennart oder Sunry gelingen würde, ihn zu Boden zustürzen, erwischte er sie fast am Kopf, sodass deren Angriffe abgebrochen werden mussten. Schließlich gelang es jedoch dem Zwerg, den fuchtelnden Gepanzerten unter sich zu begraben. Noch ein paar Minuten versuchte der nun doch gefangene Goblin sich aus dem gewaltigen Gewicht des Zwergs hervorzugraben, bis er einsah, dass er keine Chance hatte.

„Nun, das hat ja wunderbar funktioniert. Also, lasst uns gehen", meinte Lennart gut gelaunt und drehte sich um.

„Warte", hielt Sunry ihn zurück. „Erst müssen wir die Palisaden einreißen."

Lennart hielt inne und wendete sich an den Gnom. „Brenn es ab."

11.
Kein Heldenempfängnis und kein überschwängliches Lob war es, was die mutigen Recken bei ihrer Rückkehr von der Straßensperre begrüßte, sondern eine kleine Gruppe von Soldaten, angeführt von einem Kommandanten. Als er die kleine Gruppe bemerkte, schien es gerade so, als wolle er ein Salutieren unterdrücken.
„Willkommen zurück. Ich nehme an, dass Eure Mission erfolgreich war", sagte der Kommandant und an seiner hochmütigen Stimme konnte man erkennen, dass er auch nichts anderes geduldet hätte. „Meister Ismael bedauert, Euch nicht persönlich gratulieren und seinen aufrichtigen Dank aussprechen zu können, doch er ist verhindert."
„Und ich hatte gedacht, ein Wahnsinniger habe ihm die Stimmbänder durchgeschnitten", raunte der Zwerg dem pickelgesichtigen Gnom zu und fand seit Jahren wieder jemanden, der seinen Humor teilte. Allerdings konnte Sunry, da er eher selten auf Gnome traf, nicht sagen, ob das, was der Gnom von sich gab, ein ehrliches oder künstliches Lachen war.
„Meister Ismael sagte mir, Ihr würdet wissen, was zu tun sei. Es gäbe weitere Aufgaben, ja, ich glaube, das war sein Wortlaut", meinte der Kommandant und nickte knapp in die Runde. „Er warnte jedoch auch davor, dass Ihr zu voreilig handeln könntet."
Kaum war er fort wandte sich Lennart an den Trupp: „Der Kommandant hat Recht. Alle drei möglichen Aufgaben sind

schwierig und werden unser aller Kräfte einfordern. Lasst uns eine Nacht ruhen und morgen sehen, wie wir weitermachen."

**Kapitel XVI**

*Sind Feinde das, was wir glauben?*
General Endorgan, Das Geheimnis des Krieges

1.
„Ich kann immer noch nicht glauben, dass ich das hier mache", knurrte der Zwerg wütend.
„Jetzt komm schon, es hätte auch schlimmer kommen können", vernahm er Helenas Stimme hinter sich.
„Schlimmer?", prustete der Zwerg los. „Schlimmer? Wenn ich rede, muss ich aufpassen, dass mir nicht kiloweise Pfefferkörner in den Mund geraten."
„Da habe ich sogar eine Lösung für dein Problem, Zwerg", rief Erinn. „Wie wäre es, wenn du einfach die Klappe hältst?"
Rumpelnd und wackelnd wie ein im Sturm befindliches Schiff fuhr der Wagen über den steinigen Handelsweg. Vorne auf ihm saßen zwei schmächtige Gestalten in zerschlissenen, aber doch farbenfrohen Roben, nach fremden Gewürzen riechend und zahlreiche Andenken an bereits bereiste Orte um den Hals hängend. Für unachtsame oder von der Wirklichkeit müde Augen hätten diese beiden Gesellen wie fahrende Händler aus einem fernen Land gewirkt, welche kostbarste Gewürze bei sich trugen. Einfach ein gefundenes Futter für Wegelagerer und Räuber. Was sie jedoch wirklich waren, hätte wohl niemand geahnt, selbst wenn er noch so durchtrieben und intelligent gewesen wäre. Und doch erschien es Sunry noch immer als Wahnsinn, die junge Baroness und Lennart auf den Kutschbock gesetzt zu

haben. Doch welche Wahl hatten sie schon gehabt? Die Baroness hatte solange kreischend die Botschaft in Unruhe versetzt, bis Sunry ihr erlaubt hatte, mitzukommen. Kaum hatten sie jedoch einen tauglichen Plan erdacht, hatte sich Duana heftig dagegen gewehrt, die ihr angedachte Rolle anzunehmen. So strikt war sie dagegen gewesen, in einen der als Tarnung dienenden Gewürzsäcke zu steigen, dass sie schließlich Sunrys Platz auf dem Kutschbock eingenommen hatte.

Auch etwas anderes bereitete Sunry Sorge. Die Söldner, welche bereits zu den Deserteuren aufgebrochen waren, waren noch nicht zurückgekehrt. Nicht einmal Kontakt zu ihnen hatte bestanden. Andererseits konnte es natürlich sein, dass ihre Mission wesentlich länger dauerte, als das Auslöschen einer Straßensperre.

„Haltet euch bloß geschlossen!", beschwerte sich der Zwerg, als Lennart und Duana ein fremd klingendes Lied in einer soeben erfundenen Sprache anstimmten.

„Kannst du nicht einfach ruhig sein?", mischte sich nun wieder Erinn ein.

„Sei froh, dass ich in einem Pfeffersack stecke, Menschlein, ansonsten…" Der Rest des Satzes bestand aus unverständlichem Zetern und zwergischen Flüchen mit unangenehmem Klang.

2.

Obwohl alle vorbereitet waren und einen Angriff erwarteten kam dieser doch überraschend. Ein schneidendes Säuseln zerriss die Luft und ließ die noch immer ihr schiefes, erdachtes Lied singenden Duana und Lennart verstummen.

Nur Augenblicke später konnten die in den Säcken Versteckten ein aggressives Knurren und ein unheilvolles Kratzen hören.

„Bei Atros, was ist das?", brüllte Lennart und Sunry konnte nicht erkennen, ob seine Überraschung gespielt oder echt war. Es folgten ein lautes Frauenkreischen, ein dumpfer Aufschlag und sich entfernende Schritte untermalt von dem Geräusch, das ein Körper erzeugte, den man über den Boden zerrte. Erst als diese beiden letzten Geräusche verschwunden waren, wurde Sunry bewusst, dass sich nicht die Schritte entfernten, sondern der Wagen. Was ging hier, bei Atros, vor?

3.

Das fahle Licht von Fackeln und der beißende Geruch nach ungewaschenen Leibern war das erste, was durch die aufgezogenen oberen Enden der Gewürzsäcke in deren Inneres kam. Sunry blieb nicht viel Zeit sich umzusehen und zu erkennen, in welch missliche Lage er geraten war. Zu seiner Beruhigung befand sich der Sack noch immer auf dem Wagen, nur dass sowohl Pferde als auch Duana und Lennart fehlten. Auch stand der Wagen nicht auf dem Handelsweg oder einer Lichtung eines nahen Waldes, sondern in einer nur schlecht von Fackeln erleuchteten Höhle. Kalte, unbehauene Steinwände, nackter Fels und eine kleine Menge nasser Strohmatten dienten als karge Dekoration und ein Wasserloch in der Mitte der Höhle, welches reines Wasser in sich beinhaltete, ließen schnell darauf schließen, dass sich diese Höhle in der Nähe der hohen See befinden musste. Ein weiterer schneller Blick verriet Sunry Stalaktiten und Stalaktiten, welche ohne Zusammenhang und wild wie die Natur selbst aus Decke und Boden wuchsen. Dies musste eine der Tropfsteinhöhlen sein, von denen man Barden singen und Philosophen sprechen hören konnte. Die Luft war kühl und rein, bis auf die unüberriechbaren Noten von Urin, Schweiß und Exkrementen.

„Deine Nase hat dich wieder einmal nicht getäuscht, Gestreifter", lobte eine quäkende Stimme, welche Sunry direkt vor sich vernahm. Also drehte er seinen Kopf eilig, aber nicht hastig, um. Vor ihm stand eine kleine Gruppe Goblins in Lederrüstungen in erbärmlichem Zustand und mit Schwertern an den eingerissenen Gürteln, auf denen sich bereist bräunlicher Rost breit gemacht hatte. Dann hörte Sunry zu seiner Rechten ein zufriedenes Knurren.

„Du hast ernsthaft daran gezweifelt?", sagte eine aus den Höllen stammend scheinende Kreatur. Der Körper war der eines muskulösen, riesigen Geparden, doch dort, wo bei einer normalen Vertreterin dieser Raubkatzenart die Schulterblätter ihren natürlichen Platz hatten, wuchsen zwei braune, ledrige Flügel und auch der Schwanz war dämonisch. Er endete in einer Muskelkugel, aus der wiederum dornenartige Auswüchse entsprangen. Sunry zweifelte nicht daran, dass diese Kugel so manchen Menschenkopf mit Leichtigkeit zertrümmern konnte. Wachsame, rote Augen beobachteten die wehrlose Menschenbeute.

„Da stellt sich wohl die Frage, was wir nun mit ihnen machen sollen. Den Fürsten wird es gar nicht erfreuen, dass wir nun Gefangene haben. Und wir werden mit ihnen auch nicht dasselbe machen, was wir mit den Menschen vor ihnen gemacht haben", dachte der eine Goblin laut nach und ein sadistisches Lächeln umspielte seine gerissenen Lippen.

Ein stämmiger, glatzköpfiger Goblin zog ein besonders rostiges Breitschwert und machte eine schneidende Bewegung damit in der Luft. „Was haltet ihr davon, wenn wir ihnen einfach die Schädel runterhauen?", erkundigte er sich mit unheilvollem Unterton.

„Ich finde, wir sollten uns einen kleinen Spaß mit ihnen gönnen. Es ist hier doch sonst immer so langweilig", plante ein dünner Goblin mit braunem Struppelhaar. „Ich lege schon mal die Messer in die Kohlepfanne."

„Wieso hast du sie eigentlich nicht direkt vor Ort erledigt?", fragte der erste das Untier und überging die Bemerkung des Strubbelkopfes.

„Wenn ich die in den Säcken gebissen hätte, hätte das Blut die guten Gewürze ruiniert und hätte ich die Säcke aufgebissen, so hätten sich die Gewürze überall verteilt, als ich mit dem Wagen geflogen bin." Nun ergab alles einen Sinn. Der Wagen hatte sich wirklich von den Schritten entfernt und nicht andersherum. Doch warum hatte diese Kreatur Lennart und Duana nicht gefressen, wo sie doch leichte Beute gewesen wären. Die Antwort folgte, kaum dass Sunry seinen Gedanken zu Ende gesponnen hatte: „Ausserdem hängt mir vom letzten Menschen immer noch ein Fingerknochen zwischen den Zähnen und ich kriege ihn einfach nicht raus."

Der stämmige Goblin schüttelte verächtlich den Kopf und spukte zweimal auf den Boden. „Du bist mir ja mal ein Manticor. So eine trübe Socke."

Die Bestie gab einen wütenden Brüller von sich, wurde jedoch von einem weiteren sich nun äußerndem Goblin unterbrochen: „Zumindest den Pfeffersack hättest du da lassen können. Wer auch immer sich da drin versteckt, scheint schon länger kein Wasser mehr gesehen zu haben."
„Das sagt ja wohl der Richtige, du ungewaschenes Bündel!", brüllte plötzlich eine Sunry nur allzu gut vertraute Stimme wütend. Nur Augenblicke später befreite sich der puterrote Zwerg aus seinem Sack, begleitet von einer Welle freiheitsliebender Pfefferkörner. Zwergische Flüche von sich gebend, versuchte sich der Zwerg zu erheben und gleichzeitig an sein Schwert zu gelangen. Dieser Beginn eines aufkeimenden Wehrens wurde jedoch augenblicklich von dem Manticor unterdrückt, welcher dem Zwerg einfach seine Pranke gegen die Brust schlug und ihn mit derselben am Boden festhielt. „Beweg dich nicht, Zwerg, sonst bist du mein nächstes Abendessen", drohte das dämonische Wesen.
„Du hast uns gerade daran erinnert, dass wir ja noch die Säcke durchsuchen wollten", entgegnete der erste Goblin lächelnd und verschränkte seine Hände hinter dem Rücken. Es verstrichen ein paar erwartungsvolle Sekunden, in denen jedoch niemand auf die Idee kam, zu handeln. Schließlich ließ sich der Manticor dazu hinab, die Andeutung des ersten Goblins noch einmal zu formulieren. Mit knisternder Stimme hauchte er: „Öffnet die Säcke und nehmt sie gefangen."

4.
Mit Tüchern um die Augen, nassen Knebeln in den Mündern und Korken in den Ohren saß die gefangene kleine

Gruppe an der kalten und feuchten Steinwand der Höhle. Bis auf den von dem beißenden Gestank anscheinend tauben Geruchssinn war jeder von ihnen handlungsunfähig.

Wie lange sie so dagesessen hatten, konnte später niemand genau sagen. Zwar war die verflossene Zeit präsent, doch da jedem von ihnen sowohl Laute und Gerüche als auch Bilder verwehrt geblieben waren, erinnerte diese Zeit eher an einen gähnend leeren Raum.

Ein heftiger Tritt in die Magengrube riss Sunry aus seinem abwesenden Zustand. Der drückende Schmerz, der so unerwartet gekommen war, ließ Sunry die Luft scharf einatmen. Dann, nachdem das Hämmern in seinem Bauch nachgelassen hatte, wurden ihm die Korken herausgezogen, der Knebel entrissen und die Augenbinde gelockert. Eine stämmige Gestalt mit festen Oberarmen kam zum Vorschein. Ebenso ein markanter Kopf mit einem dunkelbraunem Ziegenbart und gleichfarbigem Haar, welches als Zopf über die rechte Schulter des Grottenschrates fiel.

„Niemand hat etwas von Zutreten gesagt, Harkennase", sagte er mit strengem Ton.

Ein normalwüchsiger Goblin mit fast menschlicher Haut, Segelohren und einer ungewöhnlich großen Nase senkte verlegen den Kopf. „Verzeiht, Fürst", entschuldigte er sich unterwürfig.

„Jemand soll ihm helfen aufzustehen und ihm die Watte aus der Nase nehmen", befahl der Grottenschrat, doch niemand schien sich angesprochen zu fühlen. „Breitschulter, du" Er betonte dieses kleine, aber wichtige Wort „du sollst ihm helfen aufzustehen und ihm die Watte aus der Nase nehmen", wiederholte er sich genervt. Augenblicklich trat der kräftigste Goblin vor und griff mit seinen über lange Nägel verfügenden Fingern nach dem tauben Riechorgan. Kaum hatte er das, was sich in den beiden Nasenlöchern befand, herausgezogen, schwappte eine Welle von Gerüchen und Eindrücken über Sunry hinweg. Einen Augenblick lang war sein Körper taub von all dem plötzlich Erfahrenen.

„Was ist mit seinen Gefährten, Herr?", fragte eine Stimme, die wie all die anderen Goblinstimmen klang.

„Niemand soll sie entfesseln", antwortete der Grottenschrat und wollte sich gerade wieder dem noch immer benommenen Sunry zuwenden, als die kleine Goblinschar plötzlich begann, auch die anderen Gefangenen loszubinden.

„Sofort aufhören!", brüllte der Grottenschrat erbost, wobei eine große Ladung Speichel in Sunrys Gesicht landete.

„Aber Fürst, sagtet Ihr nicht, wie schon zuvor, *Niemand soll sie entfesseln*?", erkundigte sich ein in seiner Bewegung erstarrter Goblin, den Sunry zuvor noch nicht bemerkt hatte.

Der Grottenschrat schlug sich resignierend seufzend die rechte Hand gegen die Stirn. „Eben sagte ich *Jemand* und nicht *Niemand*. Und nun bindet sie wieder fest!"

„Jetzt gerate ich völlig ins Durcheinander. Ihr sagtet doch *Niemand soll sie entfesseln* und nicht *Jemand soll sie entfesseln*. Denn hättet Ihr das Zweite gesagt, so wäre es doch richtig gewesen, sie loszumachen, oder etwa nicht?", verwunderte sich der unbekannte Goblin.

„Bei der Prophezeiung, Gaukler!", schimpfte der Grottenschrat. „Binde sie einfach wieder fest und schweig!"

„Verzeiht, Herr, aber sollte ich sie nicht festbinden?", erkundigte sich jener Goblin, den sie Breitschulter zu nennen schienen.

„Nein, Breitschulter, du solltest diesen Menschen losbinden und diese Aufgabe hast du auch gar wunderbar erfüllt", komplimentierte der Grottenschrat Breitschulter zum Schweigen. „Gestreifter!"

„Ja, Fürst Kraid?", erklang die nun schnurrende Stimme des Manticors.

„Schaff mir dieses unintelligente Pack vom Leib", bat der Blutfürst.

Lediglich leises Protestgeflüster war noch zu hören, gemengt mit dem drohenden Knurren des Manticors, nachdem die Goblins weg waren.

Sunry war inzwischen wieder an der Wand hinab gerutscht und da der Grottenschrat seinen soeben gegebenen Befehl zum Fortführen nicht rückgängig machen wollte, half er kurzerhand Sunry selbst wieder hoch.

„Ich bedaure das Geschehen zu tiefst, aber wenn man desertiert, kann man sich seine Untergebenen leider nicht aussuchen", bedauerte der Grottenschrat und setzte sich nun auf den Boden, da Sunrys noch immer träger Körper erneut an der steinernen Wand hinabgerutscht war. „Ihr müsst wissen, dass dieses grobe Behandeln unserer, nun ja, Gäste, nicht ganz meiner Vorstellung von Gastfreundschaft entspricht. Besonders, da wir so selten Gäste empfangen."

„Wahrscheinlich bekommt Ihr von den meisten Gefangenen überhaupt nichts mit. Ihr hättet hören müssen, was diese Kerle geplant haben, als meine Gefährten und ich noch auf dem Wagen lagen. Und ausserdem hat sich dieser

Manticor, den Ihr den Gestreiften nennt, damit gerühmt, dass er schon zahlreiche Menschen gefressen hat", entgegnete Sunry, nachdem sein verschwommener Verstand langsam wieder zu etwas Erkennbarem geworden war.
Kaum hatte Sunry dies gesagt, begann der Grottenschrat herzhaft zu lachen. Seine gesamten Gesichtszüge verwandelten sich in tiefe Falten, in denen ohne Probleme eine Maus hätte verschwinden können. Fast unheimlich war dieser Ausbruch großer Freude und jeder zartbeseitete Bürger wäre bei diesem Anblick Hals über Kopf davongelaufen. Sunry jedoch blieb diese Möglichkeit verwehrt, da seine Beine eigenartiger Weise den Kontakt zu dem Kopf verloren zu haben schienen.
„Wenn Ihr mir das so erzählt, könnte ich fast meinen, dass der Gestreifte gar nicht so anders ist. Aber Ihr könnt mir ruhig glauben, dass er genauso friedliebend ist wie wir alle."
Sunrys Gesicht verzog sich, als sein Hirn von einem sarkastischen Gedanken heimgesucht wurde. Da er sich jedoch schon genug in einer unangenehmen Situation befand, wollte er sein Gegenüber nicht mit einer Unverschämtheit provozieren.
„Ihr zweifelt und das ist euer gutes Recht. Die Manticore sind Kreaturen, welche das Exil unserer Väter behausten und die viele Jahre über Krieg gegen uns Goblins führten. Als Eure damaligen Könige unsere gefangen genommenen Väter verbannten und ihnen nicht mehr mitgaben als ein paar Wagen mit Proviant und einfachster Ausrüstung zum Bestellen eines Feldes oder dem Aufbau einer Zucht, war ihnen deutlich bewusst, gegen was für Bestien der Natur sie uns schickten. Manticore und Chimären, die ohne Vorwar-

nung aus der Luft angriffen, Minotauren, die unsere mühsam errichteten Dörfer in Schutt und Asche legten und uns der wenigen Dinge beraubten, die wir besaßen, Lamiae, halb Mensch, halb Löwe überfielen unsere unsicheren Handelsrouten und legten unentdeckbare Hinterhalte, Trolle griffen uns ohne Vorwarnung an und fraßen unsere Frauen und Kinder auf." Während der Grottenschrat all dies erzählte, schwang eine schwere Wehmut in seiner Stimme mit. Als er dann jedoch fortfuhr, begann er den Stolz aufleben zu lassen, den er in Erinnerung an seine Vorfahren wohl spürte: „Und heute sind wir zurückgekehrt. Unsere damals größten Feinde sind nun unsere Verbündeten auf einem Rachfeldzug gegen unsere ältesten Rivalen. Unsere Reihen zählen tausende einfache Soldaten und die Jahrhunderte haben uns genug Zeit gegeben, eine größere Zahl aufzustellen, als es in dem Menschenland jemals möglich gewesen wäre. Ihr habt keine Chance gegen uns."

„Und doch, trotz Eures Stolzes über das Erreichte, habt Ihr desertiert, warum?", wollte Sunry verwundert wissen.

„Es sind die Blutfürsten, deren Art, die Armee anzuführen, mir missfällt", antwortete der Grottenschrat.

„Aber Ihr seid doch selbst einer", erinnerte sich Sunry laut. Diese Aussage würde Sunry hoffentlich zahllose Türen öffnen, wenn der Grottenschrat wirklich ein Oberhaupt der Goblinarmee war.

„Ich war, obgleich ich mich noch immer für einen wahren Blutfürsten erachte. Ich werde Euch eine längere Geschichte erzählen müssen, damit Ihr begreift, was ich meine. Wie viele Grottenschrate wurde auch ich schon als kleines Kind einer harten Prüfung unterzogen. Man lehrte mich die blutige Vergangenheit zu achten und an die Lehren der goblinischen Prophezeiung zu glauben. Man lehrte mich die Grundzüge des Kampfes und bald die ersten militärischen Taktiken. Die Menschen mochten es für unmöglich halten, dass Goblinoide kreativ denken und sogar logische und wirksame Strategien entwerfen könnten, doch auch ein noch so feige wirkender Hinterhalt ist nur dann erfolgreich, wenn seine Durchführung auf einem gut durchdachten Plan aufbaut. Nun ja, bevor ich jedoch von Eurer Frage abweiche und in Schwärmerei verfalle, sollte ich den Faden wohl besser wieder aufnehmen. Ich war, und ich will, wenn ich dies sage, gewiss nicht angeben, ein Musterknabe. Meine Talentierungen weckten das Interesse der ersten Goblins, die sich den von der Prophezeiung vorgegebenen Titel *Blutfürst* zugelegt hatten. Und bald wurde ich in Ihre Reihen aufgenommen. Die Fürsten symbolisierten für mich die Vollkommenheit, die ein jeder Goblin erreichen sollte, doch schon bald erblickte die zweite Generation das Licht der Welt. Die ersten Blutfürsten starben an Alter und Intrigen oder bei Unfällen auf der Jagd. Mit der zweiten Generation ging unsere Zivilisation vor die Hunde. Erst wirkte alles normal und wie gehabt. Es wurden Tagungen der Fürsten abgehalten, Strategien für den baldigen Krieg entworfen und grausame Pläne geschmiedet. Bald jedoch ließen die neuen Fürsten ihre Umhänge zu Boden gleiten. Einer von ihnen, Wuldocren ist sein Name, ging Bündnisse mit Dämonen und Teufeln ein und vertiefte sich in die schwärzeste Magie, ein zweiter, Zarrag, verschaffte sich den Beinamen *der Unsterbliche*, indem er auf unheilige Weise den Tod hinterging, ein anderer nutzte sein Drachenblut, um die geflügelten Echsen auf unsere Seite zu ziehen und sie in hohe Ränge zu stellen. Mit diesem Tun festigte er seine Position in unseren erhobenen Reihen. Sogar unreine, wie die Blauen, wurden nicht mehr direkt nach ihrer Geburt getötet, sondern gelehrt, ihre unnatürlichen geistigen Kräfte zu kontrollieren."

„Die Blauen?", unterbrach Sunry den abtrünnigen Blutfürsten wissbegierig, wobei er sich jedoch überrascht gab.

„Oh ja. So nennen wir sie, auch wenn sie sich einen Namen in der Sprache irgendeines alten Volkes gegeben haben. Ihr Name rührt da her, dass sie blaue Haut und ebenfalls blaues Haar haben. Früher dachte man, sie wären mit verbotenen Kräften im Bunde, heute weis man jedoch, dass sie ein seltener Zweig unserer Rasse sind", erklärte der Grottenschrat.

„Ihr hattet unnatürliche geistige Kräfte erwähnt", erinnerte sich Sunry, darauf bedacht, möglichst viel über den Feind in Erfahrung zu bringen. Sollte er den Deserteuren durch die Finger schlüpfen können, würden diese Informationen von äußerster Wichtigkeit für die Schlacht um Saphira und den Verlauf des gesamten restlichen Krieges sein.

„Ja, das hatte ich wohl, da habt Ihr Recht. Die Blauen sind im Stande, mit ihrem Geist Energien zu manifestieren, Dinge zu bewegen und unvorstellbare Kräfte zu kontrollieren. Desto mehr sie mit ihrer Begabung vertraut werden, desto schwerer ist es, sie zu vernichten. Wie ich bereits sagte, schrieb man ihnen früher Verbindungen zu der ewigen Dunkelheit zu, einer Art Nichts, in dem die geschundenen Seelen jener Goblins die Ewigkeit verbringen, die unwürdig sind, in das goldene Licht zu gehen. Jedenfalls fürchteten Häuptlinge sie und ließen sie töten, ehe sie sich mit ihren Begabungen vertraut machen konnten. Es diente dem Schutz der entsprechenden Stämme. Eines Tages jedoch wurde ein besonders mächtiger Blauer geboren, der jene tötete, die ihm nach dem Leben trachteten, und der einen eigenen Stamm nur aus Blauen gründete. Um keinen Krieg in den eigenen Reihen zu provozieren, hatten die ersten Fürsten sie akzeptiert, doch die zweite Generation gewährte einem von ihnen sogar den Rang eines Blutfürsten. Ein unvorstellbarer Frevel."

Sunry schluckte. Er hatte viel über Goblins gelernt, während man ihn in der Bruderschaft zu einem perfekten Jäger schulte, doch von Blauen hatte er nie zuvor etwas gehört. Diese Goblins hatten Kräfte, die, wenn er dem Grottenschrat glauben konnte, richtig eingesetzt ganze Armeen vernichten konnten. Keine rosige Aussicht und auf jeden Fall ein Umstand, über den der König Bescheid wissen musste.

„Nun habe ich Euch Vieles erzählt. Und gewiss wollt Ihr erfahren, warum ich bereitwillig mein Wissen mit Euch geteilt habe", mutmaßte der Grottenschrat und legte den Kopf schief.

Sunry nickte, denn er wollte dies tatsächlich erfahren.

„Ich möchte Euch bitten, sie alle zu töten, keiner der Blutfürsten darf überleben, um keinen Preis. Ich weiß, wer Ihr seid, Sunry von Wettgenstein. Einer der letzten jener Menschen, die einer Gruppierung angehörten, die uns jagte. Ihr habt gelernt, Goblins zu töten, obgleich die Blutfürsten Extreme sind. Jagt sie unbarmherzig und vernichtet sie, dann werde ich die Goblins zurückführen und sie reinigen.

Oder ein anderer wie ich wird dies tun." Der Grottenschrat senkte beschwörerisch seinen Kopf. „Kann ich mich auf Euch verlassen?"

5.

Eine Nacht sollten Sunry und seine Gefährten noch in der Höhle verbringen, ehe der gestreifte Manticor sie dorthin zurückbringen sollte, wo sie überfallen worden waren. Die kleine Gruppe sollte sie in einem der kreisrunden Nebenräume verbringen, von denen es in der Tropfsteinhöhle so viele gab. Am späten Abend hatte der Grottenschrat schließlich alle anderen verhört und so saßen sie zusammen und kauten auf dem steinharten Brot, das ihnen gegeben worden war.

„Was hat er euch gefragt?", wollte der pickelgesichtige Gnom wissen, während er einen Lederbeutel von seinem Gürtel löste, ihn öffnete und etwas violetten Staub auf seine geöffnete Handfläche rieseln ließ, mit dem er sein Brot einrieb. Nur wenige Augenblicke später hatte das Brot wieder seine ursprüngliche, weiche Form zurückerlangt.

„Er hat nicht viel wissen wollen. Fragen über meine Ausbildung, meine Herkunft, meine Familie", berichtete der Zwerg und klaubte etwas Staub von dem Boden auf, den er nun auf sein Brot stäubte. Wütend flucht er auf, als er bemerkte, dass sein Brot noch immer steinhart war.

Auch alle anderen bestätigten seine Antwort. Scheinbar war Sunry der einzige gewesen, den der Grottenschrat über so viel aufgeklärt hatte und der den geheimen Auftrag erhalten hatte. Oder die anderen schwiegen, weil sie die anderen nicht verletzen wollten. Und so erzählte auch Sunry nichts.

6.

Es waren laute Kampfschreie, die Sunry aus dem Schlaf schrecken ließen. Zu Sunrys Überraschung war der Zwerg bereits damit beschäfig, seine Rüstung an seinem Leib festzuschnallen.

„Komm schon, aufstehen!", drängte Helena Sunry, während sie ihr Kettenhemd über ihren Hals gleiten ließ. „Wir werden angegriffen, ich weiß nur nicht von wem."

„Jedenfalls scheinen es keine Freunde zu sein, denn ich habe keinen der gerufenen Befehle verstanden", berichtete Orlandos.

„Also schnell. Leg deine Rüstung an und nimm dein Schwert", raunte Helena weiter, doch Erinn fand eine effektivere Möglichkeit. Eine Ladung kaltes Wasser schlug mit einem lauten Klatschen in Sunrys Gesicht und ließ alle Müdigkeit verschwinden.

„Jetzt komm schon hoch! Wir haben keine Zeit zum Faulenzen."

Die Rüstung fühlte sich wie etwas völlig Fremdes an. Vielleicht war dies so, da die kalte Luft die Rüstung drastisch abgekühlt hatte, vielleicht, weil es Sunry so gar nicht nach kämpfen stand. Schließlich war es ihm jedoch gelungen die Rüstung trotz der Eile einigermaßen festzuschnallen, obgleich ihn der schnürende Druck zahlreicher kleiner Lederbändchen irritierte.

Nachdem sie sich schließlich sortiert, formiert und orientiert hatten, verließen die mutigen Soldaten und Söldner den kleinen Nebenarm und gelangten, im Windschatten einiger Stalagmiten, in die größte der vielen kleinen Höhlen. Dichter Nebel wabberte auf dem steinernen Boden und der beißende Geruch von Schwarzpulver lag in der Luft. Es schien als hätte jemand Feuerwerk in der Höhle entzündet. Tatsächlich machte sich in Sunry einen zweifelhaften Augenblick lang die Hoffnung breit, dass es tatsächlich ein frühzeitig entflammtes Feuerwerk gewesen war, dass ihn aus seinem längst vergessenen Traum gerissen hatte. Leider verschwamm die Hoffnung, just als sich die kleine Gruppe hinter einer Formation der Steingewächse versteckt hatte. Der Geruch nach vermodertem Fleisch und geronnenem Blut stieg Sunry aufmerksamkeitsheischend in die Nase. Hatte das Feuerwerk, dessen Realität nun wieder in den Bereich des Möglichen rückte, etwa die Deserteure verbrannt?

„Du hast ein erstaunliches Talent darin, dich zu verstecken. Fast zwei Monate suche ich nun schon mit jeder erdenklichen Magie nach dir. Ich habe dich ausgependelt, Spuren deiner Aura geortet und doch warst du klug genug dich immer wieder zu entziehen. Und dann lässt du dich ausgerechnet unweit der Menschen nieder. Dachtest du etwa, ich würde mich davor scheuen, hier her zukommen?", fragte eine Stimme ohne jedwelche Emotion und fiel in das wohl unechteste Lachen, welches Sunry je gehört hatte. „Du hast dich geirrt, Kraid. Gerade hier kann ich die schwarze Magie intensiver nutzen als irgendwo anders." Erneut dieses Lachen.

„Du machst mir keine Angst, Zarrag. Ich fürchte den Tod nicht, anders als du", vernahm Sunry darauf die Stimme des Grottenschrats und das Lachen erstarb. „Nein, das tust du wahrlich nicht", sprach dann die gleichgültige Stimme weiter. „Und du hast sogar Recht. Ja, ich fürchte den Tod.

Mehr als alles andere sogar. Doch das ist egal, denn ich habe einen Weg gefunden den Tod zu hintergehen. Du weist das, die anderen Blutfürsten wissen es und bald werden es auch die Menschen wissen. Mich kann man nicht vernichten, egal, wie sehr man sich anstrengt. Erst recht nicht die Menschenmagier, mit ihrem geringen Wissen."
Sunry wagte einen kurzen Blick um die schützenden Steine und wünschte sich augenblicklich, doch nicht geschaut zu haben. In der Mitte der Höhle, unweit des Ufers des kristallklaren Sees, befand sich der Ursprung des Nebels. Ein Haufen lebloser Leiber lag dort aufeinander gestapelt und es war unmöglich zu erkennen, welche Namen die Toten einst getragen hatten, denn sie waren völlig verkohlt. Noch immer rauchten sie und die Asche auf ihrer pechschwarzen Haut glimmte bedrohlich. Doch diese Toten waren nicht der Ursprung für den üblen Gestank. Sunry stockte der Atem, als er die Kreaturen sah, welche sich überall in der Höhle befanden und ein Sechseck um zwei Gestalten bildeten, die neben dem Leichenberg standen. Es waren wandelnde Tote in allen Verwesungszuständen. Manche wirkten gerade erst gestorben, andere schienen nur noch aus ihren blanken Knochen zu bestehen. Sie alle starrten unablässig die beiden Gestalten in ihrer Mitte an und summten dabei eine unheimliche Melodie. Eine dieser beiden Gestalten war Sunry bekannt. Es war der Grottenschrat.

**Kapitel XVII**

*Zu einem Krieg gehören mindestens zwei Parteien.
Man muss, wenn man auf der einen Seite steht bedenken,
dass auch der Feind Pläne schmiedet.
Selbst ein noch so primitiver Gegner kann mit einem
fähigen Strategen zu einer wahrhaften Gefahr werden.*
General Endorgan, Das Geheimnis des Krieges

1.
Turmfurth brannte.
Flammen schlugen aus Dächern und Fenstern und Feuer hing wie eine hungrige Spinne an den fliehenden Leibern der Menschen. Große Teile der Mauern waren eingestürzt, die Türme von allen menschlichen Verteidigern bereinigt und doch hatte die goblinische Infanterie ihren Angriff noch nicht begonnen. Lediglich die Bodendrachen stapften, die schweren Gondeln auf ihren Rücken, in die untergehende Stadt. Goblins in den aus Weidenästen gearbeiteten Gondeln feuerten unablässig brennende Pfeile in die feindlichen Reihen und steckten immer mehr Häuser in Brand.
Auf einer dieser Gondeln stand Blutfürst Haldor mit vor der Brust verschlungenen Armen und sah hinab auf die Straße, an deren Rändern die Leichen der Gefallenen lagen. Ein boshaftes Grinsen spielte um Haldors harte Züge. So und nicht anders musste eine Schlacht verlaufen.
Wankend zog die Karawane der Bodendrachen durch die Gassen der prächtigen Stadt. Die brennenden Geschosse der Goblins entflammten das tödliche Element mit sichtlichem Vergnügen. Haus für Haus schlugen die knisternden

Flammen über die Dächer. Bisher hatte es immer wieder kleine Gruppen von schlecht gerüsteten Milizmitgliedern gegeben, welche die perfekt ausgebildeten Bogenschützen in den Gondeln jedoch auf der Stelle beseitigt hatten. Auch Haldor hielt einen Bogen in seinen Händen, hatte ihn bisher jedoch nicht benutzen müssen. Der Bogen war aus Elfenbein gearbeitet und mit mächtigen Zaubern versehen, welche Wuldocren und Zarrag gewirkt hatten. Das Elfenbein verfügte über zahlreiche Einkerbungen, welche magischen Symbolen für Schutz und Macht nachempfunden waren.

Plötzlich, der Bodendrache mit Haldors Gondel war gerade in eine einigermaßen breite Seitengasse gebogen, prasselte ein Hagel Pfeile auf die von oben ungeschützten Goblins. Panische und kurz darauf auch schmerzerfüllte Schreie gellten auf, dann stürzten die ersten Überfallenen zu Boden. Haldor wusste in diesem chaotischen Augenblick nicht zu sagen, ob sie alle wirklich getroffen worden waren oder zu ihrem Schutz gefallen waren. Alle, die nach dem ersten Angriff noch auf den Beinen standen, rissen ihre stählernen Schilde hoch, in der Hoffnung, den nächsten Angriff zu überstehen. Ein schwerwiegender Fehler. Nur wenige Augenblicke später sprangen drei vermummte Gestalten mit zwei Schwertern in den Händen auf die Gondel. Woher sie kamen konnte Haldor nicht sagen. Er hätte nicht gedacht, dass man von einem der umliegenden Häuser auf eine der Gondeln springen konnte. Geistesgegenwärtig legte Haldor einen Pfeil auf seinen Bogen und zielte. Nur ein einziger Goblin fiel den Vermummten zum Opfer, bis Haldor schoss. Der Pfeil traf tödlich, genau zwischen Kehlkopf und

Kinn und riss den Kopf nach hinten. Gemächlich legte Haldor einen Pfeil nach, obwohl die beiden verbliebenen Menschen auf ihn zu gestürmt kamen und jene Goblins, die sie aufhalten wollten, einfach aus dem Weg stießen. Auch der zweite Pfeil traf, dieses Mal direkt über der rechten Augenbraue des bestimmten Ziels. Zum dritten Laden blieb jedoch keine Zeit, da der letzte Mensch Haldor nun erreicht hatte. Doch dieser Umstand ließ den Blutfürsten nicht zittern. Mit einer schwungvollen Bewegung wich er beiden Klingen aus, lud seinen Bogen, während er sich vor einem zweiten Hieb duckte, erhob sich wieder und positionierte die Spitze des Pfeils an der Stirn des Menschen, welcher verblüfft seine Waffen fallen ließ.

„Bitte, tötet mich nicht", flehte er mit weinerlichen Augen.

Haldor suchte den Blickkontakt. Er wollte die Seele des Mannes sehen, der ihm nach dem Leben getrachtet hatte.

„Ich habe Frau und Kind, bitte!", wimmerte der Mann weiter.

Haldor kostete diesen Augenblick voll aus. Dann ließ er den Pfeil los.

2.

Die Bodendrachen schwärmten halbkreisförmig in die restliche Stadt aus und ließen hinter sich eine Schneise der Zerstörung. Die riesigen Tiere spähten mit ihren klugen Augen in die Häuser, ließen ihre Nüstern gierig wittern. Hinter manchen Fensterläden kauerten Frauen, Kinder und jene Männer, die nicht in der Verfassung zum Kämpfen waren. Und sie alle starben in dieser Nacht. Mit tödlicher Präzision suchten die brennenden Pfeile der Goblins ihre

Ziele und entflammten weiter das Feuer. Schließlich erreichten die ersten Drachen den rauschenden Fluss. Am anderen Ufer konnte man dutzende Fackeln leuchten sehen. Scheinbar hatten die Menschen hinter dem Fluss den eigentlichen Widerstand vorbereitet. Wie eine Aufforderung lag am befestigten Ufer des Flusses eine angebundene Fähre, auf der mehrere dutzend Mann Platz finden würden.
„Was nun, Herr?", wollte einer der Goblins wissen, der neben Haldor in der Gondel stand. Er war dem Blutfürsten als einer jener aufstrebenden Goblins bekannt, die die kühne Hoffnung hegten, an die Stelle ihrer direkten Vorgesetzten treten zu können.
Haldor überlegte einen Augenblick, bevor er antwortete: „Wir werden ein paar Männer hinüberschicken und sehen, was die Menschen dazu sagen."
„Aber, Herr. Sieht das dort vor uns nicht aus wie eine Falle?", dachte der Goblin laut.
„Wirklich? Also ich sehe in diesem Schiff einzig eine Unachtsamkeit der Menschen", log der Fürst. „Nimm dir ein paar Männer und überquere den Fluss."
Es dauerte nicht lange, bis die Fähre wieder anlegte. Allerdings war nicht zu erkennen, wer sie gesteuert hatte. Die gesamte Gruppe, welche Haldor hinübergeschickt hatte war tot und der Kopf jenes Goblins, der noch vor wenigen Minuten neben dem Blutfürsten gestanden hatte, befand sich, auf die Spitze eines Speers gespießt, an der Spitze der Toten.
„Bereite die Bodendrachen darauf vor, den Fluss zu überqueren!", befahl Haldor dem kahlköpfigen, tätowierten Drachenlenker. Dann wandte er sich an einen kleinwüchsi-

gen Goblin: „Und du informiere die anderen Lenker. Sie sollen wissen, was wir tun werden."

3.

„Sie setzten sich wieder in Bewegung, Meister", rief jener Soldat, welcher sich auf dem Dach eines nahen Hafenhauses befand und in die Ferne spähte.

„Nur keine Angst. Sie werden es nicht schaffen", beruhigte Sofelis die unruhigen Männer hinter sich. Sie sahen mit angst- und sorgenerfüllten Gesichtern zu ihm auf und wirkten alles andere als entschlossen. Was sie wohl dachten? Welche Empfindungen sie spürten? Das alles war dem Magier unbekannt. Er hatte nie einen Sinn dafür gehabt, zu erkennen, wann seine Untergebenen was fühlten.

Seine tollkühne Aussage jedenfalls ließ die Männer dorthin sehen, wo die riesigen Wesen den Fluss betraten. Niemand wusste, wie tief die Turm war, doch mit etwas Pech würden die Bodendrachen die tiefen Stellen umgehen. Mit jedem Schritt, mit dem sich die Goblins dem anderen Teil Turmfurths näherten, schwand auch die Zuversicht des Magiers. Ganz langsam, mit jeder verstreichenden Sekunde, mit jedem Atemzug.

4.

Wasser spritzte hoch, als die Karawane aus Bodendrachen etwa die Hälfte des Flusses überwunden hatte. Augenblicke später begann einer der flügellosen Drachen schmerzerfüllt zu brüllen und sich heftig zu winden. Dies hatte zur Folge, dass zahlreiche Goblins aus der Gondel stürzten. Mit einem Mal herrschte wieder Stille. Verdächtige Stille.

„Was war das, Herr?", fragte ein Goblin zögerlich.
Der Blutfürst knurrte wütend. „Spannt eure Bögen, Männer. Wenn es zurückkommt, werden wir es erledigen", antwortete er nur.
Und so warteten die verbliebenen Goblins in den Gondeln auf den Rücken der unruhigen Bodendrachen. Der Drache, der was auch immer zum Opfer gefallen war, schwamm wimmernd auf der Seite und sah sich flehend um, während sein kahlköpfiger Lenker sein Schwert vom Gürtel löste und es dem riesigen Tier durch die Schädeldecke trieb. Erst war Haldor ob dieses Verhaltens verwundert, dann sah er jedoch die Seile, die einst die Gondel gehalten hatten und sich nun wie Würgeschlangen um den Hals des Tieres schlangen. Er wäre elendig erstickt, hätte sein Lenker ihn nicht erlöst. Zum ersten Mal erschien Haldor Mitleid nicht wie eine Schwäche.
Unruhige Minuten des Wartens gingen ins Land. Bald schien es Haldor so, als habe das, was sie angegriffen hatte, genug. Und so rief er: „Weiter!"
Kaum hatte er jedoch diesen Befehl gegeben, wurde das Wasser erneut unruhig und binnen weniger Sekunden war der tote Bodendrache samt Lenker verschwunden. Haldor reagierte augenblicklich. „Bögen spannen und zielen!"
Und schnell stellte sich heraus, wie gut dieser Befehl gewesen war. Nur einen kleinen Augenblick später, das Wasser hatte sich noch nicht einmal beruhigt, startete ein erneuter Angriff. Und dieses Mal konnten alle den Feind sehen. Wie eine perverse Mischung aus Drache und Schildkröte wirkte diese Kreatur von erstaunlicher Größe. Es war fast genauso groß wie ein Bodedrache und der Kopf war

ebenfalls identisch. Die Kreatur riss ihren Schnabel auf und gab ein quietschendes Geräusch von sich, ehe sie auf den nächsten Bodendrachen zuhielt. Augenblicklich lösten sich die ersten Schüsse, welche jedoch an dem harten, riesigen Panzer abprallten.

„Feuer einstellen!", rief Haldor. „So bringt das nichts, ihr Narren. Zielt auf die Augen."

Und so versuchten es auch die Schützen. Doch trotz der immensen Größe des Kopfes und ebenso der Augen traf kaum ein Pfeil auch nur die Nähe des gewünschten Ziels.

„Verfluchte Narren", schimpfte Haldor gerade so laut, dass lediglich die Goblins in seiner Nähe ihn verstanden. Und so hob er seinen eigenen, imposanten Bogen und zielte. Zu seiner Überraschung traf auch er nicht, sondern verfehlte um mehrere Fuß. Wütend brüllte er und zielte erneut. Und dieses Mal traf er. Die riesige Monsterschildkröte kreischte schmerzerfüllt auf und riss ihren Kopf in die Richtung, in der sie ihren Peiniger vermutete. In diesem Augenblick erkannte der Blutfürst, dass er des Todes war.

5.

Sofelis sah besorgt dorthin, wo die Drachenschildkröte die Goblins angegriffen hatte. Er wusste, dass man diesen Kreaturen nicht vertrauen durfte. Sie waren heimtückisch und eigennützig und eben diese Charaktereigenschaften waren bei einem Verbündeten eher weniger wünschenswert. Vielleicht würde jedoch auch Alles so laufen, wie der Magiermeister es geplant hatte. Wenn sich die Drachenschildkröte nicht umentsann und floh oder sich womöglich auf die Seite der Goblins schlug, würde sie Stück für Stück die Bodendrachen vernichten. Mit einfachen Pfeilen konnte man nicht wirklich etwas gegen den steinharten Panzer und die ebenso schwer durchdringbaren Schuppen ausrichten. Pfeile waren keine Option in diesem ungleichen Kampf und auch andere Waffen wie Speere fielen weg. Mit etwas Pech hatte einer der Bodendrachen eine Harpune in seiner Gondel, doch das war mehr als nur unwahrscheinlich. Insgeheim hoffte Sofelis, dass die Drachenschildkröte starb, denn der Handel, welchen er mit ihr abgeschlossen hatte, belief sich auf karawanenweise Fleisch im Wert vieler tausend Goldespen. Ein schwer einhaltbarer Pakt.

„Herr, die Männer sind in Position."

Sofelis schreckte aus seinen Gedanken hoch und sah sich um. Tatsächlich schienen alle Soldaten fort zu sein, ganz so, wie es der Magier geplant hatte. Lediglich der Hauptmann in den Farben der königlichen Armee stand noch vor ihm und spähte an den breiten Schultern des Vorgesetzten vorbei zu dem Spektakel hin, welches auf dem Fluss stattfand.

„Das ist sehr gut, Hauptmann", entgegnete Sofelis kühl, fast gleichgültig. Er mochte es nicht, wenn man ihn aus seinen Gedanken riss, erst Recht nicht in einem so unpassenden Augenblick.

Während sich der Soldat zu seiner Position begab und in den verschwommenen Schatten der kunstvoll gearbeiteten Häuser verschwand, machte sich Sofelis noch ein paar Gedanken. Viele Jahrzehnte hatte er fast ausschließlich in den großen Bibliotheken dieser Welt verbracht und viele Schriften studiert. Magische Aufzeichnungen, historische Quellen und schließlich Strategien für den Krieg. Dieser Bereich hatte Sofelis augenblicklich fasziniert und so hatte er viel Zeit dafür aufgebracht, sich alles Gelesene so gut es ging einzuprägen. Und darüber war er mehr als froh, denn ohne das schier unglaubliche, erlernte strategische Wissen hätte er niemals einen so sicheren Plan wie diesen entwerfen können. Bogenschützen und Speerwerfer auf den Dächern, die die Lenker von den Drachen runterholen würden, Infanterie mit Schwertern und Mistgabeln bewaffnet und die vielen Deckungsmöglichkeiten, wie umgestürzte Schränke und Tische aus den verwaisten Häusern, Regenfässer und Kutschen, hinter denen Armbrustschützen lauerten, Fassadenkletterer, welche in schwarzen Stoff gehüllt von den Dächern springen und die Goblins in den Gondeln töten würden. Das einzige, was den Magier besorgte, war, dass ein Großteil seiner Miliz keine wirklichen Soldaten waren, sondern mittellose Bauern, welche nicht einmal eine richtige Ausbildung genossen hatten, und gerade Volljährige, die diese Schlacht als Mutprobe ansahen. Würde dieser zusammengewürfelte Haufen standhalten?

6.
Plötzlich verdunkelte sich der Himmel, was bei dieser Nacht schier unmöglich zu sein schien. Riesige, beflügelte Echsen waren erschienen und hielten auf die Turm zu. Haldor erkannte sie sofort.
„Lenkt die Drachen weg von diesem Wassergetier!", befahl er dem Lenker. Seine Leute durften der eingetroffenen Legion keinesfalls im Wege stehen. Und kaum hatten sich die verbleibenden Bodendrachen von der riesigen Schildkröte entfernt, schossen zwei der geflügelten Drachen vom Himmel herab. Völlig verwirrt sah sich die Schildkröte um,

als die beiden schwarzen Flugechsen auf ihr landeten und ihre Krallen in die türkisfarbene Haut gruben. Dann riss einer der Ankömmlinge seinen Kopf hoch und spuckte eine große Menge grünlichen Schleims auf die Schildkröte. Dichter Qualm stieg auf und als er wieder fort war konnte man die bleichen Knochen der Riesenschildkröte sehen. Ein letztes Mal versuchte das Untier dem tödlichen Griff der beiden Drachen zu entgehen, ehe es leblos den Kopf hängen ließ.

Augenblicke später brach auch auf der anderen Seite des Flusses das Feuer aus und es waren grauenhafte Schreie zu hören. Auch dort hatten die fliegenden Drachen ihre tödlichen Attacken gestartet und offenkundig verheerenden Schaden angerichtet.

Schließlich erreichten auch Haldors Truppen das andere Ufer und mussten feststellen, dass der auf die Ferne so organisiert gewirkte Widerstand bereits gebrochen war. Die Luft war warm und flimmerte und selbst in der Höhe der Gondeln konnte man den süßlichen Geruch von verbranntem Menschenfleisch, gemengt mit der beißenden Note einer tödlichen Säure, riechen.

Haldor bedeutete einem der Goblins auf der Gondel die Strickleiter hinab zu werfen, nachdem der Lenker angehalten hatte.

7.
Blutfürst Hazroah hatte sich monströs über dem einzigen Gefangenen aufgebaut und sah ihn finster an, ehe er auf die kostbare Magierrobe des Mannes spuckte.

„Ich dachte mir bereits, dass Ihr dafür verantwortlich seid, Hazroah", sagte Haldor und blieb stehen.

„Euer Versagen wird Konsequenzen haben, dass ist Euch hoffentlich bewusst", entgegnete der andere Goblinanführer ungerührt.

„Niemand hätte mit so etwas rechnen können", verteidigte sich Haldor entrüstet.

„Hättet Ihr ein einziges Mal Eure immense Arroganz niedergerungen und die Literatur der Menschen gelesen, wüsstet Ihr, dass die Turm von solchen Wesen bewohnt wird", antwortete der Halb-Drache und trat nach vorne aus, woraufhin ein weinerliches Stöhnen zu hören war.

„Warum seid Ihr hier?", fragte Haldor und sah sich um. Überall waren die gigantischen, schwarzschuppigen Drachen gelandet, manche älter und manche jünger und doch allesamt boshaft und von einer finsteren Aura umgeben.

„Die Blutfürsten haben beschlossen, zusammenzukommen", antwortete Hazroah.

„Ist das so? Ich dachte, dass wir uns erst wieder versammeln, wenn wir Saphira angreifen?"

„Zwei von uns sind tot, Haldor. Und ein weiterer hat uns verraten. Drei Verluste, dass hatten wir nicht bedacht", knurrte der Halb-Drache.

„Die Wahlen werden warten müssen. Ich habe einen Feldzug zu führen und zu gewinnen", erzürnte sich Haldor.

„Ihr werdet Euch den Entscheidungen der anderen fügen müssen", gab Hazroah in einem fast befehlenden Ton zurück. Seine Gestalt wirkte in den Schatten der brennenden Häuser und dem flackernden Licht der hungrigen Flammen noch unheimlicher als sonst.

„Natürlich", antwortete Haldor nach kurzem Überlegen mit fester Stimme.

„Sehr gut. Denn wir haben bereits einen Nachfolger ohne Euch gewählt."

Haldor sah Hazroah verwundert an. „Wessen?"

„Utkohms. Er starb im Olivenwald."

„Und sein Nachfolger?", erkundigte sich der erste nun. Ihm war Utkohms Tod herzlich egal. Noch nie hatte er diese kleinwüchsige Witzfigur leiden können.

„Ein sehr fähiger Grottenschrat namens Wandor." Nun drehte sich Hazroah um und bemerkte den Halb-Goblin an Haldors Seite.

„Ganz Recht. Er wird mein Vorschlag sein", antwortete Haldor auf die unausgesprochene Frage Hazroahs.

„Er trägt Menschenblut in sich."

„Er wird alle Menschen töten, die er sieht."

Ein niederträchtiges Lächeln umspielte plötzlich Hazroahs Lippen. „Euch wird wohl nicht entgangen sein, dass ich einen Gefangenen gemacht habe", sagte er dann in einem gefährlichen Ton. „Einen Magier von, soweit ich weiß, hohem Rang."

„Und?", fragte Haldor.

„Ihr seid während Eurer Zeit an der Front wohl etwas langsam geworden", stellte der Halb-Drache zynisch fest.

„Nicht wirklich, mein Freund. Ihr wollt, dass er den Magier tötet."

Hazroah nickte zufrieden. „Ganz Recht, dass will ich. Doch er soll wissen, dass es kein normaler Magier ist, sondern ein Königlicher. Mit dem Mord an ihm verwehrt sich dem Halb-Mensch, eurem menschlichen Freund, jedwede

Möglichkeit, von den Menschen wieder akzeptiert zu werden. Sie werden ihn verachten und als das abstempeln, für das sie alle Halb-Menschen halten, nämlich eine verkommene Ausgeburt des Bösen. Doch was soll es? Wenn er wirklich vollkommen loyal zu uns steht, wird er sich keine Sorgen machen müssen. Wir werden regieren und dann wird er vielleicht einer von uns Blutfürsten sein." Noch immer lächelte Hazroah kühl. Dann trat er bei Seite und gab den Weg zu dem Menschen frei, der wie ein Häuflein Elend auf dem Boden kauerte und fremd klingende Worte zwischen seinen blutenden Lippen herauspresste. Offenkundig versuchte er, einen letzten verheerenden Zauber zu beschwören.
„Nur zu", ermunterte Hazroah den ambitionierten Neufürsten. „Töte ihn."
Langsam trat der Halb-Goblin vor und besah sich den wehrlosen Körper von unten bis oben, eher er zutrat und der Magier verstummte. Egal wie weit sein Zauber vorbereitet gewesen war, er war nun mehr in unerreichbare Ferne gerückt. Dann trafen sich zwei Augenpaare, welche beide menschlicher Natur waren. In diesem Augenblick spürte der Halb-Goblin schmerzlich, wie ähnlich er ihnen doch geworden war. Langsam öffnete er die lederne Sicherung an der Scheide seines neuen, meisterlich geschmiedeten Schwertes. Mit seinen grauen Fingern ergriff er den von einem fremden Material umwickelten Schwertgriff und zog langsam an ihm, den Blick nicht von dem Magier lassend, welcher nur zurückstarrte. In seinen Augen und seinen Zügen war weder Todesangst, noch Hoffnung oder eine andere menschliche Emotion zu sehen. Vielleicht, mit etwas

Fantasie, war da Hass oder Abscheu, aber wenn, dann doch sehr, sehr gut verborgen. Ein leises Säuseln begleitete die Befreiung der glänzenden und noch unberührten Klinge. Die lodernden Flammen spiegelten sich in ihr, schienen ein unheimliches Spiel zu spielen. Als die gesamte Klinge die Scheide verlassen hatte, hob der Halb-Goblin sie über seinen Kopf. Ein letztes Mal trafen sich die Augen und in beiden Paaren war nur grimmige Entschlossenheit zu finde, ehe das Schwert sein Ziel krachend fand.

**Kapitel XVIII**

*Den Tod zu überlisten ist die höchste Untat.*
Atrische Schrift, Kapitel 12

1.
Mit dem lauter werdenden Gesang und Summen der Untoten stieg auch das Unbehagen in Sunry und seinen Begleitern. Der Grottenschrat war inzwischen auf die Knie gefallen und schien von einer unsichtbaren Macht auf den Boden gedrückt zu werden. Der andere in dem Kreis breitete seine bleichen Arme aus und stimmte mit unnatürlicher Stimme in die Beschwörung mit ein. In diesem Augenblick wurden die Leichen der Deserteure in die Luft gehoben und rotierend über den Köpfen aller Ritualteilnehmer positioniert. Plötzlich verwandelte sich der Gesang des Anderen in ein krankhaftes Kreischen, gepaart mit blankem Wahnsinn. Nun wurde auch der noch lebende Grottenschrat in die Luft gerissen und von irgendetwas gezwungen, seine Arme und Beine auszubreiten.
„Niemand wendet sich gegen sein Blut, ohne Strafe zu erhalten", kreischte der Andere begeistert und ließ seine Hände langsam auf einander zukommen. Schließlich berührten sich die bleichen Handflächen, worauf es einen ohrenbetäubenden Knall gab. Das Wasser aus dem Teich spritze in alle Richtungen davon und benässte die Untoten am steinernen Ufer.
Plötzlich spürte Sunry eine Hand auf seiner Schulter und wollte Aufschreien, besann sich dann jedoch eines Besseren und griff nach seinem Schwert.

„Wir müssen weg von hier, ehe die fertig sind", vernahm er dann jedoch Orlandos ruhige Stimme und atmete erleichtert aus.
„Ja, du hast Recht. Sind alle da?"
Der Elf nickte.
„Dann los."

2.
Es war, wie Sunry feststellen musste, als sie den Ausgang der Tropfsteinhöhle erreicht hatten, tiefste Nacht. Dichte Wolken bevölkerten den Himmel und lagen über den sonst so strahlenden drei Monden und den vielen tausend Sternen wie eine dicke Wolldecke. Schon einige Fuß vor dem halbkreisförmigen Ausgang schlug der kleinen Gruppe frische Luft entgegen.
„Dachtet Ihr, man könne mir entgehen? Dachtet Ihr, Ihr könntet mich überlisten?", fragte eine kühle Stimme mit höhnischem Tonfall. Unwillkürlich fuhr Sunry herum und fand sich weniger als zwei Fuß von dem Anderen entfernt. Wegen des scheußlichen Anblicks wollte er schreien, doch irgendetwas schnürte seine Stimme ab. Er sah sich Auge in Auge mit der verdorbensten aller Kreaturen, die er je gesehen hatte. Zwei grüne Augen saßen in eingefallenen Augenhöhlen, ein bleicher Mund saß im unteren Bereich des noch bleicheren Gesichtes und war zu einem abartigen Lächeln verkrampft, das Gesicht eines kräftigen Goblins schien auf wundersame Weise vom Tod vereinnahmt zu sein.

„Niemand kann mich überlisten, nicht einmal der Tod", prahlte der Andere. „Denn ich bin Blutfürst Zarrag, der Unsterbliche."
Auf einmal erstarb das Lächeln und Sunry entdeckte den Grund dafür augenblicklich. Ein hölzerner Armbrustbolzen hatte sich zwischen die Auge gebohrt. Als Sunry sich umdrehte, sah er den pickelgesichtigen Gnom mit erhobener Armbrust.
Fürst Zarrag stolperte rückwärts, zurück in die von grauem Rauch erfüllte Höhle. „Niemand…", flüsterte er, während die Gruppe die Flucht ergriff.

3.

Feuchte Äste schlugen dem rennenden Sunry ins Gesicht, der matschige Waldboden gab unter den eiligen Schritten nach. Wie lange sie schon rannten, konnte und wollte Sunry nicht sagen. Er fürchtete, dass sie es noch nicht all zu weit von der Höhle weg geschafft hatten und dass die Untoten des Blutfürsten sie einholen würden. Er wagte es nicht, stehen zu bleiben und ein paar Mal tief durch zu atmen, aus Angst, von bleichgesichtigen und halbverwesten Verfolgern niedergerungen und zu einem von ihnen gemacht zu werden. Sein Kopf hämmerte auf unerträgliche Weise.
Erst als die Sonne sich hinter dem so weit entfernten Horizont hervor traute wagte es die Gruppe, eine kleine Pause einzulegen.
„Wo wir wohl sind?", warf Helena die Frage in die Runde, die sich alle stellten und die doch keiner wirklich beantworten konnte.

„Auf jeden Fall weit weg von Saphira", antwortete der pickelgesichtige Gnom.
„Und das ohne Proviant. Wunderbar", beschwerte sich der Zwerg mürrisch.
„Denkst du auch mal an etwas anderes als immer nur essen, Zwerg?", erkundigte sich Erinn mit geheucheltem besorgtem Unterton.
„Ich mag vielleicht ein kleines wenig erschöpft sein, aber ich kann dir immer noch Manieren beibringen, Menschlein", warnte der Zwerg dröhnend, klang dabei jedoch bei weitem nicht so überzeugend wie schon so oft davor.
Sunry hatte gerade seinen Schlafsack aus Kuhleder ausgerollt und war von der Flucht elendig müde, sodass er sich zusammenrollte und nicht ein Ohr dafür verschwendete, auch nur halbherzig den Streitereien Erinns und des Zwergs zu lauschen.
Als er wieder erwachte war es beinahe wieder dunkel. Vielleicht war es auch nur fortgeschrittener Nachmittag und die dichten Baumkronen über den Köpfen des kleinen Trupps erzeugte den fälschlichen Eindruck einer bald einbrechenden Nacht. Langsam tastete er nach den Schnüren, die verhinderten, dass sich der Schlafsack während einer bitterkalten Nacht öffnete, und löste sie. Sein Körper signalisierte ihm augenblicklich, dass es zu kalt war. Zumindest kälter, als in dem wärmenden Ledersack. Dann fiel Sunry auch der delikate Geruch auf, der den Schlafplatz durchzog und er erspähte ein kleines Lagerfeuer, welches jedoch nicht rauchte. Mühsam rappelte sich der ehemalige Hauptmann Elbensteins auf und schlurfte zu dem brennenden Haufen alten Holzes.

„Kein Rauch", stellte er fest, während er sich neben den pickelgesichtigen Gnom setzte.

„Und damit keine ungebetenen Gäste", antwortete dieser.

Sunry sah aus den Augenwinkeln, wie der Zwerg seinen Finger in eine aus scheinbar ziemlich robusten Blättern bestehende Schüssel steckte und ihm, mit einer bräunlichen Flüssigkeit ummantelt, wieder herauszog. Erst roch er daran, dann leckte vorsichtig die Substanz ab, um sie augenblicklich in das knisternde Feuer zu spucken. „Was, bei allen Dämonen, ist bitte das?", fluchte er und begann, sich mit beiden Händen die weit herausgeschobene Zunge zu säubern.

Orlandos starrte ihn grimmig an. „Sei dankbar für die Geschenke der Natur", forderte er.

„Was für Geschenke, Spitzohr?", fragte der Zwerg und kniff die Augen kampfbereit zusammen. „Ich nenne das Mordwerkzeug."

„Wenn es dir nicht gefällt, zwingt dich keiner es zu essen."

„Und ich werde es auch nicht essen, Goldlöckchen", höhnte der Zwerg und schwellte voller Stolz über die neue Beleidigung die Brust. „Nie und nimmer."

Tragischer Weise musste auch Sunry nach schon wenigen Schlucken der eigenartigen Mixtur feststellen, dass sie ganz und gar nicht schmeckte. Tatsächlich schien es so, als habe der Elf willkürlich Kräuter gesammelt, zerstampft und aufgekocht. Doch diese Meinung behielt er lieber für sich.

Die Nacht kam schneller als es Sunry lieb war. Und mit den verstrichenen Stunden begannen auch die schwarzen Reste des mittlerweile nur noch kläglich glimmenden Lagerfeuers wieder verräterisch zu rauchen. Als der Pickelgesichtige dies bemerkte, eilte er zu dem Verräter und streute ein blaues Pulver, worauf ein energisches Zischen zu hören war und der Rauch verschwand. Einen Augenblick lang konnte man noch einen beißenden Geruch erriechen, welcher jedoch genau so schnell verschwand, wie er gekommen war.

Die kleine Gruppe kam nicht umher, nachts weiterzugehen, obgleich jedem von ihnen bewusst war, dass die Untoten aus der Höhle nur umso schneller in völliger Dunkelheit und Kälte waren. Andererseits hatten sie sich selber Fackeln gebastelt, indem der Gnom die Enden dicker und vor allem langer Stöcke mit einem Öl eingerieben hatte. Tatsächlich wurde der Einsatz der magisch verstärkten Leuchtkörper schnell gebraucht, denn auch in dieser Nacht verhüllten undurchdringlich scheinende Wolken den widerstandslosen Mond, sodass kein einziger Lichtstrahl die matschige Erde fand. Immer wieder hatte Sunry das unangenehme Gefühl, hinter sich Schritte zu hören, stempelte diesen Umstand jedoch als Einbildung ab und beschloss es einfach nicht zu beachten. Aber das mulmige Gefühl in seinem Magen blieb.

Untermalt von zwergischen Flüchen und Gezeter gegen den Manticor, welcher die Frechheit besessen hatte, die kleine Gruppe so weit von einer zivilisierten, befestigten Straße abzusetzen, bahnte sich die ungleiche Mischung aus Soldaten und Söldnern ihren Weg. Durch das dichte Blätterdach konnte man vereinzelt die leuchtende Silhouette des mittleren Mondes sehen, doch wirkliches Licht spendete er nicht.

Plötzlich machte der pickelgesichtige Gnom an der Spitze des Trupps Halt. Wütend schimpfte der Zwerg auf, als er seinem Vordermann hinten rein rannte.

„Ruhe jetzt", hielt der Gnom den Rest an, während er dem Zwerg einen Stoß mit dem Ellebogen verpasste.

„Was sollte das?", beschwerte sich dieser und stampfte erbost auf.

„Schweig", kam die knappe Antwort.

Schweigende Minuten voller Unbehagen und zahllose gehauchte Beschwerden des Zwergs später setzen sie sich wieder in Bewegung.

„Ich frage mich, was unser Winzling wohl gehört hat", dachte der Zwerg für Sunrys Geschmack etwas zu laut nach. „Vielleicht einen Hasen? Oder eine der dämonischen Kühe?"

„Dämonische Kühe?", wiederholte Helena leicht irritiert.

„Oh ja. Aber ihr Menschen könnt sie weder sehen noch hören", wusste der Zwerg zu berichten und nickte dabei eifrig.

„Könnten wir bitte ein anderes Thema besprechen oder einfach ruhig sein?", beschwerte sich Erinn und auch wenn der Zwerg protestierte wurde seinem Wunsch Folge geleistet.

Später konnte sich Sunry nicht daran erinnern, warum er es getan hatte, doch auf einmal brachte ein inneres Verlangen ihn dazu, sich auf einen nahen, von Pilzen und Moos bevölkerten Baumstamm zu setzen.

„Was soll das bitte werden wenn es fertig ist?", wollte Erinn verwundert wissen, aber Sunry antwortete nicht.

„Nehmt eure Waffen. Wir bekommen Gesellschaft", warnte der Gnom und zog einen kunstvoll gearbeiteten Dolch hervor.

„Woher weißt du das schon wieder?", fragte der Zwerg mit künstlich beeindrucktem Unterton.
„Jemand sollte dir beibringen, zu lernen, wann es Zeit für Späße ist und wann nicht", entgegnete der Gnom kühl. Mittlerweile hatten auch alle anderen ihre Waffen hervorgeholt und sich in defensive Positionen gebracht.
„Meine Witze passen immer, denn…", setzte der Zwerg diskussionsfreudig an, wurde jedoch unterbrochen.
Mit einem Mal war die gesamte Luft von ungleichmäßigem Knacken und Stampfen erfüllt und jeder wusste, dass sich etwas auf unnatürlich Weise näherte. Und dann traten die ersten Kreaturen ins Freie. Ihre bleiche Haut hing wie die modrige Kleidung eines Bettlers an ihren blanken Knochen und ihre Köpfe lagen schief und verbogen auf den hochgezogenen Schultern. Die einst menschlichen Gesichtszüge wirkten gerade so, als habe man jede Intelligenz aus ihnen entfernt und sie durch blanke Boshaftigkeit ersetzt. Manche von ihnen trugen noch die Waffen und Rüstungen, die sie zu Lebzeiten genutzt hatten, andere waren vollständig nackt, wiesen jedoch keine Geschlechtsorgane auf. Wie viele es waren war schwer zu sagen, doch es mussten dutzende Untote sein, die sich kreisförmig der in die Falle getappten Gruppe näherten.
„Ein einzelner Pfeil. Dachtet ihr, das würde genügen? Dachtet ihr, es würde mich vernichten?" Ein kaltes, völlig emotionsloses Lachen wurde hörbar. Als es verhallt war, bildeten die wandelnden Toten vor der Gruppe eine Gasse und machten somit Platz für eine unheilvolle Kreatur, die die kleine Menschenbande sofort erkannte. „Niemand

überlistet den, der den Tod selbst überlistet hat", erklärte das Wesen höhnisch.

Kaum hatte er geendet, bohrte sich erneut ein Bolzen zwischen seine Augen.

„Wie viele hältst du davon noch aus", fragte der Gnom grinsend.

„Du Wicht fängst langsam wirklich an mich zu nerven", stöhnte der Getroffene, ehe er nach hinten stürzte. Irritiert sahen die restlichen Untoten ihren hoffentlich vernichteten Anführer an und schienen nicht zu begreifen, dass sie nun führerlos waren. Doch dann musste Sunry feststellen, dass dem überhaupt nicht so war. Langsam und sich so unnatürlich bewegend, wie es Sunrys Meinung nach nur ein Untoter vermochte, erhob sich der Blutfürst wieder auf die Beine und hielt triumphierende den blutverschmierten Bolzen in seiner rechten Hand.

„Ich mag es gar nicht, wenn man mich nervt." Mit diesen Worten umschloss Zarrag den Bolzen mit seiner bleichen Handfläche und als er sie wieder öffnete, war das Tötungswerkzeug verschwunden. Mit wahnsinnigem Gesichtsausdruck hob er die nun leere Hand, worauf der Gnom in die Luft gehoben wurde. Wer oder was dies vollbrachte, war nicht zu sehen. Plötzlich erschien eine brennende Kugel in Zarrags Hand, welche immer größer wurde, bis sie schließlich einer Melone glich. Er zog die Hand zurück, um sie kurz darauf wieder vorzustoßen und die Kugel von der Hand zu lösen. Blitzschnell schoss die Flammenkugel auf den noch immer schwebenden Gnom zu und ließ ihn in Flammen aufgehen. Schmererfüllte Schreie waren zu hören, gepaart mit fremd klingenden Flüchen. Schließlich schloss

Zarrag seine Hand wieder und ließ den verkohlten Leichnam des Gnoms zu Boden fallen.

„Was haltet ihr von einem kleinen Spiel?", fragte er mit boshaftem Unterton. „Flieht, ihr habt einen Tag Zeit oder euch ereilt das gleiche Schicksal." Und mit diesen Worten verschwand der Blutfürst und all seine Untoten trotteten in alle Himmelsrichtungen davon.

Plötzlich hörten sie eine hallende Stimme: „Das Spiel beginnt."

4.

„Da vorne war ein Licht", bestand der Zwerg auf seine Beobachtung und wies in Richtung Osten, nachdem er erst abrupt stehen geblieben war und danach seine vermeintliche Beobachtung dem gesamten Wald mitteilte. „Ganz sicher war da ein Licht."

„So wie das letzte Mal, als du ein Licht gesehen hast und das ein Glühwürmchen war?", hielt ihm Helena vor.

„Dieser Fehler kann jedem einmal passieren", verteidigte sich der Zwerg selbstbewusst, ohne seinen weit ausgestreckten Arm herunterzunehmen.

„Und das Mal davor, als das Licht ein Blitz gewesen war?", erinnerte sich Erinn.

„Auch ein akzeptabler Fehler."

„Und das Mal vor davor, bei dem du zum ersten Mal auf Glühwürmchen herein gefallen bist."

„Also gut, also gut. Aber wenigstens halte ich Augen und Ohren offen. Anders als dieses verweichlichte Menschlein." Er nickte in Erinns Richtung, nahm jedoch noch immer nicht den Arm runter.

„Wir können ja nachsehen gehen, wenn du dich ein weiteres Mal blamieren willst, Zwerg", schlug Helena vor und da sie sowieso nichts Besseres tun konnten, als jeder auch nur ansatzweise vorhandenen Spur zu folgen, gingen sie in Richtung der entdeckten Lichtquelle.

Obwohl es noch früher, maximal fortgeschrittener Nachmittag sein konnte, hatte sich die bedrückende Dunkelheit des Waldes bereist eingestellt. Sogar die ersten Käuzchen hatten ihren Weg in die vermeintliche Nacht gefunden und die vorher eifrig hämmernden Spechte vertrieben.

Und tatsächlich hatten sie Glück. Das Licht quoll aus einem eher schmächtig den mächtig verschlossenem Fenster einer Holzfällerhütte und lies eine nahe Zivilisation vermuten. Erinn, welcher während ihrer Flucht überraschend fromm geworden war, schickte drei Dankgebete gen Himmel und schlug zahlreiche Schutzsymbole des großen Gottes Atros.

„Na, wer hatte Recht?", verlangte der Zwerg stolz zu wissen und spähte zufrieden in die Runde.

„Wie ein kleines Kind", antwortete Erinn.

Vorsichtig näherten sie sich dem Holz, denn keiner von ihnen traute wirklich dem unglaublichen Glück, im tiefsten Wald eine bewohnte Hütte zu finden. Sie schlichen bis zur hölzernen verriegelten Tür und versuchten, so viele Ohren wie möglich gegen das alte, morsche Holz zu pressen.

„…die anderen bald wieder da sind. Mir gefällt es hier nicht und das in mitten des Krieges", sagte eine männliche Stimme.

„Halt bloß den Rand, Bennok! Deine ständigen Sorgen, irgendetwas könne nicht nach Plan laufen. Ehe die Goblins hier sind, sind wir längst weg und haben uns genug Kohle erpresst, um ins freie Händlerland im Süden fliehen zu können", entgegnete eine zweite, ebenfalls einem Mann gehörende Stimme hörbar genervt.

„Und was ist mit den Toten, von denen das Tantchen erzählt hat?", fragte Bennok besorgt. „Du weißt, dass sie diese Gabe hat."

„Oh ja, das weiß ich. Und sie war ganz nützlich, als sie noch hören und sehen konnte. Und dann rennt sie angetrunken gegen eine Hausecke und ist zu nichts mehr zu gebrauchen. Ich sag ja immer noch, lass sie uns umlegen."

„Aber du kannst doch nicht das Tantchen töten wollen."

„Oh doch, dass habe ich vor. In ihrem gebrechlichen Zustand wird die auf unserer Flucht wie ein Klotz am Beine sein, glaub mir. Und ausserdem will ich nicht, dass sie das ganze Schiff mit ihren Schwarzsehereien unterhält. Ganz in der Nähe ist ein Moor, lass sie uns dort aussetzten und vielleicht dient sie dann noch ein paar Wölfen als mageres Abendessen. Oder sie fällt von ganz alleine in den Schlamm und wir haben eine Sorge weniger."

„Wie kannst du nur so grausam sein? Ohne Tantchen wären wir alle verhungert, das weißt du doch sicherlich?"

Nun war zu hören, wie ein Stuhl zurückgeschoben wurde.

„Was hast du jetzt vor?", fragte Bennok.

„Ich gehe Holz holen. Hier drinnen ist es ja schweinekalt."

„Warte ich komme mit. Dann kann ich gleich Wasser für Tantchen holen."

Noch während dies gesprochen wurde, hörte man Dielen knarren und Schritte näher kommen. Die kleine Gruppe reagierte leider nicht schnell genug, um sich in Sicherheit zu bringe, denn augenblicklich wurde die alte Holztür aufgestoßen und zwei Kerle traten ins Dämmerlicht, deren Aussehen darauf schließen ließ, dass keiner von ihnen viel von Fremden hielt. Der eine hatte schulterlanges, schwarzes Haar, einen Dreitagebart und eine tiefe Narbe, welche sich auf dem Nasenrücken eingenistet hatte. Sein gesamter Körper war drahtig und elegant auch wenn das rechte Bein eigenartig steif wirkte. Der andere hatte kurzes, rotes Haar, das einem schlecht gearbeiteten Storchennest ähnelte und große, braune Kulleraugen, welche wie die eines Hundes treu und ergeben die Welt ansahen. Er hatte breite Schultern, trug alte und stinkende Kleidung und einen Wassereimer auf der rechten Schulter.

„Das sind aber nicht die anderen", stellte der Rothaarige fest, der der Stimme nach Bennok war, und machte einen dümmlichen Gesichtsausdruck.

„Natürlich sind sie das nicht, du Holzkopf", entgegnete der Schwarzhaarige nicht minder überrascht, aber doch herrisch. „Hol die Armbrust, Bennok. Na los!", befahl er kurz darauf, während er ein Schnitzmesser aus seinem Ärmel in seine Hand gleiten ließ. Es ging so schnell, dass niemand reagieren konnte. Binnen weniger Sekunden hatte er sich Orlandos geschnappt und drückte die Scheide des Messers gegen die elfische Kehle. Plötzlich war aus dem Innern des Hauses ein infernalisches Knallen und Scheppern zu hören.

„Bennok, du Knallkröte, was treibst du nun schon wieder?", brüllte der Schwarzhaarige erbost.

„Ich suche die Armbrust, wie du's gesagt hast."

„Die liegt doch auf dem Küchentisch."

„Nein, eben nicht…ach da, auf dem Herd…aber die Sehne ist ja gerissen."

„Was soll das heißen, die Sehne ist gerissen? Rede!"
„Na dass sie kaputt ist, gerissen, unbrauchbar."
„Du Hohlbirne. Hast du die immer noch nicht repariert?"
„Nein, Tantchen brauchte ja die Spindel zum nähen", verteidigte sich Bennok.
„Bei allen Göttern des Lichts und der Finsternis", fluchte der Schwarzhaarige. „Sie ist blind, Bennok. Sie kann doch gar nicht stricken oder nähen."
„Sie wollte doch spindeln."
„Das Wort gibt es gar nicht."
„Was soll ich denn jetzt machen? Die Armbrust ist gerissen, Tantchen will ihren Kräutertee."
„Der wird warten müssen. Hol ein paar Seile aus dem Schuppen", befahl der Schwarzhaarige und seufzte resignierend.
Kurz darauf trat Bennok, wenn auch ohne Seile, ins Freie.
„Und die Seile?", verwunderte sich der Schwarzhaarige laut.
„Ich war doch noch gar nicht im Schuppen."
„Wieso hast du nicht die Hintertür genommen?"
„Da hätte ich doch am Tantchen vorbei gemusst und dann hätten meine Schritte sie geweckt."
„Sie ist taub! Tau-haub!"
„Richtig", erinnerte sich nun auch Bennok und verschwand wieder im Haus.
Der Schwarzhaarige seufzte resigniert.
„Was machst du denn nun wieder?"
„Ich nehme die Hintertür."

5.
Laut zeternd wurde der Zwerg als letzter der kleinen Gruppe mit einem unsanften Hieb in den kühlen Keller des Hauses gestoßen. Als er auf den ungearbeiteten, von Erde bedeckten Steinboden aufschlug, waren erst ein Scheppern und kurz darauf laute zwergische Flüche zu hören.
Sunry hatte sich, kaum war er in den Keller befördert worden, an eine der nächsten Wände gesetzt und mit seinen aneinander gefesselten Handflächen versucht, an der Wand nach etwas Spitzem oder Scharfem zu suchen, ohne Erfolg.
„Wenn ich hier raus komme, werde ich diese Transäcke windelweich prügeln, das verspreche jedem", schimpfte der Zwerg und trat gegen eine Felswand, worauf er aufstöhnte und sich die Fußspitze hielt.
„Deine Flüche werden uns hier unten nicht weiterbringen. Ich denke, wir sollten uns einen guten Plan ausdenken", schlug Orlandos vor.
„Einen Plan, Spitzohr? Sagtest du einen Plan? Hier ist es stockfinster, die Luft ist nass und abgestanden und es riecht, als habe jemand nicht eingehalten", beschwerte sich der Zwerg, offensichtlich darum bemüht, so wütend wie möglich zu sein. Und obwohl es dunkel war, sodass man die eigene Hand vor den Augen nicht sehen konnte, war Sunry sich ziemlich sicher, dass sich das von Hornhaut überzogene Zwergengesicht in diesem Augenblick puterrot färbte.
„Wenn Ihr hier raus wollt, werdet ich Euch diesen Wunsch wohl oder übel vermiesen müssen", wandte plötzlich eine zitternde Stimme ein.
„Was? Noch einer von der Sorte? Na warte, dir werde ich jetzt mal ordentlich den Zinken polieren!", schwor der

Zwerg und stürzte in die Richtung, von der die Stimme ausging.

„Ich glaube es hackt", beschwerte sich die Stimme. „Haltet mir bloß diesen feindseligen Fleischkloß vom Leib!"

„Fleischkloß? Fleischkloß?", brüllte der Zwerg.

„Jetzt beruhige dich wieder!", bat Sunry, und ließ mit seinen Händen von der frecher Weise glatten Wand ab.

Der Zwerg atmete hörbar ein und aus, bevor er entgegnete: „Also gut, also gut. Aber er soll sich erklären oder seine Nase wird dran glauben müssen."

„Wer seid Ihr?", fragte Sunry und überging damit einfach die letzte unnütze Bemerkung des Zwergs.

„Mein Name ist Wolfgang und ich bin Holzfäller", antwortete die Stimme. „Und das Haus, in dem nun diese Wegelagerer hausen, ist eigentlich meins."

„Sie haben Euch ebenfalls gefangen?", fragte Orlandos verblüfft.

„Oh ja, das haben sie. Ich war vor ein paar Tagen Holz fällen. Ihr müsst nämlich wissen, dass zu dieser Jahreszeit das Holz schön saftig ist."

„Sollte es nicht besser trocken sein, wenn man es als Brennholz oder Mobiliar nutzen will?", verwunderte sich Erinn.

„Das schon, aber ich verkaufe das Holz an einen Zuckerbauern, der aus Baumrinde eine schwarze Näscherei herstellt, nach der ich ganz verrückt bin. Jedenfalls habe ich also Holz gefällt, so, wie man es eben macht, also Holz fällen, und plötzlich bekomme ich einen Schlag auf den Schädel. Bums, war mein Licht weg und als ich die Augen wieder öffnete, war alles stockduster. Erst dachte ich, mir sei ein Ast auf den Kopf gefallen oder ein Kobold habe einen Stein nach mir geworfen, das machen diese kleinen Kerlchen nämlich manchmal, und mich hätte dieser Treffer mein Augenlicht gekostet, als plötzlich die Kellerluke geöffnet wurde und Tageslicht hinein strömte. Natürlich nicht sonderlich viel, aber doch genug, um meine Umgebung wieder zu erkennen. Ich musste nämlich feststellen, dass man mich niedergeschlagen und, jetzt haltet Euch fest, in diesen, also meinen eigenen, Keller gebracht hatte."

Sunry unterdrückte ein Gähnen, um den erzählenden Holzfäller nicht zu verärgern, doch jeder hätte zugeben müssen, dass dieser Mann unglaublich ermüdend erzählte.

„Und dann seid Ihr hier hereinbefördert worden und dann habe ich Euch meine Geschichte erzählt. Jetzt seid Ihr dran mit erzählen. Nun lasst Euch doch nicht alles aus der Nase ziehen. Wer seid Ihr? Woher kommt Ihr? Warum seid Ihr hier? Wie haben Euch diese Verbrecher geschnappt?"

Sunry räusperte sich und beendete damit den Redefluss des Holzfällers. Nachdem er einen Augenblick überlegt hatte, antwortete er: „Wir sind Söldner, die auf dem Weg nach Saphira waren, um uns der Armee des Königs anzuschließen. Auf dem Weg hier her sahen wir diese beiden zwielichtigen Gesellen und beschlossen, ihnen zu folgen. Dann haben wir an ihrer Tür gelauscht und sie haben uns dummerweise gehört und gefangen genommen."

„Ihr werdet von einer Gruppe Wegelagerer aufs Kreuz gelegt und wollt Soldaten werden?", lachte Wolfgang der Holzfäller. „Sehr witzig, wirklich."

„Die Unvorsicht hat uns geblendet, mehr nicht", entgegnete Sunry.

„Unvorsicht kann man sich auf dem Schlachtfeld nicht leisten", wusste Wolfgang. „Aber das ist ja auch egal. Habt Ihr einen Plan, wie wir hier rauskommen?"
Sunry schüttelte den Kopf, bis ihm einfiel, dass man das nicht sehen konnte und schob ein schnelles „Nein" hinterher.

6.
Wolfgangs lautes Schnarchen ließ Sunry in dieser Nacht kein Auge zu tun. Vermengt mit dem Gurgeln des Zwergs und den donnernden Schlafgeräuschen der beiden Männer über ihnen war es ein unerträgliches Gelärm, für das Sunry dem Holzfäller nur zu gern die Kehle aufgeschnitten hätte. Mehrmals unterdrückte er den Drang, laut zu pfeifen, in die Hände zu klatschen oder mit einem anderen lauten Geräusch den Schlaf der Störenfriede zu unterbrechen. Schließlich bot ihm die Schlaflosigkeit auch endlich wieder Zeit zum Nachdenken. Tausende Bilder und Eindrücke schoben sich in seine Erinnerung und verlangten, noch einmal durchlebt zu werden. Bald erreichten seine Gedanken den Halb-Goblin. Was war aus ihm geworden? Sofort wurde Sunry klar, dass er keine Antwort finden würde und so schob er alles, was ihn an seinen ehemaligen Kameraden erinnerte bei Seite. Augenblicklich war da Derrus' Gesicht, dass Sunry verwirrt ansah. Wie hatte er sich gegen die Bruderschaft stellen können? Wie hatte er seine Brüder getötet und es nicht bereut? Triton, Nereid, Narviel, Tolar. Namen, die zu Asche geworden waren. Namen, verbunden mit Körpern, die Sunrys Klinge durchstoßen hatte. Hadgrin, Munglar, Zurus, Janis. Sie hatten ihm vertraut, hatten ihm

ihr Leben in die Hände gegeben und er hatte sie fortgeworfen. Wieso nur? Wozu all der Verrat und die Toten? Sascha, Willmar, Zook, Hassarus, Turiel, Wandar, Akson. Jedes Gesicht fiel ihm sofort wieder ein, jede Leiche, all das vergossene Blut.

„Bei Atros…Ahh!"

Sunry war schneller auf den Beinen, als er es gewollt hatte und sein Kreislauf bestrafte ihn sofort. Übelkeit ergriff ihn um ihm wurde schwindelig. Erst nachdem einige Momente verstrichen waren, erlangte Sunrys Geist die Kontrolle über seinen Körper zurück.

„Sei bloß still, Junge. Ich will nicht, dass dieses Vieh mich umbringt", zischte der Holzfäller Sunry zu.

„Was für ein Vieh?", fragte Sunry ebenfalls zischend.

„Ich sagte, du sollst die Klappe halten!"

Sunry robbte zu einem kleinen Lichtkegel hin, wo er Orlandos, Helena und den Holzfäller antraf. Alle drei rutschten bei Seite, damit Sunry einen Blick durch ein kleines Loch in der Falltür werfen konnte.

„Die Menschen?", fragte Blutfürst Zarrag drohend und hob seinen rechten Zeigefinger.

„Nein! Bitte nicht!", flehte Bennok.

„Die Menschen."

„Im Keller, Herr. Sie sind im Keller!", presste der Wegelagerer hervor. Er lag blutend neben einem verkohlten Leichnam und hielt sich zahlreiche Schnittwunden im ganzen Gesicht so gut es ging zu.

„Eine gute Antwort. Schaut nach!", wies er dann jemanden im barschen Tonfall an.

Kurz darauf wurden schlurfende Schritte hörbar und ein Schatten warf sich über das Loch in der Falltür.

„Zurück", zischte der Holzfäller und riss Sunry und wahrscheinlich auch Helena am Hemd.

Kaum hatten sie sich in den dunkelsten Teil des Kellers zurückgezogen wurde die Falltür geöffnet und ein fauliger Geruch betrat mit drei Untoten in Kettenhemden den Keller. Der mehr oder weniger helle Lichtkegel, der sie begleitete, offenbarte Sunry zum ersten Mal die wahren Ausmaße des Kellers. Er war riesig und hörte erst mehrere dutzend Schritt hinter Sunrys Versteck auf. Dort stapelten sich hölzerne Kisten, in denen ein weißes Pulver lagerte. Sunry hatte davon bereits gehört. Eine Droge, die besonders in den Slums großer Städte beliebt war und auf dem Schwarzmarkt hohe Preise erzielte. Zahllose Halluzinationen konnten von diesem erst harmlos wirkenden Pulver hervorgerufen werden und selbst aus dem friedliebendsten Mann eine Tanzbestie machen. Was hatte dieses Teufelszeug in diesem Keller zu suchen?

Die drei Untoten wankten durch den schmalen, beleuchteten Bereich der Höhle und schienen nicht zu realisieren, dass es auch im Dunklen noch weiter ging. Die mit Rauschmitteln gefüllten Kisten sahen sie aber sehr wohl und begannen sofort, auf sie zuzugehen. Fragende Laute von sich gebend inspizierten sie die hölzernen Behälter und schließlich begann einer der wandelnden Toten einen großen Fehler. Darum bemüht, mögliche Verstecke zu finden, steckte er nämlich seinen bleichen Kopf in das weiße Pulver und schien einzuatmen. Augenblicklich war ein vergnügtes Kreischen zu hören und der Untote riss seinen von Pulver bedeckten Kopf hoch. Er sah sich glucksend um und stürzte dann aus dem Keller heraus. Was er dort oben dann veranstaltete, war nur zu erahnen. Jedenfalls verrieten die Geräusche, dass er scheinbar das gesamte Mobiliar demolierte, während er einen geistesabwesenden Freudentanz veranstaltete.

„Was zum?", fluchte Zarrag und kurz darauf war ein Krachen zu hören, gefolgt von einem freudigen Aufschrei und einem lauten Knall.

„Kommt wieder hoch. Es scheint, als haben wir uns geirrt. Oder doch nicht." Der letzte Satz klang gefährlich nah und als Sunry sich umdrehte sah er sich Auge in Auge mit dem Blutfürsten.

7.

Kalte Luft strömte Sunry entgegen, als er keuchend aus dem Haus stürzte.

„Tötet sie!", hörte er Zarrag hinter sich brüllen und rannte weiter.

Dann vernahm er das Knallen von Keulen, die auf Knochen trafen. Ruckartig blieb er stehen, um kehrt zu machen und wem auch immer zu Hilfe zu kommen. Nachdem er sich durch das Dickicht wieder zu dem Haus gekämpft hatte, fand er sich in Mitten eines tobenden Kampfes wieder. Die Anderen hatten einen Kreis gebildet und wehrten sich gegen Horden der wandelnden Toten. Im Hauseingang stand Zarrag und beobachtete das Gemetzel, bis er Sunry in den Schatten eines mächtigen Baumes entdeckte. Nur einen Augenblick später stand er neben dem Soldaten und drückte ihm ein runenbedecktes Schwert gegen die Kehle.

„Dachtet Ihr, wegrennen würde Euch retten? Die Nacht ist mein Verbündeter. Ich bin die Dunkelheit, die Euch umgibt, Mensch", höhnte er.
Sunry sah ihn an. Die zu Schlitzen verengten Augen, die nüsternähnlichen Nasenlöcher, der kahle und nur von einem Zeremonienhelm bedeckte Kopf.
„Hiermit endet das Spiel", lachte Zarrag und holte aus.
Geistesgegenwärtig löste Sunry einen von Ignasils Zauberstäben von seinem Gürtel und presste ihn dahin, wo er Zarrags Herz vermutete. Im selben Augenblick gab es einen Knall und der Blutfürst wurde schreiend von Sunry weggeschleudert. Mit einem wütenden Fluch schlug er gegen eine der Wände des Hauses, wo er auf den Boden zusammenbrach.
„Nun bin ich in der Position Forderungen zu stellen, Fürst", lachte Sunry und zielte mit seinem Stab auf den Kopf des Untoten.
„Menschen, alle sind sie gleich. Von angeborener Arroganz geblendet", murmelte Zarrag leise zu sich selbst, ehe er sich aufrichtete. „Niemand vermag mich zu töten. Weder armbrustschießende Gnome, noch Möchtegernmagier wie Ihr es seid."
„Vielleicht kann ich Euch nicht töten", überlegte Sunry laut und ging langsam auf Zarrag zu. „Aber wie wollt Ihr ohne Kopf leben?"
„Ihr führt kein Schwert, Mensch. Eure Freunde werden von meinen Dienern getötet werden und meine Reihen erweitern. Ihr seid nicht in der Position, mir zu drohen."
„Aber ich", mischte sich Wolfgang ein und stürzte sich, seine riesige Holzfälleraxt auf den Untoten. Es waren

mehrere laute Krachlaute zu hören, ehe der eine liegen blieb und Zarrag sich wieder erhob.

„Und nun habe ich eine Axt."

8.

Die Rettung glich einer aus einem Märchen. Ein donnerndes Knurren kündigte die Neuankömmlinge schon lange vor ihrer Ankunft an. Und schließlich landete eine riesige Flugechse auf dem Dach. Krachend brach das instabile Holzgebilde zusammen und der Drache sah sich betrübt um. „Das war nicht meine Absicht." Dann erblickte er den Leichnam des Holzfällers und schien mit seinem riesigen Maul zu lächeln. „Aber wenn ich den armen Kerl so sehe, scheint sich das Problem bereits gelöst hat."

„Ist er nun da oder nicht?", fragte eine vertraute Stimme vom Rücken des Drachen.

„Ich denke schon. Es kann auch ein anderer sein. Deine Beschreibung war auch mehr als dürftig."

Kurz darauf sprang jemand in einem bronzenen Umhang von dem riesigen Tier herab und landete direkt vor dem Haus. „Das nehme ich", sagte Lennart und streckte die Hand aus, worauf die Axt des toten Holzfällers in seine Hand flog.

„Menschenabschaum", knurrte Zarrag und zog seine runenbedeckte Klinge hervor.

„Und jemand, der den Tod missachtet", entgegnete Lennart ungerührt, ließ seinen Umhang zu Boden gleiten und offenbarte eine prächtige Rüstung und ein Breitschwert. „Verteidigt Euch."

Der folgende Schwertkampf war eine Mischung aus Eleganz, Wahnsinn und Vorsicht. In atemberaubendem Tempo schlugen die beiden im fahlen Mondlicht glänzenden Klingen gegeneinander und versuchten, den jeweils anderen zu treffen. Lennart kämpfte nicht wie ein jeder Söldner es getan hätte, sondern wie ein professionell ausgebildeter Soldat des Königs. Während des gesamten Duells schien er in einer Art Trance gefangen zu sein, die ihn stärkte und jeden Angriff des Gegners erahnen ließ. Minuten verstrichen, in denen keiner der beiden Duellanten die Oberhand gewinnen konnte, obwohl Sunry sich sicher war, dass die meisten der ausgeteilten Hiebe einen normalen Schwertkämpfer erledigt hätten.

„Ich bin es leid", knurrte Zarrag plötzlich und griff mit seiner rechten Hand die Brust des Gegners und murmelte zischende Laute. Allerdings kam er nicht dazu, sie zu beenden, denn er wurde unter einer riesigen Pranke begraben.

„Das war nicht gerecht", beschwerte sich Lennart bei dem grinsenden Drachen.

„Und dass er dich mit Magie töten wollte schon?", fragte der Drache. „Ich habe dir gerade deinen Hintern gerettet, nimm es hin als gegeben."

„Spuck keine großen Töne und nimm die Kralle hoch."

„Wenn du meinst. Bitte sehr. Moment, wo ist er denn hin?"

„Er ist ein Feigling. Aber du wirst noch Gelegenheit bekommen, ihn zu vernichten, Gorix."

„Wenn ich Eure Vorfreude kurz unterbrechen dürfte, Herr", rief Erinn. „Aber seine Freunde sind noch hier."

„Oh. Nun, nicht mehr lange", versicherte Lennart. „Duckt Euch."

„Warum?", rief der Zwerg verwirrt.

„Darum", brüllte der Drache Gorix zu Antwort und ließ seine rechte Pranke über die Reihen der Untoten gleiten, was ihnen die Köpfe kostete.

„Sehr reizend. Danke", sagte der Zwerg und fischte seinen Helm aus dem Kadaver eines Untoten. „Das nächste Mal warte gefälligst."

**Kapitel XIX**

*Ruhe nach Tagen der Erschöpfung.*
Titus Aldous, Weisheiten eines alten Mannes

1.
Mit einem lauten Freudenschrei grüßte der Zwerg die Erde und fiel augenblicklich auf die Knie. Einen Moment lang schien er mit dem Gedanken zu spielen, die makellos reinen Marmorsteine des mit Blumen geschmückten Platzes zu küssen, entsann sich dann jedoch eines Besseren und setzte eine ungerührte Miene auf. Doch noch immer klang Sunry das Flehen des Zwergs in den Ohren, das die kleine Gruppe während des gesamten Rittes auf dem warmen Drachenrücken umgeben hatte, untermalt von unangenehm lauten Würgegeräuschen und zwergischen Flüchen.
Die ganze Nacht hindurch waren sie geflogen und hatten Hügel, Weiden und Wäldchen unter sich gelassen, welche von Oben aussagen, wie das Spielzeug eines Schreinersohnes.
Der Beginn des Morgens hatte auch den Beginn eines wichtigen und großen Festes mit sich gebracht. Das Ahnenfest wurde in ganz Espental gefeiert, vom einfachen Bürger bis hin zum prunkvoll lebenden Adeligen. Sunry jedoch hatte keine Augen für all die bunten und duftenden Blumen, die gut gelaunte Frauen auf die Straßen stellten oder an ihren Fenstern und Dachsimsen aufhingen, die laut musizierenden Barden und die Umzüge aus Menschenmengen, die ganze Herden aus Kühen, Schafen und anderen Nutztieren zu den Festplätzen führten. Feste hatten die

unangenehme Eigenschaft, Sunry zu deprimieren und ihm vor Augen zu führen, welch wunderschöne Bräuche ihm in seiner Jungend entgangen waren. Er hätte leben können wie jeder normaler Junge in seinem jugendlichen Alter, hätte in Leder gewickelte Holzschuhe geschenkt bekommen und seinen Eltern bunte Laternen gebastelt, dem Vater geholfen, das Dach in blau und grün und orange zu streichen, wie es Brauch war, und mit der Mutter Blumensträuße gebunden. Doch die Bruderschaft hatte ihn und seine Eltern voll vereinnahmt und ihnen keine Zeit zu traditionellen Festen wie dem Ahnenfest gelassen.

Auch der Platz, auf dem der riesige, wie sich bei den ersten Sonnenstrahlen herausgestellt hatte, bronzefarbene Drache gelandet war konnte man überall die farbenfrohen Blumen sehen. Sie standen in Tonkübeln und Vasen. Mehrere mächtige Statuen umzingelten den Platz und hoben steinerne Schwerter zum Himmel. Ihre ernsten Mienen geboten Ehrfurcht, doch irgendein ein frecher Knabe hatte jedem von ihnen einen Blumenkranz um den Hals gehängt. Ja, am Ahnenfest war vieles anders als sonst. Bauern und Adelige verkehrten miteinander, als seien sie gleichen Standes, Huren wurden wie Prinzessinnen behandelt und in jeder Taverne gab es Bier zum gleichen Preis. Letzteres erfreute besonders den Zwerg, welcher, wie er schon auf Elbenstein laut betont hatte, ansonsten diesem verweichlichten Menschenfest nichts abgewinnen konnte. Aus diesem Grund verbrachte er auch die meiste Zeit in besagten Gasthäusern und trank, bis er umfiel.

„Der König bat mich, Euch zu Euren Zimmern zu führen", verkündete Lennart, nachdem sein Drache sich wieder in die Lüfte erhoben hatte und fortgeflogen war.

„Wir werden im Schloss wohnen?", fragte Erinn hoffnungsvoll.

„Eher nicht. Das Leben im Schloss ist dem Königsgeschlecht vorenthalten und deshalb werdet ihr das Gästehaus beziehen dürfen. Baroness Duana erwartet Euch dort bereits."

Als Lennart dies sagte, wurde Sunry von Schuldgefühlen ergriffen. Er hatte an keinem der vergangenen Tag und Nächte auch nur einen noch so kleinen Gedanken an die verschwundene junge Baroness verschwendet. Augenblicklich fand er zahllose Entschuldigungen dafür. Sie waren von Deserteuren des Feindes gefangenen genommen worden, waren vor einem untoten Leichnam und seinen wandelnden Toten verfolgt worden und hatten diesem gleich mehrmals die Stirn bieten müssen. Viele waren gestorben: Erst die Deserteure in der Höhle, der pickelgesichtige Gnom und schließlich die beiden Hünen, die, wie Sunry erst während des Fluges aufgefallen war, von den Untoten erschlagen worden waren.

„Ihr werdet jedoch feststellen, dass die nächsten Tage keines Falls ruhig von statten gehen werden. Ihr habt für viel Aufsehen gesorgt. Sowohl durch Euer Überleben, als auch durch Eure Bereitschaft, Aufgaben für das Königreich zu übernehmen. Wo ich gerade davon anfange. Warum habt Ihr Euch eigentlich gemeldet, diese Söldneraufgaben zu übernehmen?"

„Das habe ich den Hauptmann auch die ganze Zeit fragen wollen, doch leider kam ich vor lauter halb verfaulten Fleischhaufen nicht dazu", beschwerte sich der Zwerg. Sie bogen in einer schmale Seitengasse, von hohen Marmorhäusern gesäumt, von deren Dächern Ranken mit nach Pfirsichen duftenden Blüten fielen.

„Wir suchten nach dem, was wir gefunden haben. Ich habe keine andere Möglichkeit gesehen, um den König auf uns aufmerksam zu machen", erklärte sich Sunry und pflückte einer der Blüten, welche er der glücklich lächelnden Helena reichte.

„Der König ist für jeden fragenden Mund ein offenes Ohr", betete Lennart urplötzlich runter und musste lachen, als ihm sein stocksteifer Ton auffiel. „Aber er hat im Augenblick vieles, dem er nachgehen muss. Ein Krieg ist zu gewinnen und unsere Möglichkeiten sind durchaus begrenzt. Doch dies wird Euch der König gewiss selber sagen, wenn Ihr mit ihm reden werdet. Wen ich richtig informiert bin, wird dies bald geschehen. Ihr solltet also vorbereitet sein."

2.
Das Gästehaus wurde seinem bescheidenen Namen allemal gerecht. Der Name *Gästepalast* wäre sogar passender gewesen. Makellos gehaltene Marmorwände, steinerne Statuen vor den mächtigen Flügeltoren des Einganges und einige gelangweilt würfelnde Wachen vor einem Holzschuppen, dazu ein prächtiger Park, welcher sich bereits hinter dem Haus hervorreckte.

„Ein wahres Traumhaus. Man könnte glatt neidisch werden", meinte Lennart, während sie die polierten Stufen hinaufstiegen.
Auch im Innern gab es viele Genüsse für das menschliche Auge. Der Boden des riesigen Empfangsaals bestand aus reinem Bernstein, in dem sich die vielen kleinen Lichter der goldenen Kronleuchter an der fernen Decke spiegelten. Eine hölzerne Wendeltreppe führte in die zweite Etage, von der aus man in den unteren Bereich des Hauses sehen konnte. Je eine Tür rechts und links führte in angrenzende Räume, deren Größe sich nur erahnen ließ. Mehrere kleine Fenster waren in die Wand mit der Eingangstür eingelassen, jedoch wiesen sie weder Glas, wie es bei Adeligen üblich war, noch Holzbretter, mit denen einfache Bauern ihre Fensterrahmen verschlossen, auf, sondern lediglich eine glänzende Flüssigkeit, die eine Fläche zwischen den hölzernen Fensterrahmen bildete.
„Die Baroness müsste sich im Salon befinden", vermutete Lennart und bedeutete Sunry und den anderen, ihm in den rechten Raum zu folgen. Auch dieser war wunderschön und mit Ledersofas eingerichtet. Erneut entdeckte Sunry die wundersamen Fenster, jedoch waren sie im Salon von roten Gardinen zur Hälfte verdeckt, sodass sie einem nichts ahnenden Besucher wie normale Fenster erscheinen würden.
Duana saß in einem Ledersessel und hielt in ihrer rechten Hand ein langes, dünnes Glas, in dem sich eine leicht gelbliche, blubbernde Flüssigkeit befand. Als sie die Neuankömmlinge entdeckte, stellte sie gelassen das Glas auf einem nahen Tischchen ab, erhob sich dann elegant und schritt

würdevoll auf die gegen sie ärmlich gekleidete Gruppe ehemaliger Soldaten zu. Mit einer Mischung aus Abneigung und offenkundigem Interesse begutachtete sie die von Schnittwunden und Dreck verunstalteten Gesichter, die sie mit mal mehr und mal weniger Freude ansahen. Dann ließ sie ihre Nase zucken, als sei ihr eine Fluse in die Nase gekrochen, welche sie nun auf erzogene Weise wieder hinauswerfen wollte. Sunry jedoch verstand die noch freundliche Beschwerde des strengen Geruchs der Männer.

„Ich habe mir Eure Rückkehr etwas anderes vorgestellt", erklärte sie ruhig und sah Lennart vorwurfsvoll. „Etwas gewaschener."

„Verzeiht unser Aussehen, Herrin, aber wir sind erst vor wenigen Stunden vor einem Untoten und seinem noch untoteren Gefolge gerettet worden", erklärte der Zwerg.

„Er wollte natürlich sagen, dass wir sofort die Baderäume aufsuchen werden", rettete Sunry die vom Zwerg ungeschickte erschaffene Situation.

„Das ist gut, mein lieber Hauptmann. Und danach werden wir unsere Zusammenkunft gebührend zu feiern wissen."

3.

„Kaum sitzt die feine Dame wieder gewaschen und geschmückt in einem mit Gold gewiegten Sessel und nippt an einem edlen Gesöff, fühlt sie sich um Welten besser als wir." Mit einem Seufzen ließ er sich in das dampfende Wasser des Schwimmbades gleiten, bis sein bulliger Körper ganz verschwunden war.

Sunry lehnte sich in dem großen, bis zum Rand gefüllten Becken weit zurück und legte seine Arme auf den Becken-

rand. Solange hatte es in seinem harten Leben keinen Luxus gegeben. Weder auf Elbenstein und erst recht nicht auf der Flucht vor den Heerscharen der Goblins.
„Was meint ihr, wird Helena mit uns baden?", fragte Erinn und lächelte verschmitzt.
„Ich kann sie ja bitten, wenn dir das gefallen würde", antwortete Sunry, worauf Erinn verdutzt schwieg.
Die Luft war erfüllt von dünnem Dampf, welcher von dem warmen Wasser aufstieg, und roch angenehm nach Kamille und Limetten. Zahlreiche exotische Grünpflanzen und nicht weniger seltene, aber wesentlich buntere, Blumen bevölkerten große Areale mit frischer Erde, in einem kleinen Teich aus Steinen schwammen regenbogenfarbene Fische und ein Zauber ließ eine beruhigende Musik in dem weiten Baderaum erklingen. Hier waren mehrere kleine Ruheanlagen mit warmem Wasser zu finden, in welchen man sitzen und einfach entspannen konnte, und ein großes Becken, mit kühlem Wasser zum Schwimmen sowie einem Becken mit warmem Meerwasser.
Mit einem lauten Platschen tauchte der Zwerg wieder auf und sprühte eine große Menge Wasser zwischen seinen Lippen hervor. Lachend ließ er sich zum nächsten Beckenrand gleiten, wo er den steinernen Rand umklammerte. „Das nenne ich Leben", meinte er dann zufrieden und strich sich sein langes, rostbraunes Haar aus seinem naturgezeichneten Gesicht. „Jetzt noch was Kaltes trinken."
„Das wirst du dir schon selber holen müssen", entgegnete Erinn und wies in Richtung eines mit Holz umkleideten Eimers, in dem Eis gelagert wurde, und eines Kruges Rotwein direkt daneben.

„Ich werden ganz sicher keine gegorenen Trauben zu mir nehmen, Menschlein. Hier muss es doch auch irgendwo Bier geben", mutmaßte der Zwerg und reckte sich, um in dem Raum nach einem verstaubten Fass mit dem zwergischen Lebenselixier zu suchen. Natürlich wurde er nicht fündig.

„Du wirst dich wohl mit dem Wein zufrieden geben müssen", meinte Erinn trocken. „Und wenn du sowieso rausgehen willst, kannst du mir gleich einen Becher mitbringen."

Wütend funkelte der Zwerg Erinn.

„Gleich werde ich dir deinen Rotwein ins Wasser schütten", drohte er und lachte auf, in der Hoffnung, jemand würde seinem mutig gegeben Beispiel folgen. Allerdings schien sich niemand berufen zu fühlen. Nachdem der Zwerg dann noch ein paar Augenblicke abgewartet hatte, sich jedoch niemand zu einem Höflichkeitslacher durchringen Konnte, schlang der kleine Mann schließlich seine Arme um sich, gab ein verächtliches Grunzen ab und kletterte dann aus dem Becken. Kaum hatte er den Beckenrand überwunden und sich aufgerichtet, wurden die Türen des Baderaumes aufgestoßen und Helena trat ein. Sie trug ein wunderschönes Seidengewand und hatte ihr braunes Haar hochgesteckt. Auch schien sie sich mit Kohle geschminkt zu haben.

„Seht mal, was ich in einem Schrank gefunden habe!", rief sie freudig, unterbrach sich jedoch, als sie den nackten, tropfenden Körper des Zwerges bemerkte. „Ich bin blind."

4.
Nachdem sie den köstlichsten Köstlichkeiten, dem besten Wein und der berauschensten Musik gefrönt hatten, begannen Sunry, Duana und die anderen sich in einige Gespräche zu vertiefen. Natürlich verlangte die junge Baroness als aller erstes zu erfahren, was den Soldaten geschehen war, seid sie von dem Manticor verschleppt worden waren. Sie unterbrach jedoch die Erzählung, als der Zwerg schelmisch darauf bestand, die Begegnung mit der untoten Schar so detailliert wie irgend möglich zu schildern.
Schließlich saßen sie alle im Salon, nippten an Brandwein und lauschten der Erzählung Duanas.
„Nachdem ihr von diesem Untier entführt worden wart, zog Lennart mich mit sich und brachte mich zu einer kleinen Lichtung in einem nahen Wald. Erst erschrak ich, da uns dort ein riesiger Drache erwartete, dann erklärte mir Lennart jedoch, dass er sein Vertrauter oder etwas ähnliches war und ich nichts zu befürchten habe." Sie schüttelte sich und schenkte sich etwas Brandwein nach. „Hier in Saphira gab es dann viel für mich zu tun. Das größte Problem waren denke ich die Duergar, die inzwischen erste Angriffe gestartet hatten."
„Sie haben die Stadt angegriffen?", wiederholte Sunry irritiert. Er wusste nicht viel über das graue Volk, wie man die Duergar auch nannte, aber den gelegentlichen Schimpfereien des Zwergs hatte er entnommen, dass sie sich niemals an öffentlichen Kämpfen beteiligten, sondern mit Hinterlist, Magie und unvorstellbaren geistigen Kräften den Feind in die Knie zwangen.

„Nicht direkt. Aber alle Abgesandten des Königs, die in die unterirdischen Anlagen geschickt worden waren, verschwanden und kehrten nie wieder zurück. Niemand weiß, was die Duergar mit ihnen angestellt haben, nur, das es etwas unvorstellbar Grausames sein muss."

„Wieso das?", fragte Orlandos und nippte an seinem Glas Erdbeerlikör.

„Weil sie primitive Raufbolde ohne jeden Anstand sind", erklärte der Zwerg und nickte heftig. „Sie halten sich an keinen einzigen zwergischen Brauch, an nicht einen. Das ist ihr größtes Vergehen."

„Willst du damit sagen, Zwerg, dass sie sich nicht wie du unter den Tisch trinken, sondern wissen, wann es genug ist?", lachte Erinn, wobei er den Zwerg provokant anstarrte.

„Eher weniger, Menschlein. Im Gegensatz zu ihnen bin ich ein gut erzogener Königssohn."

„Du meinst, du wärst ein Prinz", berichtigte Erinn.

„Nein, ein Königssohn."

„Wo bitte ist da der Unterschied?", fragte Duana irritiert.

„Ganz einfach. Ein Prinz ist der Sohn einer Königin und ein Königssohn ist der Sohn einer Magd", erklärte der Zwerg und grinste verschwörerisch.

„Du hast ja ein wunderbares Bild von unseren Herrschern", meinte Sunry.

Den Rest des Abends verbrachten sie damit, Brandwein zu trinken und sich gegenseitig Erlebnisse zu erzählen.

5.

Narsil kraulte gelangweilte den Kopf eines abscheulichen Hundes, der zur Rechten seines mächtigen Throns lag und leise knurrte. Ein Geschenk der Blutfürsten, eigens für den grauen Graf aus den dämonischen Ebenen herbeigezaubert. Sicherlich eine nette Geste, aber zeitgleich auch der Hinweis darauf, welche Möglichkeiten den Köpfen der Goblinarmee auch ohne Narsils Unterstützung offen standen. Der Magier stand vor seinem Herrn und hatte gerade seine neuesten Erkenntnisse mitgeteilt. Nicht alles lief so, wie Narsil es sich vorstellte. Weder war der Magier erkennbar näher an der Lüftung des Geheimnisses des Schlangendämons, noch hatte er seine Brut auf diese Welt befördern können. Und dabei hatte alles am Anfang so sinnvoll gewirkt. Der Magier hatte Narsil dutzende verschiedene Lösungen für das Erwecken des uralten Bösen geliefert und doch hatte jede irgendwo einen Fehler gehabt.

„Euch ist hoffentlich bewusst, was für mich auf dem Spiel steht?", fragte Narsil nun, obwohl er wusste, dass er sich wiederholte. Aber das war egal. Der Magier musste Resultate vorzeigen, ansonsten würde irgendwann der Geduldsfaden der Blutfürsten reißen und das wollte Narsil auf keinen Fall. Was erst wie eine geniale Möglichkeit erschienen war, die Herrschaft über Espental zu erlangen, hatte sich nun als tödliche Schlinge eines versteckten Galgens herausgestellt. Immer mehr war es den Goblins gelungen, sich in Narsils Gemäuern einzunisten. Wenn der graue Graf auch nur auf die Idee käme, einen Verrat zu planen, würden die in der Burg positionierten Anhänger der Blutfürsten ihn exekutieren, ohne auf den Befehl der Blutfürsten auch nur warten zu müssen.

Narsil zuckte zusammen, als urplötzlich eine kleine, blauhäutige Gestalt in der Mitte des Raumes erschien und sich umsah. Sie trug eine violette, mit uralten Symbolen bestickte Robe und einen langen, blauen Zopf.

„Fürst Yas! Welche Freude.". heuchelte der Graf augenblicklich los und bedeutete mit einer knappen Geste dem Magier, den Raum zu verlassen.

„Spart Euch das, Graf. Dieses Mal bin ich nicht hier, um mit Euch eine witzige Konversation zu führen."

„Nun, so gesehen seid Ihr ja auch nicht wirklich da, sondern nur ein Abbild Eures wahrlich wunderlichen Körpers."

„Lenkt Ihr gerade vom Thema ab?"

Narsil schüttelte energisch den Kopf. Er hatte nicht vor, den Blutfürsten zu verärgern.

„Das ist auch nur gut für Euch. Also kommen wir gleich zum Punkt. Die anderen Fürsten verlieren langsam die Geduld. Sie befürchten, Ihr könntet uns hintergehen."

„Niemals würde mir so etwas auch nur in den Sinn kommen."

„Das hoffe ich auch. Ihr wisst, dass ich stets Euer größter Fürsprecher in unseren Reihen war, Narsil. Doch trotz unserer…nennen wir es Freundschaft…kann ich mich nicht gegen die anderen auflehnen. Ich habe Euch nun schon so viel Zeit gegeben und doch dankt Ihr mir nicht mit Ergebnissen."

„Es wird Ergebnisse geben, Yas, das kann ich Euch versichern."

„Das glaube ich, Narsil, aber die anderen nicht. Ich bin nicht in ihrem Namen hier und wenn sie von diesem Kontakt zu Euch erfahren, werde ich sterben. Ich bin gekommen, um Euch zu warnen."

„Wovor?"

„Sie haben beschlossen, die Sache selbst in die Hand zu nehmen. Fürst Wuldocren wurde entsendet. Und wenn ich eines über ihn weiß, dann, dass er kein Versagen duldet. Er hat sich persönlich vorgeschlagen, dieses Problem aus der Welt zu schaffen. Er hat immense Erfahrung mit dem Beschwören von Dämonen und Teufeln und wird gewiss Besseres leisten als Euer Magier es tut."

„Was soll ich tun?"

„Euch bleiben nur wenige Wochen, zu verhindern, dass Wuldocren die Kontrolle bei Euch übernimmt. Vielleicht wird er umkehren, wenn ich ihn von Resultaten unterrichten kann."

Und mit diesen Worten verschwand Yas Körper wieder.

Mit einem Seufzen stützte Narsil seinen Kopf in die Hände.

„Wenn ich etwas vorschlagen dürfte, Herr", sagte der Magier, der doch geblieben war.

Mit einer lustlosen Handbewegung bedeutete Narsil, dass sein Berater sprechen solle.

„Ich habe noch immer den Seelenpirscher, Herr."

Narsil lachte auf. „Euer Schoßtierchen? Was dieses Wesen kann, hat es ja in Saphira bewiesen." Auf wundersame Weise schien es dem grauen Grafen zu gelingen, seinen Kopf noch tiefer in seinen Armen versinken zu lassen.

„Er ist mächtiger, als er beweisen konnte."

„Ich bitte Euch. Was ich brauche ist ein Wunder und kein verfaulter Dämon." Narsil schüttelte den Kopf. „Geht jetzt. Ich muss nachdenken und planen."

6.
Der Seelenpirscher lag, alle Viere von sich gestreckt, auf einer metallenen Platte aufgebahrt. Mehrere tiefe Schnitte zeichneten sein bleiches Fleisch und neben der Platte standen zahlreiche kleine Fläschchen, in denen schwarze und rote Flüssigkeiten schwammen. Wochenlang hatte der Magier jeden freien Augenblick dazu genutzt, das Hundeblut aus den Adern des Seelenpirschers herauszubekommen und durch gutes Menschenblut zu ersetzen.

*Bald ist es soweit*, musste der Magier immer wieder denken. *Bald wird er es bereuen, mich verspottet zu haben.*

**Kapitel XX**

*Der Adel ist nicht klüger geboren,
als jeder andere Mann.*
Tagebuch eines Unbekannten

1.
König Wellem saß auf seinem throngleichen Sessel und beobachtete die Grafen und Barone, die sich um die zahlreichen kleinen Holztische in dem Salon des Palastes versammelt hatten und den verschiedensten Beschäftigungen nachgingen. Manche tranken Brandwein und exotischen Schnaps, andere rauchten hölzerne und kunstvoll verzierte Pfeifen und manche führten unwichtige Diskussionen über Themen wie die besten Pferdezüchter des Landes oder aber das Problem, dass es immer weniger fähige Pagen zu finden gab. Nichts von all diesen ermüdenden Themen interessierte den König und so saß er einfach da und ließ seinen Blick durch die Reihen seiner Verbündeten schweifen. Es mussten bereits an die zwei dutzend hohe Adelige sein, die Wellem und der Stadt auf dem Hügel die Treue geschworen und dutzende Waffenknechte und Soldaten zur Verfügung gestellt hatten. Einige waren noch immer auf dem Weg und würden in den nächsten Tagen und Wochen eintreffen. So würde die Stadt zum Zeitpunkt der unvermeidlichen Stadt so gut gerüstet sein wie irgend möglich. Und obwohl der König alle Grafschaften, Baronate und Herzogtümer der näheren Umgebung zu sich befohlen hatte, hatte er doch noch wesentliche, andere Pläne geschmiedet. Seine Armee zählte tausende, ein stehendes Heer, bestehend aus dem

einfachen Fußvolk wagemutiger Bauernsöhne und Eliteeinheiten, die sich auf dem Schlachtfeld einen Namen machen würden. Die Marine befand sich auf dem Rückweg von den freien Handelsstaaten im Süden der Welt und die Himmelsritter, angeführt von General Lennart, hatten sich aus ihren geheimen Kasernen fortbegeben, um der Stadt zu Hilfe zu eilen. Noch immer waren Botschafter und Sendboten im Namen des Menschenkönigs Wellem auf der ganzen bekannten Welt aktiv und schlossen Bündnisse mit vermögenden Adeligen, anderen wichtigen Herrschern und Magiern und ihrem fantastischen Gefolge ab. Auch fantastische, fremde Völker, die das Leben in der Isolation und Einsamkeit bevorzugten waren angesprochen und auf die eigene Seite gezogen worden. Ziegenmenschen, Kobolde, jene wenigen Elfen, die noch immer im Menschenland Espental verweilten. Nun stand Wellem jedoch vor einem wirklichen Problem. Die Armee war riesig geworden, größer, als es Wellem für möglich gehalten hatte und das war gut so. Die Goblins würden gegen einen mächtigen Wall kampfbereiter Legionen unter dem Wappen Saphiras prallen und so war es gewiss, dass die Schlacht viele Tage, Wochen und womöglich sogar Monate andauern würde. Doch die Armee brauchte fähige Befehlshaber. Männer, die in dem Weg der Kriegskunst Erfahrungen vorweisen konnten, Männer, die den Tod nicht fürchteten, die ein natürliches Charisma hatten. Wellems engster Vertrauter Ismael hatte angeblich bereits dutzende fähige Männer in den Reihen der Armee entdeckt und sie der nötigen Ausbildung unterzogen, letzten Endes würden jedoch die unfähigen Adeligen, denen nun einmal ein Großteil des Heeres unterstand, entscheiden, wer für diesen wichtigen Posten taugte und wer nicht. Wellem kramte ein langes Pergament hervor, auf dem zahllose Namen standen. Namen von mutigen Männern, die sich in der ruhmlosen Vergangenheit als fähig bewiesen hatten und in den Augen Ismaels und seiner Leute für den Posten des Generals mindestens geeignet waren. Ganz oben auf der Liste stand der Name eines Mannes, den die Barden zu ihrem neuen Liebling auserkoren hatten. Fast jeder von ihnen wusste eine Hymne über den Mann zu erzählen.

„Sagt mir, Ismael." Er wendete sich dem Magier an seiner Seite zu und ließ ihn mit in das bis zum Rand beschriebene Pergament schauen. „Wodurch zeichnet sich dieser Sunry von Wettgenstein aus?"

Ismael dachte einen Moment nach und legte seine glatte Stirn in Falten, ehe er antwortete: „Er hat eine direkte Konfrontation mit den Goblins überstanden und soweit ich richtig informiert bin, hat er sogar Kontakt zu einem ihrer Anführer gehabt."

„Wie darf ich das verstehen?", fragte Wellem sichtlich interessiert.

„Er befand sich auf einer Burg nahe der Grenze, Elbenstein. Meinen Informationen nach, hat er dort das Kommando über die Waffenknechte gehabt und hat bis zuletzt den Kampf gegen die Goblins fortgeführt."

Wellem nickte. Eine interessante Geschichte einer noch interessanteren Persönlichkeit. Wahrlich, er würde diesen Sunry als ersten von allen sprechen wollen. Irgendetwas an diesem Mann imponierte ihm. War es der Ruhm, den er in der jüngsten Vergangenheit geerntet hatte? War es die

Beliebtheit und das Ansehen, dass er bei dem einfachen Volk dank den Erzählungen der Baden hatte? Oder war es etwa etwas Verborgenes? Wellem konnte es nicht wissen, aber er fühlte instinktiv, dass er diesen Mann sprechen musste. Sunry von Wettgenstein. Der Name kam ihm bekannt vor. Wo nur hatte er ihn bereits gehört? Die einfachste Antwort wäre die Straße gewesen. Eine Ode über den mutigen Soldaten von Elbenstein, aus einer Bardenkehle entspringend. Aber nein. In den vergangenen Tagen hatte Wellem den Palast kaum verlassen, höchstens einmal den Garten besucht und den bunten Vögeln, die man aus ganz Espental dort eingesperrt hatte und sie mit gestutzten Flügeln auf den stets grünen Bäumen sitzen ließ, dem Plätschern des künstlich angelegten Bachlaufes und dem geschäftigen Treiben der friedlichen Bienchen gelauscht, die so geschäftig ihrem Gewerbe, dem Herstellen von Honig, nachgegangen waren. Vielleicht hatte auch einer jener strahlenden Barden von Sunry von Wettgenstein gesungen, die er an einem seiner Abendmahle hatte singen, jonglieren und spaßen lassen.

Wellem rollte das Pergament zusammen und ließ es in der hohlen rechten Armlehne seines Sessels direkt neben den versteckten Dolch verschwinden. Er lehnte sich erneut hinüber zu Ismael, der wie immer mit steinernem Gesicht da stand und so wirkte, als sei ihm die gesamte Welt unbedeutsam.

„Ich will ihn sprechen, Ismael", raunte er dem Magier zu.

„Wie meinen?", fragte dieser und wahrte seine Miene. Jeder normale Mensch hätte diese Frage so ausgelegt, als habe der Magier seinen König einfach nicht gehört, Wellem aber wusste es anders. Ismael war vorhersehend, meist mehr als sein Herr. Dieses Mal hatte jedoch auch Wellem den Grund für Ismaels Nachfragen augenblicklich verstanden. Die hohen Adeligen verlangten, jeden neuen General, der ihre Männer in der Schlacht kommandieren würde, selbst zu mustern, ihn, wies sie es nannten, auf Herz und Nieren zu prüfen. Ihnen dieses Wunsch, nein, diese Bedingung auszuschlagen wäre ein unkluger Schachzug. Sie waren die einzigen und somit auch wichtigsten Verbündeten des Königs, obgleich sie alleine wertlos und unbedeutend waren. Hinterging man sie oder fühlten sie sich in irgendeiner Form betrogen, würden sie ihre Sachen packen lassen und mit dem gesamten Gefolge, einschließlich der benötigten Waffenknechte, die Stadt auf dem Hügel verlassen.

„Selbstverständlich nur, um mit einem Volkshelden zu sprechen. Ihr versteht gewiss." Wellem lächelte bedeutungsvoll, Ismael nickte.

„Wie mein König wünschen", sagte er in anständigem Ton und verneigte sich, um kurz darauf den Salon mit wehender Robe zu verlassen.

Wellem straffte seine Schultern und wirkte gleichsam unbeteiligt und würdevoll zu wirken. Ihm war nur allzu sehr bewusst, auf welch dünnem Pfad er wandelte.


2.

Tage verstrichen, Wochen gingen ins Land. Mit jedem ungenutzten Augenblick wuchs die Unruhe in Sunry und mit ihr das unangenehme Gefühl beobachtet zu werden. Doch neben diesem Umstand gab es etwas anderes, das Sunry beunruhigte. Lennart hatte begonnen Sunry in den

Künsten der Magie zu unterrichten. Nicht jener Magie, die sich in Flammen oder Blitzen manifestierte und die von mächtigen Magiern gewirkt wurde, sondern die einfachen Grundzüge. Und selbst an diesen wäre jeder normale Mensch verzweifelt. Zauber, die einem halfen, die Absichten eines naiven Gegenübers zu enthüllen, Zauber, die einem für ein paar Augenblicke die Möglichkeit gaben, an lebenswidrigen Orten zu überleben. Sunry war ein fähiger Schüler, der die komplexen Strukturen der Magie begierig in sich aufsog und umsetzte. Doch er musste sich bremsen, um nicht aufzufallen. Auch in der Bruderschaft hatte es fähige Magier gegeben, Männer wie Ignasil. Und von den wichtigen Mitgliedern hatte man ein gewisses Grundwissen verlangt. Sunry war kein besonders williger Schüler gewesen, eine Eigenschaft, die Sunry nun im Gegenteil besaß. Auf der Flucht hatte er es bereits einige Male bereut, dass er nicht besser gelernt hatte. Auch Derrus war einer jener unwilligen Schüler gewesen, die das Schwert dem Wissen vorgezogen hatten. Heute strebte Sunry immer größere Weisheit an. Wissen war zu einer Macht geworden, die man nicht verlieren konnte, wie die Kraft mit dem Verlust eines Armes.

„Richte deinen gesamten Geist auf das Ziel." Sunry hörte Lennarts ruhige, fast monotone Stimme und versuchte sich noch mehr zu konzentrieren. Sein Geist bildete ein Bild der Umgebung. Irgendwo hinter ihm stand Lennart, wahrscheinlich mit verschränkten Armen und prüfender Mine, und vor Sunry ein hölzerner Tisch, von dem aus ihn ein dickes Meerschweinchen gelangweilt beguckte. Dann erreichte Sunry den Geist des dicken Nagers und es war eine

Leichtigkeit, sich Einlass in ihn zu verschaffen. Mit einem Mal prasselte ein Hagel von Empfindungen und Bildern, Streben und Erinnerungen auf Sunrys wehrlosen Geist ein. Die meisten kreisen um einen Mittelpunkt: Futter.

Plötzlich wurde Sunry unglaublich übel. Alles begann sich zu drehen, seine Erinnerungen lösten sich aus seiner Kontrolle und vereinten sich mit denen des Meerschweinchens. Den Erinnerungen folgten Gefühle, Eindrücke und schließlich der eigene Körper. Sunry vernahm tief in sich ein panisches Gefühl, sein Kopf hämmerte, der Schmerz wurde unerträglich. Dann war es vorbei und Sunry fand sich vor Lennarts Stiefeln wieder.

„Keine Glanzleistung, darüber sind wir uns wohl einig", meinte Lennart und verpackte den Spott auf freundliche Weise.

„Hilf mir lieber hoch", knurrte Sunry und packte die behandschuhte Hand, die ihm entgegengestreckt wurde. Er verbrachte einen Moment auf seinen zitternden Beinen, ehe er feststellen musste, dass die freundliche Hand keinesfalls Lennart gehört hatte.

„Mein König", hauchte er überrascht.

3.

„Er hatte schon bessere Tage, Herr", verteidigte Lennart Sunry.

„Was habt Ihr von ihm erwartet, General? Dass er ein Wunderkind ist?" Wellem lachte. „Nein, ganz gewiss nicht. So etwas wie Kinder der Magie gibt es nicht. Und darf ich Euch an eure Ausbildung in der Magie erinnern?"

Sunry saß im Salon des Gästehauses und lauschte noch immer erschöpft den Worten der beiden Männer. In seinem Magen schien sich ein riesiger Frosch zu befinden, der sich bei jedem Wort des Königs aufblähte. Wieso war er hier?

„Ich würde gerne mit ihm sprechen", meinte König Wellem ziemlich vergnügt.

„Er dürfte ziemlich erschöpft sein. Gerade wegen des kleinen Zwischenfalls gerade eben", gab Lennart zu bedenken.

„Zwischenfall nennt Ihr das, General? Nein, das war kein Zwischenfall. Als der Junge Marcellus sabbernd aus seinem Raum gekrochen ist, weil er ein magisches Wort vergessen hatte zu sagen. Das war ein Zwischenfall. Aber das gerade eben war höchstens unschön, aber kein Zwischenfall."

Sunry vernahm die Schritte des Königs näher kommen und roch kurz darauf dessen Parfüm. Eine teure Mischung mit eben jenen Noten, die die oberste Adelsschicht bevorzugte.

„Sunry von Wettgenstein?", fragte der König ziemlich leise.

„Mit Verlaub, mein König, aber Ihr solltet etwas lauter mit ihm sprechen", schlug Lennart vor.

„Oh ja, natürlich. Sunry von Wettgenstein. Ich bin hier her gekommen, um Euch davon in Kenntnis zu setzen, dass ich den Plan verfolge, Euch zu meinem neuen General zu ernennen."

Sunry konnte nicht verhindern, dass ihm der Mund aufklappte.

„Natürlich benötigt Ihr eine Ausbildung und so, aber das dürfte kein Problem sein." Er machte eine kurze Pause. „Allerdings werdet Ihr Euch noch den anderen Kriegsherren vorstellen müssen. Ich glaube allerdings, dass es Euch nicht schwer fallen dürfte, sie von Euch zu überzeugen." Er beugte sich nach vorne und fügte mit gedämpfter Stimme hinzu: „Den meisten von ihnen ist sowieso egal, wer ihre Männer anführt."

„Was werden sie mit mir machen?", wollte Sunry wissen und war überrascht, wie krank seine Stimme wirkte. Bewusst vermied er den Blick des Königs, obgleich er nicht wusste, warum.

„Nun. Erst einmal werden sie Euch nach Eurer Ausbildung und so befragen. Ihr werdet ihnen dann peinlich genau alles erklären müssen und schließlich, vorausgesetzt Ihr habt nichts verschwiegen oder vergessen und sie sind von Euch angetan, werdet Ihr ein offizieller General der königlichen Armee sein, der alle Vorteile genießen darf." Wellem klopfte Sunry väterlich auf die Schulter und verabschiedete sich mit den Worten: „Dieses Treffen hier hätte es nicht geben dürfen. Verhaltet Euch dem entsprechend."

4.
Lennart stand am Fenster des riesigen Gemachs des königlichen Hofmagiers und sah hinab auf das geschäftige Treiben auf den Straßen. Vorbereitungen für das kommende Fest wurden getroffen, Musikanten und Schauspieler bauten ihre kleinen Bühnen an Straßenecken auf und Wachmänner gingen ihren Aufgaben nach, überprüften die Stabilität von Bühnen und Ständen oder standen schlicht und ergreifend grimmig dreinschauend da. Auch die Bürger waren gut gelaunt, denn sie grüßten selbst Leute, die sie sonst nicht anschauten oder halfen einander beim Tragen von Blumen oder dem günstig erstandenen Fleisch, dass man in den

Tagen vor dem nahen Freudenfest förmlich geschenkt bekam. Lennart war nie ein Freund dieses Festes gewesen. Das *Fest der bunten Gesichter* wurde es genannt und sollte an irgendeinen Barden erinnern, der vor unzähligen Generationen irgendetwas längst Vergessenes vollbracht hatte. Neben den Feierlichkeiten am Tag wie Gesang, Schauspiel und unverschämter Schlemmerei folgte selbstredend ein Abend voll der Laster. Adel und Pöbel vereinten sich in billigen Tavernen des einfachen Volkes, vergaßen alle ihre guten Vorsätze und sogar die Wachmänner betranken sich, bis sie ohnmächtig zusammenbrachen.

Lennart wendete sich von seinem Fenster ab und sah die beiden anderen Männer an, die mit ihm in dem Raum waren und ihn bisher beobachtet hatten. Beide waren Lennart mehr als nur bekannt, obgleich er sie nicht unbedingt als Freunde bezeichnen würde. Sie waren die engsten Vertrauten des Königs und hielten sich scheinbar selber für ungemein wichtige Adelige. Da war keine Verbundenheit, die die beiden mit dem einfachen Volk fanden.

Der eine der beiden, ein hoch gewachsener Mann in blauem Mantel und mit einem kunstvoll verzierten Schwert am Gürtel füllte sich gerade etwas Rum, ein teures, exotisches Getränk aus den freien Handelsstaaten im Süden, ein und setzte sich auf einen der wertvollen, aber hässlichen Bisonledersessel.

„Der König hat ihn *gemustert.*" Lennart sprach das letzte Wort gezielt ironisch aus, während er selber den Entschluss fasste, sich einen Schluck Rum zu genehmigen. Also nahm er sich eines der Elfenbeingläser und füllte das klare Getränk in seinen Becher. Das von Eis gekühlte Getränk kühlte seinen Mundbereich und verbreitete einen angenehmen Geschmack von Limetten und Rohrzucker.

„Ist das nicht das, was wir wollten?", verwunderte sich der Blaugekleidete.

„Indirekt schon, General Marcos", meinte der zweite Mann, der kahlköpfige Magier Ismael. „Aber der König handelt anders, als wir es vorhergesehen haben. Durch sein unbedachtes Voranpreschen riskiert er die Sympathien unserer Verbündeten."

„Wart Ihr es nicht, der Sunry von Wettgenstein den Gedanken eingepflanzt hat, sich als Söldner für die *zufällig* anfallenden Aufgaben zu melden?", erinnerte sich Lennart.

Ismael grinste. Er konnte ein arroganter Mann sein, wenn er einen schlechten Tag erwischte, und bildete sich dann viel zu viel auf seine magischen Talentierungen ein. „Wichtig ist nur, dass der König ihn zu akzeptieren scheint."

„Und wenn er dahinter kommt?", wollte Lennart wissen, worauf General Marcos kurz auflachte.

„Warum sollte er? Der König ist mit seinem Kopf im Moment ganz wo anders und was Wettgenstein angeht, er ist Soldat. Es liegt nicht in seiner Natur, irgendetwas zu hinterfragen."

Lennart nickte, obgleich er noch lange nicht genug hatte. Viel zu viele Wenn und Abers gab es, die alle widerlegt werden mussten. „Was machen wir, wenn sie ihn ablehnen?"

„Sie werden ihn nicht ablehnen. Es gibt keinen Grund für sie. Weder hat er schlechte Eigenschaften, noch mangelt es ihm an Charisma", antwortete Marcos, welcher sich nun als letzter der drei Männer ein Glas Rum genehmigte. Allerdings klang er gerade so, als sei es ihm gänzlich egal, was aus Sunry wurde.

„Ich hoffe nur, dass Ihr beide Recht behaltet", flüsterte Lennart, stellte den Rum zurück auf den Tisch und ging wieder ans Fenster. Und wie er so hinaussah dachte er, wie einfach doch das Leben sein konnte.

5.

Sunry sah hinab auf seine Hände. Sie zitterten. Es war lange her gewesen, dass er so viel Stress ausgesetzt gewesen war. Er stöberte zur Beruhigung in seinem Gedächtnis und stieß auf die Erinnerung einer jener Nächte, in der er mit seinen Mitverschwörern an einem der dicken Buchenholztische gesessen und angespannt an dem Rand seines Bierkruges genippt hatte. Ihm gegenüber hatte jener Mann gesessen, der das Gesicht der kleinen Gruppe von einsichtigen Männern gewesen war. Er hatte wie bei jedem Treffen von einem Pergament seine Pläne vorgelesen, welches er am Ende des geheimen Treffens verbrennen würde. Ja, Sunry erinnerte sich an jene verhängnisvolle Nacht. Jene Nacht, in der alles zusammengebrochen war.

„Die Herren Grafen erwarten Euch, mein Herr." Die fast feminine Stimme des jungen Dienstjungen riss Sunry aus seinen Gedanken. Er sah hinauf zu dem jugendlichen Störenfried und setzte ein ziemlich unglaubwürdiges Lächeln auf mit dem er sich erhob und zielstrebig auf die noch geschlossenen Flügeltüren des Raumes zusteuerte, in dem das Gespräch stattfinden sollte.

6.

Die *hohen Herren* sahen genauso aus, wie es Sunry erwartet hatte. Sie saßen da, auf ihren Sesseln, hatten die beringten Hände gefaltet und nippten an teuren Getränken, trugen teure Kleidung in Form von weiten Umhängen und kunstvoll geschnittenen Roben. Sie saßen ruhig atmend da und ließen ihre glänzenden Augen über den Eintretenden gleiten, wobei sie Sunry durchaus wissen ließen, dass sie etwas in ihren Augen Besseres waren. Sunry entdeckte unter ihnen auch den König, der ihn mit einem würdevollen Nicken begrüßte, und den kahlköpfigen Magier Ismael, welchen Sunry von der Landung auf dem von Steinstatuen umgebenen Platz kannte. Wie er seinen emotionslosen Blick auf Sunry haftete gefiel diesem gar nicht, doch was sollte er machen?

„Nehmt doch bitte Platz, edler Herr", bat Wellem und deutete auf einen ungemütlich wirkenden Stuhl vor den Adeligen. Eine Position, von der aus Sunry den Adeligen wehrlos ausgeliefert sein würde.

„Ihr wisst, warum Ihr hier seid?", fragte Wellem, worauf Sunry nickte. Die offizielle Variante war, dass ein Bote des Königs den unvorbereiteten Sunry vorgeladen hatte. In Wahrheit hatte es nie einen Boten gegeben, sondern es war bei dem etwas dürftigen Gespräch mit Wellem in dem Gästehaus geblieben.

„Ja, meine Herren."

„Gut, gut", sagte einer der Adeligen sichtlich gelangweilt war und spielte an einem seiner Ringe herum. „Dann werdet Ihr uns sicherlich auch direkt erzählen wollen, woraus Eure

Vergangenheit besteht und was Euch hierher verschlagen hat."

Sunry nickte. Unter normalen Umständen wäre er bei der Erwähnung seiner Vergangenheit zusammengezuckt, doch glücklicherweise hatte Lennart ihn auf solche Fragen hingewiesen. Und so erzählte Sunry eine Geschichte, die er gründlich vorbereitet hatte und die keine Fehler aufwies. In dieser Geschichte war er der Sohn eines einfachen Adeligen, welcher viel Wert auf Sunrys Ausbildung mit dem Schwert gelegt hatte. Tragischerweise konnte Sunry jedoch nie der Armee beitreten, da sein Vater von einer Gruppe Verbrechern getötet worden war. Und so hatte es den Waisen Sunry nach Elbenstein geführt, wo er von dem damaligen Hauptmann Kunibert unter die Fittiche genommen und zu einem fähigen Soldaten ausgebildet worden war. Erstaunlicherweise war gar nicht allzu viel von dieser Nacherzählung von Sunrys Vergangenheit gelogen, sondern lediglich umgeändert. Und auch der Inhalt war korrekt, nur, dass Sunry selbst einer der Mörder seines Vaters gewesen war. Vor seinem geistigen Auge erschien die Erinnerung des Schwertes, das seinen Vater getötet hatte. Und der fassungslose Blick.

Es folgte die Schilderung der jüngsten Erlebnisse, bei der jedoch die Begegnung mit dem Untoten in der Kirche ausblieb.

Schließlich beugte sich Wellem nach kurzer Beratung weit nach vorne und sagte mit freudiger Stimme: „Herzlichen Glückwunsch, General."

**Kapitel XXI**

*Eine Schlacht steht immer erst auf dem Pergament.*
General Endorgan, Das Geheimnis des Krieges

1.
Für Sunry begann ein neues Kapitel seines Lebens. Immer wieder musste er sich mit den Studien der Magie auseinandersetzen und bedauerlicherweise schien Lennart beschlossen zu haben, Sunry nun auch gehobene Magie zu lehren. Immer komplexer wurden die kleinen Rituale, welche sich aus fremden Worten, verschiedensten Gesten und manches Mal aus unscheinbaren Dingen wie Federn eines bestimmten Vogels, die man verbrannte, bestanden. Sunrys Kopf schien kurz vor einer Explosion zu stehen und Lennart packte immer mehr explosive Stoffe hinzu. Und dennoch konnte Sunry nicht leugnen, dass ihm das harte Training vieles gebracht hatte. Mittlerweile vermochte er für ungewöhnlich lange Zeit die Luft anzuhalten, mit seinen Gedanken andere Magieanwender zu kontaktieren, Dinge schweben zu lassen und Feuer mit seinen Händen zu machen. Nur die Kunst, sich vor feindlichen Zugriffen auf seinen Geist zu schützen, beherrschte er noch lange nicht. Es war egal wie oft Lennart ihn dazu zwang, diesen Berg der Magie zu erklimmen und auch, wie nah er dem Gipfel kam, immer wieder verlor Sunry den Halt und stürzte ab, in eine leere Schwärze.
Allerdings hatte sein neuer Rang gigantische Vorteile für ihn. Zum einen wurden ihm weitere Kniffe mit dem Schwert beigebracht, zum anderen erhielt Sunry eine

komplett neue Ausrüstung. Noch immer lag ihm das neue Schwert ungemein schwer in der Hand. Und doch war er nun General.

„Unsere Späher berichten von immer mehr Goblins", wusste General Marcos, ein mittlerweile guter Freund Sunrys, zu melden. „Dörfer werden überfallen und der Kontakt zu unseren Außenposten bricht ab. Allerdings kann man aus den Übergriffen kein Muster oder Strategie ableiten wie bisher." Er holte aus einem Lederbehälter eine zusammengerollte Karte hervor, welche er auf den Tisch legte, um den sich beinahe ein dutzend Generäle versammelt hatte. Von den wenigsten wusste Sunry den Namen.

„Das Volk wird immer unruhiger, aber das ist nicht das größte Problem. Dadurch, dass uns wichtige Städte wie Turmfurth nicht mehr zur Verfügung stehen, bricht der Handel ab. Der König und die hohen Herren planen bereits eine Evakuierung", berichtete ein unbekannter General.

„Eine kluge Überlegung", meinte Sunry. Alle Augen richteten sich auf den Neuen, über den so viel gemunkelt wurde. Sunry hatte bisher geschwiegen und viel lieber den Worten der erfahrenen Kriegsführer gelauscht. „Ich meine, wenn das einfache Volk fort ist, können unsere Männer wesentlich freier agieren."

Mit gemischten Gefühlen sahen die Generäle Sunry an. Schließlich rang sich einer von ihnen durch Bedenken zu äußern: „Ihr vergesst, dass die Soldaten unterhalten werden wollen, gerade bei einer Belagerung, die Wochen oder sogar Monate andauern könnte. Das bedeutet, wir müssen mindestens Gaukler und Dirnen dabehalten. Und wie wollt

Ihr sie dazu bringen, wenn alle anderen fort sind, in der Stadt zu bleiben, wo jeder Tag ihr letzter sein könnte?"

„Da habt Ihr Recht. Verzeihung", entschuldigte sich Sunry verlegen.

„Ihr seid noch unerfahren, aber das wird schon", tröstete ihn Marcos. Dann räusperte er sich und kam zurück zum eigentlichen Thema: „Worum es doch geht, ist, dass die Goblins sich anders verhalten als bisher. Und somit können wir sie nicht mehr einschätzen. Es scheint, als haben sie erkannt, dass ihr strategisches Vorgehen sie berechenbar und somit angreifbar macht."

„Vielleicht sollten wir alle Männer, die noch da draußen sind, hierher zurückbeordern. In der Stadt dürften sie nützlicher sein, als auf irgendwelchen Außenposten. Dort draußen sind sie verloren, hier können sie den Feind aufhalten", meinte Sunry und war verwundert, mit welcher Zustimmung ihn die anderen Generäle bedachten.

„Er hat Recht", stimmte schließlich der erste zu. „Wir sollten gleich Boten entsenden und unsere Männer zurückholen."

2.

Immer häufiger wurden die Berichte von Sichtungen des feindlichen Heeres und immer größer die Unruhe der Volkes. Viele waren bereits gegangen, doch überraschenderweise hatten fast eben so viele beschlossen, da zubleiben und die Stadt zu verteidigen. Frauen wollten kochen und für die Männer sorgen, die ihr Leben im Kampf riskieren würden. Die Straßen wurden von Soldaten überschwemmt. Sie saßen in ihren dürftigen Uniformen und Rüstungen an

Straßenecken und unterhielten sich mal leise, mal laut darüber, was wohl alles in der kommende Schlacht geschehen würde, vertieften sich in wilde Spekulationen und Vermutungen, was die Zukunft bringen würde.

Sunry hatte keine Zeit für so etwas. Er war kein einfacher Soldat mehr, obgleich er sich diese Zeiten wieder zurückwünschte. Doch vieles andere wartete auf ihn, verlangte von Sunry bearbeitet zu werden. Mittlerweile trafen sich die Generäle regelmäßig, um die neuen Informationen zu verarbeiten und Pläne zu schmieden. Sunry hatte das Kommando über ein gesamtes Reiterregiment erhalten und war zusätzlich für den Schutz des Palastes eingeteilt. Doch egal wie gut das Bevorstehende auch beplant wurde, egal, wie detailliert die Verteidigung vorbereitet wurde, in Sunry wuchs ein unbestimmbares Gefühl der Unsicherheit.

An jenen wenigen Momenten, an denen sich Sunry von seinen neuen Aufgaben loseisen konnte, befand er sich an Orten, an denen er sich ausruhen konnte, ohne sich vorzukommen, als stünde er in einem goldenen Käfig. Nicht selten streifte er einfach durch die Gassen der Stadt auf dem Hügel, sah den Soldaten bei was auch immer zu.

Dann kam der Tag, der kommen musste. Es geschah eher plötzlich. Sunry und die anderen Generäle saßen wie fast jeden Tag schon seit Stunden an dem großen Eichentisch in dem Besprechungsraum der Burg, hatten riesige Karten der Stadt ausgebreitet und mit meterlange Listen mit Namen der Soldaten den hölzernen Boden bedeckt, als ohne Vorwarnung die dicke Tür des Raumes aufgestoßen wurde und ein keuchender Soldat hereingestürzt kam. Grimmig funkelte

Marcos ihn an: „Das nächste Mal klopfen wir an, nicht wahr?"
Der Mann sah die Generäle mit heraustehenden Augen an, ehe er so laut wie möglich sagte: „Es wird vielleicht kein nächstes Mal geben. Die Goblins sind da!"

3.
Sunry spurtete durch die langen Gänge des Königspalastes, wobei er sich eilig seinen Helm auf den Kopf stülpte. Die verfluchte Rüstung drückte überall und die Lederriemen, die sie an seinen Körper schnüren sollen, gruben sich wie Ungeziefer in sein Fleisch. Hinter ihm konnte er Marcos rennen hören, doch er drehte sich nicht um, aus Angst an Tempo zu verlieren. Als sie durch die riesigen Flügeltore des Palastes stürzten, worden die Generäle zu aller erst von den grellen Sonnenstrahlen geblendet. Es war ein junger Nachmittag und nur wenige Wolken, wollig wie Schafe, wagten es, sich vor den klaren, blauen Himmel zu schieben. Sunry erspähte auf den Wehrmauern dutzende Soldaten, die entweder die blauen Mäntel und Roben der königlichen Leibgarde trugen, zu der auch Marcos gehörte, oder in die Lederrüstungen der einfachen Infanterie gehüllt waren.
„General!" Sunry entdeckte neben sich einen der Offiziere aus Marcos' Reihen. „Wir werden noch nicht angegriffen, aber sie haben sich in Bewegung gesetzt, Sir. Es müssen Tausende sein und es sieht nicht danach aus, als ob sie verhandeln wollten. Die Männer in der Unterstadt und im Hafen sind informiert und wir haben die Marine mit Lichtsignal kontaktiert."

Sunry erinnerte sich an einen der ersten Pläne, den sie geschmiedet hatten. Die gesamte königliche Flotte lag hinter einer Felsformation im Wasser vor Anker und würde nur wenige Minuten brauchen, um als Verstärkung eingreifen zu können. Und glücklicherweise konnten die Goblins die riesigen Schlachtschiffe nicht sehen, sodass sie in einen cleveren Hinterhalt laufen würden. Einer von vielen.
Die drei Männer stürzten auf die riesigen Wehrmauern, von welchen der Palast umgeben wurde, und Sunry wurde übel. Tatsächlich waren es weitaus mehr Goblins, als er oder einer der anderen Generäle erwartet hatte. Wie ein riesiger Teppich, aus Rüstungen und Leibern genäht, näherten sie sich, indem sie über die fernen Hügel gleiteten. Schon jetzt konnte man ihr gleichmäßiges Auftreten, ihre kampfeslustigen Schreie und das Donnern ihrer Trommeln hören.
„Lasst die die Ballisten laden", befahl Sunry dem Gardisten, welcher sich nach einer eiligen Verbeugung entfernte.
„Wir haben alles so detailliert geplant, jede Eventualität überdacht", überlegte Marcos laut. „Und doch fühle ich mich so ungeschützt." Er machte eine kurze Pause. „Ich werde den König unterrichten."

4.
Der Zwerg rammte grimmig dreinschauend sein Schwert auf den Boden und leerte den Flachmann, den er seid der Zeit in der Tropfsteinhöhle immer bei sich trug. Sein gesamter bulliger Körper wurde von einer Turmzinne verdeckt, die ebenso groß war wie er.

„Und ich kann nicht mal was sehen", knurrte er, wobei er versuchte, sich vor einen in die Ferne spähenden Soldaten zu schieben.

„Ich glaube, wir werden noch genug sehen", meinte Orlandos und legte einen Pfeil auf seinen neuen, weißen Bogen.

„Du bist ja auch größer als ich. Was soll das werden? Von hier aus triffst du sowieso nicht." Dennoch schoss Orlandos und traf.

**Kapitel XXII**

*Und so lasset uns beten, dass der große Atros uns errettet, wenn der Tag der Abrechnung vor seinem heiligen Antlitz beginnt.*
Atrische Schrift, letztes Kapitel

1.

Haldor stand am Fuße eines mächtigen Hügels, auf dessen Spitze die Goblins Fackeln und Flaggen aufgestellt hatten. Am Horizont sah man die mächtige Stadt Saphira, das nächste Opfer der Armee. Oben warteten bereits die anderen Fürsten. Es war Tradition, dass der oberste Fürst als letztes zu ihnen stieß. Der Triumph war zum Greifen nah. Heute Nacht würden sie siegen!

Die anderen Fürsten sahen Haldor mit ernsten Gesichtern an. Haldor erkannte sie alle: Den Untoten Zarrag, den blauhäutigen Yas, den Fanatiker Wuldocren, den neuen Wolfreiter Wandor, Hazroah und seinen Schützling, den Halb-Goblin.

Haldor machte eine Runde durch seine Vertrauten, ehe er sich in ihre Mitte stellte und zu reden begann:

„Vor einem Jahr haben wir unsere Fesseln abgeworfen und uns dem alten Feind offenbart. Jahrelang haben wir auf den Moment gewartet, an dem die Menschen verlieren, was sie so lieben. Heute, meine Brüder, werden wir zum ersten Mal mit voller Macht auftreten und den Menschen die Plage bringen, die sie so sehr fürchten, dass sie uns fortjagten. Als wir uns versammelten waren wir uns fremd, waren nichts anderes als Aussätzige, die sich eine gemeinsame, ruhmlose

Vergangenheit teilten. Nun stehen wir hier und sind mächtiger denn jemals bevor. Die Menschen mögen uns entgegentreten in ihrer Selbstüberschätzung, doch ich versichere euch allen, wir werden sie ohne Gnade zerschlagen und ein für alle Mal vernichten. Es ist der lang ersehnte Tag gekommen, ein Tag, der die Geschichte der Goblins, Oger und Monstrositäten neu schreiben wird. Heute werden wir das Ende der verhassten Menschheit einläuten. Ihr steht an meiner Seite, Brüder. Wir werden siegen und niemals wird sich irgendjemand unser Meister nennen!"
Haldor breitete seine gepanzerten Arme aus und laute Jubelrufe schlugen ihm entgegen.

2.
Sunry sah in die Gesichter seiner Männer. Jener Männer, mit denen er an die Front gehen würde. Er sah die besorgten und gleichzeitig entschlossen Mienen und den unbeschreiblichen Mut, der wie die sich züngelnden Flammenzungen eines Waldbrandes in ihren Augen leuchteten und er fragte sich, ob er selber die gleiche Motivation zum aussichtslosen Kampf verspürte. Während der gesamten Planung mit den anderen Generälen hatte er mehr oder weniger geglaubt, dass die Goblins den Menschen zahlenmäßig unterlegen seien, nun jedoch stand er einer Streitmacht gegenüber, die an die Tausende zählen musste. Unwillkürlich schnellte Sunrys Hand an sein Schwert. Er fühlte das makellose Leder, das das kalte Metall umgab, fühlte die unglaubliche Energie, die diese Waffe ausstrahlte. Seine Finger wanderten weiter zu dem Horn, dass er um seinen Hals gebunden trug. Ein Ton mit ihm würde reichen, um den Rückzug aus dem

Gefecht zu verkünden. Er fand den Kristall, welchen Sunry in einer verschlossenen Kammer von Marcos erhalten hatte. Ein Kristall, mit dem er die anderen Generäle kontaktieren konnte. Schließlich fand er dann auch noch jene Gegenstände, die der alte Ignasil für ihn angefertigt hatte. Noch immer waren da zwei Tränke, ein kleiner Stock, in dem sich nun die Bezekira befand, die Zauberstäbe, die Sunry in der Schlacht gute Dienste erweisen sollten.

„Die Männer sind bereit, Herr", sagte Sunrys oberster Offizier.

„Sehr gut. Dann ziehen wir los."

Die mächtigen Tore der Wehrmauer wurden geöffnet und das fast hundertköpfige Regiment ritt los. Sie überquerten den steinernen Weg, der zum Palast hinaufführte, kamen an mit Brettern verriegelten Villen vorbei, deren Bewohner in den Kellern hockten und nur zurückgeblieben waren, um ihre Besitztümer nicht an gewissenlose Wilde zu verlieren, vorbei an den riesigen, jahrhundertealten Bäumen, die eine zur Spitze des Hügels verlaufende Allee säumten, vorbei an den provisorisch errichteten Schützengräben, in denen verdreckte Soldaten mit geladenen Armbrüsten und hölzernen Kisten voller Proviant kauerten, vorbei an der Wehrmauer, die die mittlere Schicht vom Hafen trennte, vorbei an hunderten angespannten Bogenschützen, die mit selbstgebauten Fernrohren in die Ferne spähten, vorbei an den Legionen der Grafen, Barone und Herzoge, vorbei am einfachen Volk, Frauen, Kindern und Alten, die sich in die engen Fluchttunnel unter der Stadt drängten, vorbei an dem einst prächtig geschmückten Hafen und all den Segel- und Fischerbooten, vorbei an weiteren Soldaten, die die Kavallerie anstarrten, bis hin zu dem vordersten Wall, wo ihm der Zwerg, Orlandos und Helena entgegenkamen. Wie er sie so sah, in voller Rüstung und Schwertern an den Gürteln, bemerkte er, wie viel Zeit ihm das Generalsein gestohlen hatte. In den vergangenen Wochen hatte er keinen Kontakt mehr zu seinen alten Kameraden gehabt und nun würde er vielleicht die letzten Minuten ihres Lebens mit ihnen hinter eines Mauer verbringen, die auf jeden Fall zerstört werden würde.

Sunry sah hinauf auf einen der riesigen Wachtürme. Dort oben brannte das schwache Licht von bis zum Rand gefüllten Kohlenpfannen und ein paar wenigen Fackeln und erhellte die Gesichter von dem halben dutzend Armbrust- und Bogenschützen, das auf dem Turm Wache hielt.

„Wie weit entfernt?", rief er zu ihnen hinauf.

„Weit genug, um in einer halben Stunde in Ballistenreichweite zu sein."

Sunry sprang aus dem Sattel und eilte die steinernen Stufen zur Wehrmauer hinauf, von wo er feststellen musste, dass der Feind beängstigend nah war. Und obgleich der Ausguck Recht gehabt hatte, würde der Kampf doch schon jetzt beginnen. „Bögen anlegen und Armbrüste laden!", befahl er laut. „Wir bekommen Besuch aus luftigen Höhen."

3.

Sunry erkannte schon von Weitem, dass sich dem ersten Wall ein halbes Dutzend Manticore näherten.

„Zielen!", brüllte er, während er sein Schwert zog, welches er zum Himmel streckte, um es mit dem Wort: „Feuer!" herabschnellen zu lassen.

Mit erstaunlicher Eleganz wichen die fliegenden Ungeheuer den hölzernen Geschossen aus, schlugen Saltos in der Luft oder lehnten sich schlicht und ergreifend zur Seite.

„Laden!", brüllte Sunry und hob sein Schwert gerade vor sich. „Zielen!" Er streckte das Schwert zum Himmel. „Feuer!"

Wieder gelang es den Manticoren auszuweichen und Sunry wurde schmerzlich bewusst, dass es keine Zeit gab, ein zweites Mal nachzuladen. „Alle runter von der Mauer!"

Mit einem Donnern landeten die Manticore auf dem Wall. Es waren nur zwei, doch die vier anderen hatten ebenfalls Ziele auserkoren. Jeder von Ihnen steuerte auf die Dächer der Wehrtürme zu, wo sie ihre Krallen hineingruben und die ledernen Flügel ausbreiteten. Von unten wurde Sunry Zeuge des Todes eines Soldaten, der nicht rechtzeitig die Treppe erreichte. Die beiden Manticore auf dem Wall tauschten ein verspieltes Knurren, ehe der eine mit seiner rechten Tatze den schreienden Mann packte und der andere seinen stachelbewehrten Schwanz hob.

„Was wird das?", fragte der Zwerg dumpf und senkte gedankenverloren seinen fast mannshohen Stahlschild.

„Das ist mit ehrlich egal. Männer!", rief er, wurde jedoch von gleich zwei unangenehmen Geräuschen unterbrochen. Das erste rührte von dem gefangenen Soldaten her, auf welchen der geisellose Manticor etwa ein dutzend spitzer Stacheln abgeschossen hatte und der nun in der geballten Faust seines Geiselnehmers in sich zusammensank, das andere von einem der Wehrtürme, wo der dazugehörige Manticor damit angefangen hatte, das Dach mit seiner Tatze zu zerschlagen. Nicht einmal die ihm entgegen schießenden

Armbrustbolzen hinderten den Manticor an seinem Bestreben. Schließlich umschloss er mit einer seiner Tatzen einen der unglücklichen Armbrustschützen und zog ihn durch das Loch im Dach. Selbst von so weit unten konnte man das panische Kreischen des Todgeweihten hören. Dann befanden sich beide Lebewesen auf einer Augenhöhe, worauf der Manticor verspielt nach dem Kopf seiner Beute tatzte.

„Anlegen!", befahl Sunry. Er sah sich um und musste feststellen, dass die meisten seiner Männer geistesabwesend die Manticore anstarrten, die nun auch die Beute vor sich bemerkt hatten. „Feuer frei!"

Darauf hörten die Soldaten. Pfeile und Bolzen wurden wild und völlig unkoordiniert auf die fliegenden Gegner abgefeuert. Überraschenderweise wurde durch dieses eher fragliche Verhalten ein wesentlich größerer Erfolg erzielt als zuvor. Nachdem einige der Geschosse ihr Ziel getroffen hatten, schien den Manticoren die Bedrohung klar zu werden und so erhoben sie sich wieder in die Lüfte. Nur einem gelang dieses Vorhaben nicht, da ein ganzer Hagel von Pfeilen seinen rechten Flügel durchbohrt hatte. Wütend brüllte das Ungeheuer auf, ehe es sich auf allen Vieren aufrichtete und nach vorne absprang. Es dauerte einen Moment, bis das schwere Tier sich abfangen konnte. Zeit genug, es erneut mit einer Welle aus Geschossen einzudecken. Fast jeder Pfeil traf und das Untier begann sich schmerzerfüllt zu winden und wütend zu knurren, ehe es sich umdrehte und mit dem langen Stachelschwanz auf die Gruppe seiner Peiniger zielte. Einige Sekunden später schoss ein Großteil der kleinen, dafür aber ungemein spitzen Stacheln, auf die schildlosen Wachmänner und richtete verheerenden Schaden an. Viele Männer stürzten schreiend und mit Stacheln in Brust und Bauch auf den Boden, wälzten sich windend vor Schmerz hin und her. Die Gunst der Stunde nutzten nun auch die Manticore, die bisher in der Luft gekreist hatten. Mit gierigem Knurren stürzten sie auf die Männer, die den niederträchtigen Angriff des flugunfähigen Manticors überstanden hatten. Sunry fand sich in einer Zwickmühle wieder. Zum einen waren diese Wesen seinen Männern klar überlegen, zum anderen mussten sie auf jeden Fall den ersten Wall verteidigen. Und da kam ihm die Idee, die ihnen das Leben retten sollte. Aus seinen Augenwinkeln konnte er den Zwerg und Orlandos dabei beobachten, wie sie auf einen der Manticore zu schlichen. Der Elf hatte gleich vier Pfeile auf seine Sehne gelegt und zielte auf das Genick des Tiers, welches gerade damit beschäftigt war, einen unter seiner Kralle gefangenen Soldaten mit den Krallen an der Brust zu kratzen. Sunry stellte fest, dass in diesen Wesen eine verspielte Grausamkeit herrschte und eigentlich erinnerten sie sogar entfernt an eine Hauskatze, wie sie bei den hohen Herren der freien Handelsstaaten im Süden beliebt waren. Mit einem lauten zwergischen Fluch stürzte sich der Zwerg mit grimmiger Eleganz auf das Tier und wich dabei eher unbeholfen den herabschnellenden Tatzen aus. Schließlich geschah, was geschehen musste. Der Zwerg sprang in die Luft, trat ins Leere und stürzte scheppernd zu Boden. Wütend vor sich hin murmelnd versuchte er sich wieder aufzustemmen, wurde jedoch von dem verspielt knurrenden Manticor niedergedrückt. Nur einen Augenblick später schoss Orlandos und traf. Jeder der vier

Pfeile traf den Gegner mitten ins Katzengesicht und ließ ihn zurückweichen. Diese Gunst der Stunde wusste der Zwerg zu nutzen. Noch immer schimpfend sprang er hoch, ruderte einen Augenblick lang wild mit den Armen, erlangte die Kontrolle über seinen gerädeten Körper und stach mit seinem Schwert in die Kehle des Untiers. Ein leises Gurgeln war das Letzte, was es von sich gab, ehe es leblos zusammenbrach, um einen wuchtigen Tritt von dem Zwerg in die Seite zu bekommen.
„Na? Wer ist jetzt der Stärkere?", lachte er und kraulte das Tier sarkastisch grinsend unter dem blutverschmierten Kinn.
Sunry sah in dem Tod des ersten Manticors seine Chance. Er zog vorsichtshalber sein Schwert und stürzte los, die Stufen zu den Wehrmauern hinauf. Ihm folgten einige Soldaten, die zwar nicht wussten, was ihr General vorhatte, aber ihn dennoch unterstützen wollten. Sunrys Ziel war einer der Wehrtürme, auf dem unglücklicherweise noch immer ein Manticor saß und gebannt dem Tod seines Artgenossen beigewohnt hatte. Nun würde er selber um sein Leben kämpfen müssen. Flankiert von seinen Männern spurtete Sunry in den hohen Turm und hastete die schmale Wendeltreppe hinauf. Oben angekommen fand er vor, was er erwartet hatte. Die Leichen der Armbrustschützen lehnten an den hölzernen Geländern und wiesen unschöne Verletzungen auf, die nur die Krallen des Manticors hervorgerufen haben konnten. Das, was Sunry jedoch gesucht hatte, war noch da und völlig intakt. Er schickte ein dankendes Stoßgebet gen Himmel und bedeutete den Soldaten sie sollten die Balliste, eine riesige, im Turm

befestigte Armbrust, laden. Mit interessierten Blicken bedachte der Manticor über ihnen das Geschehen unter sich, ehe der Plan der Menschen durchschaute. Wütend knurrend tatzte er nach den beschäftigten Soldaten, worauf Sunry ihm sein Schwert in die Tatze rammte. Es folgte ein verwirrtes und gleichzeitig empörtes Winseln, ehe sich die Tatze durch das Loch im Turmdach zurückzog.

„Geladen, General", verkündete einer der Soldaten, worauf Sunry ihnen mit einer Geste bedeutete, auf den Bauch des Manticors über ihnen zu schießen. Der eilig geschmiedete Plan trug Früchte. Mit einem ehrfurchtsgebietendem Sirren schnellte der fast mannsgroße Pfeil der Balliste nach oben und rammte sich in den wehrlosen Magen des Manticors, welcher verwirrt aufbrüllte, um sich kurz darauf in die Lüfte zu erheben und seine Peiniger aus sicherem Abstand sehen zu können. Ein törichter Fehler, denn schon war die Balliste nachgeladen und ein zweiter Pfeil traf sein Ziel. Dieses Mal gab es für den Manticor auch keine Gelegenheit mehr, erneut einen Fehler zu begehen. Mit beiden Tatzen den tödlichen Pfeil in seiner Brust umklammernd stürzte er in die Tiefe.

Eilig rannte Sunry zu dem Geländer und stellte fest, dass die verbliebenen Manticore zum Nahkampf übergegangen waren. Eine der fliegenden Riesenkatzen wurde von einem dutzend Reiter umringt, die im gleichmäßigen Trab das winselnde Tier umzingelten und immer wieder mit Speeren und Lanzen zustachen; von ein paar Dächern aus feuerten die Bogenschützen auf einen bereits von Pfeilen gespickten Manticor, welcher trotz verletzter Flügel noch immer versuchte, wieder zu fliegen; umringt von einem Haufen toter Soldaten wehrte sich der vorletzte und zugleich kräftigste Manticor gegen die Versuche der Menschen, seinen Stachelschwanz abzuschlagen. Tatsächlich schien dieses Tier eben mit solchem besonders intensiv zu kämpfen, sodass jeder mutiger Soldat, der sich dem Mordinstrument zu sehr näherte von dem Schwanz meterweit weggeschleudert oder von den abgeschossenen Stacheln gespickt wurde. Schließlich gelang es jedoch einer kleinen Gruppe besonders gerissener Soldaten, das Ungetüm zu stoppen. Während zwei von ihnen mit gezogenen Schwertern provokant vor dem Gesicht des Untiers hin und her hüpften, näherte sich in den Schatten zweier Häuser ein Speerwerfer, welcher einen der beiden Flügel traf. Während sich das Tier vor Schmerz und Wut wand, stürzte ein vierter Soldat auf es zu, hob sein großes Schwert und trennte dem Wesen den Schwanz ab. Es war das letzte, was er tun sollte, denn im selben Augenblick fuhr der schwanzlose Manticor herum und biss den armen Mann zu Tode. Dies bedeutete jedoch nicht, dass die verbliebenen drei Männer aufgaben. Mit einem wilden Schrei sprangen sie über den verstümmelten, blutenden Schwanzansatz, kletterten den sich schüttelnden Manticorrücken hinauf und trieben schließlich beide Schwerter in das wehrlose Genick. Der letzte Manticor schließlich, er hatte bisher das Treiben hinter dem Wall interessiert aber unbeteiligt beobachtete und dabei mit dem erbeuteten Körper eines toten Soldaten gespielt, fiel Sunrys Balliste zum Opfer.

Als Sunry die Stufen wieder hinab kam, ritt ihm sein Sergeant entgegen.

„General", grüßte er und schwang sich elegant und formvollendet aus dem Sattel.

Sunry nickte zur Antwort. Sein Körper schmerzte, obgleich er sich nicht wirklich sehr angestrengt hatte und er hatte wirklich keine Lust, sich schnell aufgestellte Statistiken der Verluste anzuhören. Viel mehr zog es ihn zu seinen alten Kameraden. Er konnte und wollte sich nicht vorstellen, dass auch nur einer von ihnen den Angriff der Manticore nicht überstanden haben könnte. Und doch war er sich seiner neuen Aufgaben und Pflichten durchaus bewusst. Also bedeutete er dem Sergeant zu sprechen.

„Mindestens zwanzig Mann verloren, General. Die meisten durch diese verfluchten Stacheln. Ich habe den Überlebenden befohlen, wieder ihre Position auf dem Wall einzunehmen und sich bereit zuhalten. Aber ehrlich gesagt, Herr, befürchte ich, dass wir keinen weiteren Angriff dieser Größenordnung überstehen werden. Ich würde Euch empfehlen, dass wir uns zurückziehen."

Sunry setzte ein freundliches, aber deutlich unechtes Lächeln auf. „Es wird kein solcher Angriff mehr kommen. Ab jetzt werden wir es nur noch mit Infanterie zu tun haben."

4.

Sunry konnte erleichtert ausatmen, als er alle seine alten Kumpane am Abend des ersten Tages dicht gedrängt am notdürftig errichteten Lagerfeuer sitzen sah. Eigentlich hatte er direkt nach dem Angriff der Manticore zu ihnen gewollt, doch eine Lawine von unerwarteten Aufgaben hatte ihn aufgehalten. Nun war er heilfroh, sie alle dort sitzen zu sehen, wohlbehalten bis auf den einen oder anderen Kratzer. Er sah den Zwerg, der hungrig seine Mahlzeit, eine Schale voll mit zerdrückten Bohnen und billigem Speck, hinunterschlang und sie mit einem Schluck aus seinem Flachmann sowie einem lauten und durchaus gelungenem Rülpser beendete, Erinn, der gedankenverloren mit einem langen Ast in der Glut des Lagerfeuers herumstocherte, Orlandos, welcher seine Pfeile säuberte, die er offenkundig aus den toten Körpern der Manticore gezogen hatte und Helena. Bei ihrem Anblick begann sein Herz förmlich zu rasen. Er hatte es nicht bewusst wahrgenommen, doch in seinem Innern war ihm klar gewesen, dass seine größte Sorge ihr gegolten hatte. Er sah sie an, ihre wunderschönen Augen, ihre Haare und ihm wurden alle jene Gefühle bewusst, die er zuvor unterdrückt und tot gewünscht hatte. Nun trafen sich ihre Blicke und Sunry spürte ein Gefühl, dass er niemals hatte fühlen wollen. In ihm tat sich ein Zwiespalt auf. Auf der einen Seite standen all die Lehren der Bruderschaft, nach denen seine Eltern ihn streng erzogen hatten, auf der anderen Seite stand die Gewissheit, dass die nächsten Tage mit ziemlicher Wahrscheinlichkeit entweder Sunry oder Helena den Tod bringen würden. Wieso also sollte Sunry seine Gefühle für diese wundervolle Frau vergraben? Was sprach noch dagegen? Er setzte sich in Bewegung, wobei sein Hirn aggressiv gegen das verliebte Herz protestierte. Immer lauter wurde der schimpfende Protest, bis er erschrocken zusammenbrach, als Sunry sich neben Helena ans Lagerfeuer hockte. Er merkte, dass ihm sein Schwert dabei im Weg war, sodass er es abschnallte und neben sich auf den staubigen Boden legte. Helena lächelte ihn an und Sunry wurde klar, dass sie ihm ja bereits ihre Gefühle gestanden hatte. Er erinnerte sich noch an diesen melancholisch plätschernden Fluss und die Bezekira, die mit dem Zwerg losgezogen war, um nach Feuerholz zu suchen. Damals, er verwunderte sich darüber, wie lange dieses Ereignis zurückzuliegen schien, hatte er Helena abgelehnt, wenn auch mit freundlich verpackten Worten. Waren ihre Gefühle noch wach oder hatte er verspielt? Er atmete tief ein und aus und spürte ein unangenehmes Gefühl der Unsicherheit. Was sollte er sagen? Was sollte er machen, wenn sie ihm bestätigte, was er erhoffte? An diesem Abend wurde Sunry schmerzlich bewusst, wie unerfahren er doch im Thema Liebe war. Die Bruderschaft hatte Liebe als eine jener schwachen Eigenschaften abgetan, die eines ihrer Mitglieder, ein jeder Mensch, einfach nicht haben durfte. Schließlich überwand Sunry sein Unbehagen und ließ seine vor Aufregung zitternde Hand langsam über den Boden zu Helenas Hand wandern, bis er die weiche Haut an seiner Handfläche spüren konnte. Als sie nicht zurückzog ließ er die Hand auf ihrer ruhen und die Liebe brüllte in seinem Innern triumphierend auf, als sie ihren wunderschönen Kopf auf seiner Schulter bettete.

5.

Sunry öffnete seine müden Augen als die ersten warmen, frechen Sonnenstrahlen auf seinem Gesicht kitzelten. Er spürte den verfluchten Muskelkater in allen seinen Gliedern. Nur mit Mühe und Not gelang es ihm, sich hochzustemmen und sich umzusehen. Da entdeckte er neben sich Helena, die ihn müde anlächelte und sich an seiner Schulter hochzog.

„Guten Morgen", hauchte sie im ins Ohr und sie lächelten sich verliebt wie ein jugendliches Paar an.

„Ich glaub, mir wird gleich richtig schlecht."

„Wenn, dann bitte in die andere Richtung, Zwerg."

„Ihr benehmt euch wie kleine Kinder."

„Sei bloß still Spitzohr."

„Verzeih. Ich vergaß, dass der Herr nicht gut drauf ist."

„Nicht gut drauf? Ich würde dich gerne sehen, Spitzohr, wenn du gnädigerweise die Bohnenreste von allen Soldaten aufgegessen hättest."

„Das hast du nicht wirklich gemacht, oder?"

„Was?"

„Na, dich mit dem Essensresten von zwei fast vollständigen Regimentern voll gestopft."

„Ich sehe das so, Menschlein, erwischt es uns, geht das gute Essen vor die Goblins und wollen wir das?"

„Also ich habe schon besseres Essen gesehen, geschweige denn gegessen."

„Du darfst nicht vergessen, Orlandos, dass der Kerl einen Magen wie ein Hund hat."

Sunry drehte sich um und entdeckte Orlandos, den etwas kränklich und aufgebläht wirkenden Zwerg und Erinn hinter sich in einer Reihe stehen. Jeder lächelte ihn verschmitzt an.

„Wie ich sehe, ist unser Liebespaar aus diesem romantischen Liebesnest hochgeschreckt", knurrte der Zwerg verächtlich.

„Neidisch?", lachte Erinn.

„Ich werde dir gleich Neid geben, mein verweichlichter Menschenfreund."

„Spart euch eure Kräfte, Jungs", lachte Sunry, erhob sich und half dann Helena.

„Ich bin kein Junge", beschwerte sich der Zwerg so leise, dass niemand hätte sagen können, er habe dies wirklich von sich gegeben.

„Andererseits hat der Zwerg Recht, Sunry." Orlandos als Mahnung gedachte Worte wurden von einem zufriedenen Grunzen des Zwergs unterbrochen. „Du bist unser General und solltest die Verteidigung koordinieren."

„Wurden wir denn angegriffen?", fragte Sunry entgeistert.

„Noch nicht, zum Glück. Die ganze Nacht hindurch haben sich diese verfluchten Wolfreiter einen Spaß daraus gemacht, außerhalb der Reichweite unserer Ballisten hin und her zu reiten. Dann haben sie uns angeberisch präsentiert, wie toll ihre Waffen sind und wie viele Männer sie zählen. Zu einem Angriff ist es aber noch nicht gekommen, mag aber sein, dass sie auf noch mehr Monstrositäten warten."

„Warum glaubt ihr das?", wollte Sunry wissen und er bekam vor seinem geistigen Auge eine Vision eines erneuten Manticorangriffes. Dieses Mal hatten die Ungeheuer jedoch gleich ein dutzend Köpfe, ebenso viele Stachelschwänze und gleich noch eine Harpune auf den Schultern. Mit einem Kopfschütteln gelang es Sunry jedoch diese eher unangenehme Vorstellung aus seinem Kopf zu vertreiben.

„Nun, unsere Ausgucke haben in der vergangenen Nacht einen riesigen Drachen in dem Lager der Goblins landen sehen. Ich jedenfalls mag die Vorstellung eines Drachens als Feind nicht gerade. Besonders als Infanterie dürften wir diesem Vieh eher wie Häppchen vorkommen."

„Haben die Ausgucke noch mehr Ungetüme gesehen?", wollte Sunry beunruhigt wissen.

„Bisher nur die Bodendrachen, aber wir denken, dass diese Kerle noch ein paar kleine Überraschungen für uns bereithalten", antwortete Erinn.

Sunry nickte. „Dann sollte ich mich besser mit den anderen Generälen in Verbindung setzen."

„Wie willst du das anstellen? Die anderen Generäle sitzen sicher hinter den Mauern des Palastes und du willst wohl kaum die ganze Stadt durchqueren."

Mit einem Lächeln kramte Sunry einen Faustgroßen Kristall heraus. „Damit", sagte er mit mysteriösem Unterton. Ehe er sich an einen ruhigen Ort zurückzog, lächelte er noch Helena an und sie küssten sich kurz.

Als Sunry sich dann in eine von vielen Gassen zurückgezogen hatte, konzentrierte er sich so gut es ging auf den Kristall in seinen Händen und nur wenige Augenblicke später konnte er Marcos vor sich sehen, seine Präsens spüren.

>*Was gibt es?*< Sunry konnte Marcos' Stimme in seinem Kopf hören, als stünde ihr Besitzer direkt neben ihm.

>*Schlechte Neuigkeiten fürchte ich.*<

>*Wunderbar. Aber bitte fasse dich kurz. Der König wünscht mich permanent an seiner Seite. Er sagt, Meister Ismael habe eine dunkle Vorahnung oder so was gehabt.*<

>*Was für eine?*<

>*Das ist unwichtig, Sunry. Mein Gebiet ist der Palast, deins die Front. Und wenn ich mich richtig erinnere, und das tue ich meistens, dann warst du es, der mich gerufen hat. Und nun sag einfach dein*

*Problem. Wenn ich nicht gleich wieder beim König bin, werde ich mir eine von Meister Ismaels unsinnigen Moralpredigten anhören müssen.<*
*>Wir wurden am vergangenen Nachmittag angegriffen.<*
*>Ja, ich habe den Kampf von Palast aus beobachtet. Weiter?<*
*>Nun, meine Wachmänner meinen, sie haben weitere solche Viecher landen sehen.<*
*>Was für welche?<*
*>Nach ihren Aussagen ein Drache. Ein ziemlicher großer Drache.<*
Einen Moment lang herrschte Stille, eine bedrückte Stille. Schließlich meldete sich Marcos wieder: *>Das ist gar nicht gut. Auch darüber werde ich den König informieren müssen. Und Lennart. Und du, Sunry, wirst zum Hafen gehen und der Marine mitteilen, dass wir es mit unangenehmen Überraschungen zu tun bekommen könnten.<*
*>Ich habe etwa zwanzig Männer verloren.<*
*>So kaltherzig sich das jetzt anhören muss, aber das ist eine kleine Zahl.<*
*>Ich stehe an der Front, Marcos. Ich brauche mehr Männer, wenn wir die Goblins erfolgreich abwehren wollen.<*
*>Sunry, ich dachte es wäre dir bewusst, dass wir sie gar nicht abwehren können. Es tut mir Leid, aber deine Männer sind lediglich eine Hürde, die die Goblins nehmen werden.<*

6.

Den Rest des Tages verbrachte Sunry, meist Arm in Arm mit Helena, auf dem Haupttorhaus. Er hatte einen Boten zum Hafen geschickt und sich lieber den Männern angeschlossen, denen Marcos nicht einmal Chancen einräumte. Zum ersten Mal empfand Sunry etwas wie Hass gegen einen der anderen Generäle und es war durchaus ein begründeter

Hass. Vielleicht mochte Sunry selbst einmal dem Irrglauben angehangen haben, manche Leben seien mehr wert als andere, doch diese Zeiten waren längst vorbei. Vielleicht konnte ein Teil von ihm, der alte Teil, der noch immer an die skrupellosen und fanatischen Grundsätze der Bruderschaft glaubte, Marcos sogar verstehen. Mehrere hundert Mann verteidigten die Stadt auf dem Hügel an jenen Tagen, was machten da schon zwei kleine Regimenter aus? Die größte Sorge war der Palast und alle Verteidigungslinien bauten darauf auf, den Feind so lange wie möglich von der Spitze des Hügels fernzuhalten, denn dort oben, hinter makellosen Mauern und Steinen, auf ledernen Sofas und Sesseln und mit teurem Brandwein und Schnaps in den Händen, befand sich der Adel. Jene Grafen, Barone und Herzoge, deren Waffenknechte erhebliche Teile der Armee ausmachten. Und ausserdem floss blaues, *besseres* Blut in ihren Adern. Das letzte, was bei dieser Belagerung sterben würde, wären die Reichen und Dekadenten, die zum großen Teil noch immer der Meinung waren, sie könnten die Anführer der Goblins mit Gold dazu bringen, sie laufen zu lassen.

„Was meinst du, wann werden sie kommen?", fragte Helena leise und fuhr mit ihrem Zeigefinger über Sunrys raue Lippen. Es war wohltuend ihre weiche Nähe zu spüren, die kleinen Zärtlichkeiten, die sie ihm schenkte.

„Sie spielen mit uns, genießen es, ihre Überlegenheit zu demonstrieren. Sie werden so lange warten, wie sie können, um unsere Moral zu senken. Was wir in all den Jahren seit den zweiten großen Goblinkriegen vergessen haben, ist, dass sie nicht dumm sind. Womöglich primitiv, aber nicht dumm."

„Was auch immer sie tun werden, ich hoffe Atros steht uns bei", hauchte Helena besorgt.


7.

Schließlich setzten sich die Goblins dann doch in Bewegung. Ihnen voran näherten sich die Wolfreiter kühn den Wällen und Sunry hatte Mühe, seine Männer am Schießen zu hindern. Diese Goblins waren zu schnell und zu wendig, als dass man sie auf die Distanz, die sie noch immer zum Wall wahrten, hätte treffen können. Und so verstrich fast eine weitere Stunde, in der die teppichartige Menge der Goblins auf die nervösen Soldaten zuhielt.

„Die Waffen sind geladen, General. Wir folgen Euch bis in den Tod", meinte der Sergeant, der stocksteif neben Sunry auf dem Haupttorhaus stand.

„Hoffen wir, Sergeant, dass das nicht nötig sein wird."

Irgendwann gab es dann die ersten mutigen Wolfreiter, die ihre schauderhaften Reittiere allzu nah an den Wall lenkten. Doch trotz der geringen Distanz zu ihnen war es wegen ihrer Wendigkeit eine Herausforderung, einen Treffer zu landen. Lediglich Orlandos erlaubte er das Schießen. Und tatsächlich traf der Elf mit jedem seiner Pfeile. Kreischend stürzten die Wolfreiter von ihren Tieren und wälzten sich vor Wut und Schmerz auf dem Boden. Nachdem sie dann einige Verluste erlitten hatte, schienen die Wolfreiter ihr Unterfangen als Unsinn zu erkennen und zogen sich zu dem Rest der Armee zurück, welcher kurz darauf mit voller Stärke den Wall der Menschen erreichte …

8.
Mit einer Mischung aus Abscheu und Wut beobachtete Marcos die dekadenten Adeligen, die sich mit sichtlicher Langeweile in das heiße Wasser der Therme sinken ließen. Wie konnten sie nur so ungerührt darüber sein, dass dort draußen ihre Männer fielen, während sie bei Häppchen, Wein und warmem Wasser entspannten.

„Herr, der Angriff hat begonnen", meldete einer seiner Männer, dessen gesamter Körper von den blauen Roben der Leibwache ummantelt wurde.

„Und?"

„Ich dachte, wir sollten die hohen Herren darüber informieren."

„Seht sie Euch an. Denkt Ihr, es interessiert sie, was außerhalb ihres warmen Bads geschieht?"

„Nein."

„Seht ihr. Dann kümmert Euch lieber darum, den Palast vorzubereiten, statt mich mit solchen Nichtigkeiten zu beschäftigen." Marcos machte eine Bewegung mit seiner Hand, worauf sich der Wachmann entfernte. Als er gegangen war, atmete Marcos tief ein und aus. Er spürte das Unbehagen in sich wachsen. Irgendetwas würde geschehen. Hier, in diesem Raum, noch ehe der Tag vorbei war.

9.
Mit einem scheußlichen Lachen formte sich der schwarze, undurchsichtige Nebel vor Wuldocrens Augen zu jenen Scheusalen, die er hervorbringen sollte. Hinter sich konnte er das ungeduldige, rasselnde Atmen des nervtötenden Dämons Asaght hören.

„Ich habe Hunger", bemerkte das Scheusal und kratzte sich mit einer seiner Pranken den rotgeschuppten Bauch.

„Ich habe es zur Kenntnis genommen, Asaght", knurrte Wuldocren unwirsch, wobei er versuchte, seine Konzentration wieder auf die neu hervorgerufenen Dämonen zu richten.

„Ich habe immer noch Hunger."

„Das ist mir egal. Geh zu einem anderen Blutfürsten!"

„Wieso rufst du noch mehr, wenn du mich hast?"

Dieses Mal antwortete Wuldocren nicht. Er hatte den kritischen Punkt einer Dämonenbeschwörung erreicht und die nächsten Augenblicke würden darüber entscheiden, ob die Dämonen sich Fesseln anlegen würden oder sich gegen ihn wenden und töten würden. Wuldocren brauchte seinen ersten Dämon nicht mehr, obgleich er über unglaubliche Kräfte verfügte. Tief in seinem Innern hoffte der Blutfürst sogar, dass Asaght diesen Tag nicht überstehen würde. Mit einem Klatschen in die Hände beendete Wuldocren sein Beschwörungsritual und besah sich jene Kreaturen, die er aus dem Nebel geschaffen hatte. Ein muskulöser, aufrecht stehender Echsenkörper, weiße Dornen die aus den schwarzen Schuppen heraus brachen, zwei große, schwarze Flügel und Zähne wie riesige Wölfe. Ja, Wuldocren war sehr zufrieden. Nun würde er seine Brut entsenden, um den Menschen den Kopf abzuschlagen. Vielleicht würde er noch einen Moment lang warten, ehe er seine neuesten Diener, fast ein halbes dutzend Klauenteufel, entsendete.

„Ich habe Hunger."

Wuldocren lächelte. Einen Moment lang spielte er mit dem wundervollen Gedanken, seine Kinder auf diesen nervtötenden Nimmersatt zu hetzen, besann sich dann jedoch eines besseren und schnipste mit den Fingern.

„Unser Freund hier hat Hunger, meine Kinder." Die Klauenteufel gaben begeisterte Laute von sich. „Holt ihm ein paar Kleinigkeiten."

10.

Im letzten Augenblick brachte sich Sunry vor den herab schießenden Felsbrocken in Deckung. Hektisch sah er sich um und entdeckte den Zwerg neben sich, der mit steinerner Miene sein Schwert umklammerte.

„Hat es dich getroffen?", fragte Sunry besorgt und suchte unwillkürlich den Körper seines Kumpans nach irgendwelchen Verletzungen ab.

„Hast du nicht gesehen, was die Katapulte bedient hat?", fragte der Zwerg mit Grabesstimme.

„Nein."

„Das waren verdammte Skelette. Die haben sich mit dem Tod verbrüdert."

Eine Katapultkugel schlug unmittelbar neben Sunry ein.

„Wir müssen hier weg, Zwerg."

„Zu den Toten? Nein, mein lieber Sunry, mich kriegen hier keine zehn Pferde weg."

„Dann vielleicht die Goblins, die gerade auf die Mauer stürzen?"

Panisch fuhr der Zwerg herum. Tatsächlich. Dort oben, auf dem arg ramponierten Wall befanden sich die ersten Goblins und sahen sich freudig um. Auch konnte man die riesigen Köpfe der monströsen Bodendrachen entdecken, über die die Goblins auf den Wall gelangt waren.

„Was jetzt?", wollte der Zwerg wissen.

„Zum Hafen. Wir müssen die Marine holen."

„Immer noch besser als hier zu bleiben."

Und während Sunry und der Zwerg zum Hafen eilten, gelangten immer mehr Goblins und Skelette und wandelnde Tote auf die steinerne Mauer, wo sie schreiende Soldaten abschlachteten und sich an den Schmerzen ihrer Opfer ergötzten.

11.

Sunry und der Zwerg preschten durch die engen Gassen, die zum Hafen führten. Über sich sahen konnten sie auf den Dächern der kleinen Häuser Bogenschützen sehen, die nervös zu dem nahen Kampf starrten. Sunry hatte Berichte und Aufzeichnungen von epischen Schlachten gelesen, doch so schnell wie die Goblins war bisher kein Angreifer in die Stadt gelangt. Und nicht nur das machte Sunry Sorgen. Auch der Umstand, dass die Goblins mit Untoten in solch großer Menge Seite an Seite kämpften, gefiel ihm gar nicht.

Bald schlug den beiden Männern die kalte, salzige Seeluft ins Gesicht. Sie hatten den Hafen erreicht! Neben sich konnte Sunry das Keuchen des Zwergs hören, der seine Hände auf die Oberschenkel gestemmt hatte und dessen Brustkorb sich bebend auf und ab bewegte.

„Nie wieder laufen, versprich mir das Hauptmann", flehte der Zwerg.

„Versprochen."

Die beiden gingen weiter, passierten mehrere dürftige Schützengräben, einen aus Kisten, Fässern und Wagen gezimmerten Holzwall sowie dutzende kampfbereite

Soldaten, bis sie einen der Generäle am Hafenbecken trafen. Er war ein hochgewachsener Mann mit kurzem, braunen Haar und Vollbart, welcher im Moment mit einem Fernrohr zum Horizont spähte.

„General?", meldete sich Sunry zu Wort und berührte die rechte Schulter des Mannes.

„Sunry, schön Euch hier zu sehen. Andererseits ja nicht. Haben wir den ersten Wall etwa schon verloren?"

„Ich fürchte ja. Sie sind wesentlich besser vorbereitet, als wir zunächst annahmen", bestätigte Sunry.

„Das ist gar nicht gut. Jemand muss das dem König melden."

„Meine Männer sind hier unten", lehnte Sunry augenblicklich ab.

„Ich muss Euch korrigieren. Eure Männer sind tot. Ihr müsst den König informieren, dass die Schlacht ganz anders verlaufen wird, als es uns lieb ist. Ich werde inzwischen die Marine hier her beordern und dafür Sorge tragen, dass die Goblins ihren Vormarsch durch unsere schöne Stadt verlangsamen müssen."

„Aber Ihr habt nicht gesehen, was sie für Verbündete haben. Ihr verlangt, dass ich Euch zum Sterben zurücklasse", beschwerte sich Sunry.

„Ihr seid noch jung in unseren Reihen und Ihr müsst einsehen, dass ich meinen Weg bereits gewählt habe. Wir haben Euch an die Front gestellt, weil Ihr jung und agil seid. Ihr werdet es dem König melden. Nehmt Euch ein schnelles Pferd und helft bei der Verteidigung des Palastes. Wir müssen die hohen Herren beschützen und soweit ich weiß seid Ihr ein ausgezeichneter Schwertkämpfer."

„Ich kann das nicht tun."

„Falscher Edelmut steht Euch nicht Sunry. Wir sind Krieger, keine Übermenschen. Sorgt Euch nicht um mich. Ich mag hier sterben, ebenso wie meine Männer, doch das ist mein Schicksal, meine Bestimmung. Eure befindet sich dort oben, am Palast. Und nun geht."

Und so ging Sunry, wenn auch, unbemerkt von dem anderen General, zurück an die Front.

12.

„Ich kann nicht glauben, dass wir das machen, Hauptmann", verkündete der Zwerg leise, wobei er über das leere Bierfass spähte, hinter dem sie Deckung gefunden hatten.

„Dir steht es jeder Zeit frei zu gehen."

Vor ihnen, nur wenige hundert Fuß entfernt, lag der Wall. Er war fasst vollständig eingerissen. Sunry musste überrascht feststellen, dass an diesem Werk nicht allzu viele Goblins beteiligt gewesen waren. Tatsächlich entdeckte er nur drei Dutzend der kleinen, boshaften Kerle, die begonnen hatten, in den Leichen ihrer Opfer nach kleinen Habseligkeiten zu suchen. Dafür gab es dort ganz andere Wesen. Sunry erkannte einen Kriegstroll, der mindestens doppelt so groß war, wie jeder normale Mann und dazu noch einige Köpfe höher war, als jener Kriegstroll, auf den Sunry im Olivenwald gestoßen war. Er trug eine blutbespritzte Rüstung, einen roten Waffenrock und ein riesiges Krummschwert, welches er um seinen Rücken gespannt hatte. Flankiert wurde er von zwei Ogern, die gegen ihren Anführer regelrecht klein wirkten. Und dann waren da noch riesige Konstrukte, die, mit Stacheln versehen, die Leichen der Soldaten aufsammelten und auf sich aufspießten, um sie dann durch die ungesund großen Löcher im Wall davon zu tragen. Im Austausch für sie betraten weitere Ungetüme die Stadt, in Form von einem dutzend Minotauren. Die scheußlichen Stiermenschen hielten riesige Äxte in ihren Händen.

„Ihr verlangt nicht von mir, dass ich mich mit diesen Gesellen anlege, oder doch, Hauptmann?"

„Ich hatte kein sinnloses Gemetzel vor, aber ein kleiner Kampf kann doch ganz erfrischend sein. Hast du diesen Troll gesehen? Und sein Schwert? Und auch die Oger neben ihm?"

„Durchaus. Aber ich habe genug Dinge bei mir, um ihnen ein paar Probleme zu machen."

„Wehe, wenn nicht Hauptmann. Dann wären wir nämlich unangenehm schnell tot."

„Welch wunderbare Aussichten du mir immer mitteilst. Und jetzt komm."

„Wohin denn?", wollte der Zwerg ängstlich wissen.

Zur Antwort deutete Sunry auf einen Ast und ein Fläschchen, die er hinter dem Fass positioniert hatte. „Diese beiden werden denen Sorge bereiten."

13.

Es war schnell dunkel geworden und die Goblins schienen keinerlei Drang zu verspüren, noch an diesem Tag weitere Teile der Stadt einzunehmen. Tatsächlich hatten sie ein kleines Lager errichtet, in dessen Mitte das blutrote Zelt des Kriegstrolls stand. Vor diesem Zelt schliefen schnarchend die beiden Oger. Kaum ein Goblin war in den schmalen Pfaden zwischen den Zelten und unüberdachten Schlafgebieten zu finden. Und so würden bei Sunrys Plan lediglich die Skelette eine Bedrohung sein. Diese verfluchten Untoten zogen klackernd durch das kleine Lager und wirkten dabei mehr als nur aufmerksam. Vielleicht würde es eine Herausforderung werden, an ihnen vorbei zu kommen und in das Zelt des Trolls zu gelangen, aber es war es allemal wert. Sunry suchte noch einmal den Blickkontakt zu dem Zwerg, welcher ein kleines Stück von Sunry entfernt auf dem Boden kauerte. Er nickte ihm zu und verließ dann langsam seine Deckung. Zum ersten Mal seit Langem fühlte er sich wieder wie ein Schatten, wie etwas, dass man nicht sehen, nicht hören, nicht wahrnehmen konnte. Und Sunry konnte spüren, dass er seinem Opfer immer näher kam. Ein Gefühl der Überlegenheit keimte jäh in ihm auf. Ein vergessenes Gefühl, welches Sunry das letzte Mal gespürt hatte, als er im Namen der Bruderschaft gemordet hatte. Heute würde er wieder morden. Sein Plan war genial. Kein einziger Kampf, egal, ob mit Goblin oder Skelett und erst recht nicht mit den lauthals ruhenden Ogern. Nein, sein gesamtes Unterfangen war ein ausgeglichenes Spiel von Eleganz und Kaltblütigkeit. Lautlos huschte Sunry um eines der ledernen Zelte, aus dem es nach Urin und Käse roch, doch ihn kümmerte das nicht. Dieses Zelt war nicht sein Ziel. Ebenso wenig wie all die anderen Zelte. Er würde das rote Zelt aufsuchen und dem Feind den Kopf abtrennen und wenn Sunry richtig vermutete, schlief nicht mehr weit von ihm entfernt einer der verhassten Blutfürsten. Sunry würde der feindlichen Armee einen Dolch ins Herz stoßen und ihnen zeigen, dass die Menschen keine so leichte Beute waren, wie sie offenkundig dachten. Heute Nacht war Sunry von Wettgenstein wieder in seinem Element als Meuchelmörder.

Dann hatte er das prunkvolle Zelt erreicht und sein Plan wurde vor seinen Augen in der Luft zerrissen, denn außer den beiden Ogern entdeckte er eine vierköpfige Gruppe Minotauren, welche gelangweilt auf ledernem Fleisch kauten. Und da war noch etwas, dass Sunry gar nicht gefiel, denn vor dem Zelt schlief ein Ungetüm, dass er nicht erwartet hatte: ein Manticor. Wie sollte er an einem solchen Wesen vorbeikommen, dass ihn wahrscheinlich jetzt bereits roch? Doch es war sowieso zu spät zur Umkehr. Nun stand er hier, in der einen Hand den Dolch, mit dem er töten würde, in der anderen der hölzerne Zauberstab, der ihn schützen sollte. Er glitt an einer weiteren Zeltwand entlang und fand sich auf der anderen Seite der Wachposten vor dem Zelt wieder, das war schon besser, denn keiner der Diener des Trolls schienen ihn zu bemerken. Sunry umklammerte seinen Dolch fester, ehe er auf allen vieren den Pfad zwischen dem einfachen und dem Zelt des Trolls überquerte. Tatsächlich schaffte er es und so schickte er ein schnelles Dankgebet zum Himmel. Dann hob er seinen Zauberstab und zielte mit ihm auf das Genick eines Minotauren. Er murmelte ein unverständliches Wort, dessen Bedeutung selbst ihm unbekannt war, und einen Augenblick später kippte das Ziel besinnungslos zu Boden. Das Erhoffte geschah, indem die anderen Minotauren an der Stelle Alarm zu schlagen ihren ausgeschalteten Kumpan verwundert musterten und ihm nacheinander folgten. Schließlich gab es da nur noch den Manticor. Dieser würde nicht so leicht sein Bewusstsein verlieren und Sunry wollte sich die restlichen Ladungen seines Stabes lieber für andere Zwecke aufheben. Egal was er machen würde, es musste lautlos und schnell von statten gehen und der Manticor durfte auf keinen Fall die Gelegenheit bekommen, zu kämpfen. Und dann erkannte Sunry ihn wieder. Es war nicht irgendein Manticor, der da schlummerte, sondern der Manticor aus der Tropfsteinhöhle, der in den Diensten der Deserteure gestanden hatte. Wieso hatte er überlebt? Wieso hatte man ihn verschont? Vielleicht war er es sogar gewesen, der Kraid an den wandelnden Toten Zarrag verraten hatte. All das konnte Sunry nicht wissen und so würde er wohl oder übel handeln müssen. So entschied Sunry, dass der Manticor ein Freund war, der eventuell irgendwelche unbedeutenden Ziele verfolgte, und ging los. Seine Schritte wurden von dem lauten Schnarchen der Ogerwachen übertönt, sodass Sunry nur einen Augenblick später durch den roten Vorhang in das Zelt des Trolls schlüpfte. Und da schlief er, zusammengerollt auf dem harten Boden und, Sunry traute seinen Augen nicht, einen Daumen im Mund. Auf leisen Sohlen näherte er sich dem riesigen Gegner, dessen Schnarchen so laut war wie das beider Oger zusammen. Sunry atmete tief ein und aus und ging dann auf seine Beute zu. Er besah sich den Troll und fand die Stelle, in die er den Dolch rammen würde. Und so stieß er ohne Zögern zu. Grünes Blut spritze ihm entgegen. Aus dem Scharchen wurde ein Gurgeln und der Troll riss seine Augen auf. Panisch sah er sich um und entdeckte seinen Peiniger. Mit einem bösen Grinsen griff der Troll nach seinen Schwert, doch kaum hatten seine Finger den Griff der Waffe gefunden, öffneten sich die

Augen so weit wie es ging, um sich dann für immer zu schließen. Sunry atmete erleichtert aus. Es war vollbracht!

„Eine nette Vorstellung, Mensch", hörte Sunry hinter sich eine vertraute Stimme, die er lieber nicht gehört hätte. Den Bruchteil einer Sekunde später fand er sich auf dem Boden wieder, während der Manticor ihm seine Tatze auf die Brust drückte. „Wir haben uns erstaunlich lange nicht gesehen."

„Was willst du von mir?"

„Was erwartest du? Du dringst in ein Lager der Goblins ein, tötest einen ihrer Befehlshaber und wirst dann von einem Wachposten gestellt."

„Also hast du Kraid an Zarrag verraten", stellte Sunry fest.

„Nein, der Tote hat ihn selbst gefunden. Er braucht keine Spione wie mich, um jene zu finden, die er jagt", stritt der Manticor ab.

„Und doch bist du am Leben und das nicht als Gefangener."

„Ich war offiziell niemals einer der Deserteure und war klug genug zu verschwinden, als Zarrag auftauchte. Anders als Kraid, der dem Irrglauben anhing, Zarrag vernichten zu können."

„Und nun bist du ein ganz normales Mitglied der Armee und das Schoßtier eines Trolls?", fragte Sunry mit Spott in der Stimme.

„Vielleicht, vielleicht auch nicht. Ich verfolge meine eigenen Pläne und versuche Kraids Plan zu Ende zu bringen ohne einem übermächtigen Gegner in die Arme zu laufen. Ich bin noch immer gegen die Goblins, aber ebenso ein Feind der Menschen. Vielleicht muss diese Stadt fallen, vielleicht müssen auch alle Menschen sterben, bis die Zeit reif ist. Ich

habe anders als dieser Narr Kraid Geduld. Ich werde warten, denn ich habe nichts zu verlieren."
„Wirst du mich jetzt töten?"
„Du kannst es wohl gar nicht abwarten, wie? Aber ich will dir natürlich die heiß ersehnte Antwort liefern. Also: Natürlich werde ich dich töten, warum auch nicht? Wenn ich den Mörder meines Herrn vernichte, werde ich nur noch glaubwürdiger."
„Und wer bezeugt, dass ich wirklich den Troll getötet habe? Du hättest genauso gut jeden beliebigen toten Soldaten nehmen, deinen Herrn töten und dich zum Helden machen können. Wieso sollten sie dir glauben."
Der Manticor gab ein wütendes Knurren von sich. „Also gut, du hast Recht. Aber ich frage mich, was du machen willst. Hast du überhaupt einen sinnvollen Plan?"
„Du kannst mir erst einmal eine Frage beantworten."
„Ich höre."
„Habt ihr Gefangene gemacht?"
„Nein. Alle Überlebenden Menschen wurden getötet und zu unseren Nekromanten gebracht, damit sie die Reihen der Untoten wieder auffüllen können.
Sunry erschrak. Wenn dem so war, war Helena tot. Er hatte erst am vergangenen Abend seine Liebe zu ihr erkannt und nun war sie tot. Das durfte und konnte nicht sein!
„Und nun spuck schon deinen Plan aus."
„Du fliegst zu deinen Herren und teilst ihnen den Mord mit, dann werden sie dich für glaubwürdig erklären und du stehst deinem Ziel, was auch immer es ist, ein gutes Stück näher. Und mich lässt du einfach meiner Wege ziehen."

Der Manticor schnurrte nachdenklich, ehe er sagte: „Also gut. Dein Plan gefällt mir. Aber wenn ich dich das nächste Mal treffe, Mensch, wirst du sterben. Einverstanden?"
Sunry lächelte. „Wir werden sehen, wer wen trifft."

14.
Panik brach unter den Soldaten aus, als sich der Feind plötzlich nicht mehr wie erwartet vor, sonder hinter ihnen befand. Es waren sechs scheußliche Kreaturen, die, das war jedem Soldaten nur allzu bewusst, Dämonen sein mussten.
„Bildet einen Kreis und versucht, sie zum Wasser zu treiben. Das bringt sie um!", befahl der General, der inzwischen die Hoffnung aufgegeben hatte, dass die Marine mit ihren Schiffen rechtzeitig eintraf.
Die Dämonen stürzten sich auf eine kleine Gruppe von Soldaten und brachten sie zu Fall.
„Feuer!", brüllte der General, doch selbst die exzellent geschossenen Pfeile hinderten die Dämonen nicht daran, ihre Ziele zu töten. Augenblicke später waren sie mit ihren Opfern wieder verschwunden.
„Was war das?", keuchte einer der Soldaten.
Der General sah dem Mann besorgt ins Gesicht. „Ich weiß es nicht. Nur, dass hier was nicht so läuft, wie es laufen sollte."

15.
„Findet die Bastarde!"
Sunry und der Zwerg kauerten in einem verlassenen Haus nahe dem Hafen und sahen die Schatten des feindlichen Trupps an sich vorbeigehen. Der Tod des Trolls hatte die

erhofften Folgen gehabt. Zum Einen hatte sich der Vormarsch der Goblins drastisch verzögert, da Boten zu dem Rest der Armee entsendet worden und Suchtrupps zum Finden der Mörder losgezogen waren, zum Anderen ging in den Reihen der einfachen Soldaten die Angst vor einem bösen Fluch um, der dem Oberhaupt des Trupps schon in der ersten Nacht das Leben genommen hatte.
Bald waren die Schatten fort und die Angst wich ein klein wenig aus Sunrys Körper. Nun mussten sie nur noch den Hafen erreichen und so schnell es ging hinauf zum Palast eilen. Also gingen sie auf die Straße, wo sie im Boden die Hufabdrücke mehrerer Minotauren entdeckten.
„Das gefällt mir nicht", teilte der Zwerg Sunry mit und nickte heftig.
„Wir werden uns den Weg zum Palast freikämpfen müssen", meinte Sunry.
„Warte mal, du erwartest allen Ernstes, dass wir da raus gehen sollen? Ohne mich."
„Du vergisst, dass wir noch die Bezekirae haben." Er begann wieder in einem seiner Beutel zu kramen und holte den Ast und das Fläschchen hervor, dass er am Vorabend nahe des Goblinlagers hingelegt hatte.
„Ich bin kein Freund von diesem überirdischen Zeug, Hauptmann."
„Dann solltest du dich dringend damit anfreunden. Wenn wir Pech haben, werden wir es benutzen müssen."
„Also gut, aber auf Eure Verantwortung."
Und so verließen sie das Haus, um sich durch zahllose Nebengassen einen Weg zum Palast zu bahnen. Überraschenderweise begegneten sie nicht einem Goblin und auch

keinem ihrer Verbündeten. Erst als weit mehr als die Hälfte geschafft war, begegneten die beiden Soldaten einem zusammengewürfelten Suchtrupp. Sunry entdeckte zwei Minotauren, einen Grottenschrat, drei Goblins und einen Hobgoblin, welcher in eine rote Robe gehüllt und scheinbar ein Kriegsschamane war. Erst wollte Sunry sich verstecken, musste jedoch feststellen, dass er und der Zwerg bereits entdeckt waren.

„Seht was uns in die Falle getreten ist", verkündete einer der Minotauren lauthals. Augenblicklich sahen alle anderen in Sunrys Richtung.

„Und was jetzt, Hauptmann?", raunte der Zwerg Sunry zu.

„Das sind zu viele. Ein Kampf mit denen wäre unser sicherer Tod."

„Ist es nicht witzig, was für irrwitzige Streiche einem das Schicksal manchmal spielt, Brüder?", wendete sich der Hobgoblin in der Robe an seine Männer, welche ihm mit schallendem Gelächter zustimmten. „Ich denke, wir sollten ihnen unsere Meinung über den Tod unseres geliebten Anführers mitteilen. Tötet sie so grausam wie irgend möglich!"

Bei diesen Worten musste Sunry beinahe Lachen, denn die Gesellen, die nun mit gezogenen Waffen auf ihn und den Zwerg zuhielten, wirkten nicht so, als bräuchte man sie um brachiale Gewalt bitten. Möglichst bedrohlich zog Sunry sein Schwert. Es war das Beste, diesen Kerlen den Eindruck eines gefährlichen Gegners zu vermitteln. Allerdings waren diese Kerle angetrunken und es schien ihnen an jeder Vernunft zu mangeln. Sie würden keinesfalls stoppen, selbst dann nicht, wenn Sunry einen Katapult unter seiner Rüstung hervorzauberte.

„Renn!", raunte Sunry also dem Zwerg zu.

„Was?"

„Ich sagte renn!"

Und sie rannten, bis sie den nächsten Wall erreichten.

16.

Flammen schlugen am sechsten Tag der Belagerung aus den Dächern der Häuser des Hafens und Umgebung. Die Schamanen der Goblins hatten Erstaunliches geleistet und Kreaturen wie Mino- und Baphitauren, Hügelriesen und Trolle hatten sich eine Freude daraus gemacht, zu zündeln und zu verwüsten. Ein Großteil der Menschen kauerte hinter den Mauern, die die Ebene des Adels und der reichen Händler schützte, schickten Stoßgebete zu Atros und allen anderen ihnen bekannten Göttern oder beobachteten die Soldaten bei ihren Vorbereitungen. In den vergangenen Tagen hatte sich auch der Rest der Goblinarmee wie eine Welle über die unteren Teile der Stadt ergossen. Immer wieder war es zu kleinen Gefechten zwischen plündernden Goblintrupps und flüchtenden Soldaten gekommen, nun war man sich jedoch bewusst, dass dort unten kein Mensch mehr am Leben war.

Sunry stand zusammen mit dem Zwerg und Erinn, der es ebenso wie einige Soldaten nach hier oben geschafft hatte, auf einem der mächtigen Wehrtürme und beobachtete das Spiel des Feuers, welches überall unter ihnen stattfand. Die Generäle waren verzweifelt. Nichts war so verlaufen wie geplant und noch immer hatten die Goblins nicht alle

Trümpfe ausgespielt. Würde dies das ruhmlose Ende der Menschheit sein? Zwar kursierten noch immer Gerüchte über Verstärkung aus dem Süden und Westen des Landes und die Hoffnung auf den Beistand der Drachen brannte in den Herzen der Menschen, doch so recht wagte es niemand mehr, an Rettung zu glauben. Lediglich einen kleinen Lichtblick gab es noch: Bisher war es den Goblins nicht gelungen, die letzte Hürde zu nehmen. Vielleicht lag es daran, dass die Menschen sowieso verloren waren, aber vielleicht hatte irgendjemand dem unvermeidlichen Ende noch Aufschub gewährt. Sunry hoffte auf Letzteres, denn er wusste um die Wahrheit der Gerüchte. Die anderen drei Könige hatten Verstärkungen zugesichert, allerdings würde es bestenfalls noch mehr als eine Woche dauern, bis sie eintraf. Möglicherweise war dies alles auch nur einer von den niederträchtigen Blutfürsten durchdachter Streich, der den Menschen wenigstens ein wenig Hoffnung geben und schließlich alles nehmen sollte. Welche andere Möglichkeit gab es schon?

Plötzlich verdunkelte sich der Himmel. Sunry spähte, wie alle Menschen hinter dem letzten Wall, voller Hoffnung zum Himmel, um festzustellen, dass alles andere als die Rettung eingetroffen war. Von oben stürzten sich dutzende schwarze Drachen auf die letzte Zuflucht der Menschen hinab. Mit großen, gelben Augen beguckten sie sich ihre Beute, ehe sie wieder hochzogen und über dem erwählten Gebiet zu kreisen begannen. Sunry erkannte dieses sofort: den Palast.

„Was tut Ihr, General?", fragte einer der verbliebenen Soldaten.

„Ich werde dem König helfen. Ihr werdet alles tun, um diese Dinger herunterzuholen, ist das klar?"
Der Soldat nickte zustimmend.
„Gut. Sei Atros bei Euch in dieser Stunde."

17.
Hazroah kreischte vor Freude, als sein Drache sich in den Innenhof des Menschenpalastes herabstürzte und eine tiefe Furche in die Reihen des wehrlosen Feindes schlug. Er verspürte noch mehr Freude, als er seine Verbündeten sah, die seinem waghalsigen Beispiel folgten. Schon nach wenigen Angriffen standen nur noch wenige Menschen ohne Deckung auf dem Hof. Und auch sie würden diesen Angriff nicht überstehen. Mit einem lauten Knall kündigte sich die nächste böse Überraschung an. Mitten auf dem Hof erschien der riesige Dämon Asaght, der sich hungrig umsah. Hazroah erspähte hinter einer Hauswand eine kleine Gruppe Menschen und brachte seinen Drachen dazu, auf sie hinabzuschnellen. Augenblicke später waren sie alle tot und Hazroah ergötzte sich daran. Dann erinnerte er sich an die dritte böse Überraschung. Sicherlich hatte Zarrag bereits angefangen.

18.
„Das ist unsere letzte Hoffnung, ansonsten werden wir alle sterben", flüsterte Wellem ehrfürchtig, während er Ismael, seinen Schüler Marcellus und eine kleine Gruppe vermummter Magier bei der Vorbereitung eines mächtigen Zaubers beobachtete.

„Es wird womöglich Stunden dauern, bis es vollendet ist. Wir müssen noch so lange durchhalten", mahnte Marcos ihn.

„Ja, da habt Ihr Recht. Was mich jedoch brennend interessieren würde ist, was genau das bewirken wird."

„Oh ja, das würde mich ebenfalls interessieren", stimmte eine dritte Stimme zu, welche hinter den beiden Männern ertönte. Augenblicklich fuhren sie herum. Vor ihnen stand ein hagerer, bleicher Hobgoblin in makellos gepflegter Lederrüstung, welcher sich lässig auf ein prächtiges Langschwert stützte. „Wie unhöflich von mir, mich nicht vorzustellen. Dabei stehe ich doch vor dem Menschenkönig." Der Hobgoblin gab ein schallendes Lachen von sich, bei dem Marcos eine Gänsehaut bekam. „Ich bin Zarrag, einer der Blutfürsten. Und wisst Ihr was? Nicht? Nun, dann sag ich es Euch wohl besser." Er machte eine lange Pause, um mit Grabesstimme weiter zusprechen. „Gleichzeitig bin ich Euer Tod, ist das nicht furios?"

„Ein einzelner Feind wird uns nicht besiegen können. In diesem Haus wimmelt es nur so von Wächtern", versicherte Marcos während er seinen Degen zog.

Zarrag gab sich überrascht. „Ist das so? Nun, ich muss zugeben, dass ich mit so was gar nicht gerechnet habe. Andererseits habe ich ja den König gefunden. Das heißt, ich könnte ihn einfach töten, nicht wahr?"

„Da werdet Ihr erst an mir vorbei müssen", knurrte Marcos.

„Wenn Ihr unbedingt wollt. Meinetwegen."

Und so kreuzten die beiden die Klingen.

19.
Die Nacht verging schnell, doch auch der nächste Morgen war nicht unschuldig. In den frühen Morgenstunden hatte es dutzende Tote gegeben, gleichermaßen außerhalb und innerhalb des Palastes. Sunry war die gesamte Nacht durchgelaufen, bis er schließlich jenen Platz erreicht hatte, auf dem er vor Wochen auf Lennarts Drachen gelandet war. Noch immer bildeten die riesigen Steinstatuen einen Kreis um die Steine im Zentrum des Platzes, während sie ihre übernatürlich großen Klingen zum Himmel streckten. Die Luft hier roch verkohlt und nach Rauch, riesige Brandflecken auf dem Boden und nahen Häusern ließen erahnen, dass der Platz ebenfalls von den Drachen heimgesucht worden war, die Sunry am vorherigen Abend am wolkenverhangenen Himmel entdeckt hatte. Sunry sah sich kurz um, um sich ein Bild von seiner Umgebung zu machen. Tatsächlich fanden sich überall Anzeichen eines Drachenangriffes. Vorsichtig begann Sunry damit, sich die zerstörten Häuser näher anzusehen. Angespannt umklammerte er den mit Leder umwickelten Griff seines Schwertes, während er sich einem völlig ruinierten Haus näherte. Das Dach war eingestürzt, als wahrscheinlich einer der Drachen auf ihm gelandet war, die Tür war ellenweit fort geschleudert worden und der Innenbereich bestand nur noch aus dampfendem Schutt. Wenn zu dem Zeitpunkt des Drachenangriffes noch irgendjemand in diesem Haus verweilt hatte, so hatte der Einsturz ihm das Leben genommen. Ein jähes Stechen in Sunrys Kopf riss Sunry aus seinen vagen Vermutungen. Es war intensiv und aufdringlich und obwohl es unangenehm war, war es doch nicht schmerzhaft. Sunry versuchte

verzweifelt gegen das Stechen anzukämpfen, bis ihm dessen Ursprung bewusst wurde. Hastig begann er in seinem Lederbeutel zu kramen. Endlich fand er den gesuchten Kristall, welchen er fast schon zärtlich berührte. Ein leises Knistern klang auf, ehe vor Sunrys geistigem Auge General Lennarts Gesicht erschien.

>*Wie ist die Schlacht verlaufen?* <, erklang seine Stimme in Sunrys Kopf.

>*Nicht wirklich gut. Wir sind zurückgedrängt. Die Goblins haben große Teile der Stadt eingenommen und der Palast ist der letzte Widerstand.* <

>*Wie ist das möglich?* <

>*Sie haben Drachen, sogar dutzende. Dazu noch andere Ungetüme, die unsere Männer erbarmungslos abgeschlachtet haben. Wo warst du? Wir hätten deine Männer dringend gebraucht.* <

>*Geh auf den nächsten Wall, Sunry. Dann wirst du uns sehen.* <

Augenblicklich gehorchte Sunry. Und tatsächlich: Von den Mauern aus konnte er sie erkennen. Hunderte Soldaten, welche Flaggen mit dem Wappen Espentals gen Himmel reckten, marschierten in elitärer Einheit von Westen her auf die Stadt zu. Am Himmel konnte man dutzende Drachen erkennen, welche von schwer gepanzerten Elitesoldaten geritten wurden.

>*Wir werden in wenigen Stunden eintreffen, bis dahin müsst Ihr sie abwehren, Sunry.* <, verkündete Lennarts Stimme in Sunrys von Freude erfülltem Kopf.

>*Ich werde augenblicklich den König informieren.* <

>*Ihr werdet die gesamte Palastwache zum Schutz des Gipfels stellen müssen. Wenn wir die unteren Bereiche der Stadt zurückerobern,*

*werden sie gewiss versuchen, sich in den Palast zu retten und die Adeligen gefangen zu nehmen. Verhindere dies um jeden Preis! <*

20.

Wie von einem heftigen Windstoß erfasst wurde Marcos in die Luft gehoben und durch eine geschlossene Tür in die große Eingangshalle des Palastes geschleudert. Übelkeit befiel ihn, doch ihm war klar, dass ihm keine Zeit für so etwas gab. Mit hämmerndem Schädel tastete er fast blind nach seinem Degen, der nicht unweit von ihm liegen sollte. Als er ihn fand schlossen sich seine Finger instinktiv um den Griff, während sich der Körper des Mannes bemühte, sich aufzurichten. Doch etwas drückte ihn wieder zu Boden, was sich wie ein Schuh oder Stiefel anfühlte.

„Es wäre gut, Ihr würdet Euren Tod einsehen, General", spottete die Stimme des Blutfürsten und tatsächlich verschwand im selben Augenblick jede Taubheit und Schwäche aus Marcos' Körper. Über sich gebeugt entdeckte der General wirklich den bleichen Hobgoblin, der zum einen seinen rechten Fuß auf Marcos' Brust drückte und ihm zugleich sein runenbedecktes Schwert an die Kehle hielt.

„Ich bin enttäuscht von Euch. Ich dachte, Ihr Generäle währt wahre Schwertmeister. Erhebt Euch und kämpft weiter!" Die letzten Worte sprach dieser Zarrag als einen Befehl aus, worauf sich erstaunlicherweise Marcos' Körper steif wie ein Brett erhob und kampfeswillig den Degen in Richtung Zarrag richtete. Der Blutfürst lächelte ein Lächeln, aus dem jede Menschlichkeit – sofern er jemals welche besessen – hatte fortgefegt war. „Also bitte, General."

Klirrend trafen die Klingen aufeinander. Marcos hatte große Mühe, die erstaunlich heftigen Schwerthiebe seines Gegenübers zu blocken, geschweige denn einen Gegenangriff zu starten. Schließlich gelang dem Duellgegner eine Hebelbewegung mit dem Schwert und Marcos' Degen flog durch die Luft direkt in Zarrags dürre und bleiche Hand.
„Danke sehr, General. Aber ich wollte mich doch mit Euch duellieren. Also nehmt bitte Eure Waffe zurück." Mit diesen Worten warf der Blutfürst dem General den Degen zurück. „Wollen wir?"
Also kreuzten sie erneut die Klingen. Dieses Mal gab sich Marcos mehr Mühe. Er versuchte eine Regelmäßigkeit in Zarrags Attacken zu erkennen, doch sie wirkten willkürlich und fast schon wahnsinnig. Scheppernd schlug der Degen auf den steinernen Boden der Halle, um dann erneut in die Klaue des bleichen Hobgoblins zu schweben. „Ich denke, ich sollte Euch unterrichten. Oder scheut Ihr Euch etwa davor, mich mit aller Härte anzugehen?" Zarrag lachte kalt und wahnsinnig. „Wirke ich etwa wie jemand auf Euch, der sich nicht wehren kann?" Wieder warf er Marcos den Degen zu. Bei dieser dritten Runde ging der General jedoch ganz anders vor. Während er den Degen vor seiner Brust rotieren ließ, zog er sich langsamen Schrittes zurück, ging die breiten Stufen zur nächsten Etage hinauf, nur um oben feststellen zu müssen, dass Zarrag ihn dort bereits erwartete.
„Ich verliere langsam den Spaß an Euch", verkündete er mit seiner unmenschlichen Stimme. Er holte mit seiner Klinge aus und stieß Marcos die Stufen hinunter. Als der General auf die letzte Stufe aufschlug, stand er kurz davor, dass Bewusstsein zu verlieren. Wieder war da diese Übelkeit.

„War das etwa schon alles, General?", fragte Zarrag spöttisch. „Das könnt Ihr doch sicher besser. Nicht? Das ist sehr bedauerlich. Asaght, Essen fassen."

21.
Sunry stieß atemlos die Flügeltore des Palastes auf und stürzte in die Eingangshalle. Ihm in den Weg stellten sich jedoch zwei grauenhafte Kreaturen, welche wie absurde Mischungen aus schwarzgeschuppten Echsen mit Flügeln und Folterknechten wirkten. Beide grinsten sie sadistisch, während sie ihrer neuen Beute gleichermaßen scharfe wie lange Krallen präsentierten. Augenblicklich fand sich Sunrys Schwert in seinen Händen wieder, was die Kreaturen zu einem schallenden Gelächter veranlasste. Dieses Gelächter brach jäh ab, als Sunrys Schwert einer der beiden Kreaturen den Schädel von den Schultern schlug. Das andere Wesen sah Sunry fassungslos an, ehe es einen panischen Schrei von sich gab und sich auf Sunry stürzte. Während er geistesabwesend mit der Klinge vor sich hin und her fuchtelte, begann das Scheusal ganze Batterien von Hieben gegen Sunry auszuteilen. Niemals hätte dieser gedacht, dass er jemals einem so schnellen und hitzigen Duell beiwohnen würde. Er sah sich Auge in Auge mit einer scheußlichen Kreatur, deren blitzschnelle Hiebe auf Dauer zu einer echten Schwierigkeit wurden. Tatsächlich verlor Sunry nach einigen Blockversuchen die Kraft in den Armen. Vielleicht war es besser, sich zurückzuziehen, obschon diese Bestie an der freien Luft wegen ihrer Flügel deutliche Vorteile genießen würde. Also ging Sunry zu einem gewagten Angriff über. Mit einer eleganten Drehung seines Waffenarmes und

einer Schraube seines Körpers gelang es ihm, sich auf die andere Seite seines Gegners zu bewegen. Fast schien es ihm unecht, dass es so einfach war. Dennoch nutzte er kaltblütig die Chance und rammte dem Ungeheuer seine Klinge zwischen die herausragenden Schulterblätter. Es gab ein unangenehmes Knacken, gefolgt von einem wütenden Brüllen. Sunry spürte, wie sich das Untier seiner Gewalt entriss und die Klinge aus dessen Fleisch glitt. Sunry hatte nicht viel Zeit zum Handeln. Fast reflexartig holte er ein weiteres Mal aus, jetzt mit der Absicht, dem Untier den Kopf von den Schultern zu trennen. Unglücklicherweise duckte es sich jedoch gerade rechtzeitig weg, um einen Moment später herumzufahren und Sunry die Waffe aus der Hand zu schlagen. Scheppernd schlug das Schwert auf den Boden. Im selben Augenblick fand sich Sunry im Würgegriff des Gegners wieder und fürchtete, erwürgt zu werden. Immer fester drückte das Wesen zu. Sunry konnte spüren, wie eine unaufhaltsame Ohnmacht herannahte, doch er musste sich ihrer erwehren, gegen sie kämpfen. Dann berührte die Stirn des Wesens Sunrys Schläfe, worauf tausende nie gesehene Farben auf ihn niederprasselten. Sie waren mit einem grauenhaften Schmerz verbunden, welcher nun von Sunrys Kopf aus den gesamten Körper ertastete. Verzweifelt versuchte der Heimgesuchte sich des Einflusses zu entledigen, was jedoch misslang. Das Wesen verschaffte sich Zugang zu allen Emotionen, die Sunry je gespürt hatte, und allen erlebten Erfahrungen. Der Schmerz stieg stetig an und in Sunry reifte der verzweifelte Wunsch heran, dass es ihn einfach töten sollte.

22.
Wütendes Knurren vermischte sich mit hastigen Schritten. Man konnte dieses Paar schon lang vor der Ankunft des feindlichen Trupps hören. Dann kamen sie. Mit dem Erblicken ihrer zahlenmäßigen Überlegenheit rutschte dem Zwerg der gesamte Mut in die Hose und er verfluchte sich, dass er zugestimmt hatte, den Lockvogel zu spielen. Aber als Zwerg hatte er Ehre. Ganz gewiss würde er sich nicht die Blöße geben, vor den Augen von Menschen wegzurennen. Also würde er sich in wenigen Augenblicken vor die Gegner werfen und sie so laut verspotten und provozieren wie es ihm irgend möglich sein würde. Dann würde er die Beine in die Hand nehmen und die Goblinbastarde und ihr Gesindel von Gefolge in eine clever ausgearbeitete Falle locken. Der Zwerg grinste zufrieden. Er selbst hatte wichtige Teile dieses Planes beigetragen, wahrscheinlich würde er gerade wegen dieses Umstandes gelingen.
Mit einem zwergischen Kampfschrei stürzte sich der Zwerg todesmutig auf die völlig verdutzten Gegner, welche jedoch ziemlich schnell die Fassung zurückerlangten. So musste der Zwerg den zweiten Teil, nämlich das Wegrennen, schneller in die Tat umsetzen als er vorgehabt hatte. Unglücklicherweise hinderte die schwere Rüstung, die er trug, ihn ungemein an diesem Unterfangen. Von Scheppern und ungleichmäßigem Keuchen begleitet spurtete der Zwerg weiter, immer dem Ziel entgegen. Wenn er das hier überleben sollte, würde er dem Spitzohr gehörig einen husten! Dieser Möchtegernstratege war schuld an dem langen Weg, den der Zwerg zu rennen hatte, ehe ihm die überlebenden Soldaten zu Hilfe kommen konnten. Was ein Schwachsinn!

Hinter sich konnte er das Atmen der ihm folgenden Minotauren hören, worauf er sich bemühte, noch einen Zahn zuzulegen. Wenn es eine Art des Sterbens gab, die er auf keinen Fall haben wollte, dann die, von einem stinkenden Stiermenschen in zwei Teile gerissen zu werden. Immer deutlicher konnte er das Auftreten seiner Verfolger wahrnehmen, ehe es einen jähen Abbruch tat. Aus dem angriffslustigen Knurren des Minotauren und der vielen Goblins, die sie begleiteten, wurden panische Schreie und flehendes Winseln. Der Zwerg wagte es erst gar nicht, sich umzudrehen, schließlich konnte er seiner drängenden Neugier jedoch nicht mehr widerstehen. Was er sah entsprach voll und ganz dem Plan. Auf allen nahen Dächern waren Bogenschützen erschienen, welche mit ihren Waffen auf die überraschten Feinde schossen. Aus den vorherigen Jägern waren nun die Hasen geworden. Ein Umstand, den der Zwerg mit einem zwergischen Freudenausruf zu würdigen wusste, ehe er der versteckten Infanterie ein Zeichen gab. Augenblicke später füllte sich die Straße, auf der der Hinterhalt stattfand, mit übellaunigen und todesmutigen Soldaten und Söldnern. Die Goblins und Minotauren, die noch nicht von den Pfeilen getroffen worden waren, verloren nun jede Hoffnung auf Überleben. Manche warfen sich auf den Boden und hielten sich winselnd die Ohren zu, während andere sich selber richteten oder die Waffen von sich warfen. Am Ende wurde sie alle gefangen genommen, obgleich die Mehrheit der Männer dafür stimmte, diese ungewaschenen Hunde auf der Stelle hinzurichten. Zu eben dieser Mehrheit gehörte auch der Zwerg, welcher es laut forderte, man solle den Goblins ganz langsam den Kopf von den Schultern schneiden. Das

Schlimme an diesen mordlustigen Plänen war, dass man nicht sicher sein konnte, ob er es wirklich ernst meinte.

Am Abend saßen die Überlebenden der überraschende kurzen Schlacht um die Stadt auf dem Hügel dicht gedrängt und in Decken und Tücher eingehüllt, da ein Lagerfeuer den Feind auf sie aufmerksam machen würde. Was sie nun mit den Gefangenen anstellen sollten wusste niemand. Sicher war nur eins, irgendwann würde man sie töten müssen, zumindest die jähzornigen Minotauren.

„Wichtig ist, dass wir leben", stellte Erinn fest, während er in ein trockenes Stück Brot biss.

„Doch wer weiß, wie lange noch?", gab ein Soldat mittleren Alters von sich, dessen Gesicht dutzende Schnittwunden aufwies. Er war einer jener Männer, die zwar ausgezeichnet kämpfen konnten und gleichzeitig durch ihre entmutigenden Aussagen die Moral des Trupps senkten.

„Was machen wir morgen?", fragte ein junger Soldat voller Vorfreude. Tatsächlich wies sein Körper keinerlei Verletzungen auf, was seine tollkühne Unbesonnenheit erklärte.

„Wir werden versuchen, den Palast zu erreichen", erklärte Orlandos.

„Und die Gefangenen?", wollte der Missmutige wissen.

„Wir werden ihnen die Zungen raus schneiden und sie als Warnung zurücklassen", lachte der Zwerg und erfreute sich diebisch an dem erschrockenen Zucken einiger Goblins.

„Wir werden sie natürlich mitnehmen. Ich habe gehört Minotauren würden alles für Gold tun", korrigierte Erinn seinen Kumpan.

„Hoffen wir, dass sie uns nicht allzu sehr aufhalten", knurrte der Missmutige.

„Ich denke, dass wir überzeugend sein werden, wenn es darum geht, dass sie zügig gehen", meinte Erinn, worauf der Zwerg zufrieden auflachte.

23.

Überall im Schloss wurde der Kampf zwischen Mitgliedern der Palast- und Leibwache und den schrecklichen Dämonen ausgetragen, doch der wildeste Kampf tobte zwischen General Marcos – welcher von einer widernatürlichen inneren Kraft wieder auf die Beine gehievt worden war – und dem untoten Blutfürsten Zarrag. Beide schenkten sich nichts und waren gleichermaßen ramponiert und erschöpft. Eigentlich konnte keiner der beiden mehr auf seinen erschöpften Beinen stehen, doch gleichermaßen wollte keiner von ihnen sich ergeben und unweigerlich von dem anderen niedergestreckt werden. Mittlerweile war aus ihrem einst schnellen und eleganten Duell ein ermüdendes Herumgestochere geworden.

„Ihr solltet Eure Klinge niederlegen, General", wurde Marcos von Zarrag empfohlen.

„Lieber sterbe ich", knurrte der Mensch.

„Bin ich schon, ist nicht so schön."

Weder von diesem geistreichen Gespräch, noch von dem kraftlosen Duell bekam Sunry von Wettgenstein irgendetwas mit. Das Einzige, was er spürte, waren die fremden Emotionen und die Bluttränen, die ihm über die Wangen liefen. Er konnte keinen seiner Sinne mehr beanspruchen, die Luft war ihm eingeschnürt und Sunry war nur allzu gut bewusst, dass er nicht mehr in den Krallen dieses Wesens lebte, sondern durch das Wesen. Wäre er nicht auf geistiger Ebene mit dem Ungetüm verbunden, hätte er keine Lebenskraft mehr gehabt. Doch irgendwann würde es ihm alles entnommen haben und er würde leblos in sich zusammenfallen. Das musste er verhindern! All seine geistige Konzentration darauf richtend, sich dem Einfluss des Monsters zu erwehren, kämpfte Sunrys Geist gegen den des Monsters an. Bald spürte Sunry erste Erfolge. Scheinbar war es das Ungetüm nicht gewohnt, dass man ihm so verbissen und so lange entgegentrat. Dann geschah das Unerwartete. Mit einem Zischen in Sunrys geschwächten Kopf wechselten die beiden Kontrahenten die Seiten. Nun wurden nicht mehr Sunrys Gedanken durchwühlt und von fremdartigen Empfindungen übermannt, sondern Sunry erlangte die Kontrolle über das offenkundig verwirrte Wesen. Sunry genoss die neue Kontrolle über sein Gegenüber, die unbegrenzte Macht über dieses vorher so bedrohliche Wesen. Er befand sich wie in einem Rausch und spürte nicht das geringste Verlangen, den Zustand der geistigen Kontrolle abzubrechen. Schnell entdeckte er die mannigfaltigen Möglichkeiten, die sich ihm boten. Mit steigender Begeisterung begann er, das überraschend kleine Gedächtnis nach brauchbaren Hinweisen seiner Herkunft zu durchsuchen, was auch bald gelang. Da war die Erinnerung an den beißenden Geruch von Schwefel, Alkohol und seltenen Kräutern, eine eigentlich unerträgliche Geruchskombination, die Sunry jedoch als durchaus angenehm empfand. Dann waren da Bilder von Flammen, die sich um seinen Körper züngelten. Flammen, die ein dämonisches Eigenleben zu führen schienen, bis sie zischend erloschen. Aus dem dichten Rauch erhob sich die Silhouette eines kleinwüchsigen Mannes. Immer präsenter wurde der Mann, bis seine Konturen sichtbar und riechbar worden. Er erinnerte sich an das Gesicht des Mannes, obgleich ein metallenes Visier es geschützt hatte. Der Geruch der Krankheit war unübersehbar gewesen. Es war kein starker Mann gewesen, doch er hatte ihn und seine Brüder auf diese Ebene des Seins gebracht und so waren sie wohl oder übel an ihn gefesselt. Mit einem Mal dämmerte es Sunry, in wessen Kopf er da herumwühlte. Ein Dämon! In diesem Augenblick brach die Verbindung ab und die Dunkelheit brach über Sunry herein.

24.
Kraftlos brach Marcos erneut vor Zarrag zusammen und starrte ihn mit eiserner Miene an. Der General hatte seinen Meister gefunden, das war ihm bewusst, ebenso wie der Umstand, dass er sterben würde. Hier sterben, in der makellos gepflegten Eingangshalle des prächtigen Palastes, in dem Marcos große Teile seines Lebens verbracht hatte. Hier fanden sich alle Erinnerungen an sein Leben als Soldat.
„Ihr seid ein jämmerlicher Wicht ohne jede Bedeutung. Ich werde Euch zerquetschen wie einen Wurm!" Zarrag begann kalt zu lachen. „Flieht, General! Flieht, rettet Euer erbärmliches Leben, verliert jeden Rest Würde den Ihr noch in Euch tragt!"
„Niemals!", keuchte der Besiegte.
„Was werdet Ihr niemals? Euren König verraten? Ihr wisst, dass er verloren ist, General. Seine Zeit ist vorbei, doch Ihr könnt Euren unbedeutenden Leib vor dem Verfall retten! Ergreift die Chance!"
„Eure Zeit ist vorbei, Untoter!", stotterte Marcos.

„Wer sollte mich vernichten, Mensch?"
„Seht Euch um."
Zarrag folgte dieser Empfehlung und erbleichte. „Das ist nicht möglich!", kreischte er.
Marcos lächelte. Er hatte auf Zeit gespielt, nun zahlte es sich aus. Wie eine Erlösung drang das wärmende Sonnenlicht des jungen Morgens durch die geöffneten Fenster. Als sie auf die weiße Haut Zarrags trafen begann sie sich zu verfärben. Dort, wo die Lichtstrahlen ihn trafen, verkohlten Haut und Fleisch regelrecht.
„Für Heute, Mensch, habt Ihr gewonnen! Doch Eure Seele gehört mir!" Und dann war er verschwunden. Kraftlos sank Marcos in sich zusammen.

25.
Pfeile schlugen am jungen Mittag über die Mauern Saphiras und zerrissen Zelte, töteten Wesen und stifteten Panik und Unglauben. In all den vielen kleinen Posten, die sich die Goblins im unteren Bereich der Stadt errichtet hatten, begannen die Bewohner in Hektik und Angst gefangen wüst hin und her zurennen. Erst als die ersten hochrangigen Befehlshaber auf der Oberfläche erschienen begannen ihre Untergebenen langsam sich wieder zu beruhigen. Nach einigen weiteren Augenblicken der Verwirrung standen die Goblins und ihre monströsen Verbündeten sogar einigermaßen in Formation.
Fürst Yas befand sich in einem der angegriffenen Lager. Er hatte es kommen gesehen, aber hatte man ihm geglaubt? Nein! Warum auch? Schließlich war er ein Blauer. Wie er es

hasste, wenn man jemanden wegen seiner Rasse oder Hautfarbe verachtete!

„Verfluchte Menschen!", schimpfte er, während er durch die Reihen seiner Soldaten ging, um sie für die Verteidigung aufzuteilen. Er wusste, dass er Haldor Zeit verschaffen musste, welcher am Morgen losgezogen sein sollte, den Palast zu erstürmen. Wenn sie erst den König der Menschen in ihren Händen hielten würden die feindlichen Heere augenblicklich ihre Angriffe abbrechen. Das würde den endgültigen Sieg für die Goblins bedeuten!

„Wir haben nur wenig Zeit", bemerkte der Blutfürst. „Doch wir werden kämpfen, wie es unserer würdig ist." Er sah voller Stärke in die Gesichter seiner Untergebenen. Größtenteils Goblins und Hobgoblins, aber auch einige Trolle und Oger und Baphitauren bildeten die Infanterie seiner Legion. Dann waren da noch die Manticore, welche jedoch scheinbar keinerlei Interesse daran hatten, sich weiterhin an der Schlacht gegen die Menschen zu beteiligen.

„Die Trolle werden mit den Baphitauren an der Front kämpfen, die Goblins folgen in der zweiten Reihe und die Hobgoblins übernehmen die letzte Welle", begann er die hunderte Soldaten einzuteilen.

„Und Ihr, Herr?", fragte ein dümmlich wirkender Troll in der ersten Reihe seiner vielen Zuhörer.

„Ich werde sie vernichten, bevor Ihr eintrefft."

**Kapitel XXIII**

*Unser höchstes Bestreben ist es, uns Menschen
und unsere Welt von den verfluchten und bestialischen
Überresten der verachtungswürdigen Goblins zu bereinigen.
Denn wisset eins: Ein Goblinblütiger bricht jedes
Vertrauen, das man ihm entgegenbringt.
Er ist ein wildes Tier und wilde
Tiere jagt und streckt man nieder.*
Kodex der reinen Bruderschaft, die Grundsätze

1.

Sunry erlangte sein Bewusstsein zurück als die Mittagssonne gerade zur Erde stand. Geschwächt öffnete er seine Augen. Da war soviel neues, all das Wissen, dass der Dämon in sich getragen hatte und das nun durch Sunrys Schädel irrte. Was war geschehen? Hatte er es geschafft, seinen Gegner zurückzudrängen, ihn gar zu vernichten oder hatte der Dämon nur von ihm abgelassen weil der Morgen angebrochen war? Vielleicht war auch etwas ganz Anderes geschehen, was jedoch letztendlich unbedeutend war. Sunry lebte, das allein zählte. Mit einem Mal fiel Sunry wieder ein, dass sich das Schlachtenglück gewendet hatte. Die Heere des zweiten Königreiches waren nahe gewesen, ehe Sunry den beiden Dämonen begegnet und in diesen unangenehmen Kampf verwickelt worden war. Augenblicklich füllte sich sein Körper wieder mit Energie, angespornt von der unauslöschbaren Hoffnung, dass der Feind besiegt sein könnte. Also stürzte er hinauf auf den Wall, um hinab auf die unteren Ebenen der Stadt zu spähen. Tatsächlich tobte dort unten wieder eine Schlacht zwischen Häusern und auf den vielen kleinen Plätzen. An manchen Stellen der Stadt konnte man Rauchschwaden sehen, die sich gen Himmel wölbten und an wieder anderen die Häupter von Trollen, die ein gutes Stück über die Dächer der nahen Häuser ragten. Ein Gefühl der Erleichterung breitete sich in Sunrys Magen aus. Sie hatten nun die Oberhand und würden die überraschten Goblins zurückschlagen. Es war auch egal, dass beide Seiten in diesem Gefecht immense Verluste davontrugen. Völlig unerwarteter Weise waren die Menschen nun wieder in eines guten Position gegenüber ihrem übermächtigen Feind. Ein Umstand, den die Menschen unter keinen Umständen leichtfertig abgeben würden.

Ein Ruck ging durch Sunrys Kopf. Er spürte ein drängendes Verlangen, welchem er auch nachging. Eilig löste er den kleinen Lederbeutel von seinem Gürtel, um den faustgroßen Kristall hervorzuholen.

>*Wir haben große Teile der Stadt zurückerobert, aber die Drachen sind unruhig. Sie fürchten, dass die Drachen der Goblins sich nun ebenfalls in Bewegung gesetzt haben. Wie sieht es bei dir aus, bist du soweit?*< Ertönte augenblicklich Lennarts Stimme in Sunrys Kopf. Kaum hatte er diese Worte vernommen wurde Sunry bewusst, dass er noch etwas zu erledigen hatte.

>*Nicht wirklich gut. Es gab bei mir einen Zwischenfall.*<
>*Was für einen Zwischenfall?*<
>*Ein Dämon, also eigentlich zwei. Sie haben sich mir in den Weg gestellt, als ich versucht habe, den Palast zu erreichen.*<
>*Wunderbar. Du musst augenblicklich zurück zum Palast und Marcos und den König informieren. Die Zeit drängt, denn wenn wir*

*Recht haben, befindet sich ein Großteil der Goblinarmee bereits auf dem Weg zu euch!<*

2.
Über der Stadt verdunkelte sich der Himmel. Fast glichen sie Wolken, wie sie da durch die Lüfte schnellten, während ihre riesigen, beschuppten Flügel hoch und runter schwangen. Die Drachen waren selbst aus der Ferne majestätische Wesen, denen man eine unbegreifliche Ehrfurcht zollen musste. Viele tausend Lebewesen wurden an diesem Tag zum ersten Mal Zeuge eines Kampfes zwischen zwei großen Parteien der mächtigen Flugechsen. Erst konnte man nicht glauben, dass sich jene wunderbaren Wesen tatsächlich gegenseitig töten würden, dann jedoch prallten die beiden Fronten in hohen Lüften gegeneinander und tausenden stockte aufgrund dieses epischen Kampfes der Atem. Kreischend und zischend krallten sich die Untiere in einander, schlugen mächtige Hörner aneinander, bissen einander, spieen lauthals knurrend Flammen und Säure. Dem Kampf entfloh schon nach wenigen Minuten jede Eleganz, denn die Tiere ließen sich nur noch auf wilde Kratzfurien und wildes Feuerspeien ein.
Auf einem der Drachen saß General Lennart. Ihm gegenüber, auf einem grimmigen schwarzen Drachen, kauerte ein voll gepanzerter Goblin. Lennart wusste, dass er den Reiter töten musste, um den Willen des Drachen zu brechen, doch er trug keine Schusswaffe bei sich, ganz anders als der Goblin, welcher immer wieder mit Speeren um sich warf, welche ihre Ziele nur ziemlich knapp verfehlten. Irgendwann würde ein Speer treffen und dann war es aus für den

General. Also begab er sich auf die geistige Ebene seines Drachen, wo alle Kampfteilnehmer ihm gleich vorkamen. Lennart spürte die magische Energie in seinem Vertrauten. So zapfte er etwas von diesem unendlichen Potenzial ab und spürte augenblicklich, wie ihn die Magie auf eine erregende Weise durchströmte. Er hob seine rechte Hand und streckte die Handfläche aufrecht von sich fort. Leise murmelte er eine magische Beschwörungsformel, ehe aus seiner Handfläche ein weißer Strahl reiner Energie entsprang. Der Strahl traf und riss den verdutzten Goblin aus dem Sattel. Das Erwartete geschah, denn jene unsichtbaren Fesseln, die den Drachen mit seinem Reiter verbunden hatten brachen als selbiger starb. Mit einem wütenden Brüllen und Knurren zog der Drache höher, um das Gefecht dutzender Mitdrachen aus sicherer Entfernung zu beobachten, ehe er entschied, dass er hier sehr wahrscheinlich seinen Tod finden würde und floh.

Lennart hingegen blieb und ihm wurde keine auch nur kurze Verschnaufpause gegönnt, denn kaum war der erste Drache geflohen, trat ein zweiter an seine Stelle. Dieser war weitaus größer und kräftiger als sein Vorgänger und sein Reiter wirkte wie eine abstrakte Mischung aus Humanoidem und Drache. Dickte Schuppen bedeckten dicht seinen gesamten Körper, zwei mächtige Hörner entsprangen seinen Schläfen. Sogar Reißzähne zierten seinen höhnisch verzogenen Mund. Einen Moment lang erschrak Lennart vor diesem neuen, mächtigen Gegner, doch er wusste, dass er Sunry Zeit verschaffen musste und vielleicht würde es sogar gelingen, diesen Halb-Drachen zu töten. Also ließ er sich auf dieses törichte Duell ein.

3.

Marcos und eine kleine Abordnung Leibwächter kamen Sunry schon auf den Stufen zu dem Palast entgegen.

„Du lebst?", fragte Marcos zum Teil verwundert, zum Teil erfreut.

„Überrascht?"

Marcos nickte, worauf sie beide lachten.

„Wohin geht ihr?"

„Wir wurden von Lennart benachrichtigt. Er sagte, wir sollten die Verteidigung vorbereiten. Wenn ich ihn richtig verstanden habe, befinden sich die Goblins auf dem Weg hierher", erklärte Marcos.

„Und du konntest nur so wenige entbehren?"

„Die meisten meiner Männer müssen das Ritual bewachen, dass Meister Ismael durchführt, Sunry."

„Dann hoffen wir, dass Atros an unserer Seite kämpft."


4.

Die Schlacht tobte in der ganzen Stadt. Im unteren Teil brachen immer mehr Regimenter des Menschenheeres durch die Reihen des Feindes, der in sich zusammenzufallen schien, in den hohen Lüften duellierten sich noch immer dutzende Drachen, nahe dem Palast marschierte das Heer Fürst Haldors. Auf dem Wall warteten die Soldaten der Leibwache auf den sich nähernden Feind. Doch mit jedem Schritt, mit dem sich der Trupp näherte, wurde ihnen bewusst, dass der Feind weitaus mächtiger war als die wenigen Leibwachen auf den Wällen.

Am jungen Nachmittag geschah dann das Unausweichliche, denn die feindlichen Einheiten trafen auf den Wall. Während sich die Soldaten zurückzogen blieb Sunry auf dem Wall stehen, denn er konnte nicht glauben, was er da unter sich sah.

Erst im letzten Augenblick ergriff schließlich auch er die Flucht. Als er jedoch den Platz mit den Statuen erreichte, stand ihm eine verloren geglaubte Person gegenüber. Es konnte nicht wahr sein und doch stand er da: Der Halb-Goblin.

5.

„Wie lange noch?", fragte Marcos nervös den jungen Zauberer Marcellus, welcher nun nicht mehr an dem magischen Ritual teilnahm.

„Das kann ich nicht sagen, aber Meister Ismael müsste es jeden Augenblick beenden", antwortete er.

„Was heißt müsste?", fauchte Marcos. „Wir haben kaum noch Zeit."

„Sie stehen kurz vor der Vollendung. Gebt ihnen noch ein wenig Zeit, General. Sie werden es schaffen."

6.

Sunry ging langsam auf den Halb-Goblin zu. Er wirkte so fremd, gänzlich verändert. Sein schwarzes Haar war lang und verfilzt und sein Körper roch ungewaschen. Doch er war noch am Leben. Mit jedem Schritt wurde Sunry schneller, bis er schließlich den regungslosen Halb-Goblin erreichte. Die Augen der beiden Männer begegneten sich.

„Mein Freund!", lachte Sunry schließlich und umarmte sein Gegenüber. Fast im selben Augenblick spürte er etwas Stechendes in seinem Bauch und fuhr zurück. Er spürte Blut

zwischen seinen Lippen austreten. Dann entdeckte er einen blutigen Dolch in der Hand des Halb-Goblins.
„Nein", keuchte Sunry. „Das ist nicht wahr."
„Es tut mir Leid, Sunry. Aber das hier muss geschehen. Es ist mein Schicksal", sagte der Halb-Goblin, ehe er ein zweites Mal zustach. Sunry fiel auf die Knie.
„Wieso?"
„Es gibt Dinge, die ein Mensch versteht."
„Ich habe dich geliebt wie einen Bruder", stöhnte Sunry, bevor er zusammenbrach.
In diesem Moment stürzte Helena aus einer der Gassen hervor und sah, was geschah. „Sunry!", schrie sie, worauf sich der Halb-Goblin ihr zuwendete. „Wieso tust du das?" Zur Antwort schleuderte der Halb-Goblin ihr den blutbefleckten Dolch entgegen. Im letzten Augenblick gelang es ihr, sich hinter einem nahen Haus in Sicherheit zu bringen. Und als sie wieder hervorkam waren der Halb-Goblin und Sunrys Körper verschwunden. Kraftlos und bitterlich weinend brach Helena zusammen. Immer wieder brachte sie nur ein Wort hervor: „Sunry."

7.
Der Gesang der Magier stieg an. Funken stoben aus dem Boden und umringten den Zirkel. Von Ehrfurcht ergriffen presste sich Wellem an die Wand, während die farbenfrohen Funken wie Lebewesen um die Magier tanzten. Zu dem Gesang kam ein Krachen und Knistern, das rhythmisch zu dem beschwörenden Gesang erklang. Immer lauter wurde der Gesang, bis es schließlich einen atemberaubenden Höhepunkt erreichte. Dann war es vollendet. Aus der Mitte

der Magier erhob sich ein Strahl, der in allen Farben des Regenbogens erstrahlte, und schnellte durch das Dach des Palastes nach draußen.

Die Regenbogenbarriere entfaltete sich an den Grenzen der Stadt und schirmte Espental von dem verlorenen Teil des Landes ab. Die Wände des Zaubers ergriffen die Goblins, die nicht weit genug entfernt waren, und riss sie ebenso wie die Manticore, die Drachen und die Trolle und Oger in die Lüfte und stieß sie fort.

Die Stadt auf dem Hügel war gerettet, die Goblins hinter einen undurchdringlichen magischen Wall gebannt, der sich über das gesamte Land erstreckte.

Doch das Böse war noch nicht besiegt…

**Epilog**

Wie in jeder Legende gibt es Helden, auf beiden Seiten. Doch wahre Helden geraten in Vergessenheit, werden nicht einmal mit Worten erinnert. Sunry von Wettgenstein war einer dieser Helden. Er hatte Großes geleistet und die Schatten seiner Vergangenheit wichen den guten Erinnerungen seiner Geliebten...

Nicht weit entfernt dieser Geschehnisse begann ein alter Feind der Menschen sich wieder zu regen. Immer mehr Kraft strömte durch seine Adern. Er würde zurückkehren, mächtiger als jemals zuvor und die Welt in Dunkelheit stürzen. Eine Epoche der Furcht würde anbrechen ...

*Und so gehen wir in das Licht, geborgen von Liebe und Glück.*
*Unsere Seele wird zu Rauch.*
*Unser Herz öffnet sich.*
*Ein Leben endet, doch ein neues Zeitalter wird beginnen ...*
Kodex der reinen Bruderschaft, das unvermeidliche Ende

## Die Charaktere

Die Flüchtlinge
| | |
|---|---|
| Sunry von Wettgenstein | Ehemaliger Hauptmann mit dunkelster Vergangenheit |
| Orlandos | Ein ausgeglichener Elf und ausgezeichneter Bogenschütze |
| Der Zwerg | Trinkfestes und proletenhaftes Mitglied des kleinen Volkes |
| Erinn | Soldat, der den Zwerg gerne aus der Fassung bringt |
| Helena | Talentierte Soldatin und ehemalige Schülerin Sunrys |
| Baroness Duana | Verzogene Tochter des Barons |
| Der Halb-Goblin | Stets schweigender Soldat und Bastard eines unbekannten Goblins |

Die Blutfürsten und ihre Verbündeten
| | |
|---|---|
| Fürst Haldor | Oberster Kriegsherr der Goblinarmee, Hobgoblin |
| Fürst Wuldocren | Leprakranker Tyrann, streng religiös, Goblin |
| Fürst Utkohm | Anführer der Wolfreiter, Goblin |
| Fürst Wandor | Utkohms Nachfolger, Grottenschrat |
| Fürst Hazroah | Anführer der Himmelspest, Halb-Drache |
| Fürst Zarrag | Anführer der Untoten, Leichnam eines Hobgoblins |

| | |
|---|---|
| Fürst Yas | Goblin mit erstaunlichen, geistigen Kräften, Blauer |
| Fürst Kraid | Oberhaupt der Deserteure, Grottenschrat |
| Narsil, der graue Graf | Abtrünniger, regiert im dürren grauen Reich |
| Asaght | Ein hungriger Dämon |

Die Königlichen und die Armee

| | |
|---|---|
| König Wellem | Einer der vier Könige, Majas Vater |
| Prinzessin Maja | Wellems Tochter |
| Ismael | Großmeister der Magierzunft, Wellems Berater |
| General Marcos | Oberster Befehlshaber der Leibwache |
| General Lennart | Oberhaupt der Drachenlegionen |
| Gorix | General Lennarts Bronzedrache |

Die Magier

| | |
|---|---|
| Ignasil | Ein alter Bekannter Sunrys, der Magie in Gegenstände bannt |
| Der Magier | Narsils Berater |
| Ismael | s. Die Königlichen und die Armee |

## Begriffserklärung

In diesem Abschnitt möchte ich Ihnen noch einmal alle vielleicht etwas unverständlichen oder besonderen Begriffe, die ich in diesem Buch verwendet habe, nennen und kurz erklären. Hier werden sie alles finden, von Völkern, Berufen und Stadtnamen bis hin zu Belagerungswaffen:

| | |
|---|---|
| Atros: | Der wichtigste Gott in Espental, steht für Gerechtigkeit und Eis |
| Azurstadt: | Wichtige Hafenstadt und Handelsmetropole mit einer großen Kathedrale |
| Balliste: | Eine riesige Armbrust, welche auf Türmen festgeschraubt wird und von mehreren Männern bedient werden muss |
| Baphitaure: | Ein naher Verwandter des Minotauren, mit schier undurchdringlicher Haut und riesigen, gewundenen Hörnern. |
| Bezekira: | Ein niederer Dämon, welcher wie ein Löwe aus Nebel aussieht. Bezekirae werden von mächtigen Magiern gebunden |
| Blutfürst: | Der höchste Rang eines Mitglieds in der Goblinarmee. Jeder Blutfürst führt einen Teil |

| | |
|---|---|
| | der Armee an und vertritt ein beteiligtes Volk |
| Dämon: | Die einstigen Herrscher der Welt, welche nun zum größten Teil verjagt oder in einen ewigen Schlaf versetzt worden. Schwache Dämonen stehen jedoch manchmal im Dienst mächtiger Magier |
| Drache: | Riesige Flugechsen, welche Feuer oder Säure speien können und eine starke Verbindung zur Magie haben. Während gute Drachen versuchen, das Böse aus der Welt zu jagen, gieren böse Drachen nach Reichtum und Macht, weshalb sie sich oft mit viel versprechenden Partnern zusammentun. Alle Drachen sind wild und eigensinnig |
| Elbenstein: | Eine kleine Burg nahe der Grenze, auf welcher Sunry von Wettgenstein das Oberkommando hat |
| Elf: | Die Elfen sind die Überbleibsel des einstigen Hochvolks. Sie sind mächtige Magieanwender und äußerst weise sowie |

| | |
|---|---|
| | ausgezeichnete Bogenschützen und Schwertkämpfer |
| Ghul: | Ein wandelnder Toter, der nach dem Genuss von Menschenfleisch verstarb. Sein Biss ist giftig und lässt Menschen zu Ghulen mutieren. |
| Goblin: | Kleinwüchsige, feige Banditen, welche nur in der Gruppe stark sind. Sie haben keinen Sinn für Hygiene und Frauen sind für sie Gegenstände. Unter einem fähigen Anführer können sie jedoch gefährliche Gegner sein |
| Grottenschrat: | Die stärksten und brutalsten Verwandten der Goblins. Jene wenigen von ihnen jedoch, die intelligent sind, sind mächtige und meist gute Strategen |
| Halb-Goblin: | Meist diskriminierte und sozial aussätzige Abkömmlinge aus einer meist unfreiwilligen Beziehung zwischen Mensch und (Hob-)Goblin, welche oft über unmenschliche Stärke und wenig Intelligenz verfügen |
| Hobgoblin: | Elitäre Kämpfer, die ihre Waffen und Rüstungen mit Liebe pflegen und ausgezeichnete Kämpfer und |

| | |
|---|---|
| | Strategen sind. Sie sind mehrere Köpfe größer als Goblins und intelligenter als Grottenschrate |
| Iq: | Eine seltene und entsprechend kostbare Frucht, deren Inhalt an den einer Maracuja erinnert und jede Verletzung heilen kann |
| Klauenteufel: | Ein niederer Dämon voller Boshaftigkeit |
| Kriegstroll: | Riesige Trolle, welche gewissenlose Krieger sind und oft hohe Ränge in Armeen belegen |
| Magier: | Ein in den Künsten der Magie Geschulter, welcher oft an der Seite von wichtigen Adeligen als Berater fungiert und in der Armee hohe Ränge belegt |
| Manticor: | Riesige, geflügelte Raubkatzen, welche über rasiermesserscharfe Zähne und Klauen verfügen sowie einen Stachelschwanz, mit dem sie giftige Stachel verschießen können. Manticore schließen sich aus Gier nach Nahrung und Reichtümern Armeen an, sind jedoch nicht bereit, bis zum Tod zu kämpfen |

| | |
|---|---|
| Mensch: | Die Menschen besiedeln große Teile Espentals und sind individuell. Tatsächlich sind sie perfekte Strategen, Schmiede und Wissenschaftler. Allerdings bleiben den meisten Menschen nur wenige Lebensjahre |
| Minotaur: | Ein großer Stiermensch, mit übernatürlichen Kräften und einem schier unerbittlichen Kampfwillen |
| Nekromantie: | Der verbotene Zweig der Magie, mit dessen Hilfe man Tote zum widernatürlichen Leben erwecken und in seinen Dienst stellen kann. Auch Flüche gehören zur Nekromantie |
| Oger: | Große, meist dumme Barbaren, deren einziger Lebenssinn im Plündern besteht. Oger leben in Sümpfen |
| Olivenwald: | Der größte Wald in ganz Espental, in welchem man auf alle möglichen Kreaturen treffen kann. |
| Saphira: | Auch als die Stadt auf dem Hügel bezeichnet, Sitz eines Königs, wichtige Handelsstadt am Meer |

| | |
|---|---|
| Schreckenswolf: | Auch als Worg oder Riesenwolf bezeichnet, dienen diese intelligenten Hunde meist Goblins als Reittiere |
| Staubwüste: | Eine endlose Einöde mit vielen Oasen, die an den verschiedensten Stellen auftauchen und verschwinden. Hier wachsen die nützlichen Iq |
| Troll: | Große und dumme Menschenfresser, die meist den klügeren und stärkeren Kriegstrollen unterstehen und brachiale Krieger sind |
| Turmfurth: | Eine religiös berührte Stadt an dem großen Fluss Turm, welche von Legenden über Monsterwächter umgeben wird |
| Zentaur: | Mit dem Unterleib eines Pferdes und dem Oberkörper eines Menschen ausgestattet sind Zentauren wilde Wesen, aber zugleich fähige Diplomaten und Kämpfer sowie treue Verbündete |
| Zwerg: | Zwerge sind fähige Schmiede wie auch gefürchtete Krieger |